Morten H. Olsen
Das Kind aus dem Moor

Morten H. Olsen

Das Kind aus dem Moor

Roman

Aus dem Norwegischen
von Dagmar Lendt

Piper
München Zürich

Die norwegische Originalausgabe erschien 2000
unter dem Titel »Mord og galskap« bei Gyldendal Norsk Forlag
AS in Oslo.

ISBN 3-492-70031-4

Satz: Uhl + Massopust, Aalen
Druck und Bindung: Pustet, Regensburg
Printed in Germany

www.piper.de

Hier konnte man seine Mitmenschen beinahe so lieben,
wie Gott die Menschen liebte: man wußte um das Schlimmste.
Graham Greene, Das Herz aller Dinge

Denn Mord, hat er schon keine Zunge, spricht
mit wundervollen Stimmen.
William Shakespeare, Hamlet

1 Mirakel und Mysterien

Ich werde eine Geschichte erzählen. Es ist unbesonnen, es ist vermessen, ich weiß, ein Resultat des Verlangens, verstanden zu werden; edlere Motive liegen dem nicht zugrunde. Es macht die Sache nicht besser, daß es eine geradezu phantastische Geschichte ist, und schlimmer noch: Ich werde sie ganz ohne Ironie erzählen.

Aber es gibt einen Anlaß für meinen Wunsch, die Geschichte zu berichten, nämlich diesen: Vor einigen Tagen erwachte ich sehr früh, noch ehe die Nacht vorbei war, stand auf und sah lange zum Fenster hinaus, das nun schon seit einiger Zeit mein einziges Tor zur Welt ist. Es war dunkel, und die Storgata war eingehüllt in grauweiße Nebel, Spätherbstnebel. In diesem Gewaber waren die Konturen der Häuser verzerrt, akzentuiert von der gelben Glut der Straßenlaternen; die Farben der Fassaden und Leuchtreklamen waren gedämpft, als hätte sie jemand mit schmutziger Kalkfarbe flüchtig übergestrichen. Eine leichte Brise begann die Nebelschwaden zu zerreißen und in langen Fetzen die Straße entlangzutreiben; sie wirkten seidig, feucht. Ein Lieferwagen fuhr langsam durch die Straße, hielt hier und da und entlud in Plastik verpackte Zeitungsstapel. Das war lange Zeit die einzige Bewegung, die ich wahrnahm.

Ich stand da und dachte, was für ein merkwürdiges und unerwartetes Schicksal mich getroffen hatte; ja, so gänzlich unerwartet für einen Mann meines Schlages, einen interessierten Zuschauer, der nie den Ehrgeiz hatte, etwas Wesentliches zu bewirken. Ich verweilte bei dem Wort Schicksal, das die Leute auf so unterschiedliche Weise verwenden: Für manche beinhaltet es etwas Vorherbestimmtes, das Schicksal ist die Erbsünde selbst, etwas, was von Geburt an festgelegt ist, etwas, dem man sich nicht entziehen kann. Unsere Schicksale werden von Gott geschliffen, nachdem wir sie grob zurechtgehauen haben, sagte Hamlet; das ist eine Variante. Für wiederum andere bedeutet Schicksal einfach, daß es gekommen ist, wie es kommen mußte, post factum, oder *que sera sera*, wenn man einen leichteren Ton bevorzugt. Ich selbst fragte mich, als ich dort stand, ob das Schicksal vielleicht nur ein Zusammentreffen von zwei oder mehr Begebenheiten, Elementen, Faktoren ist. In dem Fall, dachte ich, mußte *mein* Schicksal das Ergebnis eines Zusammentreffens von Geheimnissen, Bösem, Glauben, Mord und Irrsinn sein.

Möglicherweise auch meinem eigenen Irrsinn. Es gibt genug Menschen in dieser Stadt und weit über ihre Grenzen hinaus, die schwören würden, daß ich wahnsinnig bin; übergeschnappt, vollkommen irre. Manche sagen auch, ich sei verflucht, ich habe gehört, wie dieses Wort fiel. Vielleicht bin ich es. Das wäre auch eine Möglichkeit. Daß *ich* an Gott glaube, schließt nicht aus, daß der Teufel an *mich* glaubt.

Ich kann deshalb auch nicht reinen Gewissens behaupten, daß ich nicht verrückt bin, aber mir geht es wie den meisten von uns: Ich dreh nur durch bei Nord-Nordwest; wenn der Wind von Süden kommt, kann ich einen Habicht von einer Taube unterscheiden. Doch alles, was passierte, geschah im Oktoberland, im Novemberland, und der Wind blies aus Süd-Südwest. Jedoch möchte ich zu meiner Verteidigung sagen, daß dieses Land ein Land ist, in dem die Konturen verschwommen sind und ein Mann es schwer hat, Halt zu finden, wenn er stolpert, deshalb glaube ich nicht, daß mein Wahnsinn oder der Fluch, der eventuell auf mir liegt, etwas mit der Sache zu tun hat – obwohl ich mir selbst eingestehen mußte, wie ich dort stand und in den Nebel hinaussah, daß ich vielleicht nie eine Vorstellung davon hatte, wo die Grenze zwischen Vernunft und Wahnsinn verläuft.

Es waren schwere Gedanken, die mir an diesem Morgen durch den Kopf gingen, mir war keineswegs leicht ums Herz, ich war nicht in der Stimmung, »Que sera sera« zu sagen. Vielleicht ist mir nie leicht ums Herz gewesen, vielleicht ist gerade das mein Schicksal.

Als ich eine halbe Stunde oder länger dort gestanden hatte, sah ich dies: Ein Auto tauchte durch einen Riß im Nebel am Nordende der Storgata auf. Es kam die Straße entlang auf mein Fenster zu, etwas unsicher, als säße ein Betrunkener am Steuer. Es parkte am Bürgersteig direkt unter mir, und die Tür ging auf; all das sah ich durch den Nebel, nur Umrisse, Schatten innerhalb der Schatten, Bewegungen im diffusen Novemberland. Aus dem Auto stieg ein Mann, zittrig, als würde er gleich fallen. Als er ganz dicht heran war, direkt unter meinem Fenster, machte er eine seltsame Geste, und da begriff ich, daß ich Zeuge eines Mirakels war.

Das ist ein starkes Wort, ich weiß. In den letzten Wochen habe ich soviel erlebt, was auf den ersten Blick wunderbarer erscheinen konnte als das, was sich an diesem frühen Morgen vor meinen Augen abspielte. Trotzdem zögere ich nicht, dieses Wort zu gebrauchen. Bei allem, was geschehen ist, war dies das größte Mirakel von allen.

Was er tat und wer er war, werde ich am Schluß erzählen. Im Moment sage ich nicht mehr darüber, aber glauben Sie mir, ich werde darauf zurückkommen; verlassen Sie sich darauf, ich werde alles erzählen. Aber lassen Sie es mich auf meine Weise tun.

In manchen Fällen – was die Details in meiner Geschichte angeht – war ich dabei, als es passierte, in anderen Fällen war ich es nicht. Wäre ich dort gewesen, wäre vielleicht nichts geschehen, und es hätte nichts zu erzählen gegeben. Aber ich war nicht dort, als es passierte, und alles, was ich jetzt tun kann, ist, es zu berichten.

Und nichts davon ist gelogen. Aber es ist meine Geschichte, und ich muß sie auf meine Weise erzählen, und ich werde ein feines Netz weben aus dem, was ich selbst erlebt, und dem, was ich erfahren habe, und beides zusammen ist die Wahrheit. Ja, vertrauen Sie mir: Beides zusammen ist die Wirklichkeit.

2 Ein falscher Anfang

Auf die Gefahr hin, meine Leser zu quälen, lasse ich diese Geschichte dreimal beginnen – dies ist der zweite Anfang, aber der dritte, das kann ich versprechen, wird der eigentliche sein; zumindest so eigentlich, wie ein Anfang nur sein kann. Es mag ja sein, daß die Seele des Witzes in seiner Kürze liegt und Weitschweifigkeit peinlicher Zierrat ist, aber irgendwann im Verlauf dieser Geschichte wäre ich ja doch gezwungen zu berichten, was mit meinen Eltern geschah.

Mein Vater kam als junger Offizier der Royal Navy aus England nach Norwegen und hatte bei seinem ersten Besuch im Sommer 1955 noch anderthalb Jahre Dienst abzuleisten. Er verliebte sich gleich auf den ersten Blick. Nicht in meine Mutter, sondern in die norwegische Küste, in den Sognefjord und die Lofoten; in das saftige, üppige Grün, das ihn an die schönsten Flecken Englands erinnerte, nur daß es sich hier weiter ausbreiten konnte; in die grauschwarzen Klippen und die mächtigen Berge. Im darauffolgenden Winter durfte er an einem Flottenbesuch teilnehmen, und diesmal verliebte er sich Hals über Kopf in den Schnee, den er sofort auf Skiern ausprobierte, einen steilen Hang hinunter und direkt hinein in eine Schneewehe, die er zur Hälfte niederpflügte, bevor er von einem Felsen zu Fall gebracht wurde. Als er aus der Schneewehe auftauchte, mit einem gebrochenen Arm und zwei gebrochenen Skiern, strahlte er übers ganze Gesicht und hatte sich schon entschieden, daß Norwegen sein zukünftiges Heimatland sein würde; es hatte ihn in mehr als einer Hinsicht umgehauen. Den Rest seiner Dienstzeit verbrachte er damit, einigermaßen Norwegisch zu lernen. 1957 erkämpfte er sich einen unsicheren Arbeitsplatz bei einer englischen Elektronikfirma in Norwegen, die Fachleute genug hatte, aber in der Verwaltung jemanden brauchen konnte, der sowohl Englisch als auch Norwegisch sprach. Er packte sein Reisenecessaire in den Überseekoffer, verabschiedete sich von seiner heruntergekommenen, aber immer noch sehr snobistischen Familie mit altem Stammbaum, verfallenden Landsitzen und wenig Geld und nahm Kurs auf Oslo. Dort blieb er nicht lange. Am Abend des 2. Juni 1958, als Oslo voller Menschen war, die an der ersten Anti-Atom-Demonstration in der Geschichte Norwegens teilgenommen hatten, stieß er auf der Karl Johans Gate vor der Universität, wo er bewundernd den norwegischen Mädchen nachschaute, aus purer Unaufmerksamkeit mit einer älteren Dame zusammen und brachte sie zu Fall, wobei ihre Handtasche aufging und der Inhalt sich auf den Bürgersteig ergoß. Mein Vater war nicht umsonst ein englischer Gentleman, und unter vielen Entschuldigungen, vorgestoßen in entzückendem Britisch und noch sehr akzentbehaftetem Norwegisch, half er ihr wieder auf die Beine und begann ihre Sachen einzusammeln. Und als er da so am Boden war, auf Knien, den Hintern in die Luft gereckt nach einer Puderdose angelnd, überquerte Mama die Straße vor dem Nationaltheatret und begehrte zu wissen, was ihrer Mutter, meiner Großmutter, zugestoßen war.

Ich war also noch nicht geboren, wie man unschwer erraten kann; all das erfuhr ich später von meiner Großmutter, die ich Mutter nennen werde und die nicht zu verwechseln ist mit meiner *leiblichen* Mutter.

Sie – meine zukünftige Mama – wollte gerade zu einer Strafpredigt ansetzen, des Inhalts, daß gewisse Leute ihre Augen gefälligst aufsperren sollen, wenn sie in der Menschenmenge unterwegs sind, als mein zukünftiger Vater aufstand und sie mit dunkelbraunen und linkisch-schuldbewußten Cockerspanielaugen unter einem zerzausten und sehr verschwitzten dunklen Haarschopf ansah. Mama verknallte sich daraufhin ebensoschnell in ihn, wie er sich in Norwegen verknallt hatte. Und meine Großmutter sich in seinen schlaksigen Gang. Zum Glück war die Verknalltheit gegenseitig: Er sah vor sich helle graublaue Augen und aschblondes Haar, das zu einem Pferdeschwanz gebunden war, eine lässige Frisur, die ihr breites Gesicht betonte und sie schutzlos aussehen ließ (Mutter zufolge, die immer ganz hingerissen »sie war so *süüß* an dem Tag« zu seufzen pflegte, wenn sie die Geschichte zum besten gab, und das tat sie immer wieder, sooft ich sie darum bat und solange sie lebte; sie war im Grunde unheimlich romantisch). Er sah vor sich eine lange Person mit schlaksiger, beinahe magerer Figur, ganz ähnlich seiner eigenen; eine junge Frau in engen grauen Hosen, Jacke und Schnürschuhen und mit einem inzwischen ziemlich ramponierten Anti-Atom-Plakat in den Händen – Mutter konnte sich minutenlang begeistert darüber auslassen, wie sein Mund auf und zu ging, während er trocken schluckte, daß sein Adamsapfel nur so hüpfte.

Mutter begriff übrigens sofort, was los war. Sie hatte die Liebe am eigenen Leib erfahren und wußte, wie Leute aussehen, die es gepackt hat. Folglich übernahm sie das Ruder, wie sie es so oft in ihrem Leben hatte machen müssen, wischte den ganzen Unfall mit einem Lachen beiseite und schlug vor, auf einen Kaffee in ein renommiertes Lokal zu gehen, das an diesem Abend wegen der vielen Demonstranten sowohl Krawattenzwang als auch Verzehrpflicht aufgehoben hatte und die Leute so hereinließ, wie sie gerade waren, sofern sie nur einigermaßen respektabel aussahen. Und ein halbes Jahr später – um eine lange Geschichte etwas abzukürzen – war mein Vater in Oscarshavn heimisch geworden, bedeutend sicherer in Norwegisch und angestellt im Vinmonopolet, dem staatlichen Monopolvertrieb für Weine und Spirituosen. Er kannte sich gut mit französischen Weinen und schottischem Whisky aus, wie es seiner Herkunft entsprach, und war glücklich mit Mama verheiratet, die er unverzüglich geschwängert hatte – mit mir.

Alles in allem eine glückliche Liebesgeschichte, und das war sie wohl auch bis zum Schluß, denn ich habe den Verdacht, daß die beiden im Augenblick ihres Todes damit beschäftigt waren, an einem weiteren Ableger zu arbeiten, einem Geschwisterchen für mich – denn sonst, glaube ich, hätte mein Vater die Katastrophe verhindern können.

Ich wurde am 29. Februar 1960 geboren und bin demzufolge heute eigentlich nicht älter als zehn Jahre, und nur vier Monate später kauften meine Eltern, beide gleichermaßen begeistert, das Schiff, von dem mein Vater schon von dem Moment an geträumt hatte, als er den Sognefjord und die Lofoten das erstemal sah und sich vornahm, eines Tages die Küste auf seinem eigenen Boot entlangzuschippern, lieber jedenfalls als auf einem Marinefahrzeug. Es war eine alte Colin-Archer-Schute, vergammelt, verrottet und beinahe reif für den Schiffsfriedhof, aber als ein guter *navy man* traute mein Vater sich zu, jedes noch so jämmerliche Wrack wieder aufzumöbeln, und schon im folgenden Sommer war der Kahn segeltüchtig; eine enorme Leistung, wenn man bedenkt, daß ich in meinem ersten Lebensjahr an Keuchhusten, asthmatischer Bronchitis und irgendeiner mysteriösen, hartnäckigen Grippe litt, die sich zwei Monate hinzog.

Mutter erzählte mir später, daß ich den halben Sommer und den Herbst auf See verbrachte und die restliche Zeit bei ihr und Großvater, der noch lebte, aber schon eine »enge Brust« hatte, wie man es damals nannte. Daran erinnere ich mich natürlich nicht, auch nicht daran, daß er in diesem Winter am zweiten Weihnachtstag starb, oder an die endlosen Tage auf See im Sommer 1961, als es, wie die Leute sagen, ständig regnete und ungewöhnlich kalt war. Und erst recht erinnere ich mich nicht an diesen milden Septemberabend, als die *Turid I* draußen im Sund auf sanften Wellen vor sich hin dümpelte. Ich muß wohl in meinem Gitterbettchen im Salon gelegen haben, wo gemäß Mutter mein Stammplatz war – und ich habe, wie gesagt, heute den Verdacht, daß meine Eltern in der großen Kajüte im Bug mit ganz anderen Dingen beschäftigt waren, weiß der Himmel, warum diese Vorstellung einen so großen Raum in mir einnimmt –, als eine Wassermine aus dem Zweiten Weltkrieg sich plötzlich von ihrem Ruheplatz am Meeresboden löste, an die Oberfläche stieg und den Bug mit tödlicher Wucht traf, obwohl die Sprengkraft der alten Mine, den Expertenmeinungen des Seegerichts zufolge, durch Alter oder technische Ursachen abgeschwächt gewesen sein muß, denn nach Augenzeugenberichten ging nicht das ganze Schiff in einer gewaltigen Explosion in die Luft, sondern nur das vordere Drittel, das plötzlich verschwand, bevor die Schute abkippte.

Ein älteres Ehepaar auf einem ganz neuen Boot mit ebenso neuem Außenbordmotor war nicht nur Augenzeuge, sondern rettete mich auch; die beiden lagen in einiger Entfernung und angelten Seelachs, ließen dann aber die Angelruten Angelruten sein und eilten zu Hilfe, so schnell sie konnten. Die *Turid I* versank sehr rasch, sagten sie vor dem Seegericht aus, und meine Eltern mit ihr – zwei späte Opfer des Zweiten Weltkriegs. Und die letzten, die in Norwegen feindlichem Sprengstoff zum Opfer fielen. Aber auf der Wasseroberfläche trieb (wunderbarerweise!) ein Gitterbettchen mit einem anderthalbjährigen Jungen darin, der außerdem noch (ein nicht geringeres Wunder) schlief. Dieser Junge war ich, und also war ich zum erstenmal dem Tod entgangen.

Die Eheleute (und ich) waren nicht weit von Oscarshavn entfernt, und sie steuerten ihr neues Schiff mit voller Kraft auf den Hafen zu und brachten mich ins Krankenhaus, bevor sie das Unglück meldeten. Ich verbrachte die Nacht und den folgenden Vormittag in der Klinik, bevor Polizei und Hafenmeisterei auf die Idee kamen, die Unglücksmeldung mit einem Anruf von Mutter in Verbindung zu bringen, die eine

Familie auf einem Bootsausflug als vermißt gemeldet hatte. Nun wurde sie gerufen, um die Opfer zu identifizieren.

Ich werde diesen Teil der Geschichte hier abschließen, nicht ohne nochmals zu unterstreichen, daß ich mich kaum an etwas erinnere; ja, meine ganze Jugend ist arm an Erinnerungen. Aber einzelne Details sind mir von dieser ersten merkwürdigen Begebenheit meines Lebens erhalten geblieben. Zum einen habe ich eine unbezähmbare Angst davor, mich auf das offene Meer zu begeben – obwohl ich es tue, wenn es unbedingt sein muß, aber nicht ohne zu zittern und die Notwendigkeit zu verfluchen –, und gleichzeitig bin ich fasziniert vom Meer. Ich kann in einem Pool schwimmen, sofern ich noch darin stehen kann; und ich kann auch, mit einer gewissen Überwindung, im seichten Wasser waten, falls der Strand einigermaßen flach ausläuft, aber das ist auch schon der Gipfel meiner Bereitschaft, mich der Angst vor dem Meer auszusetzen. Hingegen kann ich stundenlang am Meer sitzen und hinausschauen auf die See, die meine Eltern verschlungen hat. Angst und Faszination: Ich bin zweifellos ein Küstenbewohner.

Zum anderen – und das ist das Wichtigere – bekam ich schon früh ein Gefühl für den Tod und seine Allgegenwart, für die Zerbrechlichkeit des Lebens. Mutter machte kein Geheimnis aus irgend etwas, sie redete mir nicht ein, daß meine Eltern zurückkehren würden. Sie erzählte mir von der Vergänglichkeit des Körpers, aber auch von dem ewigen Rätseln des Menschen über die Unsterblichkeit der Seele. Ich vermißte meine Eltern wohl, aber ich trauerte nicht um sie; dazu hatte ich sie nicht genug gekannt, und Kinder trauern nicht um Unbekannte. Später kann man sicher eine andere Trauer entwickeln, von nahezu abstrakter Natur, und das tat ich auch.

Ja, sowohl die Trauer als auch der Gedanke an den Tod wurden meine Begleiter, und gerade deshalb erzähle ich diesen Teil meiner Geschichte; denn ich glaube, daß er irgendwie zu dem beigetragen hat, was später passierte. Die ganze Geschichte, mit der ich jetzt gleich beginnen werde, handelt sozusagen von Tod und Verlust, Trauer und Schicksal – ich werde nichts anderes behaupten, denn *das* wäre eine Lüge. Aber sei es, wie es wolle, es gibt andere, fröhlichere Geschichten für alle, denen meine nicht gefällt.

3 Abendrot

Die eigentliche Geschichte begann an einem Freitagabend im Oktober, an einem ganz anderen Ort, während Margareta und ich die letzte Waldwanderung der Saison unternahmen.

Margareta gleitet wie Öl durchs Gelände. In der Stadt wirkt sie beinahe plump, sie neigt dazu, über Bordsteinkanten zu stolpern, an Hausecken entlangzuschaben, wenn sie um die Ecke biegt, und Sachen umzustoßen. Aber draußen im Wald, sogar bergauf, sind ihre Bewegungen geschmeidig und ihre Schritte leicht und lautlos; es ist ein Anblick, als würde ein kraftvolles Rassepferd in gestrecktem Galopp über eine Ebene fliegen. Sie ist ein Naturmensch, nicht nur in dem Sinne, daß sie die Natur liebt, es scheint auch so, als würde die Natur sie lieben. Sie findet immer einen Halt auf rutschigem Waldboden; sie wird eins mit Bäumen und Wurzeln, Erdbuckeln und Felsen, wie ein Stück Landschaft, das sich losgerissen hat.

Die Natur ist »nicht mein Ding«, wie man so sagt, aber manchmal ist das Licht der Mühe wert. Licht kann mich zum Weinen bringen. Es läuft mir immer noch kalt über den Rücken, wenn ich an meinen ersten Besuch in den Turner-Räumen der Londoner Tate Gallery denke. Ich war absolut nicht darauf vorbereitet, was mich erwartete, als ich über die Schwelle trat und *Snow Storm – Steam-Boat off a Harbour's Mouth making Signals in Shallow Water, and going by the Lead* sah. Ich blieb so abrupt stehen, daß ich rückwärts taumelte; es war, als stünde ich vor einem nackteren und wirklicheren

Himmelslicht, als wir es sehen, weil unser Blick vom Grauen Star der Gewohnheit verschleiert ist. Aber es ist da, dieses Licht, und Turner, bei Gott, hatte es nicht nur einen winzigen Moment lang gesehen; er hatte direkt in das Herz des Lichtes gestarrt, mit einem Blick, der nicht zurückwich; und es war ihm gelungen, es zu packen und festzuhalten. Ja, es war, als hätte er einfach einen trockenen Pinsel genommen und ihn in die ureigenen Farben des Himmels getaucht, sie direkt heruntergeholt und auf die Leinwand gesetzt. Ich empfand Glück und Angst zugleich, wie ich da stand, und dann stiegen mir die Tränen in die Augen. Und immer noch kann ich kein Gemälde von Turner betrachten, ohne daß sich mir die Kehle zusammenschnürt und ich mit den Augen zwinkern muß, um nicht blind zu werden.

Der Sonnenuntergang an diesem Freitagabend war ein diffuses oranges Glimmen am blauen Dunkel des Abendhimmels. Die Aussicht auf das Meer und Richtung Norden auf die Stadt war frei und klar. Und der Wald ganz still, beinahe sakral. Er wirkte in sich gekehrt und meditativ, als umarmte er sich selbst, so wie es kleine Kinder tun, wenn sie ihre eigene Haut erforschen, ihre eigene Gestalt, das Gefühl, zu existieren. In der Luft spürte ich einen scharfen, kühlen Duft, der mich an die Monate gemahnte, die kommen würden.

Wir befanden uns ungefähr zehn Kilometer südlich von Oscarshavn, am inneren Ende einer der vielen schmalen Buchten, wo die Landschaft den Blick auf die Naturschönheiten rund um die Stadt freigibt, im Schnittpunkt von Meer, Wald, Ackerland und Gebirge. Ich setzte mich auf einen großen flachen Stein und sagte: »Das ist weit genug. Jetzt können wir den Sonnenuntergang sehen.«

»Du bist ein richtiger Faulpelz«, sagte Margareta und setzte sich neben mich. Sie trug Khakihosen und eine uralte lederne Bomberjacke mit Teddyfutter. Mit ihren kurzen schwarzen Haaren sah sie aus wie ein Jagdflieger aus dem Zweiten Weltkrieg. Zunächst hatte ich diese Waldwanderungen nur ihr zuliebe mitgemacht. Für sie war es immer Teil ihrer Lebensaufgabe, sich um meine Gesundheit zu kümmern, das gehörte zum Pakt mit mir, und obwohl dieser Pakt ihre Idee war, bedeutet sie mir so viel, daß ich immer bereit gewesen bin, den mir auferlegten Part zu erfüllen.

Sie ist der einzige Mensch, mit dem ich Blutsbrüderschaft geschlossen habe. Es war in dem Frühjahr, als wir dreizehn wurden. Wir saßen in meinem Zimmer und hörten Platten. Plötzlich sagte sie aus heiterem Himmel: »Wollen wir unser Blut mischen?«

Vielleicht hatte die Musik den Anlass gegeben, denn es lief gerade Black Sabbaths *Paranoid*. Es ist typisch für Margareta, daß sie, nachdem sie sich erst einmal für Rockmusik zu interessieren begonnen hat, eine Vorliebe für Alice Cooper, Black Sabbath, David Bowie entwickelte. David Cassidy und Bay City Rollers reichten ihr nicht, sogar T. Rex waren ihr nicht genug: Sie wollte Sex, Gewalt, Blut und all die anderen schlimmen Dinge, an denen sie nicht selbst teilhaben konnte. Die religiöse Praxis in Margaretas Familie ließ nicht viel Raum für Rock (obwohl Musik nicht ausdrücklich verboten war) – jedenfalls nicht für frühsatanischen Heavy Metal, Glam- und Shock-Rock mit umgedrehten Kreuzen und Songs über Nekrophilie, homosexuelle Ausschweifungen und andere Verderbnis.

Eigentlich war es schon zu spät für eine Blutsbrüderschaft, wir waren zu alt für so was, und ich sagte: »Wie kindisch!«

»Nicht für uns«, sagte sie und sah mich finster an, beinahe drohend, so als ob *sie* auf jeden Fall ihr Blut mit meinem mischen würde, egal, ob ich einwilligte oder nicht; notfalls auch mit Gewalt. »Wir beide haben schon einen Pakt. Wir müssen ihn nur noch … *besiegeln*.«

Ich weiß noch, daß ich sie lange ansah und mich fragte, wie sie auf diese Idee gekommen war; sie sah toll aus an dem Abend, sogar irgendwie gefährlich. Sie hatte die ersten Jeans ihres Lebens an – die sie sich gerade erst ertrotzt hatte – dazu einen dunkelgrauen selbstgestrickten Pullover, der bei jeder Bewegung verriet, daß sie langsam einen BH brauchte. Ich begriff, daß sie nicht in der Stimmung für noch einen Streit war, und holte gehorsam mein Taschenmesser heraus.

»Mutter sagt, daß ich neun Leben habe«, sagte ich, als wir unsere blutenden Daumen aufeinanderpreßten. »Aber zwei davon habe ich ja schon aufgebraucht. Also sind noch sieben übrig, und die teilen wir uns.«

Margareta zog ihren Daumen zurück und saugte daran. »Ich habe auch eins. Das sind zusammen acht. Wir werden sehen, wer die meisten davon verbraucht.«

Ich konnte nicht ahnen, daß in diesem Herbst mein drittes Leben an der Reihe war, und auch nicht, daß noch mehrere so schnell dahingehen würden. Aber darüber werde ich später mehr erzählen.

Ich setzte den Rucksack ab und öffnete ihn, nahm die Thermoskanne heraus und goß uns Kaffee ein, während ich das Abendrot betrachtete, vor dem die orangefarbene Glut der Straßenlaternen im Zentrum von Oscarshavn – sofern man bei dieser ausufernden, unübersichtlichen Stadt überhaupt von einem Zentrum reden kann – zwischen den Hügeln und Landzungen aufglomm und sich mit dem Sonnenuntergang vermischte. »Ist es meinetwegen oder wegen deiner eigenen Erlösung, daß dir so viel an meinem Wohlergehen liegt?«

»Beides. Mach keine Witze darüber.«

»Ich mache keine Witze. Jetzt können gute Taten doch wieder zur Erlösung führen. Deshalb dachte ich, du trägst vielleicht ein bißchen dicker auf, um ganz sicherzugehen.«

Sie drehte sich zu mir um; sogar in der Dunkelheit spürte ich, daß sie mich voller Mißtrauen ansah. Vermutlich verriet ihr mein Tonfall, daß ich es darauf anlegte, gemein zu sein. Ich liebe es, Margareta zu provozieren. »Ich habe irgendwo gelesen, daß der Streit zwischen Protestanten und Katholiken beigelegt ist. Der Glaube ist nicht länger allein seligmachend. Es ist keine Gnade mehr vonnöten für richtiges Handeln. Die Erbsünde ist nicht mehr absolut. Jetzt sind auch gute Taten eine Grundlage der Erlösung, und der Mensch ist nicht länger ausschließlich böse. Unter einen seit fünfhundert Jahren andauernden historischen Streit wurde plötzlich ein Strich gezogen, stimmt's? Alles ist keine Sache der Gnade mehr, sondern ein Rechenstück, bei dem die Bilanz und nicht das Gebet den Ausschlag im großen Buch des Jüngsten Tages gibt. Ablaß ist wieder möglich in der protestantischen Welt. Man kann über seinen Glauben reflektieren und gute Taten vollbringen. Der zornige, protestantische Gott ist ein jesuitisch-intellektueller Liberaler geworden. Das ermöglicht eine – sollen wir sagen: *abgewandelte* Erlösung, nicht wahr?«

»Ärgere mich heute nicht, Falk. Ich bin Diakonin, keine Theologin.« Sie legte sich auf dem Stein zurück, die Hände hinter dem Kopf verschränkt. Ich spürte ihre Verstimmung und glaubte den Grund zu kennen: Sie ist Diakonin und Krankenschwester, und sie hat eine kleine Rolle in einem langen staatskirchlichen Schmierenstück gespielt, einer theologischen Seifenoper. Sogar die Kirche produziert heutzutage so etwas, und Margareta war nicht mehr und nicht weniger als eine Statistin in einer mittelmäßigen Machtintrige, obwohl ich die nicht für so hochdramatisch hielt wie das, was einem im Fernsehen geboten wird.

Sie sagte nichts mehr, aber die Stille war nicht bedrückend. Im Laufe eines Lebens findet man nur wenige Menschen, mit denen man nicht nur gut reden, sondern auch gut schweigen kann. Ich wußte, daß sie mich um meinen Rat fragen würde, wenn sie ihn brauchte.

Ich hörte, wie sich im Wald hinter mir etwas bewegte, ein Vogel oder ein größeres Tier, und drehte mich um, aber es war nichts zu sehen.

»Hast du das gehört?« fragte ich.

»Nein. Was denn?«

»Ach, nichts, nehme ich an.«

Wir schwiegen wieder, saßen lange so da und schauten in die Ferne. Die letzte Glut des Sonnenuntergangs erlosch, und die Lichter der Stadt glitzerten auf einmal stärker am Horizont. Der Himmel war jetzt schwarz, abgesehen vom Flimmern der Stadt und dem grauweißen Rauch der Papierfabrik. Ich leerte die Kaffeetasse und ärgerte mich, daß ich keine Flasche Wein mitgenommen hatte, die mir jetzt gutgetan hätte.

Margareta war mit etwas ganz anderem beschäftigt, sie erhob sich langsam. »Geht die Sonne jetzt wieder *auf?*« sagte sie.

»Hm?« Ich sah hinüber zur Stadt.

»Sieh mal das Licht da drüben, Falk.«

Ich stand ebenfalls auf. In der Stadt leuchtete ein gelbweißer Lichtfleck, der vor ein paar Minuten noch nicht da gewesen war. »Merkwürdig«, sagte ich, aber es war mehr als merkwürdig, es war beinahe unheimlich, es war *unnatürlich*; ein neuer Sonnenaufgang kurz nach Sonnenuntergang.

»Es brennt«, sagte sie schließlich bedächtig, nachdem der seltsam gelbweiße Schimmer am Horizont an Intensität zugenommen hatte. »Es brennt irgendwo in der Stadt.« Wir packten unsere Sachen zusammen, liefen so schnell wir konnten zum Auto und fuhren Richtung Stadt, wo das Chaos ausgebrochen war. Schon am Stadtrand strömten die Menschen – zu Fuß, per Fahrrad, per Auto – in ein und dieselbe Richtung. Als Margareta das Fenster herunterkurbelte und die Passanten ansprach, erfuhren wir, daß sie unterwegs nach Kroken waren, dem örtlichen Slum; ein ödes Viertel, abseits gelegen und heruntergekommen, eine kleine Enklave von existenziellem Schmutz. Alle Städte haben eine solche Gegend, ein eigenes kleines Ghetto, das man in früheren Zeiten als Armenviertel bezeichnete. Ein Ort, an dem die weniger Glücklichen angesiedelt werden, damit uns anderen die Schande ihres Anblicks erspart bleibt. Kroken war die Rückseite unserer kleinen Gesellschaft, und ich schlug die Richtung ein und kurvte den Brava so schnell es ging durch den Verkehr, die Warnblinker an und den Daumen unablässig auf der Hupe, wie Margareta es befohlen hatte; sie als Krankenschwester konnte sich dort vielleicht nützlich machen. Aber es half nichts, ich kam nicht vorwärts und mußte schließlich aufgeben, und Margareta stieg aus und verschwand in der Menge.

Nur wenige Ereignisse erschrecken den Menschen so sehr wie ein Großbrand. Das riesige Feuer weckt eine archaische Angst in uns, wir werden in ein Stadium zurückgeworfen, in dem wir uns vor Jahrtausenden befanden, als Feuer etwas war, was wir mit gleicher Intensität fürchteten und begehrten, weil wir es brauchten und gleichzeitig wußten, daß wir es nie völlig unter Kontrolle haben würden. Seit dem Heraufdämmern des Bewusstseins ist uns klar, daß wir gefangen sind zwischen Feuer und Feuer: Unter uns, im Innern der Erde, brodelt ein Feuer, das jederzeit hervorbrechen und uns in rotglühenden Kaskaden aus den tiefsten Tiefen unseres eigenen Erdballs ertränken kann; über uns hängt eine Sonne, die unbarmherzig unser Leben beherrscht und uns eines Tages mit flammendem Rachen verschlingen wird. Feuer ist die stärkste Kraft, und wonach sehnt sich der Mensch mehr, als die stärksten Kräfte zu beherrschen? Folglich drängen wir, mit aller Perversion, die wir in uns haben, dem Feuer entgegen, wenn es zu uns kommt. Die Leute wollen immer dort sein, wo etwas passiert, egal, was passiert. Wir wollen der Tragödie so nahe wie möglich kommen, sei es nun instinktiv oder aus Gedankenlosigkeit, wer weiß? Aber so ist es, und ich bin da keine Ausnahme, ich wollte auch sehen, was passiert, ein interessierter Zuschauer, wie immer.

Oscarshavn wird von Fjordarmen und Buchten geteilt und liegt verstreut auf mehreren Halbinseln und Landzungen; stille, halb versteckte Wohngebiete erstrecken sich ins Meer hinaus und ins Binnenland hinein, wo sie plötzlich in Sackgassen enden, dahinter das Wasser, die Berge, der Wald. Von

Süden nach Norden wird die Stadt von der Fernstraße durchschnitten; das Stück Straße innerhalb der Stadt heißt Storgata. Jetzt hatte man sie in beiden Richtungen abgesperrt, damit Rettungswagen und Feuerwehr durchkamen. Ich steckte im Stau fest und konnte noch nicht einmal wenden, um nach Hause zu fahren. Anderthalb Stunden saß ich dort im Auto, während Kroken auf der anderen Seite des Hügels brannte. Um mich herum war ein enormes Gewimmel; Autos zogen sich wie ein Strom aus Licht und glänzendem Metall durch die Storgata, die Bürgersteige quollen über vor Menschen. Die Leute stellten die Motoren ab, stiegen aus ihren Autos, standen in merkwürdig zusammengewürfelten Grüppchen beieinander und unterhielten sich – ernst, aufgeregt. Die Lichter der Schaufenster, der Leuchtreklamen, der Autoscheinwerfer tauchten sie in wechselnde grelle Farben, seltsame Schatten und sonderbar scharf begrenzte Felder von Blau, Rot, Gelb, Grün, Weiß. Wiederkehrende Muster, ein Puls, ein Rhythmus der Kleinstadt. Und am Himmel dieser unnatürliche Schein, die Glut des Feuers. Ich schaltete das Radio an, suchte den Lokalsender, saß im Auto, rauchte Zigaretten und lauschte den dramatischen, aufgeregten Berichten über die Katastrophe. Eins der Mietshäuser war bereits völlig niedergebrannt, sagte die Reporterin, und das Feuer hatte die beiden Nachbarhäuser erfaßt. Ich stieg aus dem Auto. Am oberen Ende der Storgata flackerten blaue und weiße Lichter, das Jaulen von Sirenen durchschnitt die Luft, hielt sich ein paar atemlose Augenblicke, wurde wieder schwächer und verschwand.

Die Fahrerin eines Autos, das in der Nachbarspur stand, eine Frau mittleren Alters, die ich vom Sehen kannte, an deren Namen ich mich aber nicht erinnerte, kurbelte das Fenster herunter und sagte: »Schlimme Geschichte, schlimme Geschichte.«

»Wohl wahr«, sagte ich und überlegte, wann ich das letzte Mal in Kroken gewesen war. Es mußte Jahrzehnte her sein.

»Wundert mich nur, daß es nicht schon früher passiert ist«, sagte sie und steckte sich mit dem Zigarettenanzünder eine Zigarette an. Die blinkende bunte Neonreklame an der Fassade des Centrum Centrum Einkaufscenters tauchte sie in schneller Folge in rotes, blaues, weißes Licht. Sie trug ein Abendkleid und eine Perlenkette. Die Haare waren sorgfältig hochgesteckt. Eine Frau auf dem Heimweg von einem Fest, oder vielleicht auch auf dem Hinweg. Wie auch immer, der Abend war gelaufen. »Die Ecke ist schon seit Jahren ein Pulverfass«, sagte sie. »Die haben da bestimmt Vorratslager mit selbstgebranntem Schnaps und wer weiß was noch allem.«

»Ich nehme es an«, sagte ich und dachte, ob Margareta wohl durchgekommen war, ob sie helfen konnte, ob sie gut auf sich, auf ihr schwaches Herz aufpaßte. Wieder jaulten Sirenen, aber diesmal sah ich kein Blaulicht. Im Radio berichtete ein Reporter von einem Feuerwehrmann, der in einer weiteren Explosion verschwunden war. Irgendwo in der Schlange hinter mir begann jemand zu hupen. Aus einem der Autos in der Nähe drang Kinderweinen. Eine Gruppe Jugendlicher quoll plötzlich aus dem Nachtclub Tigerburet. Es schien, als hätten sie noch was vor, sie waren voller Energie und Leben, als sie die Treppe aus dem Kellerlokal heraufkamen. Aber damit war es bald vorbei. Unentschlossen blieben sie auf dem Bürgersteig vor den Schaufenstern des Einkaufscenters stehen, urplötzlich reduziert auf lethargische und charakterlose Silhouetten in verwirrten Grüppchen. Ich setzte mich wieder ins Auto und steckte mir die letzte Zigarette aus der Packung an, während der Reporter im Radio einen Polizisten nach möglichen Toten fragte. Der sagte: »Wir wissen es nicht. Bisher wissen wir noch gar nichts. Sie brauchen gar nicht weiter zu fragen.« Das Gehupe in dem Stau nahm zu. Eine Polizistin ging durch die Reihen der Autos, wohl um die Sünder zu verwarnen. Als sie auf dem Rückweg wieder vorbeikam, fragte ich sie, wann sich, nach ihrer Einschätzung, der Stau auflösen würde. »Sehr bald, ziemlich bald«, sagte sie. »Aber es hat keinen Zweck, in Richtung Kroken zu fahren. Das ganze Gebiet ist weiträumig abgesperrt. Bitte versuchen Sie es gar nicht erst.« Und ich dachte, na ja, nun ist es bald vorbei.

Aber so war es nicht. Im Gegenteil: Es war erst der Anfang, obwohl ich das damals nicht wußte. Oder besser: Es war der Anfang vom Ende.

4 Die Seele der Stadt

Jede Kleinstadt hat ihren ganz eigenen Charakter, ihre Seele. Dem Fremden erscheinen alle Kleinstädte ähnlich, aber wir, die wir dort wohnen, wissen, daß unsere Stadt sich von allen anderen unterscheidet. Und in der Art, wie die Stadt mit ihren kleinen und großen Tragödien umgeht, spiegelt sich ihre Seele wider. Wir in Oscarshavn haben ruhige Gemüter, aber wir diskutieren trotzdem gern über die Dinge, reden darüber. Manche würden sagen, wir tratschen, und vielleicht mag es so aussehen, aber es ist nicht das Wort, das wir verwenden würden.

Als ich auf dem Weg ins Geschäft die Storgata hinunterging, an diesem Samstagvormittag, an dem eine klare, dottergelbe Sonne tief über der Stadt hing und so warm schien, daß die kühle Herbstluft über dem Boden flimmerte, merkte ich, daß sich die Tragödie im Verhalten der Leute widerspiegelte. Samstagvormittags ist immer viel los im Zentrum, aber an diesem Tag waren mehr Leute als sonst unterwegs, und sie blieben öfter stehen, um miteinander zu reden. Die Ereignisse waren zwar auf einen Bezirk begrenzt, auf einen Teil des Stadtlebens, mit dem die wenigsten von uns etwas verband, aber sie berührten uns doch. So groß ist Oscarshavn nicht; ja, wenige Städte in diesem Land sind so groß, daß eine Tragödie von gewissem Ausmaß nicht jeden berührt. Ich hörte auf meinem geruhsamen Gang durch das Zentrum jemanden sagen: »...Untersuchung...« Ein anderer sagte: »...Brandstiftung...«, und ich setzte meinen Weg fort, während ich allen Passanten zunickte, die ich vom Sehen her kannte. Dort ging Rektor Holmlund mit seinem Neufundländer Peik II spazieren; drüben in einer Seitenstraße stand Paul Wik, Redakteur der *Oscarshavn Tidende*, und unterhielt sich mit einem Stadtrat. Die alte Frau Lilleset kam aus dem Feinkostgeschäft im Haus von Midberg & Larsen, ergriff meinen Arm mit einer dürren, blaugeäderten, leberfleckigen Hand, die unerwartet kräftig zupackte, und sagte: »Fürchterliche Tragödie.« Dem konnte ich nur zustimmen. Sie beugte sich vor und flüsterte: »Strafe folgt der Sünde auf dem Fuße, das haben wir früher immer gesagt. Aber der Strafen werden immer mehr.« Das war eine bestechend kryptische Aussage, die ich ihrer seit langem bekannten Senilität zuschrieb, also stimmte ich ihr auch darin zu.

Ich blieb vor Skriftstedet Antikvariat og Kakehus stehen und betrachtete das Schild über der Tür, den Eingangsbereich, die Schaufensterdekoration, wie ich es oft tat.

Nichts deutete darauf hin, daß ich als Besitzer eines Antiquariats enden würde, als ich im Anschluß an mein Studium in Oslo nach Oscarshavn zurückkehrte. Ich hatte mir eine Zukunft – vielleicht sogar eine Karriere – im öffentlichen Dienst vorgestellt, in der Stadtverwaltung oder etwas in der Art. Aber die ganze Bürokratie lag mir nicht; es machte mich krank, von demokratischen Prozessen abhängig zu sein, von den Launen und Einfällen der Politiker, obwohl ich vor den meisten Politikern großen Respekt hatte. Es dauerte nicht lange, da begann ich mich nach etwas anderem umzusehen, wo ich mein eigener Herr sein konnte, wo ich nicht von Vorgesetzten, Kollegen, Intrigen behelligt wurde, und ich erkannte sehr bald, daß es etwas Kaufmännisches sein mußte. Im Grunde wollte ich auf irgendeine Art *reich* werden; ich war bereits dank meiner Erbschaft mehr oder weniger wohlhabend, obwohl ich nur ein durchschnittlicher Kleinbürger war in diesem Land, in dem fast jeder alles hat.

Eines Tages Ende der achtziger Jahre machte ich einen Einkaufsbummel. Ich war gut gelaunt, hatte gerade zu Mittag gegessen und nur noch zwei Posten auf meiner Einkaufsliste, alles andere war bereits erledigt. Ich spazierte ohne besonderes Ziel durch die Straßen, schaute mir Geschäfte, Fassaden und Ladenschilder an und überlegte, daß Oscarshavn alles andere als eine vollkommene Stadt war. Es gab Möbel, Elektrogeräte, Tapeten und Gardinenstoffe für jeden Geschmack. Es gab genügend Bekleidungsgeschäfte, ganz gleich, ob man nach Abendgarderobe, nach Freizeitkleidung oder einer Sportausrüstung für Klettertouren oder Waldwanderungen suchte. Es gab ein Kino mit drei Sälen, eine gutsortierte Bibliothek, Musikgeschäfte, Buchhändler, Kunstgalerien, Autohändler. Es gab Restaurants, Cafés, Diskotheken, Nachtclubs und Kneipen für jedermann. Ja, dachte ich so bei mir, als ich schwer bepackt durch die Straßen schlenderte, Oscarshavn ist keine schlechte Stadt, uns fehlt es an nichts, vielleicht mit Ausnahme eines – und ich blieb stehen – eines *Antiquariats!* Und plötzlich fiel mir ein, daß meine Bibliothek größtenteils aus Büchern bestand, die ich in Antiquariaten gekauft hatte, interessante und in gewisser Weise *unterhaltsame* Bücher über wenig verbreitete und außergewöhnliche Themen.

Ich setzte mich im Stadtpark auf eine Bank, um nachzudenken. Leute gingen an mir vorüber und grüßten mich, und ich grüßte blind und mechanisch zurück. Mir war bewußt, daß ich keinerlei naturgegebene Voraussetzungen hatte, um ein Antiquariat zu betreiben, aber ich hegte keinen Zweifel, daß ich es mit genügend Zeit und Geduld schaffen konnte, mir einiges Fachwissen anzueignen, um einen Bedarf zu befriedigen, der in Oscarshavn meiner Meinung nach vorhanden sein mußte, und daß ich damit meinen Lebensunterhalt sichern konnte. Oscarshavn würde mich unterstützen, davon war ich felsenfest überzeugt. Die Stadt wurde seit vierzig Jahren von derselben Parteienkonstellation regiert, einer Koalition all derer, die meinten, was gut für die Wirtschaft sei, das sei auch gut für die Leute, und diese Koalition funktionierte wie geschmiert. Alteingesessene Firmen – Schuhfabrik, Steinbruch, Schmelzwerk und ähnliches – waren verschwunden, aber neue waren hinzugekommen, und niemand merkte im Grunde irgendeinen Unterschied. Andere Branchen, wie die Textil- und Lebensmittelindustrie, waren stabil geblieben oder hatten sich vergrößert. Außerdem hatten unsere Politiker Ämter und Behörden in die Stadt geholt, Hochschulen und eine Menge anderer Perlen aus der regionalen Schatzkammer. In den politischen Flügeln gab es Leute, die nach Änderungen riefen, aber ich hatte nie richtig verstanden, was sie eigentlich ändern wollten. Doch ich war mir ziemlich sicher, daß die Stadt sich von ihrer besten Seite zeigen würde, daß man mir Existenzgründungsbeihilfen bewilligen und mir das bürokratische Entgegenkommen zeigen würde, für das die Stadt weithin bekannt war. Und während ich dort saß, gelangte ich immer mehr zu der Überzeugung, daß ein Antiquariat für mich und die Stadt das Beste war. Alte Bücher, dachte ich, waren eine bescheidene Ware, sie hatten etwas Taktvolles an sich, das mir gut zu Gesicht stehen würde.

Um eine längere Geschichte abzukürzen: Wenige Monate später war ich Inhaber von Skriftstedet Antikvariat og Kakehus – ein Name, den Margareta sich hatte einfallen lassen und dem ich unter großen Vorbehalten zustimmte, aber ich habe es bisher nicht bereut; der Name hat etwas Ungewöhnliches. Das Geschäft war vom ersten Moment an ein Erfolg. Ich richtete den Laden so ein, daß man es sich in einem Sessel gemütlich machen konnte, versorgt mit Lesestoff zum Schmökern und einem Stück von dem Kuchen, den ich damals backen lernte, einer Tasse Kaffee oder einem Glas Weiß- oder Rotwein, dessen Ausschank mir die Stadt anstandslos bewilligt hatte. Es war das erste Antiquariat in der ganzen Umgebung, und die Idee mit dem Kuchen und dem Wein war geradezu genial. Das Geschäft gedieh prächtig, und es dauerte nicht lange, bis ich Leute einstellen konnte, die mir bei der Arbeit halfen.

Janne war eine von ihnen, meine Geschäftsführerin und die einzige Vollzeitangestellte. Als ich die Tür zum Antiquariat aufschloß, saß sie auf dem Verkaufstresen und ließ die Beine baumeln, im Minirock, mit hochhackigen Stiefeletten und einem dunkelblauen Angorapullover, der ausgezeichnet zu ihren wasserstoffblonden Haaren paßte. Sie ist eine großgewachsene, mädchenhafte und ziemlich modebewußte alleinerziehende Mutter von sechsunddreißig Jahren, alles andere als eine typische Buchhändlerin, aber sie meistert ihre Aufgabe ganz ausgezeichnet. In allem, was sie anpackt, ist sie sehr gut, sie ist eine phantastische Mutter für ihre Tochter, hübsch anzusehen, und sie hat ein Herz, groß wie ein Haus.

»Hey! Wow«, sagte sie, als sie mich sah. Sie hat auch noch eine angenehme, wohlklingende und nicht zuletzt *intime* Altstimme, die irgendwie gluckst, wenn sie spricht, so als ob sie dauernd ein kleines Lachen unterdrücken müßte – ich glaube, ihre Stimme bringt den meisten Umsatz in diesem Laden.

»Das Beste des Morgens für dich.« Ich versuche immer, mir irgendeinen flotten Gruß auszudenken, denn sie schätzt abwechslungsreiche Rituale; das Vertraute und das Überraschende in genau abgewogener Mischung.

»*Top of the morning to you*«, sagte sie. »Stimmt's?«

»Auffallend genau.«

»Schlimme Sache, was?«

»Kann man wohl sagen. Gibt's was Neues?« Ich hielt mir zu Hause keine Zeitung, und im Laden las ich sie auch nicht immer. In so einer kleinen Stadt kriegt man leicht alles mit, was passiert, und das Antiquariat ist einer der besten Orte für einen entspannten Austausch von Informationen. Die Kunden bringen normalerweise viel Zeit mit, wenn sie den Laden erst einmal betreten haben. Eine gute Tasse Kaffee, ein Stück Kuchen, ein gemütlicher Plausch über dieses und jenes, ein wohlüberlegter Bücherkauf. Das ist nicht nur ein gutes Rezept, das ist *das* Erfolgsrezept meines Ladens.

Janne strahlte vor lauter Ungeduld, mir etwas Neues zu berichten. »Hast du es noch nicht gehört?«

»Ich habe auf dem Weg hierher allerhand gehört.«

»Sie glauben, daß es Brandstiftung ist. Sie haben die Kripo um Unterstützung gebeten.«

Ich zögerte einen Moment, aber die Frage war notwendig: »Ist jemand umgekommen?«

Urplötzlich wurde ihr die Unangemessenheit ihrer Begeisterung bewußt, sie wurde langsam rot im Gesicht und klappte den Mund zu.

»Ist schon in Ordnung«, sagte ich.

»O verdammt«, flüsterte sie. »Das tut mir jetzt echt leid.«

Ich mag Janne in mehrfacher Hinsicht unheimlich gern. Wir hatten einmal so etwas wie ein Verhältnis, eine *Affäre* ist vielleicht das treffendere Wort. Ein paar Drinks in der Bar vom Hotel Royal an einem verregneten Herbsttag nach Feierabend, ein Gefühl der Einsamkeit, das sich über einen gewissen Zeitraum aufgebaut hat, und ehe man sich's versieht, liegt man knutschend auf einem Sofa und steuert auf das Unausweichliche zu. Aber eigentlich waren wir nicht ernsthaft aneinander interessiert, keiner von uns, es war nur eine Laune, die innerhalb von zwei, drei Monaten vorüberging, und wir hegten nie irgendeinen Groll füreinander. Während unseres kleinen Flirts hat mich nur eine Sache wirklich an ihr gestört, und zwar, daß sie im enthusiastischen Rausch des Augenblicks die seltsamsten, gedankenlosesten, teilweise grausamsten Dinge sagen konnte, und obwohl es ihr jedesmal sofort leid tut, ist es dann in der Regel zu spät. Manchmal mußte ich mir wirklich auf die Zunge beißen, um nichts zu sagen, aber noch öfter war ich sprachlos vor Verblüffung darüber, welche merkwürdigen und verqueren Kurzschlüsse in ihrem Kopf Funken schlugen.

Sie rutschte vom Tresen herunter und rieb sich mit ärgerlicher Miene die Nasenspitze. »Es ist *nicht* in Ordnung«, sagte sie. »Ich bin echt *blöd*. Und es tut mir leid, weil – du weißt schon. Ich kann nichts dafür. Ich kriege einfach einen Kick, wenn etwas aufregend ist. Es ist ein Reflex, ungefähr so wie der, daß du dich duckst, wenn jemand was nach dir wirft. Bestimmt ist irgendwas mit meinem Hypothalamus nicht in Ordnung. Du *weißt*, daß ich es nicht so meine.« Sie sah beschämt aus; ein kleines Mädchen, das an einem Montagabend mit Schokolade in den Mundwinkeln auf frischer Tat erwischt wurde.

Ich nickte und tätschelte ihren Oberarm. »Ist schon gut«, sagte ich, um sie zu trösten. »Nun erzähl schon, was du weißt.«

Sie schüttelte den Kopf über meine Unwissenheit. »Du kriegst wirklich *nie* was mit. Das Feuer ist wahrscheinlich in der Wohnung von Fräulein Frisch ausgebrochen.«

»Fräulein Frisch? Ist die nicht schon seit vielen Jahren tot?«

»Ja, es geht um ihre Tochter. Sie hat den Namen geerbt. Sie heißt – *hieß* – eigentlich Simer.«

»Also Fräulein Frisch – mein Fräulein Frisch – hatte eine Tochter?« fragte ich. Ich brauchte eine Zigarette und zog Janne mit mir ins Hinterzimmer, wo wir uns aufhalten konnten, bis Kundschaft kam. Wir haben am Eingang eine altmodische Türglocke aus den zwanziger Jahren, die bimmelt, wenn ein Kunde die Tür öffnet. Zum Laden gehören zwei kleine Büroräume, eine Toilette und ein winziger Lagerraum – das Hauptlager befindet sich in einem Gebäude etwas außerhalb der Stadt –, und in einem der beiden Büros, wo ich die Buchhaltung und dergleichen erledige, haben wir unsere Raucherzone. »Weiter«, sagte ich, nachdem wir uns mit Zigaretten und frischgebrühtem Kaffee versorgt hatten.

»Ich habe gehört, daß vier Leute vermißt werden, wahrscheinlich sind sie tot. Fräulein Frisch und ihr Freund – oder ihr Mann, ich weiß nicht so genau, jedenfalls wohnte er bei ihr. Und ihre Tochter. Die vielleicht auch seine Tochter ist, was weiß ich. Und dann eine ältere Frau aus dem Nachbarhaus. Schrecklich, nicht? Auch wenn sie nicht gerade das waren, was man gutbürgerlich nennt. Das Feuer hat zwei Mietshäuser in Kroken völlig zerstört und ein drittes beschädigt. Im Moment durchsuchen sie die Ruinen, es steht also noch nicht genau fest, aber … Und ein Feuerwehrmann wurde schwer verletzt, aber ich weiß den Namen nicht.«

»Also gab es auch noch eine Enkelin?« dachte ich laut. Fräulein Frisch – die ältere – war eines der vielen Originale, die eine Stadt wie Oscarshavn im Laufe der Jahre hervorbringt: Säufer, Dorfdeppen, Marktschreier, Sonderlinge jeder Art und, wie im Falle von Fräulein Frisch, Nutten des alten Schlages: gründlich alkoholisierte, ungewaschene, vor Krankheiten strotzende Fischerhuren, von denen etliche, als ich noch ein Junge war, durch die Straßen wankten, stets bereit, sich für einen halben Liter Selbstgebrannten oder ein lustiges Fest zu verkaufen. Ob sie den Namen Fräulein Frisch als sarkastischen Kommentar zu ihren vielen Geschlechtskrankheiten erhalten hatte, die sie ganz sicher mit sich herumtrug, oder ob sie so hieß, weil sie frisch und munter alles mitmachte, weiß ich nicht, aber in meiner Erinnerung hatte sie nie einen anderen Namen. »Fräulein Frisch – die alte – gehört zu meinen ersten Kindheitserinnerungen«, sagte ich.

Janne lachte und zog gleichzeitig eine angeekelte Grimasse. »Igitt.«

»Nein, überhaupt nicht. Es war eigentlich ganz drollig und rührend. Ich war drei, vier Jahre alt und mit meiner Großmutter unterwegs, bei der ich lebte, wie du weißt, und wir standen vor dem alten Kiosk unten am Kai. Ich hatte wohl um ein Eis oder ein Stück Schokolade oder so was gebettelt, jedenfalls sollte ich es gerade bekommen, als Fräulein Frisch auftauchte und Mutter eine ordentliche Standpauke hielt, weil sie mir, dem kleinen Kind, solche ungesunden Sachen zu essen gab. Sie bestand tatsächlich darauf, mir einen Apfel zu kaufen, als Ausgleich.«

»Ist das dein Ernst?«

»Ja, sicher. Mutter kannte sie wohl flüchtig, ich erinnere mich jedenfalls, daß sie sich eine ganze Zeit unterhielten. Und später, als ich mal verächtlich über sie sprach, kriegte ich von Mutter eine saftige Ohrfeige.«

»Also echt. Warum das denn?«

»Keine Ahnung. Oscarshavn war damals noch kleiner. Ich glaube, die Leute kannten sich alle besser.«

Die Türglocke bimmelte, und Janne ging in den Laden, um zu bedienen. Ich setzte mich an den Schreibtisch, um mich mit ein paar Schriftstücken über einen größeren Nachlaß zu beschäftigen, für den ich den Zuschlag erhalten hatte, aber ich wurde kurz darauf von Kurt Harman unterbrochen, der den Kopf zur Tür hereinsteckte. »Zeit für unseren Imbiß«, sagte er. Er trug Anzug und Krawatte, wie immer; der Schlips war ein entzückendes Modell aus Seide, dunkelblau mit einer handgestickten Mickymaus im Tennisdreß, asymmetrisch auf der Krawattenspitze plaziert. Kurt sammelt Designerkrawatten und speziell Disney-Krawatten. Er ist Leiter des Instituts für Stadtplanung am Hochschulzentrum, einer meiner besten Freunde. Bei all der Aufregung über die Ereignisse hatte ich ganz vergessen, daß wir heute verabredet waren, aber das machte nichts. Wir gingen zum Centrum Centrum; die Cafeteria dort hat die besten Roastbeef-Remoulade-Smørbrøds der ganzen Stadt, aber dieses Gebäude, eine unsägliche architektonische Blüte in Oscarshavns Warenhausflora, ist ein grauer und langweiliger quasi-postmoderner Betonklotz mit einer Reihe höchst uninteressanter und billiger Läden. Am anderen Ende der Storgata wurde gerade ein neues Einkaufscenter gebaut, Oscarshavns Storshopping, mit einer Zusammenstellung von Läden, die allem Anschein nach mehr meinem Geschmack entsprechen würden.

Der Himmel hatte sich bezogen, während ich mich in meinem Antiquariat aufgehalten hatte, und ein leichter Nieselregen lag auf der Lauer. Wenn man an der Küste wohnt und das

Wetter einem nicht gefällt, braucht man nur fünf Minuten abzuwarten, wie wir hier sagen.

»Warst du dort?« fragte er auf dem Weg.

»Nein. Ich war gerade mit Margareta auf einer Waldwanderung, als wir sahen, daß es brennt. Auf der Fahrt in die Stadt steckte ich im Stau fest. Und du?«

»Stand oben auf dem Steilhang an der Nordseite und sah eine ganze Weile zu.« Er schüttelte den Kopf.

»Du hast das Feuer also gesehen?«

Er nickte. »Ich habe das Feuer gesehen. Jedenfalls genug davon.« In seiner Stimme schwang etwas Nachdenkliches, Verwundertes mit.

»Das war …«, ich breitete die Arme aus, hilflos, ein Mann auf der verzweifelten Suche nach einem passenden Ausdruck. »Unheimlich. Entsetzlich. Grotesk.«

»Ein bißchen surrealistisch?«, fragte ich.

»Surrealistisch? Ja. Könnte man sagen. Mir wurde es nur zu übermächtig. Es gelang mir nicht, es von einem Filmfeuer zu trennen. Verstehst du? Es war zu …« Jetzt war er derjenige, der die Arme hilflos ausbreitete.

»Imposant?«

»Genau. Ich habe übrigens gerade eben mit Paul gesprochen, er kam mit der Maschine um elf herein. Die Kripo-Leute wurden eingeflogen. Drei Mann. Brandspezialisten unter anderem. Es gibt da wohl etwas, womit sie nicht so richtig rausrücken wollen.«

»Es wird von Toten und Vermißten geredet. Sie suchen noch. Es ist sicher nicht einfach, in solchen Fällen etwas herauszufinden. Die Verbrannten. Es heißt, man würde durch die Rauchgase sterben, bevor man was merkt.« Trost, Erklärungen, Fakten? Ich hatte es irgendwo gehört, irgendwo gelesen, aber stimmte es? Wir betraten das Café, blieben stehen und hielten Ausschau nach einem freien Tisch, der dort immer Mangelware war. »Sie halten alles geheim. Aus Rücksicht auf die Hinterbliebenen. Sie haben eine Entschuldigung für die ganze Geheimhaltung. Es bedeutet noch nicht, daß es Brandstiftung war. Sie kommen, arbeiten angestrengt, sind tüchtig. Sie haben solche Fälle schon aufgeklärt. In der Zwischenzeit brauchen wir eigentlich nicht zu wissen, was da vor sich geht. Alles, was wir brauchen, sind die absoluten, sicheren Antworten, wenn sie endlich vorliegen. Darum geht es doch, oder? Der Rest ist nur Unterhaltung, Zeitvertreib.«

»Ich denke, du hast recht.« Wir fanden einen freien Tisch in der Raucherzone, hinter einem großen Gummibaum, versorgten uns mit Roastbeef-Smørbrød, Kaffee, Traubensaft. »Aber können wir unter diesen Umständen unsere Jubiläumsfeier veranstalten, was meinst du?«, fragte ich, als wir die ersten Bissen verschlungen hatten; wir planten das zwanzigjährige Jubiläum unserer Abiturfeier, und Kurt und ich hatten die Festleitung übernommen.

»Wegen des Feuers?«

»Sagt man so etwas dann nicht ab?«

»Spinnst du? Nein!« sagte er mit Nachdruck. »Die Leute kommen von überall her. Aus dem Ausland. Sie haben ihre Tickets gebucht und bezahlt, und die Fluggesellschaften erkennen einen solchen Rücktrittsgrund nicht an. Nein, nein.«

»Du hast wohl recht. Wie hoch ist die Anmeldequote?«

»Sag so was nicht, das paßt nicht zu dir. Das paßt zu *mir*, nicht zu dir. Über siebzig, als ich zuletzt gezählt habe, inzwischen wohl einige mehr. Die Frist ist am Freitag abgelaufen, in ein paar Tagen dürfte Schluß sein. Aber es *kann* ein tolles Fest werden.« Er schüttelte sich, offensichtlich war ihm ein Schauer über den Rücken gelaufen. Ich selbst fand beruhigenden, optimistischen Trost in der Aussicht auf ein schönes Fest, auf ein spannendes und interessantes Wiedersehen mit Leuten, die ich seit vielen Jahren aus den Augen verloren hatte. Die lichten Möglichkeiten der Zukunft, im Gegensatz zur düsteren Realität der Gegenwart.

Kurt nickte jemandem hinter meinem Rücken zu; ich drehte mich um, weil ich sehen wollte, wer es war. Ich hatte keine Schwierigkeiten, den alten William Timerberg wiederzuerkennen, der dort mit seinem Nachfolger Winterhof zusammensaß. Keine Stadt wird ein für allemal gegründet, und dann Schluß und aus; sie entsteht immer wieder neu. Aber es gibt Menschen, die sind zur rechten Zeit am rechten Ort und verändern eine Stadt von Grund auf. Timerberg war einer von ihnen. Vater einer Stadt in der modernen Zeit, das ist keine leichte Aufgabe. Er erhob sich, kam an unseren Tisch, wir erhoben uns ebenfalls, schüttelten uns die Hände; er war ein Mann mit großer Ausstrahlung. Nach einigen Floskeln sagte er zu mir: »Ich möchte Sie bitten, mir ein Buch zu bestellen. *Stadtgeographie* ist der Titel, von James Johnson. Ich brauche es für einen Vortrag.« Er wandte sich zu Kurt und lächelte; in diesem Lächeln lag eine Mischung aus Sympathie und Vertrauen, wie es das nur bei älteren Männern gibt, die in dieser Welt etwas erreicht haben, ein Bewußtsein der eigenen Macht und Position, gekoppelt mit einer gewissen Portion Respekt für das Gegenüber. »Sie wissen ja schon Bescheid.«

»Ich warte voller Spannung darauf«, sagte Kurt.

»Ist es sehr eilig?« fragte ich.

»Nicht eiliger als alles andere. So schnell wie möglich.«

»Ich kümmere mich gleich Montag darum«, sagte ich.

»Danke. Bis dann.« Er nickte jedem von uns zu und ging zurück an seinen Tisch, wo Winterhof dabei war, seinen Mantel anzuziehen.

»Was für ein Vortrag?« fragte ich, als Kurt und ich uns wieder gesetzt hatten.

Er lächelte und war offenbar sehr zufrieden mit sich selbst. »Ach, Timerberg wird höchstselbst und mit allem Drum und Dran sein geschäftliches Testament verkünden. Ich dränge ihn schon, seit ich Leiter des Instituts bin, seine subjektive Geschichte zusammenzustellen, wie er sich die Dinge vorgestellt hat, wie er die Stadtentwicklung geplant hat, die Entwicklung der Wirtschaft, überhaupt alles, was er in diesen Jahren so gedacht hat.«

Ich sagte: »Er ist schon ein eigenartiger Typ. Er kommt ziemlich oft im Antiquariat vorbei. Stöbert herum. Wenn er etwas kauft, kann es alles mögliche sein.«

»Kann ich mir vorstellen.« Kurt nahm den letzten Happen seines Roastbeef-Smørbrøds, betrachtete den Bissen und schob ihn mit betrübter Miene in den Mund. »Der Mann hat viel nachgedacht, und das wenigste davon war falsch. Er hat die Dinge früh und schnell begriffen.«

»Und er hat unheimlich viel Macht.«

Er zuckte die Schultern. »Leute, die Dinge früh und schnell begreifen, *erhalten* Macht.«

»Er fördert das Institut, oder?«

»Nur das Abfallforschungsprojekt. Er finanziert die Miete für den Geoscanner und den Müllkran. Das ist okay für uns, weil es nur für einen begrenzten Zeitraum ist. Und er – oder besser die Firma – zieht ja direkten Nutzen aus den Forschungsergebnissen.«

»Ist das sauber? Entschuldige das Wortspiel. Ich meine, von einem Industrieunternehmen gesponsert zu werden?«

»Kommt darauf an, wie der Vertrag aussieht. Unserer ist sauber. Übrigens brauchen wir eine Million für die Erweiterung dieses Abfallprojektes, und du bist doch reich.«

»Nicht an Kapital. Außerdem finde ich Abfall unerotisch.« Ich stand auf und holte noch mal Kaffee für uns beide. Als ich zurückkam, hatten sich am Vierertisch neben uns zwei Pärchen in den Zwanzigern niedergelassen. Einer der Männer, ein kurzgeschorener Typ in sonnengelber Jacke, verkündete: »Ihr müßt euch heute abend die Nachrichten auf TV2 ansehen, sie haben mich heute interviewt.« Ein neuer Prominenter war geboren. Ich verdrehte die Augen.

»Du *ahnst* ja nicht, wie interessant Abfall eigentlich ist«, sagte Kurt mit einem Blick, so glitzernd blau und verliebt, als spräche er über Frauen. »Gegenwartsarchäologie. Eine extrem klare Nahaufnahme vom Konsum der Leute, ihren Gewohnheiten, ihren Idiosynkrasien. Wir graben funktionstüchtige

Fernseher aus, Möbel, Lebensmittel. Wir haben vergleichende Studien über den Müll von 1959 und 1999. Ablagerungen der Konsumgesellschaft. Du kannst dir nicht vorstellen, welche grundlegenden Erschütterungen das Gesellschaftsfundament in den letzten vierzig Jahren erlebt hat. Du solltest uns unterstützen, du auch. Das würde dir ein besseres Gewissen verschaffen. Du konsumierst, du konsumierst Unmengen.« Er nickte voller Überzeugung, entweder weil er glaubte, was er sagte, oder weil er Geld auftreiben wollte.

»Und was machst du?« Ich grinste ihn an. Wir spielen die ganze Zeit unser Spielchen, wie kleine Jungs; wir suchen Bestätigung, indem wir die Loyalität des anderen herausfordern, jedenfalls haben wir das früher gemacht. Inzwischen handelt es sich um Vertrauen, etwas Altbekanntes, auf das man sich verlassen kann.

»Ich weiß, ich weiß.« Er schüttelte den Kopf und lächelte.

»Wie ich höre, will Timerberg seine Papierfabrik verkaufen?«

»Nicht Timerberg. Alfatim. Winterhof hat die Geschäfte übernommen. Obwohl Timerberg immer noch Mehrheitsaktionär ist. Aber es stimmt, Alfatim zieht sich aus der Papier- und Forstwirtschaft zurück.«

»Das kostet Arbeitsplätze.«

Er zuckte die Achseln. »Das bleibt abzuwarten. Er ist sich seiner gesellschaftlichen Verantwortung bewußt, er auch. Obwohl er viel aggressiver und risikofreudiger ist als der alte Timerberg, denke ich doch, daß er sich im klaren darüber ist, was Arbeitsplätze hier bedeuten. Er ist bei Timerberg in eine gute Lehre gegangen.«

»Der Kinderlose ist Erbe des Kinderlosen. Aber das gibt ihm wohl mehr Zeit fürs Geschäft. Na ja, was weiß ich. Du bist der Sozialwissenschaftler. Du weißt alles besser als ich. Du verdienst den Job, Kurt. Du bist ein Unikum, eine Zierde deines Berufsstandes und ein As auf deinem Gebiet. Du bist ganz einfach super.«

»Und du bist ein Idiot.« Aber er lächelte. »Ich muß los«, sagte er und stand auf, nahm den Mantel über den Arm und ging.

Ich setzte mich wieder, um den letzten Schluck Kaffee zu trinken und mir noch eine Zigarette anzuzünden. Der Achtertisch hinter mir, an dem eine kleine Gruppe älterer Damen gesessen und leise geplaudert hatte, wurde frei, und eine Horde Jugendlicher ließ sich daran nieder, mit Zimtkrapfen, Blätterteigstückchen, Colaflaschen und lautem Stühlescharren. Als ich meine Zigarette anzündete, bekam ich die ersten Worte mit, die mich aufhorchen ließen:

»... monumentale Gigahure.« Es war eine Jungsstimme, genauso lautstark und durchdringend, wie eine Jungsstimme ist, wenn sie einem Sechzehn-, Siebzehnjährigen gehört; das ist kein dezentes Alter, sogar die Stimmen hören sich an, als hätten sie Pickel. »Echt *gut* so. Ich mein, *echt* gut so.«

»Ja, voll geil«, entgegnete eine schrille Mädchenstimme. »Diese Kanakentussi, echt. *Weg* damit, sag ich, voll *gut* so, sag ich.«

»*Globaler* Turbolader«, sagte eine andere Jungsstimme, die kaum von der ersten zu unterscheiden war. »Hyperverfickte Jedermannsfotze mit Einspritzer.« Sie lachten alle zusammen, eine laute, kreischende Sturzsee von Gelächter, die seltsamerweise bei aller Gemeinheit nichts wirklich Böses hatte; Unschuld und Bosheit schließen sich nicht unbedingt aus.

Ich drehte mich ein wenig auf dem Stuhl, um einen Blick auf diese jungen Leute zu werfen, die eine andere Sprache sprachen, der meinen so ähnlich und doch so unverständlich, aber meine Position hinter der Gummipalme machte es mir unmöglich, mehr zu sehen als ein paar Rücken und eine Menge Haare.

»Ist das etwa ein *Verlust*?« sagte das Mädchen. »Findet irgendwer das vielleicht schade? *Nix!* Nicht eine *Nano*sekunde. Kroken ist *weg*. Ist das nicht einfach *fett*?«

»*Voll* fett.«

»Fett wie eine belgische Zuchtsau.«

Einen Moment lang verspürte ich die unbändige Lust, hinter der Palme vorzukommen und sie darüber aufzuklären, als eine Art Ersatz für eine wirkliche Strafpredigt, daß belgische Zuchtsauen sich gerade durch ihren Mangel an Fett auszeichnen, aber dann versandete meine Wut und meine Lust. Auf ihre Art äußerten sie nichts großartig anderes als das, was die alte Frau Lilleset in ihrer verwirrten Art angedeutet hatte, was Janne auf ihre Art ausgedrückt hatte, was viele Menschen in Oscarshavn zweifellos dachten, wenn auch vielleicht mit gemischteren Gefühlen und ohne es kund zu tun; ich war wohl einer von ihnen, ich auch. Aber ich fühlte trotzdem ein Unbehagen, als ich aufstand. Ich schaute sie an, während ich meinen Mantel anzog, aber sie sahen ganz gewöhnlich aus. Pferdeschwänze, Strubbelfrisuren, millimeterkurz rasierte Schädel. Dünne Ziegenbärte, Pickel, Wimperntusche. Hüfthosen, Daunenjacken, Lederjacken.

Draußen hatte sich der Himmel bezogen, dunkelgraue Wolken mit gelber Marmorierung. Es sah nach Regen aus, vielleicht Gewitter. Ich blieb stehen und betrachtete den Himmel eine Weile, während ich darüber nachdachte, wie sehr es mich quälte, daß Menschen immer wie Menschen aussehen; das macht vieles so kompliziert.

5 Das Begräbnis der Lebenden

Der Gedanke an den Tod ist ansteckend; der Tod des einen Menschen läßt uns an den Tod eines anderen denken. Die Ereignisse riefen mir in Erinnerung, daß ich wieder einmal versäumt hatte, mich zum Todestag meiner Eltern um ihre Gräber zu kümmern. Sonntagvormittag nach der Kirche fuhr ich zum Gartencenter Grønne Fingre, füllte einen Pappkarton mit Kranzen und Windlichtern und stellte ihn auf den Schwiegermutterplatz des Barchetta. Ich besitze zwei Autos, beides Fiat; schon ein gewisser Luxus von der Quantität her, aber in Maßen. Es gibt Leute in Oscarshavn, die haben einen teureren Wagenpark als ich, auch wenn sie nur ein einziges Auto besitzen. Es war mild und leicht bewölkt, und da jetzt jeder Tag der letzte Cabrio-Tag sein konnte, wollte ich die Gelegenheit nutzen. Es war eine Weile her, seit ich den Barchetta gefahren hatte, und der Motor gurrte lüstern und verführerisch, als ich Gas gab. Ich setzte Schutzbrille und Kappe auf und nahm Kurs auf den Friedhof, um den Inhalt des Kartons an Ort und Stelle zu plazieren.

Während ich unterwegs war, überquerten zwei Düsenjäger die Stadt. Das war ungewöhnlich. Ich fragte mich, ob sie die Brandruinen fotografierten. Infrarot, Ultraviolett – was war das noch gleich, diese Flugzeug- und Satellitenfotografie, von der im Fernsehen und in den Zeitungen berichtet wurde? Eine Art Kirlianfotografie? Würden Tote auf den Bildern auftauchen, als bunte Phantomgestalten? Oder waren die Düsenjäger nur durch Zufall in unserer Gegend?

Unser schöner alter Friedhof liegt auf einer sanften Anhöhe am Meer, im Norden der Stadt, mit hohen, alten Bäumen; ein Ort tiefer Schatten und des tiefen Friedens. Die Kapelle bildet den höchsten Punkt auf der Hügelkuppe. Sie ist aus weißgekalktem Stein, 1938 mit kreuzförmigem Grundriß erbaut, und hat einen pyramidenförmigen Turm, in dem die Glocken hängen. Der Friedhof selbst ist groß und durch einen Bach zweigeteilt, eigentlich ein schmaler Flußarm, über den eine Brücke führt.

Als ich aus dem Auto stieg, sah ich noch die Kondensstreifen der Jets am Himmel, und über dem Stadtzentrum hing ein Hubschrauber. Ich stand eine Weile auf dem Parkplatz und sah aufs Meer hinaus, das von Landzungen und Schären durchbrochen ist; draußen über der Tiefe lag eine graue Wolkenbank, und ich spürte es in den Knochen, daß kältere Zeiten bevorstanden.

Die Gräber meiner engsten Familienangehörigen liegen an der Ostseite im alten Teil des Friedhofs, es war ein ganzes Stück zu gehen bis dorthin, aber ich hatte es nicht eilig. Ich ließ mir reichlich Zeit, machte Pausen unterwegs, setzte den Karton ab und ließ meine Arme ausruhen, grüßte die Leute, die an mir vorbeikamen, einige kannte ich gut, andere nur vom Sehen, ohne ihre Namen zu wissen. Sonntags sind immer Menschen auf dem Friedhof, immer einige, die ihren Toten Respekt erweisen und ihr Andenken ehren wollen.

Einer meiner besseren Kunden, Lehrer am Gymnasium, kam vorbei und blieb stehen. Er gehörte nicht zu meinen Lieblingskunden; ein eher leicht zu durchschauender Typ, was den Bücherkauf anging. Zwischen den Zähnen hatte er Essensreste, sie sahen aus wie Fleischfasern, vielleicht Stückchen von Salami. Ich versuchte, nicht auf seine Zähne zu sehen. Etwas in der Art war immer an ihm: Löcher auf den Ellbogen, ausgefranste Hosensäume, ein Haarbüschel, das anarchistisch von seinem Kopf abstand. Er legte eine Hand auf meinen Arm und sagte: »Mordbrennerei, denken Sie nur!« Er deutete mit dem Zeigefinger auf mich, als wäre ich der Brandstifter.

Ich lächelte, so freundlich ich konnte, und entzog ihm diskret meinen Arm. »Ich wußte gar nicht, daß das Feuer gelegt war.« Ich spekuliere ebenso gerne wie jeder andere, und im kleinen Kreis unter guten Freunden denke ich auch schon mal laut, aber gegenüber flüchtigen Bekannten und Fremden beteilige ich mich nicht an der Verbreitung von Gerüchten.

»Ich habe gehört, daß die Polizei davon ausgeht.« Er machte einen verschwörerischen Schritt auf mich zu, senkte den Kopf und flüsterte: »Sie sollen Benzinkanister gefunden haben. Und es heißt, daß ein Mädchen vermißt wird. Man hat sie in den Ruinen nicht gefunden.«

Sensationen, Spannung, Mystik; genau die Dinge, für die wir leben, um mal die Wahrheit auf den Punkt zu bringen. Jedenfalls wenn es um Fremde geht, und Familie Simer war von dieser Sorte: Die, vor denen man Augen und Ohren verschließt und über die man nicht allzu laut spricht; die Fremden unter uns. Niemand hatte eine Andacht für die Toten bestellt, niemand hatte Fackeln entzündet und Kränze auf dem Markt oder in Kroken niedergelegt, da war ich mir ganz sicher. Fremde dieser Sorte sterben, ohne daß die Welt um sie trauert.

»Tatsächlich«, sagte ich.

»Und die Leute von der Kripo haben fast das ganze Royal mit Beschlag belegt, heißt es.«

»Auch noch.« Ich hob den Karton hoch, um anzudeuten, daß ich nicht unbegrenzt Zeit hatte.

»Ich sage Ihnen, es geht was vor in dieser Stadt.« Er ist ein alter Sofa-Radikaler, stellvertretendes Mitglied der Stadtverordnetenversammlung, deshalb war ich nicht erstaunt, daß er es so schnell herausgefunden hatte.

»Ach, ich denke, das muß man abwarten. Es wird so viel geredet.«

»Ja, ja, ja«, sagte er ungeduldig, bedachte mich mit einem

enttäuschten Blick und ging in seiner merkwürdigen Art davon, hüpfend wie ein Frosch.

Ich setzte meine langsame Wanderung fort. Als ich um die kleine Kurve vor der Brücke bog, traf ich ein altes Ehepaar; die Frau nickte mir zu und lächelte, und ich nickte zurück, obwohl ich keine Ahnung hatte, wer sie waren; sie konnten Kunden sein, ich erinnere mich nicht an *alle*, die in meinen Laden kommen. Wir machen das so in Oscarshavn, grüßen uns höflich, selbst wenn wir nur eine vage Ahnung haben, wer der oder die andere ist. Vielleicht kennt sie mich, vielleicht kennt sie jemanden, den ich kenne; so denken wir. Das sorgt für eine harmonische Atmosphäre. Als ich über die Brücke ging, sah ich ein Mädchen in einem altmodischen dunkelroten Mantel unten am Bachufer; sie saß ganz still dort, offensichtlich unbeeindruckt von all dem, was passiert war. Sie hob den Kopf und sah in meine Richtung, oder in Richtung meiner Schritte auf den Planken, und winkte mir zu. Ich blieb stehen und sah sie an, vielleicht wollte sie etwas von mir. Ich hob die Hand, winkte zurück und beschattete anschließend meine Augen, doch die Sonne schien stark, und ich sah sie nur undeutlich im hellen Licht. Aber sie stand nicht auf, winkte nur erneut. Diese seltsame Freundlichkeit von Kindern; sie winken allem zu, was vorbeikommt, Autos, Schiffen, Flugzeugen. Ich ging weiter, vorbei an einem Paar in den Dreißigern, sicher ihre Eltern. Sie nickten mir ebenfalls zu.

Dann war ich dort angekommen, wohin der Weg mich führen sollte, und ich verließ ihn, ging den grasbewachsenen Hang hinunter, hockte mich vor die Grabsteine und las die Inschriften zum wer weiß wievielten Mal: Namen, Daten, Gedenkworte, Tauben mit Olivenzweigen, Kreuze; die Klischees des Todes. Ich fragte mich, ob Mutter wohl jemals bereut hatte, mich zu sich genommen zu haben. Nicht ununterbrochen bereut natürlich, ich wußte, daß sie nicht so empfand. Aber ich fragte mich, ob sie es nicht doch, im tiefsten Winkel ihres Herzens, wo wir alle unsere Zweifel und Reue und bösen Gedanken lagern, für eine Minute oder eine gewisse Zeit bereut hatte; ob sie mal das Gefühl hatte, sich zuviel Verantwortung aufgeladen zu haben, zuviel ihres eigenen Lebens versäumt und sich zuviel um andere gekümmert zu haben. Oder ob sie fand, daß alles genau so war, wie es sein sollte.

Das hier war alles, was ich hatte, dieser Ort; manchmal schien es mir wenig zu sein. Der Tod hatte mir so viel genommen, und so früh: die Eltern und die Großeltern. Einige meiner eigenen Leben, und wir bekommen nicht so viele davon. Der Gedanke machte mir angst, wie ich dort saß, und ich erhob mich rasch, zitternd.

Ein Stück den Hügel abwärts arbeitete ein grauhaariger, wie ein Geistlicher gekleideter Mann. Während ich dastand und ihn beobachtete, reckte er sich, und ich begriff, daß er versuchte, einen schiefen Grabstein aufzurichten. Bei aller Schönheit des Friedhofs stellen die abfallende Lage und die Grundwasserverhältnisse ein Problem dar, denn die Gräber haben die Tendenz zu rutschen. Ich machte ein paar Schritte auf ihn zu, um ihm höflich meine Hilfe anzubieten. »Der sieht schwer aus«, sagte ich. »Ich fasse gern mit an.«

Er nickte erleichtert und sagte: »Der ist wirklich schwer, deshalb vielen Dank.«

Wir packten den Grabstein jeweils an einer Seite und hievten ihn wieder senkrecht auf seinen Sockel. Ich warf einen Blick auf die Inschrift, um zu sehen, mit wessen Grab wir uns abgemüht hatten; vielleicht war es jemand, den ich kannte. Der Stein hatte einen Riß im oberen Teil, wirkte aber ziemlich neu, trotz der Inschrift *Elsa Marie Willumsen, 10.3.1963–21.9.1973, Unser geliebter Engel.* Ich sagte: »Traurig, so ein Kindergrab.«

»Tja ...« sagte er und blickte grübelnd auf den Stein. In seiner Stimme lag ein unerwarteter Unterton, er wirkte beinahe kritisch. Er steckte die Hände in die Taschen seiner fischgrätgemusterten Tweedjacke und schüttelte den Kopf. »Dieses Grab ist in Wirklichkeit leer.«

»Leer?«

»Ja. Es liegt niemand drin.« Er sah immer noch das Grab an, nicht mich. Sein Gesichtsausdruck war mißbilligend, als gefiele es ihm nicht, daß jemand sich ein kleines Stück geweihter Erde sozusagen erschlichen hatte.

»Wie kann das angehen?«

»Sie verschwand einfach. Verirrte sich und versank im Moor, glaubt man.«

Ein Schauer überlief mich, als mir bewußt wurde, wessen Grab das war. »Ich erinnere mich. Ich war dabei«, sagte ich zum Pfarrer.

Es passierte in dem Herbst, als ich dreizehn war, eines Freitagabends mit Waffeln, Erdbeermarmelade, saurer Sahne und »Cannon«, unserem Lieblingskrimi. Wir hatten uns gerade hingesetzt, als es an der Tür klingelte. Mutter stand auf und ging in den Flur. Ich aß Waffeln und lauschte den murmelnden Stimmen, verstand aber kein Wort. Als sie zurückkam, war ihr Gesicht ernst, beinahe bitter. »Ein kleines Mädchen ist verschwunden«, sagte sie. »Man will eine Suchkette zusammenstellen. Sie hat mit ein paar anderen Mädchen im Wald hinten am Moor gespielt, bevor sie verschwand. Aber wir brauchen uns nichts vorzuwerfen, wenn wir uns nicht beteiligen.« Sie setzte sich in den alten, zerschlissenen hochlehnigen Sessel, in dem sie am liebsten saß, seit die Gicht sich eingestellt hatte; es war leicht, sich hineinzusetzen, und leicht, wieder aufzustehen. »Eine Greisin und ein Junge. Das ist nicht das, was sie brauchen.«

»Aber sie sind gekommen und haben gefragt. Dann brauchen sie bestimmt jeden, den sie kriegen können.«

»Das Moor ist gefährlich.«

»Ach Unsinn, ich war doch schon öfter im Moor.« Ich bestrich noch eine Waffel mit Erdbeermarmelade und Sahne und verschlang sie, voller Begierde, ein wirkliches Abenteuer zu erleben, etwas, was noch nie dagewesen war. Das Moor war im Sommer eine beliebte Stelle zum Multebeerenpflücken und wurde von den Jungs, mit denen ich meistens zusammen war (daß auch Mädchen dorthin kamen, war mir neu), nicht selten als Gelände für spannende Spiele genutzt, also kannte ich mich ganz gut darin aus. Es lag eine stramme Radtour entfernt außerhalb der Stadt, aber Entfernungen sind kein Hindernis für Abenteuerlustige, und das Moor war ein Teil der Welt und *mußte* folglich erkundet werden, so wie alle Orte, ob gefährlich oder nicht.

»Das warst du bestimmt, junger Mann.« Sie sah mich an, eine bekümmerte Falte zwischen den Augenbrauen, und mir ging auf, daß ich ihr selten etwas von Ausflügen dieser Art erzählte, nicht weil ich Angst hatte, daß sie es mir verbieten würde, sondern weil sie mir so natürlich, so selbstverständlich vorkamen, daß ich es nicht erzählenswert fand.

»Ich nehme die Taschenlampe mit«, sagte ich. »Da sind doch bestimmt massenhaft Leute.«

Sie sah zur Seite. Als sie sich wieder zu mir umdrehte, lag auf ihrem Gesicht ein Anflug von Schmerz. »Ich weiß nicht, wie lange ich dich noch vor dir selbst beschützen soll, Francis. Ich werde langsam alt, und ich habe irgendwie die Perspektive verloren. Ein Glied in der Kette ist herausgebrochen, und die Großeltern waren nie dafür vorgesehen, dieses Glied zu ersetzen. Ich vermittle dir meine Werte, *alte* Werte, nicht die deiner Elterngeneration. Du hättest Eltern haben sollen, die dich lieben und dich beschützen und dir auf die Weise, wie es jüngere Leute tun, deine Freiheit lassen. Ich hätte nur die Großmutter sein sollen, die Großmutterprivilegien genießt, dich gehörig verwöhnt und dir etwas über die *wirklich* alten Zeiten beibringt und über das, was *ich* für wertvoll halte, nicht darüber, wie die Welt heute ist, denn darüber weiß ich weniger als ich wissen müßte, um eine richtige Mutter zu sein. Und jetzt, wo du ein Teenager bist« – sie sprach es mit kurzem i aus, *tinnetscher*, als wollte sie die Generationskluft zwischen uns unterstreichen – »und langsam erwachsen wirst, fällt es mir immer schwerer zu erkennen, was an meiner Erziehung richtig oder falsch ist.«

So etwas hatte sie mir bisher noch nie anvertraut; es war ein feierlicher, etwas eigenartiger Augenblick. »Für alle meine Kameraden bist du meine Mutter, nicht meine Großmutter«, protestierte ich. »Niemand findet, daß ich anders bin.«

»Dann ist es ja gut. Ich spreche wohl auch nur für mich, über meinen eigenen Verlust. Ich *wollte* Großmutter sein, verstehst du. Als deine Mutter mir erzählte, daß sie schwanger war – im selben Moment, als sie das tat –, begann ich mich darauf zu freuen, Großmutter zu sein. Und dann war es mir doch nicht vergönnt, ich mußte statt dessen Mutter sein. Du hast vielleicht nie eine Mutter vermißt, aber dir hat eine Großmutter gefehlt. Das mußt du mir verzeihen.« Sie lächelte flüchtig, und es lag etwas Schüchternes in diesem Lächeln, eine seltsame jugendliche Schüchternheit bei einer so alten Frau.

Mit der Unempfindsamkeit des Dreizehnjährigen schluckte ich den letzten Bissen Waffel hinunter und stand auf. »Mach ich. Kann ich jetzt gehen?«

Sie sah mich lange an. »Wenn es sein muß.«

Ich zog mich schnell an, befestigte die robuste Militärtaschenlampe, die ich von meinem Vater geerbt hatte, am Gürtel und wollte aus der Tür gehen, als sie mich zurückhielt, meinen Arm ergriff und sagte: »Versprich mir, daß du vorsichtig bist, ja?«

»Na klar. Ehrenwort.« Ich sagte nie Ehrenwort, ohne es auch so zu meinen; das hatte sie mich gelehrt, wie so vieles.

Sie ließ mich los. »Gut, dann geh. Sie sammeln sich in einer Viertelstunde auf dem Marktplatz.«

Ich lief los. Und *wie* ich lief, hin zum Marktplatz, hin zu etwas Wichtigem, hin zur Welt der Erwachsenen und den Aufgaben der Erwachsenen, hin zu dieser geheimnisvollen *Versammlung* in der kühlen, sternen- und mondklaren Spätseptembernacht, in der ein leichter Atemnebel aus meinem

Mund dampfte, während ich mit klopfendem Herzen durch die Straßen hetzte, wie von Sinnen vor Angst, zu spät zu kommen und nicht dabeisein zu können bei der *Suchkette*, bei diesem Großen, das geschehen würde und das mein trautes Kleinstadtdasein bereits kräftig durcheinandergewirbelt hatte.

Die meisten Jungs sind nie wieder so glücklich – so komplett, so *vollkommen* – wie mit dreizehn. Die Welt hat gerade die richtige Größe, und man selbst hat gerade die richtige Größe für die Welt, und eine kleine Weile wächst man mit ihr gemeinsam. Eine generelle Angst, wie man sie zu fühlen beginnt, wenn man erwachsen wird und begreift, daß die Zukunft einem selbst gehört und man sie ohne das Sicherheitsnetz der Familie gestalten muß, oder wie man sie sich vermutlich aneignet, wenn man ein Kind bekommt und Verantwortung für andere übernimmt, die hat man nicht mit dreizehn. Alle Verpflichtungen sind erfüllbar, alle Gefahren sind zu bewältigen, alle Herausforderungen sind zu meistern. Man ist lang, flink, geschmeidig, noch ohne schlaffes Fleisch. Die Beherztheit wiegt den Mangel an Erfahrung auf, die Sturheit ersetzt das Wissen, das man nicht hat, der Mut übertrumpft jegliches Zögern – es gibt für jedes Minus ein Plus, und vor allen Dingen: Man *zweifelt* nicht. Man *weiß* alles, was man weiß, auch über sich selbst, und man sitzt nicht still und grübelt, ob man etwas kann oder nicht kann, bis es zu spät ist, um es herauszufinden. Und man freut sich über alles, was neu ist und zum erstenmal geschieht.

Ich hatte noch nichts von all dem begriffen, aber mein *Herz* wußte es und war erfüllt davon, als ich in vollem Galopp auf dem Marktplatz vor dem Rathaus ankam und fasziniert und verwirrt auf das Aufgebot erwachsener Männer und Frauen und fast schon erwachsener Jugendlicher starrte, die in kleinen, murmelnden Gruppen versammelt standen. Kein einziger meiner Kameraden war da, und ich wußte, daß ich bei etwas dabeisein würde, mit dem nur ich am nächsten Tag prahlen konnte. Ich lief zum Einsatzwagen, der direkt vor der

Rathaustreppe parkte und der, wie ich vermutete, der Meldeposten war, stellte mich direkt davor auf und machte mich so groß und breit, wie ich konnte.

»Was machst du denn so spät draußen?« brummte einer der Polizisten mißmutig; er war eine stadtbekannte Person und trug wegen seiner Leibesfülle den Spitznamen »Doppelcop«.

»Ich will bei der Suchkette mitmachen.«

Er musterte mich eingehend, wobei seine Unterlippe wie üblich herunterhing. Er war eigentlich kein unfreundlicher Mann, es war wohl eher eine mißverstandene Auslegung seiner beruflichen Pflichten, die ihn zu dieser Karikatur eines griesgrämigen Polizeibeamten machte. »Erlaubnis? Von zu Hause?«

»Ja.«

»Der Junge von Mutter Glashov? Falckenberg?« Alle nannten sie Mutter Glashov – ob das meine Schuld war, weiß ich bis heute nicht, aber ich war es gewohnt und fand nichts Herabsetzendes dabei; vermutlich stimmte es auf gewisse Weise mit meinem eigenen Bild vom Stand der Dinge überein.

»Richtig.«

»Vorname?«

»Francis. Alle nennen mich Frank.« (Das war damals so, obwohl ich es nicht mochte.)

Er schniefte. »Meinetwegen. Geh zu denen da drüben.« Er zeigte auf eine Gruppe von ungefähr zwanzig Leuten, die ganz außen am Rande des Platzes standen; dann wandte er seine Aufmerksamkeit wieder wichtigeren Dingen zu.

Ich ging zu der Gruppe hinüber und stellte mich mit vorsichtiger Bescheidenheit dazu, voller Furcht, daß jemand protestieren könnte, so ein Jüngelchen mitschleppen zu müssen, und mich trotz Doppelcops Erlaubnis wieder nach Hause schickte, aber das passierte nicht. Ein gemütlich aussehender Mann, den ich nicht kannte, kam zu mir und sagte: »In fünf Minuten kommen Busse und holen uns. Sieht aus, als hättest du eine gute Lampe.«

Ich machte sie vom Gürtel los und demonstrierte sie überzeugend an der Rathauswand.

»Gut«, sagte er. »Wenn wir angekommen sind, gehst du hinter mir.«

Jedes Moor ist gefährlich, natürlich, aber dieses war eher harmloser als der Durchschnitt. Obwohl es unberechenbar war, wie solche Moore sind, von unbekannter Tiefe und mit gierig saugenden Partien, gab es darin viele Grasbuckel, manche beinahe sichere kleine Inseln inmitten des sumpfigen Geländes, und einige Gebiete mit gutem, trockenem Weideland und üppiger Vegetation. Das Moor war rundherum von Wald begrenzt.

Wir marschierten von Grasbuckel zu Grasbuckel in diesem Nachtdunkel, das von den Himmelskörpern über uns schwach erhellt wurde und von Kaskaden tanzender Lichtkegel in allen Schattierungen von weiß und gelb, die hin und her über das Gelände wanderten und ihm Schatten und Konturen gaben, die auftauchten und wieder verschwanden. Der Marsch ging langsam und stockend voran; ständig kamen Teilnehmer aus dem Tritt und mußten stehenbleiben, damit der Nebenmann aufholen konnte. Ich geriet einmal mit dem rechten Fuß ins Tiefe, als er von einem ziemlich hohen und unebenen Grasbult abrutschte, und fühlte, wie es im Gummistiefel naß wurde. Ein Stück entfernt von mir, ein paar Glieder weiter in dieser seltsamen Kette aus Lichtern und Silhouetten, hörte ich ein paarmal gluckerndes Platschen und aufgeregte Schreie. Hin und wieder kamen leise Rufe: »Du gehst zu schnell!« oder »Halt an!« oder »Warte auf mich!« Zwischendurch rief jemand einen Mädchennamen, der damals nichts für mich bedeutete, aber es kam keine Antwort.

Das Moor machte ungefähr auf halber Strecke eine kleine, sanfte Kurve, und genau dort war es, wo es passierte. Ich kam mit dem linken Fuß falsch auf, das Bein gab unter mir nach, ich fiel rückwärts und verlor jeden Kontakt mit dem Untergrund. Man spürt solche Stürze nicht, wenn sie passieren, und erinnert sich hinterher nicht mehr, wie man sich fühlte; den einen Moment ist man noch im Gleichgewicht, im nächsten gewichtslos, ohne Kontrolle. Ich begriff kaum, wie mir geschah, bis ich einen scharfen, stechenden Schmerz im rechten Bein und eine lähmende Übelkeit im ganzen Körper spürte; dann wurde die Übelkeit übermächtig, und ich verlor für einen Moment die Besinnung. Als ich wieder zu mir kam, lag ich auf der Seite, zu mehr als der Hälfte im Moorwasser, das Gesicht gegen einen Grasbuckel gepreßt. Meine Taschenlampe war weg, die Sterne spiegelten sich im Moorwasser, Himmel und Moor gingen ineinander über, und durch die Übelkeit drehte sich alles vor meinen Augen. Ich öffnete den Mund, um nach Hilfe zu schreien, aber statt dessen erbrach ich mich. Ich konnte die Lichter der anderen in der Suchmannschaft nicht mehr sehen. Ich wollte mich drehen, um mit dem rechten Arm den Grasbult zu umfassen, an dem ich mit dem Gesicht lag, aber der Schmerz im gebrochenen linken Bein war so übermächtig, daß ich mich zusammenkrümmte, und alles, was ich zustande brachte, war eine unfreiwillige Bewegung, die mich noch ein paar Zentimeter tiefer im Moor versinken ließ. Ich machte den Mund auf und spuckte Erbrochenes, totes Laub, Moorwasser aus, dann begann ich zu rufen, während ich spürte, daß ich langsam, aber unheimlich konsequent weiter in die Tiefe sank; es war beinahe, als ob jemand an meinem Bein hinge und mich hinabzöge. Das Gefühl war so stark, daß ich mir ein paarmal einbildete, Hände um meine Fußknöchel zu spüren.

Ich hatte keine Ahnung, wieviel Zeit vergangen war, aber langsam begann eine unheimliche Gleichgültigkeit in mir hochzusteigen; es war mehr als Erschöpfung und Resignation, im nachhinein weiß ich, daß *Aufgabe* das einzig richtige Wort dafür ist. Ich dachte, ich würde dort sterben, und schlimmer noch: Ich begann zu denken, daß es vielleicht gar nicht so schlimm war. Ich will nicht behaupten, daß ich *Lust* hatte zu sterben, nur daß es mir immer gleichgültiger wurde, wie es weiterging, Hauptsache, es war bald vorbei. Ich weiß auch nicht, wie viele Male ich rufen mußte, aber schließlich, als mir das Wasser bis zum Hals reichte und ich drauf und dran war, endgültig die Hoffnung aufzugeben, als ich spürte, wie der Tod seine Klauen nach mir ausstreckte, als meine Rufe immer schwächer wurden, weil die Schmerzen im gebrochenen Bein meine Kräfte aufzehrten, tauchten drei Mann aus dem feuchten, schwarzglänzenden Ödland auf und zogen mich heraus, nicht ohne eine Reihe von spitzen und verärgerten Kommentaren, wie hirnrissig es sei, kleine Jungs zu wichtigen und gefährlichen Vorhaben mitzunehmen.

Selbst nach dem Krankenhausaufenthalt, als ich mich mit Hilfe von Krücken fortbewegen konnte, weigerte ich mich, das Haus für andere Zwecke als den Schulbesuch zu verlassen. Erst als Doppelcop mich eines Tages auf der Straße anhielt und sagte: »Na, Falckenberg? Ich sag dir eins, in der Nacht sind ziemlich viele im Moor versackt, Junge. Erwachsene Leute, die viel leichtere Strecken hatten als du«, fühlte ich mich ausreichend gestärkt, um mich wieder in der Öffentlichkeit zu zeigen. Aber zwei Dinge wußte ich nach dieser Nacht: daß ich nie wieder ins Moor gehen würde und daß ich dem Tod zum zweitenmal den Staub vom Mantel gebürstet hatte und entkommen war.

»Ich war damals noch nicht hier«, sagte der Pfarrer. »Ich bin erst vorletztes Jahr hergekommen und habe die Eltern nicht kennengelernt. Sie sind aus Oscarshavn weggezogen. Eine Weile vor meiner Ankunft hielten sie eine Andacht, stellten diesen Grabstein auf und zogen anschließend fort. Sie schafften es nicht, noch länger zu warten. Sie mußten es hinter sich bringen und weggehen. Das kann man ja auch verstehen.« Er schüttelte rasch den Kopf; welche Gedanken er damit loswerden wollte, war nicht leicht zu erraten.

Mir ging plötzlich auf, daß ich keine Ahnung hatte, wer ihre Eltern waren. Niemand hatte an jenem Septemberabend von ihnen gesprochen, niemand hatte sie mir gezeigt; ich weiß nicht mal, ob sie sich an der Suche beteiligt hatten. Sie waren, ebenso wie dieses Mädchen, das also nicht in seinem Grab lag, von der Bildfläche verschwunden. Ich hatte keine Erinnerungen an sie, auch nicht an das Mädchen. Sie waren aus meinem Gedächtnis gelöscht, vielleicht auch aus dem kollektiven Gedächtnis; man kann die Toten auf viele Arten begraben, aber es gibt noch viel mehr Arten, die Lebenden zu begraben: in Trauer, in zensierten Erinnerungen, in Vergessen und Verdrängen.

»Kann man jemanden begraben, wenn man nicht weiß, ob er tot ist?« fragte ich.

»Nach einer gewissen Zeit schon, ich weiß nicht genau, nach welcher. Ich habe auch noch nie irgendwo etwas Ähnliches erlebt. Zum Glück«, fügte er nachdenklich hinzu.

Mich fröstelte, wir hatten lange Zeit still gestanden in der kühlen Oktoberluft, die rauher geworden war. Die dunklen Wolken, die über dem Meer gelegen hatten, als ich kam, waren jetzt über uns; gelbgefleckt und fahl stahlen sie das Vormittagslicht und tauchten den Friedhof in ein schwefelartiges Licht, das alle Farben verfälschte und ihnen einen seltsam künstlichen Ton gab. Ich sagte, ich müsse gehen. Er nickte mir zu, bedankte sich für die Hilfe und wandte sich wieder dem Grab zu, gedankenverloren, während ich rasch zurück zum Auto ging und Richtung Zentrum fuhr.

Der Hubschrauber schwebte immer noch über der Stadt wie eine träge, verwirrte Herbstfliege. Unterwegs begann es zu regnen; die Cabrio-Saison war vorbei.

6 Die Gläubigen

Wind kam auf in dieser Woche, eine Art Föhn, feucht, mild, an der Grenze zu warm. Er riß das Laub von den Bäumen und führte mit ihm kleine Tanzrunden auf dem Erdboden auf. Einige Male brachte er vom Meer feinen Nieselregen herein, der nach Salz schmeckte; Küstenwind, Küstenregen. Er kommt, dieser Wind, so manches Jahr, so manchen Oktober, wenn der regenschwere November vor der Tür steht. Dann spüre ich, wie es aufs Herz drückt, und schwarze Stimmen beginnen in den langen Nächten in mir zu wispern. Der Wind hielt mich wach, bis es auf den Straßen still war; er weckte mich zu einer Dunkelheit drinnen und draußen; er bescherte mir Nachtträume, die sich in meiner Seele festsaugten, von mir zehrten und mich hinfällig und morbid machten, bis weit in den Tag hinein. Aber sie waren alte Bekannte von mir, der Wind und die Gefühle, und ich nahm sie hin, wie sie kamen.

Eines Vormittags machte ich mich auf den Weg zum Krankenhaus, das Auto voller Bücher. Zweimal im Jahr gehe ich das Lager durch und sehe nach, was völlig unverkäuflich ist oder mir so wenig einbringen würde, daß es die Mühe des Verkaufens nicht lohnt. Es sind nicht unbedingt schlechte Bücher, oft sind zwei, drei Jahre alte Bestseller darunter, die in so hohen Auflagen gedruckt wurden, daß sie keinerlei Wiederverkaufswert haben. Das Krankenhaus nimmt sie mir ebenso gern ab, wie ich sie hergebe, und die kleine Geste muntert mich auf.

Als ich die Bücher abgeliefert hatte, traf ich Margareta

draußen vor dem Haupteingang. Sie hatte ihren Stand aufgestellt, den sie ein paar Tage in der Woche für einige Stunden besetzt. Sie hockt da in einer ausrangierten Würstchenbude mit einem Stapel Broschüren und einem Plakat, auf dem steht:

> ABTREIBUNG? ES GIBT ALTERNATIVEN!
> Unterhalts- und Sozialberatung – sprechen Sie mit mir! Ich bin Krankenschwester und Diakonin, keine Theologin. Ich kenne alle Möglichkeiten – ich verurteile nicht, ich helfe!

Sie hatte Jeans an und eine kurze, schicke Daunenjacke und sah flott und jugendlich aus. Ich kann mir vorstellen, daß viele der Abtreibungswilligen keine Probleme haben, mit ihr zu sprechen. Sie ist ein cleveres Mädchen, meine Margareta, richtiggehend schlau. Ich stellte mich neben sie und steckte mir eine Zigarette an. Sie warf mir einen ärgerlichen Blick zu und sagte: »Diese Frauen mögen es nicht, wenn sich ein Kerl hier herumtreibt.«

Ein Blick in die Runde sagte mir, daß keine Kandidatin für eine Beratung in der Nähe war. »Ich wollte nur hallo sagen. Ich habe den Lagerüberschuß abgeliefert. Was macht das Leben? Du hast lange nicht angerufen.«

»Es gab ein paar Sachen, um die ich mich kümmern mußte. Es gehen Dinge vor in der Stadt, falls du es noch nicht gemerkt haben solltest. Ernste Dinge.«

»Du brauchst gar nicht so spitz zu sein«, sagte ich ein bißchen pikiert; sie hat die Angewohnheit, an mir herumzunörgeln, daß ich nicht engagiert genug sei. »Ich nehme das ebenso ernst wie die meisten anderen auch.«

Sie zog eine Grimasse. »Genau das habe ich befürchtet. Ich habe den Eindruck, daß es den meisten nicht besonders nahe geht. Aber so ist Oscarshavn nun mal.«

»Ich finde, jetzt bist du zu streng. Aber erzähl, was hast du so gemacht?«

Leute kamen vorbei, gingen durch die Schwingtüren des Krankenhauses ein und aus, aber niemand wirkte direkt abtreibungswillig. Margareta lehnte sich auf ihrem Stuhl zurück und streckte sich. »Ich habe Trauernde getröstet, wenn du es genau wissen willst.«

»Es gibt also Trauernde?« rutschte es mir so unbarmherzig heraus, als wäre ich Janne. Margareta warf mir einen schnellen Blick aus den Augenwinkeln zu, um zu sehen, ob ich es ironisch gemeint hatte. »Ich mache mir Gedanken, das ist alles«, sagte ich im Versuch, mich herauszureden. »Darüber, wer trauert.«

Sie starrte mich an. »Nicht viele, aber es gibt welche. Weißt du, Falk, manchmal bist du so hartherzig, daß es mir weh tut.«

»Ich bin eigentlich nicht hartherzig«, sagte ich. »Das hört sich nur so an. Ich habe mich wirklich gefragt, ob jemand um sie trauert und wer das wohl sein mag. Du kannst mir keinen Vorwurf daraus machen, daß ich nicht trauere.«

Sie starrte mich weiterhin an, aber ihr Blick wurde langsam weicher. »Du glaubst doch nicht…«, begann sie, dann verstummte sie und ihr Gesicht bekam einen beinahe harten Ausdruck.

Ich drehte mich um. Zwei Männer und eine Frau kamen auf uns zu, und schon von weitem rochen sie nach Christenblut der finstersten Sorte: Ein Mann in schwarzem Anzug, einer im Tweedblazer und eine Frau mit Faltenrock und falschen Perlen; steinalte, muffige Kleidung aus einer versunkenen Zeit. Man hätte ihnen aus noch viel größerer Entfernung ansehen können, was sie waren; es ist merkwürdig, wie die Repräsentanten der fanatischsten Abteilungen der Christenheit darauf bestehen, ihre Ersatz-Stigmata in Form schlechtsitzender Konfektion vorzuführen.

Um nicht mißverstanden zu werden: Ich bin den Christen immer dankbar gewesen, das wäre ja auch noch schöner, wenn man mein Verhältnis zu Margareta in Betracht zieht. Die Besten unter ihnen beten für uns alle und in unser aller Namen.

Aber ich habe ein ambivalentes Verhältnis zu einigen Teilen der Christenheit. Ich gehöre der letzten Generation an, die unbarmherzig (im wahrsten Sinne!) in die Sonntagsschule geschickt wurde, ich mußte mich mit roten und goldenen Fischen abgeben, die auf eine verblichene Pappkarte gestempelt oder geklebt wurden, mußte schlechtes Gitarrenspiel und verdrossene Jugendchöre ertragen, dazu endlose Vorträge über Jonas und den Wal und noch eine ganze Reihe anderer Erscheinungen einer ebenso geschmacklosen wie kraftlosen Reklame für das Gute. Sowohl die Sonntagsschule als auch der Konfirmandenunterricht waren geprägt von freundlichen, aber ach so schrecklich langweiligen Dienern der Kirche. Es gelang ihnen nie, selbst die kraftvollsten Erzählungen der Bibel oder die großen Fragen des Kosmos mit Leben zu erfüllen, und die Freuden des Glaubens, von denen sie andauernd sprachen, konnten sie nie vermitteln. Sie wirkten ein wenig deprimiert und niedergeschlagen, so als ob sie ihrer eigenen Botschaft nicht recht trauten. Ich glaube, was mich und meine gleichaltrigen Leidensgenossen damals erschreckte, war, daß sie so *gleich* wirkten, alle diese guten Frauen und Männer, als ob die dem christlichen Glauben innewohnende Selbstverleugnung die Identität der Menschen auslöschte, die sich zu ihm bekannten, und ich mußte mir Margareta immer genau ansehen, wenn ich vom Konfirmandenunterricht kam, um mich daran zu erinnern, daß sie eine ihrer Repräsentantinnen war, sie auch, und daß die Vielfalt tatsächlich existierte.

Aber Vielfalt war nicht das Ziel der drei Kirchenratsmonster, die jetzt mit saubergeschrubbten Gesichtern vor Margareta standen, den flammenden Laienpredigerblick auf ihr Unwesen gerichtet. Der Schwarzgekleidete öffnete den Mund zuerst. Seine Stimme war wohlklingend, das mußte ich ihm lassen; gut trainiert durch jahrelange Bibelvorträge in Kirchensälen mit schwieriger Akustik. »Das muß ein Ende haben«, sagte er.

Margareta starrte geradewegs zurück, sie dachte gar nicht daran, sich vor den Abgesandten zu rechtfertigen. »Dieses

Angebot an die Hilfesuchenden wurde vom Kirchengemeinderat dreimal im Laufe von zwei Jahren genehmigt«, sagte sie ruhig, nachdem sie höflich vor den Unterhändlern aufgestanden war. »Ich mache nur den Versuch, Abtreibungen zu verhindern.«

»Die Mörderinnen sprechen zuerst mit Ihnen und töten dann im Gefühl, die Erlaubnis dazu bekommen zu haben.«

»Das ist eine Lüge.«

Ich zuckte zusammen. Genau das war es, wovon mir Margareta seit einiger Zeit immer wieder berichtet hatte, und jetzt bekam ich es aus erster Hand mit. Es erschreckte mich, wieviel Haß die drei auszustrahlen im Stande waren. Plötzlich lag eine Spannung in der Luft, die ich nicht erwartet hatte; etwas, was vibrierte und zerspringen konnte. Ich ließ die Zigarette fallen, trat sie aus und zündete mir sofort eine neue an, während ich drei Schritte zur Seite ging, um nicht in die Schußlinie des Kreuzfeuers zu geraten.

Margareta sah mich nicht einmal an. »Ich tue nichts anderes, als der Herr getan hat.« Sie sagte es so salbungsvoll, mit so prächtiger Selbstverständlichkeit, als sei sie Missionarin; ob sie die drei damit provozieren wollte, konnte ich nicht beurteilen, wie ich da stand und hastig an meiner Zigarette zog. Aber sie schaffte es.

»Das ist Blasphemie!« Das Gesicht des Schwarzberockten hatte endlich Farbe bekommen. Aber das hatte Margaretas auch, und ihre Augen waren jetzt so dunkel, daß mir angst und bange wurde. Ich kenne sie entschieden besser als diese drei evangelischen Obersturmbannführer, und ich registrierte alle Anzeichen, daß sie die Schmerzgrenze des Erträglichen erreicht hatte. Ich war um ihretwillen erschrocken; ich zitterte wie eine Kompaßnadel zwischen zwei Magneten.

Sie beugte sich über den schmalen Würstchenbudentresen und sagte: »Ist es Blasphemie, den Schwachen zu helfen? Gehen Sie nach Hause und lesen Sie in der Bibel nach, denn diese Hetze ist langsam nicht mehr auszuhalten!«

Die Stimme der Frau, als sie endlich den Mund aufmachte, erwies sich als lächerlich piepsig. Und sie zitterte, ob nun aus Angst vor dem Teufel oder aus ganz gewöhnlicher weltlicher Wut, als sie sagte: »Wir tun nur Gottes Arbeit.«

Margaretas Blick ließ darauf schließen, daß sie mit dieser steifen Dame ein ganz besonderes Hühnchen zu rupfen hatte. »So, Gott ist also tot?« begann sie mit giftiger Ruhe, die sie leider nicht durchhielt, als sie fortfuhr: »Nicht in der Lage, seine Arbeit selbst zu tun? Ist es das, woran Sie glauben? Gott ist quicklebendig. Langsam habe ich Sie alle gründlich satt. Leuten wie Ihnen verdanken die Pharisäer ihren schlechten Ruf. Sie wissen ja gar nicht, was echte christliche Liebe ist. Sie sind die selbstzufriedensten, selbstgerechtesten ...« Sie brach ab, vielleicht meinetwegen, der ich dastand und mit beiden Armen fuchtelte in dem pathetischen Versuch, die sich anbahnende Katastrophe abzuwehren, und verkniff sich das, was sie sonst noch auf der Zunge haben mochte.

Die drei drehten sich wortlos um und gingen.

»Das«, knirschte Margareta, als sie ihnen haßerfüllt hinterherstarrte, »ging voll in die Hose.«

Ich wußte nicht recht, was ich machen sollte.

Sie murmelte etwas. Ich trat ein paar Schritte näher. »Was?« fragte ich.

Sie stapelte Broschüren aufeinander und starrte lange darauf. »Scheißtypen«, sagte sie schließlich leise. Dann feuerte sie alles, was sie zusammengestapelt hatte, durch die Gegend und ließ sich wieder auf den Stuhl fallen. Ein Windstoß fuhr in ihre Handzettel und verteilte einige über den Platz. »Das war's«, sagte sie vor sich hin, dann sprang sie wieder auf. »Und jetzt geht's zu Papa Propst, zum Petzen. Das ist das Ende.« Sie schlug sich mit den Händen gegen die Schläfen; das ist ihre Art, Frust auszudrücken, wenn ihr etwas schiefgegangen ist.

»Würde mich nicht wundern«, sagte ich, denn es hatte keinen Sinn, irgend etwas zu beschönigen, nur um sie zu trösten. »Soll ich dir helfen, die Sachen zusammenzupacken?«

Sie sah mich nicht an. Sie drehte sich um und starrte hinauf zu den Baumkronen. »Was *soll* das?« sagte sie sauer. »Warum kann ich nicht einfach meinen Job machen?«

Ich wußte, was sie nun tat: Sie wandte sich direkt an Jesus. Sie macht so etwas. Margareta spricht mit Jesus, direkt und ohne sich dafür zu rechtfertigen, und nach eigenen Angaben wird ihr geantwortet. Sie trifft keine schwierige Entscheidung, ohne mit ihrem Chef Zwiesprache gehalten zu haben, und sie legt ihm ohne Zögern jedes tägliche Problem vor und hört dann zu, was er zu sagen hat. Margareta kennt die eigentliche Natur des Gebets, und sie weiß das. Bei meinem Verhältnis zum Glauben finde ich einiges ziemlich schamlos von ihr, aber sie meint, das sei ganz natürlich und alltäglich.

Ich betrachtete ihren Rücken, bis sie sich umdrehte; die Schultern hoben und senkten sich einige Male, es war offensichtlich, daß sie nach Luft rang. »Gch cinfach«, sagte sie schließlich und drehte sich wieder zu mir um. »Ich habe keine Lust, darüber zu sprechen. Nicht jetzt. Und ich werde *nicht* klein beigeben. Gerade jetzt ist das hier das Wichtigste, was ich tue.« Sie sah zu mir auf und lächelte müde. »*Damit* werde ich weitermachen, auch wenn sie mich rausschmeißen. Geh nur.«

»Du weißt, wo du mich findest. Jederzeit.«

»Du kannst mich bald mal zum Essen einladen. Mit Wein. Einer ganzen Menge Wein.« Sie nickte schnell, bestätigend, mehr für sich selbst, und ich ging hinunter zum Parkplatz und dachte darüber nach, was ich für sie tun könnte, wenn es diesmal schiefgehen sollte. Immerhin gehört ihr ungefähr die Hälfte meines Herzens.

Ja, es ist vielleicht Zeit, ein bißchen von Margareta zu erzählen. Glauben Sie mir, ich werde keineswegs *alles* erzählen, weder von ihrer noch von meiner Kindheit; es gibt keine Kindheit, die es wert wäre, besonders viel Zeit darauf zu verwenden. Die Kindheit der meisten Menschen besteht aus viel

Alltäglichkeit und kleinen Sorgen. Wir verlieren laufend etwas von unserer Unschuld, in kleinen Portionen, Stück für Stück, bis wir lernen, das Bißchen zu bewahren, das vielleicht noch davon übrig ist. Viel mehr gibt es darüber nicht zu sagen. Aber von Margareta muß ich erzählen und davon wie sie in die Klasse 6C der Alléen-Folkeskole – und in mein Leben – buchstäblich hineinstolperte, zwei Wochen nach Schulbeginn.

Das Schulgebäude war alt und verfiel ungefähr in demselben Tempo wie sein langjähriger Hausmeister Specht, der schon seit einem Jahrzehnt den Spitznamen Schluckspecht trug und von Jahr zu Jahr durstiger wurde. In jenem Herbst war er dermaßen vom Sprit umnebelt, daß er es einfach nicht schaffte, einen neuen Türrahmen in unserem Klassenzimmer anzubringen. Schon in den beiden ersten Wochen des Schuljahres hatten drei, vier meiner Mitschüler Bekanntschaft mit den schiefen Nägeln geschlossen, die allerorten herausragten, und sich Hosen und Beine aufgerissen. Aber bevor Margareta kam, hatte niemand einen Faltenrock getragen.

Margaretas Familie – ein kleiner Teil davon – war vor vielen Generationen aus der Gegend ganz oben am Bottnischen Meerbusen ausgewandert und hatte über Umwege nach Oscarshavn gefunden, wo sie sich niederließ. Im Gepäck hatten sie einen seltsamen Akzent, fremdartige Religionsgebräuche und eine Vorliebe für selbstgenähte merkwürdige Kleidung. Als Margareta also durch die Tür zum Klassenzimmer gehen wollte, blieb ihr stoffreicher Faltenrock an Schluckspechts Nägeln hängen und riß mit einem lauten Ratsch auf. Margareta fiel kopfüber ins Klassenzimmer, ihr Ranzen ging auf, und der Inhalt verstreute sich auf dem Fußboden, als hätte sie eine kleine Bombe mit sich herumgetragen.

Sie war von Anfang an eine Fremde, ein eigenartiger Mensch in eigenartigen Kleidern; sie war »fromm«, und von den Eltern hatte sie die breiten, etwas flachen Gesichtszüge geerbt; hohe Wangenknochen, schmale Augen, einen breiten Mund mit vollen Lippen, eine kurze stumpfe Nase. Und obendrein war sie noch linkisch. Einen Moment lang war es still, dann begannen wir voller Grausamkeit zu lachen.

Margareta rappelte sich auf und besah sich die Katastrophe. Und dann lächelte sie. Es war ein breites, schiefes und absolut albernes Lächeln – ein echtes *Grinsen.* Und es war *schön,* und es machte sie schön (und das tut es heute noch). Es ging mir direkt ins Herz.

Es ist kein Zufall, wen man auf dieser Welt mag. Es gibt Seelenverwandte; sie sind schwer zu finden, aber manchmal senden sie Signale aus: ein Lächeln, ein Lachen, einen Blick. Du begreifst augenblicklich, daß du dieses Lächeln, diesen Blick, dieses Lachen nicht wieder verlieren wirst; es wird dich für den Rest deines Lebens begleiten. Die Verbundenheit offenbart sich dir nur für den Bruchteil einer Sekunde. Und Margareta erwischte mich total mit diesem Grinsen.

»Hoppla!« sagte sie mit lauter und deutlicher Stimme, dann sammelte sie ihre Sachen zusammen, ging zu ihrem Tisch und setzte sich, als wäre überhaupt nichts Ungewöhnliches passiert.

Später begriffen wir, daß *tatsächlich* nichts Ungewöhnliches passiert war. Margareta war auf ihre Art ein Pechvogel wie ich. Dauernd stolperte sie, eckte irgendwo an, riß Sachen herunter, fiel hin und tat sich weh. Man konnte gar nicht zählen, wie viele Unfälle und Miniaturkatastrophen sie – ganz und gar gegen ihren Willen – im Laufe der Jahre auslöste.

In der Klasse und auf dem Schulhof hatte sie es zunächst höllisch schwer, und es zeigte sich bald, daß sie gutmütig war und dazu neigte, auch die andere Wange hinzuhalten, solange es irgend ging. Aber nicht unendlich lange.

Der Winter war mild, und das bißchen Schnee, das herunterkam, wurde fast ausschließlich für Schneebälle verwendet. Ich glaube, Margareta bekam die meisten davon ab. Sie sagte nichts, solange sie weich und aus Neuschnee waren, sie lächelte auch noch, als sie nasser und matschiger wurden, aber als sie hart und eisig wurden, sah ich, wie ihr Lächeln erstarrte und sie ins Grübeln kam. Und als Roy, einer der schlimmsten Rüpel der Schule, einen Schneeball aus harschigem Altschnee formte, der mindestens zur Hälfte aus Kieselsteinchen vom Schulhof bestand, und ihn mit aller Kraft gegen Margaretas Schläfe pfefferte, platzte ihr der Kragen. Zwar hatte sie einen Faltenrock an, aber bessere Schuhe, als der Faltenrock vermuten ließ, und Margareta konnte *schnell* laufen. Sie hatte den bleichen, speckigen Quälgeist schon nach wenigen Metern erreicht, holte mit dem rechten Arm weit aus und versetzte ihm einen ganz und gar nicht mädchenhaften Fausthieb mitten ins Gesicht, daß das Blut nur so spritzte und der Kerl der Länge nach in den Schneematsch knallte.

Dieser Vorfall machte mich zu Margaretas allererstem Verbündeten, denn ich war es, der – als der Aufsicht führende Lehrer angerannt kam, dem Rüpel auf die Beine half und wissen wollte, was hier los war – auf Roy zeigte und sagte: »Er ist doch bloß ausgerutscht!«

Ich gebe zu, daß ich schon lange einen Haß auf Roy hatte, ich war selbst eines seiner zahlreichen Opfer gewesen und hatte meine Kämpfe mit ihm ausgefochten. Trotzdem war es nicht das, was den Ausschlag gab, sondern das heimliche Band zwischen mir und Margareta, ein Band, das immer noch für alle außer mir ein Geheimnis war – auch Margareta wußte nichts davon. Ihr hilfloses Grinsen, als ich sie zum erstenmal sah, hatte es geknüpft, und unsere gemeinsame Neigung zu kleineren und größeren Unfällen und Mißgeschicken hatte es verfestigt. Ich hatte Margareta lange aus einigem Abstand beobachtet und festgestellt, daß wir auf irgendeine Art vom selben Schlag waren. Aber *Feigheit* – diese alles überschattende Feigheit, die fast alle Kinder besitzen und die ihre Wurzeln in der Furcht vor Fremden hat, der Furcht vor Ansteckung durch die, die anders sind – hatte mich zurückgehalten, so wie sie die meisten von einem engeren Kontakt zu Margareta abgehalten hatte.

Alle drehten sich zu mir um. Etwas war da draußen auf dem Glatteis passiert. Jemand hatte für *einen anderen* Partei ergriffen, die Machtverhältnisse hatten sich geändert.

Einer von Roys Schatten – einer dieser duckmäuserischen Putzerfische, die immer im Kielwasser der echten Schulhof-Haie schwimmen – sagte: »Nee! *Die da* hat Roy geschlagen!« und zeigte auf Margareta.

Margareta stand regungslos da.

Der Lehrer sah sie an, dann sah er Roy an, sein Blick ging hin und her, immer wieder, dann grinste er schief und sagte: »Wenn das so ist, verträgt er ja nicht viel.«

Das – und nicht Margaretas Hieb – war es, was Roys Herrschaft auf dem Schulhof endgültig zerschlug. Roy war von einem *Mädchen* verhauen worden. Roy war von einem *frommen* Mädchen verhauen worden. Roy *vertrug* nicht viel.

Roy schlich vom Schulhof, verschwand von der Bildfläche, und mit dem Mobbing von Margareta war es vorbei. Das Band zwischen mir und Margareta war für uns beide und für alle anderen sichtbar geworden; es war nicht länger möglich, feige zu sein. Nach diesem Vorfall wurden wir Freunde und sind es seitdem geblieben.

Ein Pulk weiblicher Teenager war dabei, Skriftstedet zu verlassen, als ich kam. Es waren vielleicht fünfzehn, sechzehn, siebzehn, schwer zu sagen, wie viele genau. Sie hatten Kugelbäuche, Puddinghintern, Makronenbrüste. Sie trugen Stretchhosen, durch die sich ihre Schlüpferkanten abzeichneten, und Schuhe mit so massiven Sohlen, daß man darauf ein Basislager für eine Gipfelbesteigung hätte aufschlagen können. Kurze Bomberjacken, kurze Oberteile, nackte Bauchnabel. Es sah zugig aus, aber sie waren dermaßen mit Babyspeck gepolstert, daß es sicher auszuhalten war. Eine von ihnen hatte Bücher in der Hand, literarische Pornographie: *Das Lied vom roten Rubin* und *Sexus*. Ich sah ihnen nach, wie sie den Bürgersteig entlangstapften, und fragte mich, ob sie gefunden hatten, worauf sie aus gewesen waren, oder ob Janne ihnen etwas ganz anderes aufgeschwatzt hatte. Wir verkaufen den Leuten gern etwas, von dem sie nicht wußten, daß sie es brauchen; wer den Leuten nur das gibt, wonach sie verlangen, ist ein Versager. Am schlimmsten sind für mich Geschäftsleute, die behaupten, sie würden »den Kunden nur das verkaufen, was sie haben wollen«. Man muß ihnen *mehr* geben, als sie fordern, und etwas *Besseres*: »Behandelt jeden Menschen nach seinem Verdienst, und wer ist vor Schlägen sicher?« – sogar Shakespeare wußte mehr über Geschäftstüchtigkeit als die meisten der heutigen Krämer. Dieses Zitat gilt übrigens für fast alles im Leben.

Janne tauchte aus dem Hinterzimmer auf, während ich mich aus dem Mantel schälte. »Hast du schon gehört?« fragte sie. Ich konnte ihr ansehen, daß es große Neuigkeiten gab, daß sie sich aber mächtig im Zaum hielt, um keinerlei Enthusiasmus zu zeigen.

»Nein. Ja. Vielleicht. Was denn?« Auf dem Weg durch die Stadt hatte ich gesehen, daß die Zeitungen, sowohl die regionalen als auch die selbsternannte »Landespresse«, immer noch etwas über Oscarshavn auf der Titelseite brachten, obwohl die Schlagzeilen inzwischen zum Glück anderen Ereignissen an anderen Orten galten.

»Es war *wirklich* Brandstiftung.«

»Ach ja? Wie sicher ist die Quelle?«

»Hast du überhaupt nichts mitgekriegt? Es gab doch heute vormittag eine Pressekonferenz deswegen.« Sie ließ sich in einen der Sessel fallen und zog die Füße unter den Po. »Und außerdem sind sie jetzt ganz sicher, daß eine Person wirklich vermißt ist. Jedenfalls insofern vermißt, als sie sie – die Leiche – in den Ruinen nicht finden. Die Tochter von Fräulein Frisch.«

Also die Enkelin des ursprünglichen Fräulein Frisch. Ich fragte mich, ob sie auch einen Spitznamen gehabt hatte, und wenn ja, welcher das gewesen sein mochte. Hatten sie – wer immer hier in dieser Stadt die Spitznamen vergab – sich damit begnügt, ihr den Namen zu vererben, ebenso wie die Geschichte? Oder wurde sie Frischling genannt, oder Baby Frisch? Dumme, grausame Gedanken kamen unablässig in mir hoch. Auch eine Art, die Wirklichkeit auf Abstand zu halten. »Wie hieß sie?« fragte ich. »Wie hat man sie genannt? Wie alt war sie?«

Janne sah mich unter ihren dichten, gepflegten Wimpern lange an, resigniert wegen meines mangelnden Interesses für die wichtigen Dinge des Lebens. Sie hat schöne Augen, hellblau, fast wie ein Husky, normalerweise kühl, aber sie können auch heiß blicken, wie ich weiß. Und sie versteht es geschickt, sie einzurahmen, sie hat eine Menge Ahnung von Make-up; es ist sichtbar, aber dezent.

»Simer natürlich. Beate. Sie war dreizehn oder vierzehn. Du hast sie bestimmt schon gesehen. Sie gehörte zu den Herumtreiberinnen der Stadt. Weit entwickelt, sexuell frühreif, sah älter aus. Hing mit den übelsten Typen herum. Junkies der schlimmsten Sorte. Prostituierte sich wohl manchmal. Oder des öfteren, soweit ich weiß.«

»Und das mit dreizehn, vierzehn«, sagte ich nachdenklich.

Janne verdrehte die Augen und schüttelte sich. »Da kann einem angst und bange werden«, sagte sie leise. »Ich meine, Siri ist jetzt zehn. In vieler Hinsicht beinahe noch ein Baby. Gestern abend saß ich auf ihrer Bettkante und betrachtete sie lange, während sie schlief, und mir ging durch den Kopf, daß sie vielleicht schon zu zwei Dritteln auf dem Weg in die Hölle ist, wenn die Dinge sich falsch entwickeln. Das geht so schnell heutzutage.« Sie schauderte wieder und schüttelte sich. »Ach, übrigens. Heute morgen kam ein Typ vom NRK und fragte, ob sie unsere Sitzgruppe für ein paar Interviews benutzen dürften, und ich sagte ihm, daß ich mir das wohl vorstellen könnte, aber daß ich dich trotzdem fragen müßte. Ich denke, das wäre eine gute Werbung für uns.« Sie lächelte breit, wieder ganz die alte enthusiastische Janne.

»Ich werde es mir überlegen. Aber die Pressekonferenz ... Wurde was über das Motiv für den Brand gesagt? Versicherungsbetrug oder Rache oder so was?«

»Hab ich nicht gehört. Die sagen ja meist nicht viel Konkretes. Ziemlich übel, wenn man darüber nachdenkt, was? Ich meine, das ganze Drumherum.«

»Ja«, sagte ich. »Es gefällt mir nicht, wie Oscarshavn jetzt ist. Ich mochte die Stadt so, wie sie war.« Ich ging hinter den Tresen, um meinen Mantel aufzuhängen.

»Ich hoffe, sie holen eine Seherin, um nach dem Mädchen zu suchen.« Janne gehört auch zu denen, die daran glauben, sie ist eine echte New-Age-Anhängerin; es gibt kein alternatives Phänomen auf der Welt, das ihr zu wirklichkeitsfern oder spekulativ wäre. Healing, Weiße Magie, Erdlinien, Klarsehen, Edelsteintherapie, Telekinese, Telepathie. Im Laufe der Jahre hat sie ihr Wissen großzügig über mich ausgeschüttet, und ich habe ihre Geschenke angenommen, wenn auch etwas halbherzig. »Vielleicht können wir mit ihr Kontakt aufnehmen.« Mit *wir* war Oscarshavns Parapsychologische Gesellschaft gemeint, in der sie überaus engagiert mitwirkt.

Sie stand auf und verschwand im Hinterzimmer. Ich tauchte hinter dem Tresen ab, um die Post durchzusehen. Die Türglocken schlugen an. Ich richtete mich auf. Eine Frau in meinem Alter blieb gleich hinter der Tür stehen und sah mich an. Ich warf ihr einen Blick zu, nickte, sagte: »Guten Tag« und beugte mich wieder über die Post.

»Guten Tag, Francis«, sagte sie.

Ich sah erneut auf. Sie lächelte, und mein Herz begann schneller zu schlagen.

»Erkennst du mich jetzt?«, fragte sie.

Ihr Kopf war beinahe kahl geschoren, und die zwei bis drei Millimeter langen Haare, die noch standen, waren in einem extremen Kunstblond gefärbt, irgendwas zwischen gelb und weiß. Es waren diese Haare, sowohl die Farbe als auch die Länge, die mich getäuscht hatten; aber jetzt, nachdem die

Stimme mir verriet, wer sie war, fiel es mir nicht schwer, sie wiederzuerkennen. Das herzförmige Gesicht, die hohen Wangenknochen, die Augen waren unverändert.

»Victoria«, sagte ich und stützte mich mit beiden Händen auf den Tresen, denn ich merkte, daß meine Knie zu zittern begannen. Ich war nicht in der Lage, ihr in die Augen zu sehen, und heftete meinen Blick auf ihre zarten Elfenohren mit den winzigen Haarbüscheln an den Spitzen.

Sie stand regungslos mitten im Raum und betrachtete mich mit unergründlichem Blick. »Ich bin wieder hergezogen. Vor drei Wochen. Ich hatte schon lange vor, hier vorbeizukommen und guten Tag zu sagen, aber du weißt ja, wie schnell die Zeit vergeht.«

O ja, das wußte ich. »Wo warst du in all den Jahren?« fragte ich und versuchte, unbeteiligt zu wirken.

»Mal hier, mal da. Ich bin ziemlich oft umgezogen.«

»Ich glaube, ich habe deinen Namen irgendwann im Abspann eines Kinofilms gesehen.«

Sie wirkte ganz gelassen, litt offenbar nicht an derselben Muskelschwäche wie ich. Vielleicht hatte sie auch nur genug Zeit gehabt, sich vorzubereiten. Ich hoffte, daß es so war. Sie trug eine dunkelbraune, halblange Lederjacke, ein Polohemd und hellbraune Cordhosen; sie hatte die Hände tief in die Hosentaschen gesteckt und stand, ein Bein etwas seitlich vor das andere gestellt, genau so da wie früher, genau so, wie ich sie schon tausendmal hatte stehen sehen. »Ich habe ein bißchen was in der Richtung gemacht. Nicht viel.«

»Komponiert?« Ich merkte, daß ich hoffte, sie würde ja sagen; auf eine merkwürdige Art hoffte ich, daß es ihr gutgegangen war. Ich hatte mich sehr bemüht, ihr zu vergeben, uns beiden zu vergeben. Mein Hoffen mußte wohl das Ergebnis der Mühe sein. Es gab einmal eine Zeit, da wünschte ich mir, daß alles, was sie anpackte, ihr durch die Finger rieseln, ihr unter den Händen wegfaulen möge. Aber im Laufe der Jahre, wenn ich überhaupt an sie dachte – nicht allzuoft, oft genug –, sagte ich mir, daß sie mich immerhin gelehrt hatte, Musik auf eine andere Art zu lieben. Man nimmt, was man kriegt.

»Arrangiert, meistens. Einmal habe ich was komponiert, aber das war nicht so gut. Und ich habe unterrichtet. Das vor allem, an Schulen und privat. Und andere Sachen gemacht, wenn ich Geld verdienen mußte. Ich habe eine Zeitlang in einer Musikalienhandlung gejobbt, in einem Schallplattenladen, auch als Kellnerin. Alles mögliche. Es war ein Leben«, sagte sie, ohne irgendein Wort besonders zu betonen. »Nur ein Leben.«

Ihr Gesicht war schon immer eins von der Sorte gewesen, das selten Gefühle verriet. In der Regel hatte es einen strengen und seltsam nackten und gleichzeitig verschlossenen Ausdruck, der sich nur öffnete, wenn sie spielte; eine kühle, fast harte Art von Schönheit, die ebenso erschreckend wie anziehend war. Jetzt hatten die Jahre, das Alter, ihr ganzes Leben die Züge weicher gemacht, hatten ihr Falten um den Mund, um die Augen, auf der Stirn beschert. Das ließ sie verletzlicher erscheinen. Jetzt wirkte sie lebendiger, vielleicht trauriger, *empfänglicher* irgendwie, so als ob das Leben nicht länger etwas war, was sie von sich schieben konnte, sondern etwas, was sie annehmen mußte. Vielleicht anzunehmen gezwungen war.

»Was willst du hier machen?«

»An der Musikschule unterrichten. Halbe Stelle. Und nebenher Privatschüler annehmen. Ich habe eine pädagogische Zusatzausbildung gemacht. Ich bin jetzt eine ziemlich gute Lehrerin.«

»Aber warum?« Ich wollte, mich aufrichten, aber meine Beine zitterten immer noch, und ich suchte erneut mit einer Hand Halt am Tresen. »Ich meine, wieso hier? Du mußt doch gewußt haben, daß ich hier wohne.«

Sie lächelte rasch, flüchtig, schief, ironisch oder selbstironisch. »Vielleicht deshalb?« sagte sie.

Ich schüttelte den Kopf. Sie stand mehrere Meter von mir

entfernt, und trotzdem konnte ich plötzlich ihren Geruch in der Nase spüren – eine olfaktorische Erinnerung, heißt das nicht so? Der Geruch ihrer Haut, ein warmer Duft wie nach Leder. Wie oft hatte ich neben ihr gelegen und den Geruch eingeatmet, während sie schlief, hatte an ihr geschnuppert, die Nase in ihrer Haut gebadet und tief eingeatmet. Ihn wieder zu spüren, nur eine Sekunde lang, erschien unfaßbar, unwirklich.

»War nur Spaß«, sagte sie. Sie blickte sich im Laden um. »Und das ist also *dein* Geschäft? Ich habe es im Telefonbuch gesehen und bin neugierig geworden. Nicht unbedingt das, was man erwartet hätte.«

»Ja. Vielleicht«, sagte ich.

Sie wandte sich zur Tür, schaute auf die Straße, drehte sich langsam einmal um die eigene Achse und nahm alles in sich auf. Das hatte sie immer noch an sich, diese Art, eine neue Umgebung zu studieren. Dann drehte sie sich wieder zu mir, beinahe abrupt, und sagte: »Hättest du was dagegen, irgendwann einen Kaffee mit mir zu trinken? Oder essen zu gehen?«

Ich bin kein leidenschaftlicher Mann. Ich habe nur selten geliebt, und ganz still die ersten Male, aber hinter den stillen Manieren lag, glaube ich, immer Intensität, eine Art Verrücktheit, und das Leben hat mich gelehrt, daß dies eine klägliche Form von Liebe mit gefährlichen Untertönen ist. Das Leben, diese große Schule, hat mich gelehrt, zurückhaltend mit meiner Liebe zu sein, und Victoria war die beste Lehrerin in dieser Schule. Deshalb zögerte ich jetzt. Aber das alles war so weit weg, so lange her. Es erschien mir als komplette Idiotie, eine so eindeutig abgehakte Vergangenheit über mein jetziges Dasein bestimmen zu lassen. »Das können wir gern machen«, sagte ich, aber ich hörte selbst, daß es eher höflich als erfreut klang.

»Gut«, sagte sie und nickte rasch, zustimmend. Sie hatte sich in so vieler Hinsicht überhaupt nicht verändert, daß es mir schwerfiel zu atmen. »Ich rufe an oder komme vorbei, wir machen was aus, wenn ich mich ein bißchen besser eingelebt habe. Bis dann.« Sie nickte wieder, drehte sich um und ging zur Tür hinaus, schnell, mit festen Schritten.

Ich wandte mich von der Tür ab und bemerkte, daß Janne direkt hinter mir stand und mich anstarrte, mit schmalen Augen und einem Gesichtsausdruck, den ich noch nie bei ihr gesehen hatte. »Weißt du, daß du ganz *weiß* im Gesicht bist?« sagte sie leise und ruhig.

Ich lehnte mich mit dem Rücken gegen den Tresen, holte tief Luft und blies sie aus, als wäre es Zigarettenrauch. Ich fühlte mich wie nach einem langen, anstrengenden Lauf.

»Wer war das?« fragte Janne. Sie hatte den Kopf zur Seite geneigt, so wie sie es immer macht, wenn sie überrascht ist. »Ihr hattet eine Beziehung, nicht? Eine ernste. *Wirklich* ernst. Zumindest für dich.«

Die Tür ging auf und drei Männer kamen herein, blieben unmittelbar hinter der Tür stehen und schauten sich um. Janne flüsterte: »Das sind sie. Vom Fernsehen.«

Einer der drei Männer drehte sich zu den beiden anderen um und sagte: »Perfekt, oder?«

Janne wollte nicht lockerlassen. Das NRK war jetzt nicht mehr so wichtig; für sie war die Liebe das allerwichtigste, wie ich wußte. Sie hatte weder Augen noch Ohren für etwas anderes als Victoria. »Wer *ist* sie?«

»Ein andermal«, sagte ich leise zu Janne. In all den Jahren hatte es noch einige wenige andere Frauen gegeben – Janne war die letzte von ihnen –, aber niemals eine wie Victoria, keine, die nahe genug kam, und alle Beziehungen gingen auseinander. »Ich erzähle es dir irgendwann mal«, sagte ich; vielleicht eine Lüge, vielleicht die Wahrheit, es spielte im Moment keine Rolle.

Einer der drei kam mit ausgestreckter Hand auf den Tresen zu. Er hatte einen klaren Blick und wirkte sympathisch. Kleine Statur, rundes Gesicht, ungefähr mein Alter, in Jeans und einer mächtigen Winterjacke. Er stellte sich vor, und ich erwiderte seine Höflichkeit. Er sei Produzent, sagte er.

»Ich habe schon gesagt, worum es geht«, sagte Janne zu ihm.

Wieder ging die Tür auf und ein älterer Mann kam herein. Er mußte weit über sechzig sein, vielleicht siebzig; ein großer, magerer und etwas gebeugter Mann mit kurzem weißem Haar. Auch sein Gesicht war lang, die Nase ragte weit heraus, und die trockene Haut voller Runzeln wirkte, als könnte ein scharfes Wort sie aufplatzen lassen wie altes Papyrus. Er verschwand zwischen den Regalen.

»Tja«, sagte ich zu dem Produzenten und schaffte es endlich, mich vom Tresen loszureißen und auf sicheren Beinen zu stehen. »Ich fürchte, ich muß leider ablehnen.«

»Wie schade«, sagte er. »Das ist ein ganz hervorragender Ort für ein stilles Gespräch mit Leuten. Gute Akustik fürs Radio und eine gute Umgebung fürs Fernsehen. Ein seriöser Ort. Ernst. Und ein solcher Fall wie der, über den wir hier berichten müssen, braucht einen visuellen Ernst, wissen Sie.«

»Ich fürchte, ich muß trotzdem ablehnen, leider«, wiederholte ich freundlich. »Einzig aus dem Grund, weil es mir unbequem wäre. Aus keinem anderen. Eine Art privates und persönliches Unbehagen.« Ich nickte schnell, ein einziges Mal, um zu unterstreichen, daß ich mich entschieden hatte, aber er holte trotzdem eine Visitenkarte hervor und gab sie mir, für den Fall, daß ich meine Meinung änderte; dann gingen sie, und der ältere Mann tauchte zwischen den Biographie-Regalen und der übersetzten Belletristik wieder auf und folgte ihnen.

Janne sah mich an und sagte: »Warum hast du abgelehnt? Hat es was mit dieser Frau von vorhin zu tun?«

Ich schüttelte den Kopf. »Ich will nicht prominent werden«, sagte ich mit Nachdruck. »Das ist einfach nicht mein Stil.«

Sie betrachtete mich lange mit einem nachdenklichen, grübelnden Blick; dann akzeptierte sie die Erklärung, zuckte ein wenig eingeschnappt mit den Schultern und verschwand wieder im Hinterzimmer. Sie hätte nichts gegen ein bißchen Prominentenstatus gehabt. Ich ging die Post durch, bis Helge kam, meine Teilzeitkraft; dann hielt ich die Rastlosigkeit nicht länger aus und ging los, um ein paar Flaschen eines guten Rioja zu kaufen, den das Vinmonopolet gerade hereinbekommen hatte und der in den nächsten drei, vier Jahren bestimmt immer besser werden würde. Das war etwas, was sich im Laufe der kommenden Jahre auszahlte, eine vernünftige Investition. Aber Victorias Gesicht folgte mir die ganze Zeit, von Skriftstedet über Vinmonopolet bis nach Hause.

7 Ein Mädchen im Sturm

Die Mysterien der Stadt. Der Begriff – das Konzept vielleicht – fiel mir ein paar Abende später ein, als ich in der Küche saß, den neuerworbenen Rioja probierte, grübelte und auf etwas wartete, ohne zu wissen, was es war. Welche Stadt hat nicht ihre Mysterien? Abgesehen von den großen Städten; in denen sind die Mysterien nicht Eigentum der Stadt, dort gehören sie den einzelnen Menschen, Familien. Dort gehen sie nicht auf diese Weise in die Seele der Stadt ein wie hier in Oscarshavn. Und unsere Seele war jetzt aus dem Gleichgewicht geraten, wegen unserer Mysterien.

Ich starrte hinaus in den Garten, hinaus in den Herbstabend, ließ die Gedanken wandern, lauschte dem Wind, der mit dem Schoß voller Herbstlaub um die Hausecken schlich. Jahreszeiten haben Seele, Charakter, und der Herbst ist immer geheimnisvoll, in sich gekehrt und heimtückisch, er kann von so viel Seltsamem wispern. Dieser Herbst bestand aus Tagen, die schnell vergingen, aus Zeit, die stillstand; das alte Paradox. Er schien ewig zu dauern, so als ob er uns dazu bringen wollte, den Atem anzuhalten, zu lauschen und zu warten. So war es jedenfalls für mich, in andere Menschen kann ich nicht hineinsehen, wer kann das schon?

Kurt klingelte an der Tür. Ich lud ihn ein, auf ein Glas Wein hereinzukommen, aber er brauche Bewegung, sagte er, also zog ich mir wetterfeste Kleidung an, denn ich fühlte Sturm und Regen nahen, und ging mit ihm nach draußen. Durch die Wohnzimmerfenster im Nachbarhaus sah ich Elisabeth

Laage, die herumging und ein Staubtuch schwang. Sie wirkte unbeschwert.

Das Haus, in dem ich wohne, liegt in der Mitte einer langen Sackgasse. Es ist zu groß für mich, aber ich fülle es mit Dingen, die ich schätze. Die Nachbarschaft ist gut, solide, man könnte sie auch konservativ nennen. Die Leute in der Straße legen Höflichkeit an den Tag, Rücksicht. Feste werden gefeiert, aber gedämpft; leises Lachen und leise Musik ist alles, was man hört. Wir holen uns gegenseitig die Post, die Zeitung herein, wenn jemand in Urlaub fährt, wässern Hecken und Büsche, mähen den Rasen, wenn die Abwesenheit länger dauert, bekommen die Schlüssel, um Zimmerpflanzen zu gießen, Goldfische zu füttern, alles in Ordnung zu halten. Die Leute haben Alarmanlagen, Toröffner mit Videoüberwachung, sensorgesteuerte Außenbeleuchtung. Jedes Frühjahr treffen wir uns alle auf dem großen Grundstück von Familie Cort, gekleidet in Overalls, Jeans, Freizeitdreß, und helfen mit, Ordnung in unserer Straße zu schaffen. Wir harken das Laub von den Gehwegen, entfernen das junge Unkraut, streichen die Zäune, die es nötig haben, schneiden die Hecken, notieren die Dinge, die wir vom Grünflächenamt einfordern wollen. Anschließend holt Herr Cort persönlich seinen riesigen Gasgrill heraus, heizt ihn an, bindet sich eine rot-weiß karierte Schürze um und setzt eine lustige Mütze auf, deren Text von Jahr zu Jahr variiert – *Chef de cuisine, Grillmeister, Feuer frei!* –, und dann brutzelt er ein Lamm oder ein Spanferkel oder etwas anderes Saftiges und Leckeres, während wir anderen guten Chablis trinken und darauf warten, daß wir essen können. Es ist eine gute Nachbarschaft in den wärmeren Jahreszeiten, eine stille in den kälteren.

Kurt und ich wanderten aufs Geratewohl durch die Straßen, das Herbstlaub raschelte unter unseren Schuhen. Die Straßen waren merkwürdig leer, die Häuser merkwürdig dunkel; ich dachte an Geisterstädte, in denen hohle Echos zwischen den Mauern hallen. Wir gingen mit steifen, unnatürlichen Bewegungen. Schwangen die Arme, als würden wir marschieren, machten den Rücken gerade. Wir hatten das Gefühl, beobachtet zu werden. Früher gingen wir nachlässig, kickten kleine Steine. Sich so zu benehmen, das war jetzt nicht mehr vorstellbar. Alle gaben sich anders als sonst; mir war eine gewisse Tendenz in der Stadt aufgefallen, bei mir selbst und allen anderen: steife Bewegungen, reservierte Haltung, reduzierte Körpersprache. Unvollendete Sätze, ein Zögern bei der Wortwahl, hilflose Handbewegungen. Die nackte Hilflosigkeit des Menschen gegenüber dem Unfaßbaren und Unbeschreiblichen, als hätten wir einen Verlust erlitten und nicht nur die Sprache verloren, sondern auch die Sicherheit, die die Worte uns verliehen hatten.

Kurt sagte: »Das ist keine Kleinstadt mehr, das ist eine Festung.«

»Das sind nicht *wir*«, sagte ich, denn es waren merkwürdige Zeiten, merkwürdige Tage. Sie schienen verdichtet zu sein. Ich glaubte, daß die Medien die Schuld daran trugen, denn Oscarshavn war jetzt mit allem und jedem in den Nachrichten: Eine Stadt, die sich selbst im Fernsehen betrachten konnte, über sich selbst in den überregionalen Zeitungen lesen konnte, sich selbst im Radio hören konnte. Nicht auf die schmeichelhafteste Art natürlich, aber in der Mediengesellschaft ist nichts wahr, solange es nicht in den Medien gebracht wird, und wir waren jetzt mit im Wettbewerb um die gelobten fünfzehn Minuten Wahrheit. Die Zeitungen schrien es in alle Welt hinaus: OSCARSHAVN-MORDE: WO IST BEATE? – OSCARSHAVN-FALL FESTGEFAHREN – OSCARSHAVN: POLIZEI RATLOS! Ich kaufte diese Blätter nicht, aber es war unmöglich, sie nicht zu sehen, obwohl ich mein Bestes tat. Autos und Busse der Fernsehsender fuhren ständig herum. Tagsüber war die Stadt voll von Kamerateams, die ihre Ausrüstung durch die Gegend schleppten oder aufbauten. Große Scheinwerfer, große Kameras auf stabilen Stativen. Silbergraue Metallkoffer, Ledertaschen, metallbeschlagene Holzkisten. Man konnte durch keine Straße gehen, ohne über Kabel zu stolpern. Dicke schwarze, rote, gelbe Kabel, die zu weißen und blauen Bussen mit noch mehr Ausrüstung führten. Man mußte lange Umwege machen, um keinen Kameras, keinen hektischen Menschen in die Quere zu kommen. Kameramännern, Journalisten, Beleuchtern, Regisseuren, wie immer die sich alle nannten. Sie interviewten die halbe Stadt. Die Einsatzzentrale der Kriminalpolizei schickte weitere Menschen. Ermittler, Hauptkommissare, diese ernsten Männer. Jetzt waren sie unter uns, genau wie alle Journalisten und Reporter. Leute, die wir aus dem Fernsehen kannten, aus den Zeitungen. Alle waren kleiner, als wir sie uns vorgestellt hatten. Die meisten waren normal, fast leger angezogen. »Kein Kommentar«, war eine Antwort, die in diesen Tagen ganz neue Dimensionen für uns annahm. Und in der Zwischenzeit redeten die Leute, und die Zeitungen spekulierten. So weit war es gekommen: Die Stadt war zur Opernbühne geworden, oder vielleicht eher zur Kulisse einer Seifenoper. Alle *glaubten*, daß das Feuer gelegt worden war, alle waren *sicher*, daß dahinter mehr und Schlimmeres steckte. Es stand in den Schlagzeilen. Es gingen die Gerüchte. Aber es waren dieselben Sachen, immer und immer wieder. Niemand *wußte* etwas. Hinter allen Aussagen ein Fragezeichen. Alle Meinungsäußerungen hatten zum Ziel, eine Bestätigung hervorzulocken. Es lag eine Zweideutigkeit in der Luft, eine Spannung. Alle atmeten tief ein, nachdem sie etwas gesagt hatten, und warteten auf eine Wahrheit. Eine neue Gewißheit.

Hubschrauber kreisten über der Stadt, unablässig, Tag für Tag. Die Polizei suchte im Moor, suchte bei allen bekannten Kriminellen in Oscarshavn, großen wie kleinen. Sie gingen von Tür zu Tür. Ich selbst hatte eines Abends Besuch. Ein netter Polizist zeigte mir ein körniges, unscharfes Foto von Beate Simer. Auf dem Bild wirkte sie ganz normal, kindlich, vielleicht ein wenig trotzig, nicht besonders hübsch, und mir war sie in der Stadt nie aufgefallen. Das Mädchen hatte sich offenbar mit merkwürdigen Freunden herumgetrieben, sie war keine Unschuld vom Lande.

»Sie suchen so *verbissen*«, sagte ich zu Kurt. »Irgendwie ist kein Ende in Sicht. Ich würde gern mal wissen, was das alles kostet.«

Wir gingen hinunter zum Hafen, setzten uns auf den Kai, ganz an den Rand, ließen die Beine baumeln und sahen hinaus zu den Schiffen da draußen, während ich Zigaretten rauchte; es schien, als würden sie suchen, sie auch, aber in diesen Tagen gab es nichts, dessen man sich sicher sein konnte. Der Wind kam vom Meer direkt auf uns zu. Die Wolken trieben rasch dahin, ab und zu rissen sie auf und gaben Stücke einer strahlendweißen Mondscheibe frei. Das weiße Licht aus riesigen Scheinwerfern flackerte über das blanke, ölschwarze Meer. Von dort draußen waren wunderliche Laute zu hören. Es hätten Wale sein können, die Paarungsrufe aussandten.

Ich sagte: »Es spricht für sie.«

Kurt drehte den Kopf und sah mich an. Weit entfernt donnerte es. Die Scheinwerfer draußen auf See erloschen, einen Moment lang war alles dunkel.

»Ich meine, daß sie keinen Unterschied machen«, sagte ich. »All das für dieses – Gesindel. Entschuldige das Wort, aber das waren sie doch, oder?«

Er antwortete nicht. Er wandte seine Aufmerksamkeit wieder der See zu, wo die Scheinwerfer erneut aufstrahlten, eine kurze Zeit lang über die Wasserfläche hin und her glitten und wieder erloschen, diesmal endgültig. Ich lauschte auf das Motorengeräusch vom Meer her, Schiffe, die sich dem Land näherten. »Das sind irgendwie nicht *unsere* Geheimnisse. Das sind *neue* Geheimnisse, von anderen, von der Polizei. Sie umgeben uns, aber trotzdem haben sie nichts mit uns zu tun.«

Er antwortete auch darauf nicht. Er war schon immer ein stiller Typ gewesen, fast unzugänglich; ich glaube, daß sich dahinter eine grundlegende Unsicherheit verbirgt. Wir haben alle die kleine selbstmörderische Neigung, eine negative Eigenschaft mit einer anderen, schlimmeren zu kaschieren. Ich steckte mir eine neue Zigarette an; der Wind war so stark, daß ich sie kaum anzünden konnte. Wir hörten wieder ein Donnergrollen, diesmal näher. Es begann zu regnen, ein leichter Niesel, der uns nicht störte. Wir blieben sitzen, schweigend, lange. Es gab nicht viel zu sagen; trotzdem blieben wir dort. Da war eine Leere, die gefüllt sein wollte, Spannungen, die entladen werden mußten. Schiffe lagen an der Pier weiter draußen im Hafen, wir hörten Stimmen, mechanische und metallische Geräusche. Ich erzählte ihm, daß ich am Tag zuvor in der Kalori Konditorei gewesen war, gegen Mittag, und plötzlich bemerkt hatte, daß ich von molligen Frauen meines Alters umgeben war. Keine anderen, keine schlanken oder dünnen. Alle hatten ein rundes Doppelkinn, runde Wangen, runde Hände mit Grübchen an den Fingerwurzeln. Volle Lippen, frischfrisierte Haare, schöne Kleider. Ich war mir sicher, daß sie auch große, runde Hintern und weiche Brüste hatten. Irgendwie waren sie alle zusammen formvollendet. Sie saßen da und schwatzten und aßen Torte und süße Schnittchen. Ich sagte zu Kurt: »Ich hätte gern vier, fünf von denen in ein großes Bett gepackt und mich in all dem weichen, wohlgenährten Fleisch gewälzt.«

»Du Ferkel«, sagte er.

Ich protestierte. Ich hatte nicht an Sex gedacht, weder in der Konditorei noch später. »Es erschien mir nur so verlockend, *eingepackt* zu sein«, sagte ich. »Ich habe nicht mehr den Wunsch, zu heiraten. Und der Sexualtrieb läßt mit der Zeit nach. Aber das Verlangen nach Haut und Fleisch vergeht nie.«

»Ich verstehe, was du meinst«, sagte er.

»So viele sind jetzt unverheiratet«, sagte ich. »Es kommt mir so vor, als wenn es immer mehr Männer werden, die im reifen Alter noch nie verheiratet waren. Paul, Erling, du, ich. Timerberg und Winterhof, wenn man sich die älteren Semester ansieht. Ich frage mich, woran das liegt.« Existentielle

Zeiten schaffen das Bedürfnis, existentielle Fragen zu stellen, aber vorzugsweise die einfachen, die man beantworten kann. Ich schnippte die Zigarettenkippe ins Meer; die Glut erlosch, lange bevor sie auf die Wasseroberfläche traf.

Kurt zuckte mit den Schultern und stand auf. »Was mich angeht, ist das eine Frage der Zeit. Es erfordert Zeit, Dinge zu erledigen. Zeit und Karriere«, murmelte er. »Das ist alles. So war das schon immer.«

»Ja«, sagte ich und stand ebenfalls auf, aber wir kamen nicht in Gang, und wieder versanken wir in der Stille, der Dunkelheit, den seltsamen Aktivitäten, die uns umgaben.

»Wie läuft dein Laden?« fragte er nach einer Weile.

»Der Umsatz ist gestiegen.«

»Hast du dir mal überlegt, daß die Stadt durch eine solche Sache wie diese reicher wird?« sagte er. »Die Umsätze sind in der ganzen Stadt tatsächlich nach oben gegangen. Das sind – unheimlich genug – herrliche Zeiten für uns. Volle Hotels, volle Restaurants, Kunden in allen Läden. Medien, Polizei, Schaulustige. Wir sollten ein Forschungsprojekt daraus machen«, sagte er, und wir drehten dem Hafen den Rücken zu und begannen, den Hügel zur Stadt hinaufzusteigen. »Für die Nachforschungen wird soundsoviel aufgewendet. Wieviel davon fließt als Umsatzsteigerung zurück? Schichten wir nur Geld von einer Stadt in die andere um? Oder steigen die Umsätze tatsächlich? Heben die Leute Geld von der Bank ab, um es dafür zu verwenden, ihre Neugier zu stillen?«

»Die sozialwirtschaftlichen Aspekte der Tragödie?« überlegte ich. »Ich weiß nicht mal, ob ich die Antwort auf solche Fragen wirklich wissen will. Vielleicht sind sie wichtig, aber sind sie *wesentlich*?«

»Auf diese Weise könnte man faktisch einen Preis für das Leid ermitteln«, sagte er.

»Hör doch auf.«

Der Regen wurde stärker, wir sahen Wetterleuchten am Horizont. Kurt nahm Kurs auf sein Zuhause. Ich machte kehrt und begab mich auf einem Umweg heim, durch fast dunkle Straßen. Es war spät geworden, die meisten Anwohner hatten das Licht gelöscht und waren zu Bett gegangen. Ich kam durch die Altstadt mit ihren prächtigen Häusern vom Ende des neunzehnten Jahrhunderts bis zur Mitte der zwanziger Jahre des unsrigen. Holzhäuser, in dunklen Farben gehalten. Kolonnaden, Balkone, schiefe Winkel, Veranden, Türme. Drachenköpfe und handgeschnitzte Fensterrahmen. Der Wind zerrte an meinen Haaren, der Regen peitschte mir ins Gesicht. Ein Blitz schlug ein, offenbar ganz in der Nähe, ich sah nur das gleißende weiße Licht, und gleichzeitig kam der Donnerknall. Als ich wieder sehen konnte, war die Straße völlig dunkel. Stromausfall. Der Regen war plötzlich zum Wolkenbruch geworden, und ich rannte los. Als ich um eine Hausecke bog, stand plötzlich ein dunkel gekleidetes Mädchen vor mir. Ich stolperte beinahe über sie, noch ehe ich ihre Gestalt sah, und ich zuckte zusammen. Einen Moment lang fragte ich mich, ob es das vermißte Mädchen sein konnte, aber die hier war zu jung, zu klein.

»Hallo«, sagte sie.

»Hallo. Solltest du nicht längst zu Hause sein?«

»Ich muß mit Ihnen reden.« Ihre Stimme war leise, die Windböen fegten einzelne Silben ihrer Worte fort, als telefonierten wir über eine schlechte Leitung miteinander.

»Ich kann dich nach Hause bringen, wenn du möchtest.« Ich war sowieso schon durch und durch naß. Das Wasser schwappte in meinen Schuhen.

»Sie müssen mit mir kommen«, sagte sie und begann, Richtung Zentrum zu gehen.

Sie ging schnell, und ich mußte große Schritte machen, um sie nicht zu verlieren. »Wie heißt du?« rief ich. »Wo wohnst du?«

»Ich muß nicht nach Hause. Haben Sie von dem Mädchen gehört, das verschwunden ist? Nach dem alle suchen? Ich weiß, wo sie ist.«

Ich wollte ihren Arm greifen, aber sie verlangsamte ihr Tempo nicht, und ich konnte sie nicht erreichen. »Woher weißt du das?« fragte ich, aber ein starker Windstoß riß mir die Worte vom Mund, und sie hörte mich nicht.

Wir gingen die Fußgängerbrücke am Ende der Storgata hinauf. Unter uns lagen der Stadtpark, der Musikpavillon, der obere Teil der Storgata. Alles war dunkel. Ich sah Konturen von Bäumen, Büschen, Gebäuden; dunkle Felder in Bewegung inmitten einer noch tieferen Dunkelheit. Einige Autos fuhren noch die Storgata hinunter, die Lichtkegel ihrer Scheinwerfer tasteten sich die Fassaden entlang, ließen die Fenster matt aufleuchten. Sie strebte dem abgesperrten Gelände zu, auf dem das neue Einkaufszentrum gebaut wurde, blieb an der Ecke des Grundstücks stehen und hob die Hand.

»Da!« sagte sie. »Sehen Sie die Mauer? Darin liegt sie.«

Mein Mund war trocken. »Woher weißt du das? Wer hat das getan?«

»Das weiß ich nicht.«

»Wie sah er aus?«

»Ich habe ihn nicht gesehen. Nicht deutlich.«

Ich ging näher an den Drahtzaun heran, der Neugierige und Kinder von der Baustelle fernhalten sollte. Auf der anderen Seite der Storgata ging der Strom plötzlich wieder an, und die Straßenlaternen, Fenster, Leuchtreklamen warfen flackernd ihre Lichter über die regennasse Straße und auf den Bauplatz. Ganz unten im Zaun war ein Loch. Ich hockte mich hin, um zu sehen, ob ich hindurchkriechen könnte, aber es war zu eng. »Hast du noch mehr gesehen?« fragte ich über die Schulter zurück, aber es kam keine Antwort, und als ich mich von dem Loch zurückzog und mich umdrehte, war sie verschwunden.

Ich stand lange da und hielt Ausschau nach einer Bewegung in der Dunkelheit. Nichts als ein paar Autos, vorbeihuschende Scheinwerfer, die flüchtig die Silhouetten von schwankenden Baumkronen, Parkbänken, Straßenschildern hervortreten ließen. Was sollte ich tun? War das ein bösartiger Schabernack? Kinder können manchmal sehr grausam sein, wie ich weiß; Janne hat mir schlimme Geschichten von Siri und ihren Freundinnen erzählt. Ich rannte durch das Unwetter nach Hause und zog die nassen Kleider aus, schlüpfte in Pyjama und Morgenmantel, widmete mich wieder meinem Rioja. Rastlos wanderte ich durchs Haus, zermarterte mir den Kopf. Ich konnte doch mit einer solchen Geschichte nicht zur Polizei gehen, oder konnte ich es, mußte ich es? Ich merkte, daß ich dem Mädchen nicht recht traute. Die ganze Episode erschien fantastisch, traumartig, so als hätte ich das alles gar nicht erlebt. Sie hatte zu seltsam gewirkt, irgendwie *schlau*, als führte sie einen Plan aus. Und, lieber Himmel, wie ich mich zum Gespött machen würde, wenn ich mit dieser wirren kleinen Geschichte zur Polizei ging und sich herausstellte, daß das Mädchen mich zum Narren gehalten hatte. Falls ich die Beamten überhaupt dazu bringen konnte, die echten, die *wirklichen* Ermittlungen abzubrechen und sich auf eine derartig aussichtslose Spur zu stürzen. Ich sah schon ihr mitleidiges Lächeln, hörte die vorgeblich tröstlichen Formeln von wegen »seine Bürgerpflicht tun« und »das hätte jedem passieren können«, und hatte keine Schwierigkeiten, mir vorzustellen, welche unterdrückten, aber sarkastischen Lachsalven mir beim Verlassen der Polizeidienststelle nachhallen würden.

Ich versuchte, an andere Dinge zu denken, machte eine Bestandsaufnahme meines Hauses, entwarf einfache Pläne. Ich grübelte darüber nach, ob ich die Diele mit echtem Parkett auslegen lassen sollte, umrahmt von Granitfliesen mit Intarsien. Ich rief eine Firma in Orlando, Florida an – Intarsia Inc. – und bat um Zusendung eines Katalogs. Ich überlegte, ob die Küche noch besser aussehen würde, wenn ich den alten Kühlschrank gegen einen aus gebürstetem Stahl austauschte, vielleicht von Kitchen Aid, oder vielleicht den neuen, wellenförmig geschwungenen von Zanussi. Ich trank mehr Wein, legte Trond Kvernos Matthäuspassion auf, aber die Musik wurde mir zu intensiv mit ihren Stimmen und Worten, und ich wechselte zu

Goreckis dritter Symphonie, aber alles, was *die* mir brachte, waren Erinnerungen an Victoria, anschließend Margareta, Kurt, Mutter, die Gesichter meiner Eltern, so wie sie auf den Fotos aussehen, die ich von ihnen habe. Die Vergangenheit, das wurde mir plötzlich bewußt, stand mir klarer vor Augen als die Gegenwart, und ich sah ein, daß ich nicht viel inneren Halt hatte.

Spät in der Nacht ging ich zu Bett, aber der Schlaf wollte nicht kommen, und ich stand auf und nahm meine rastlose Wanderung durchs Haus wieder auf, setzte mich schließlich mit einer neuen Flasche Rioja in den Sessel, begnügte mich aber damit, nur am Glas zu nippen. Ich wünschte mir, schlafen zu können, vielleicht zu träumen. Am Ende gab ich auf, duschte, zog eine dunkelblaue Jeans an, ein weißes T-Shirt, ein schwarzes Sweatshirt ohne Markenzeichen, Schlagworte, Logos. Ich machte Frühstück, dazu einen vierfachen Espresso, versuchte, an nichts anderes zu denken. Ich zog einen beigemelierten Tweedblazer an und darüber eine dicke Gant-Jacke. Ich ging ins Geschäft. Abrechnung von Mehrwertsteuer, Lagerhaltungswert, Umsätzen. Ein pickliger Jüngling, der eine Sammlung alter Comics verkaufen wollte. Eine ältere Dame auf der Suche nach den Erstausgaben von Herbjørg Wassmos Büchern. Geld einnehmen, Geld ausgeben.

Janne sah mich seltsam an. Als ich auf die Toilette ging, begriff ich, wieso. Mein Gesicht ist nicht für solche Nächte gemacht, lang und schmal, wie es ist. Ich sah aus wie ein Sechzigjähriger, grau wie nach einem Schlaganfall, faltig und mit schwarzen Ringen unter den Augen. Ich setzte mich ins Hinterzimmer, mein Büro, schloß die Tür, dachte lange und angestrengt nach, dann ging ich zur Polizei.

Ich ahnte ja nicht, was das alles nach sich ziehen sollte. Hätte ich es geahnt, weiß ich, was ich getan hätte. Aber jetzt ist es zu spät, um zurückzublicken, zu spät, um zu *bereuen*. Es kam, wie es kommen mußte. Viel mehr ist darüber nicht zu sagen.

Hugo Berger war ein freundlicher Mann mit weicher Aussprache, aber blaß und vollkommen unauffällig; blasse Haare, blasse Augen, blasser Schnurrbart. Er war vielleicht achtundzwanzig, vielleicht dreiundvierzig. Er hätte alles mögliche sein können, Arzt, Lastwagenfahrer, Vorschullehrer. Aber er war Kommissar bei der Kriminalpolizei, nach Oscarshavn entsandt, um der örtlichen Polizei bei ihren – unseren – Mysterien zur Seite zu stehen. Mein Unbehagen darüber, eine so kryptische Geschichte erzählen zu müssen, nahm ab, als ich fertig war; er grinste nicht, lächelte nicht mitleidig, verdrehte nicht die Augen, er tat nichts von alldem, was ich befürchtet hatte. Er hörte zu, und dann bat er mich zu warten und ging aus dem Zimmer. Als er zurückkam, nickte er ernst. »So, also. Es ist zumindest denkbar«, sagte er und setzte sich. »Die Mauer ist erst ein paar Tage alt, und der Polier sagt, daß an der Verschalung manipuliert wurde.«

Was sollte ich darauf antworten? Was soll man denn mit der Polizei überhaupt bereden, außer daß man die Geschichte erzählt, die man zu erzählen hat, und dann so schnell wie möglich macht, daß man wegkommt. Was ich getan hatte, war meine Bürgerpflicht, aber ich hatte keine Lust, mehr zu tun als das absolut Notwendige. Es gab nichts mehr, was ich noch hätte beitragen können; falls er davon ausging, war er ein Dummkopf. Ich sah aus dem Fenster. Der Sturm hatte die Atmosphäre nicht gereinigt, im Gegenteil. Als er abzog, kam der Nebel hinterher, er lag immer noch über der Stadt; dick und feucht preßte er sich gegen die Fenster.

»Mhm-hm. Das Problem ist, daß sie schon Wände hochgezogen haben und inzwischen viel weiter sind. Das müßten sie alles wieder einreißen. Träger. Ganze Wände. Er sagte, das könnte schwierig werden. Oh, oh.« Jetzt, wo er sprach, anstatt zuzuhören, merkte ich, daß er mich irritierte; seine zerhackten Sätze wirkten unnatürlich für einen Mann in seiner Position.

»Aha. Nun, sie wirkte sehr sicher«, meinte ich. »Aber ich

weiß natürlich nicht, ob sie die Wahrheit gesagt hat.« Hugo Berger selbst schien nicht überzeugt, aber auch nicht direkt skeptisch zu sein, nur neutral. Ich merkte, wenn auch etwas verblüfft, daß ich böse auf dieses Mädchen war, das mich als gutes Mitglied der Gesellschaft in diese unbehagliche Rolle hineingeschubst hatte; ich habe immer versucht, loyal gegenüber den sozialen Verpflichtungen zu sein, aber dies war nicht unbedingt *meine* soziale Verpflichtung; jeder x-beliebige andere hätte diesen Auftrag übernehmen können, auch das Mädchen selbst. Meine Anwesenheit in diesem Büro war dummen Zufällen geschuldet, und solche mag ich nicht.

»Ich verstehe. Ja, mhm-hm.« Er drehte den Stuhl halb herum und starrte auf die nackte Wand neben der Tür.

Was gibt's da zu verstehen? dachte ich, sagte es aber nicht. Ich sagte: »An der Hochschule gibt es ein Institut, das sich mit Stadtplanung und Sozialstudien und ähnlichem beschäftigt, und die arbeiten gerade an einem Projekt, in dem Abfall untersucht wird. Ein Freund von mir ist Leiter des Instituts. Dieses Abfallprojekt verfügt über einen Apparat, sie nennen ihn Geoscanner. Ich bin mir nicht ganz sicher, wie er funktioniert, aber ich weiß, daß es ursprünglich ein Gerät ist, das die Archäologen einsetzen, und daß damit so etwas wie unterirdische Röntgenaufnahmen gemacht werden. Sie versenken wohl eine Kamera im Boden und können anschließend Skelette oder was auch immer auf einem Monitor sehen. Ultraschall oder so. Die Technologie erinnert entfernt an ein Echolot. Vielleicht könnte das helfen?«

Die Information schien ihm zu gefallen. Er lebte sichtbar auf und beugte sich über den Schreibtisch. »Ah, ja. Interessant. Könnte was sein. Haben Sie die Telefonnummer von Ihrem Freund, wie hieß er doch gleich?«

Ich gab ihm alles, was er brauchte, und er verschwand wieder aus dem Zimmer. Ich hatte Lust auf eine Zigarette. Auf dem Tisch stand ein unbenutzter Aschenbecher. Trotzdem verkniff ich es mir, eine Zigarette anzuzünden; nur nervöse

Menschen müssen rauchen, und ich wollte nicht den Eindruck machen, als hätte ich etwas zu befürchten. Es gibt keine unschuldigen Menschen, nur latent schuldige, und wir übertragen unsere Schuld auf jede erdenkliche Situation; das sind der Sünde Ringe im Wasser.

Als er zurückkam, wirkte er aufgemuntert. Er nickte mir freundlich zu, beinahe lobend, als hätte ich in einer Prüfung etwas Kluges geäußert, und sagte, daß sie sich diesen Geoscanner wohl zunutze machen könnten. Das sei eine glänzende Idee gewesen, und ich dürfe mitkommen und ihnen die genaue Stelle zeigen, auf die das Mädchen mich aufmerksam gemacht hatte. Er sagte es so, als sei es ein Geschenk, eine großzügige Geste, eine Ehre; als sei ich auserwählt, bei der Enthüllung eines Denkmals mitzuhelfen.

Der Nebel war von der flüchtigen, beweglichen Sorte, und alles geschah ruhig und ohne großes Aufhebens. Wir gingen zusammen mit zwei weiteren Polizisten zur Baustelle, einem Mann und einer Frau, die mir nicht vorgestellt wurden. Der Bauleiter nahm uns in Empfang. Hugo Berger zog mich beiseite, und ich zeigte ihm die richtige Stelle. Anschließend schickte er mich zu der Polizistin zurück, die schweigend auf mich aufpaßte, während die Männer sich unterhielten. Dann verschwand der Bauleiter, Baukräne und Bagger stellten die Arbeit ein, langsam aber sicher leerte sich die Baustelle. Ein paar Minuten später erkannte ich den großen blauen Lieferwagen des Instituts. Kurt und zwei seiner Kollegen stiegen aus dem Auto; er nickte mir zu, verwundert, aber jemand packte ihn am Arm und steuerte ihn in eine andere Richtung, so daß wir kein Wort miteinander wechseln konnten. Sie holten rechteckige Kisten und andere Gegenstände aus dem Lieferwagen. Die Polizistin blieb an meiner Seite, nach wie vor wenig gesprächig, ja beinahe mürrisch schweigsam; sie sah aus, als hätte sie zuletzt auf einer Weihnachtsfeier in der Vorschule gelächelt. Alle anderen verschwanden zwischen Zementsäcken, Bauelementen, halbfertigen Wänden, Gerüsten und aufgeworfenen

Erdhügeln. Anschließend passierte eine Dreiviertelstunde lang gar nichts. Ich stand in meiner dicken Gant-Jacke da und fröstelte im Nebel, während ich eine Zigarette nach der anderen qualmte – aber aus Langeweile, nicht aus Nervosität. Dann kamen alle wieder heraus. Sie blieben im Eingang stehen und warteten ein paar Minuten, bis drei Polizeiautos kamen, und nun begannen sie das ganze Gelände mit gelbem Signalband abzusperren, und ich begriff, daß sie etwas gefunden hatten.

Hugo Berger kam und löste die Polizistin ab; sie hatte in der ganzen Zeit kein Wort gesagt. »Ihr habt sie gefunden«, sagte ich, es war im Grunde keine Frage.

»Sie?« sagte Berger zurückhaltend. »Ja, nein, wir wollen keine voreiligen, äh – Schlüsse ziehen. Aber es besteht wohl wenig Grund, etwas anderes anzunehmen. Ich glaube – ja, ich glaube, wir brauchen eine formale Zeugenaussage.«

Ich hatte ihm schon alles erzählt, was ich wußte, das hatte vielleicht fünf Minuten gedauert. Nicht viel mehr, obwohl sich die ganze erste Sitzung bedeutend länger hingezogen hatte. Aber er beorderte mich zurück zum Polizeirevier und ließ zwei Stunden lang nicht locker, bis mir ganz übel davon war, mich ständig zu wiederholen.

»Sie haben also keine Erklärung dafür, warum das Mädchen sich ausgerechnet an Sie gewandt hat?« Wenn man gezwungen wird, sich selbst zu wiederholen, so entdeckte ich, fängt man an zu improvisieren, zu interpretieren, Vermutungen anzustellen. Alles mögliche, nur um diese sinnlose Wiederholung von Fragen zu unterbrechen. Ich antwortete: »Ich war der einzige, der draußen war, wahrscheinlich deshalb.« – »Sie sagte nicht, daß sie die Tote kannte?« – »Nein. Sie sagte *das Mädchen, das verschwunden ist*. Auf mich hat es so gewirkt, als ob sie die Verschwundene nicht gekannt hat. Sonst hätte sie wohl ihren Namen gesagt, oder?« – »Vielleicht, vielleicht nicht.« Berger war die ganze Zeit unerschütterlich ruhig, nüchtern, er ließ sich nicht einmal dazu verleiten, mit mir zusammen zu spekulieren.

Ihre Antworten. Wir gingen sie wieder und wieder durch. Ich veränderte, ohne mir dessen bewußt zu sein, den Wortlaut im Vergleich zum ersten Gespräch mit diesem freundlichen Polizeibeamten. Wir diskutierten über das Warum fast eine Stunde lang; je mehr wir darüber diskutierten, desto unsicherer wurde ich mir, was sie gesagt hatte. Immerhin war ein Gewitter herangezogen, mit starken Böen, und ihre Stimme war je nach Windstärke leiser oder lauter gewesen. Und Berger nickte und lächelte und sagte mhm-hm und ja-doch-aber und fuhr fort, mich auszufragen: »Ihre Haarfarbe, konnten Sie die erkennen?« – »Nein. Wie gesagt, die habe ich nicht gesehen, sie hatte wohl eine Mütze oder Kapuze auf.« Eigentlich hatte ich Lust zu schreien, zu toben, auf den Tisch zu schlagen, mich überhaupt aufzuführen wie ein Verdächtiger, oder, schlimmer noch: ein zu Recht Verdächtigter, ein Schuldiger. »Aber das haben Sie bisher nicht erwähnt, daß sie eine Mütze oder Kapuze auf dem Kopf hatte?« – »Ich habe gesagt, daß sie *wohl* eine Mütze oder Kapuze auf dem Kopf hatte, ich habe es schlicht und einfach nicht gesehen.« – »Aber es besteht ein großer Unterschied zwischen Haaren einerseits und Mütze oder Kapuze andererseits.« – »Es goß wie aus Kübeln und der Strom war ausgefallen. Vielleicht hatte sie bloß nasse Haare, daran sieht man keine Farbe.« – »Sie wollen damit sagen, daß sie nasse Haare hatte?« – »Ich will damit nur sagen, daß ich mir nicht sicher bin, es kann so oder so gewesen sein, es war stockdunkel.« – »Nicht auf dem Bauplatz. Sie haben gesagt, daß auf der anderen Straßenseite Licht war.« – »Das war weit weg, und ich habe nicht lange in ihre Richtung gesehen, nachdem wir dort angekommen waren.« Aber Berger wollte nicht aufgeben, Überstunden und Verlängerungsrunden gehörten zu seinem Job: »Nasses Haar glänzt. Haben Sie gesehen, daß es glänzte?« – »Nein, das ist ja gerade der Grund, warum ich das von wegen Mütze oder Kapuze sage. Ich *glaube* vielleicht, daß ich es gesehen hätte – und mich daran erinnern würde –, falls ihr Haar geglänzt hätte. Aber sicher bin ich mir nicht.«

Wie groß war sie? Ich antwortete, daß sie mir vielleicht bis zur Hälfte des Oberarms ging, vielleicht bis zur Schulter, sie hielt sich die ganze Zeit etwas auf Abstand, es war nicht leicht, ihre Größe an meiner eigenen Körpergröße abzuschätzen. Und wie alt war sie? Ich hatte keine Ahnung. Ich hatte *den Eindruck*, daß sie ein Kind war, was immer das besagt; vielleicht neun, vielleicht elf. Andererseits: Während ich erwog, ob ich überhaupt zur Polizei gehen sollte, hatte ich gedacht, daß sie schlau wirkte, so als ob sie einen groben Scherz mit mir machte, und das konnte ja darauf hindeuten, daß sie älter war, aber ich wußte es nicht. Darüber diskutierten wir lange, über die Frage, warum sie mir so vorgekommen war. Ich konnte darauf ebenfalls keine gute Antwort geben, überhaupt war ich ein elend schlechter Zeuge. »Vielleicht…«, sagte ich und zögerte ein wenig, bevor ich fortfuhr: »Vielleicht war es die Stimme« – »Die Stimme?« – »Oder die Art, wie sie sprach.« – »Wie sprach sie denn?« – »Klar. Ich meine nicht die Stimme, die kam und ging mit dem Wind, wie ich schon sagte, aber sie suchte nicht nach Worten. Sie zögerte nicht. Ich denke, Kinder zögern, suchen nach Worten, stottern ein bißchen und so, und sie tat all das nicht. Es wirkte fast wie Rollentext, ich glaube, das war es, was mir auffiel, so als hätte sie vorher auswendig gelernt, was sie sagen wollte. Sie sprach beinahe wie eine Erwachsene. Mit so einer Sicherheit, wissen Sie?« – »Ich glaube schon. Das ist ausgezeichnet.« Ich konnte nicht begreifen, was an meiner Erklärung ausgezeichnet sein sollte, und sagte das auch. »Nein, nein, nein«, sagte er. »Wir sind, mhm-hm, ein ganzes Stück weitergekommen. Kannten Sie die Familie Simer? Wir *wissen* natürlich nicht, ob es das, äh – Simer-Mädchen ist, das wir gefunden haben, aber gehen wir in diesem Augenblick einfach mal davon aus.« – »Ich kannte ihre Großmutter vom Sehen, habe wohl auch ein paarmal mit ihr gesprochen. Dieses Mädchen und ihre Mutter sind mir unbekannt.« – »Aha, ich verstehe. Inwiefern kannten Sie die Großmutter?« Und ich erzählte. Die Mysterien der Stadt, die Geschichten der Stadt. Kanonische und apokryphe. Machte es ihn klüger, sah er Zusammenhänge? Ich war schon müde und nahezu krank von all den Erklärungen, Erzählungen – wie immer man das nun nennen sollte –, als er fragte: »Und Sie haben niemals irgendwelche, tja, äh, um es beim Namen zu nennen, *Dienste* von irgend jemandem aus der Familie in Anspruch genommen?« – »Dienste?« – »Sexuelle. Unverblümt gesagt. Dienste sexueller Art. Bezahlte Dienste.« Ich glaube, ich wurde rot. »Nein. Überhaupt nicht.« – »Sie wissen, daß sie sexuelle Dienstleistungen verkauften?« – »Ich weiß, daß die Großmutter es tat. Aber ich hatte keine Ahnung, daß sie eine Tochter hatte, geschweige denn eine Enkelin.« – »Aha, aha, ich verstehe.« Er hob den Kopf und sah mich an, lächelte ebenso überströmend wie früher. »Nun, na ja.« – »Ich weiß nichts mehr«, sagte ich. »Und ich bin jetzt furchtbar müde. Ich melde mich natürlich sofort, falls mir noch etwas einfällt.« Ich wäre am liebsten vom Stuhl gerutscht, hätte mich auf die Knie geworfen, ihn angebettelt, mich gehen zu lassen. Hätte er das Verhör noch eine Stunde lang fortgesetzt, wäre ich womöglich bereit gewesen zu gestehen, daß ich sie selbst getötet hatte, nur um seinem herzlichen Lächeln zu entgehen, seine zerhackten Sätze nicht mehr hören zu müssen, die mir zu diesem Zeitpunkt in den Ohren kreischten wie Kreide an einer Tafel. Aber zum Glück, obwohl er nicht ganz sicher zu sein schien, ließ er mich gehen; ich stand auf und zog meine Jacke an.

»Es wäre schön, wenn Sie morgen vorbeikommen und Ihre Aussage durchlesen und unterschreiben könnten.« Ich war einverstanden und verabschiedete mich. Draußen war es dunkel geworden. Der Nebel hatte sich bis auf die Erde gesenkt, schluckte die Lichter der Autoscheinwerfer und Leuchtreklamen und spuckte sie wie verwaschene Farbflecken wieder aus; Primärfarben vermischt mit Grau, allesamt. Ein älteres Ehepaar ging an mir vorüber, die Frau nickte grüßend; alte Kunden. Sie sahen merkwürdig reserviert aus. Mir wurde klar, daß sie vielleicht schon meinen Namen im Zusammenhang mit der neuen Entwicklung des Falles gehört hatten und daß die Welt sich wieder einmal verändert hatte.

8 Nemesis

Ich bin ein Anhänger dieser verschwiegenen Trinkgelage, die man in seinen eigenen vier Wänden veranstalten kann. Der Alkohol wirkt abstumpfend auf die scharfe Klinge, mit der das Dasein hin und wieder so gerne zusticht, und obwohl ich zuviel trinke, möchte ich niemals darauf verzichten. Ich bin nie ein Freund großer und plötzlicher Veränderungen gewesen, das Leben ist auch ohne sie schwer genug; ich habe mein Päckchen zu tragen gehabt und finde, das reicht. Bestenfalls ist das Leben bittersüß, schlimmstenfalls ist es grau, ohne Farbe oder Geschmack, und ich habe schon vor langer Zeit erkannt, daß der fundamentale Todeswunsch, den wir alle in uns tragen, ganz einfach darauf zurückzuführen ist, daß wir uns ab und zu der Realität bewußt werden. Trotzdem war ich immer dafür, den Kopf hochzuhalten, Wasser zu treten und auf eine Änderung zum Besseren zu hoffen; ich habe nie andere Leidenschaften gehabt als den Wunsch, von Leidenschaften verschont zu bleiben. Und bei den schlimmsten aller Prüfungen, denen die Welt mich ausgesetzt hat, war der scharfe und doch elegante Geschmack eines Dry&Dirty Martini mir Tröster und Helfer. Einer oder zwei davon bringen mich in der Regel wieder in Gang.

Das polizeiliche Verhör spukte mir noch im Kopf herum, der Gedanke an das unbekannte Mädchen quälte mich, es quälte mich, daß Margareta nicht anrief, auch daß Victoria es nicht tat; es war, als hätte jemand die Parole ausgegeben, Francis Falckenberg von der Außenwelt abzuschneiden, vakuumverpackt, isoliert von den gesellschaftlichen Stromkreisen. Die Stadt war ruhiger geworden, nachdem man Beate Simer gefunden hatte. Die Hubschrauber verschwanden aus der Luft, die Suche wurde eingestellt, die Brandtechniker fuhren nach Oslo zurück, im Gepäck die Leiche des Mädchens, um sie obduzieren zu lassen. Wenn man die Zeitungsschlagzeilen oder die Fernsehnachrichten ignorierte, konnte man sich einbilden, das Leben sei wieder normal. Trotzdem war ich nervös und rastlos.

Also dachte ich an Martini, brauchte ich Martini, *mußte* ich einen Martini-Abend einlegen. Ich mixte mir einen im Shaker, extra trocken: zwei Deziliter Gin, ein Zentiliter Vermouth, zwei Teelöffel Olivenlake. Ich stellte den Shaker in den Gefrierschrank und legte Salieris *Follia de Spagna*-Variationen auf; melodiöse Wohlklänge. Ich zog die Vorhänge zu, um die Außenwelt wegzusperren, dimmte die Punktstrahler herunter, zündete Kerzen im Kandelaber auf dem Wohnzimmertisch an. Ich nahm T. E. Lawrences *Revolt in the Desert* aus dem Bücherregal; nur ein absolutes Lieblingsbuch war an diesem Abend gut genug. Dann holte ich den Martinishaker aus dem Froster und ließ mich in meinen bequemsten Sessel fallen, einen Styline-Sessel in Marineblau und Ockergelb, eine Offenbarung an ultra-schlichtem Design mit weichen Kissen und vier schlanken Beinen auf Rollen. Ich goß mir ein Cocktailglas randvoll, ließ eine Olive ins Glas fallen, steckte mir eine Zigarette an, klappte das Buch auf und machte es mir bequem.

Ich war endlich auf dem besten Wege, meine Ruhe, meine gute Laune wiederzufinden, als ich draußen im Garten etwas im Laub rascheln hörte.

Ich setze mich im Sessel auf und horchte. Stille. Dann raschelte es wieder, und ich war mir ziemlich sicher, daß es nicht das übliche Geräusch des Windes in den herabgefallenen Blättern war; das hier waren Schritte, Laub wurde heruntergetreten, nicht aufgewirbelt.

Ich habe für alle Fälle einen soliden Baseballschläger im Garderobenschrank in der Diele; Cort hatte mich damals auf die Idee gebracht, nachdem jemand versucht hatte, bei ihm einzubrechen – obwohl er als Jäger eher eine Schrotflinte benutzen würde. Nicht daß ich mit dem Schläger viel hätte ausrichten können, aber ich fühlte mich damit nicht mehr so nackt und schutzlos. Ich holte ihn hervor, zusammen mit meiner großen Maglite-Taschenlampe, und ging in den Regen hinaus.

Nichts zu sehen.

Während ich dort stand, die Taschenlampe noch nicht eingeschaltet, glaubte ich einen Moment lang, Schritte auf der anderen Seite des Hauses zu hören, im Kies vor der Garage; dann wurde es still.

Ich schlich ums Haus herum zur Rückseite, durch die Ebereschen, zwischen Hauswand und Holzschuppen entlang, um die Garagenecke. Nichts. Ich knipste die Taschenlampe an, leuchtete meine Umgebung ab.

Der Handhebel am Garagentor stand auf Offen. Aber ich vergesse meistens, die Garage abzuschließen; unter normalen Umständen nehmen wir Bürger von Oscarshavn es nicht so genau damit. Ich bückte mich, richtete den Lichtstrahl auf den Hebel. Es sah aus, als hätte jemand sich am Schloß zu schaffen gemacht; die Kanten des Schlüssellochs waren zerkratzt, beinahe aufgebogen. Hatte ich das durch den jahrelangen Gebrauch gemacht? Man achtet ja nicht auf so etwas, wenn man keinen Grund dazu hat. Oder war jemand hiergewesen? War vielleicht jetzt, in diesem Moment, jemand in der Garage?

Ich trat ein paar Schritte vom Garagentor zurück, zählte langsam bis fünf, dann rannte ich darauf zu, riß es auf und ließ den Strahl der Lampe über die Autos gleiten. Schatten. Zwei Autos, Rasenmäher, Harke, all die Geräte und Maschinen und Dinge, die man in einer Garage aufbewahrt. Ich ging in die Hocke, legte mich auf dem Bauch in den Sand, leuchtete die Autos von unten ab. Keine Füße, nichts Ungewöhnliches. Ich stand wieder auf, ging in die Garage, den Baseballschläger im Anschlag; sie war leer, abgesehen von dem, was hinein gehörte, und weiß der Geier, ob etwas verändert oder entfernt worden war, ich habe so viel Zeugs, daß ich nicht merken würde, wenn etwas fehlt. Ich ging wieder hinaus, mit hämmerndem Herzen, stellte mich in die Auffahrt und leuchtete meinen Umkreis ab, wahllos, panisch.

Da war nur der Wind, ein stetiger Süd-Südost mit treibenden Wolken und einem leichten, gleichmäßigen Regen. Ich ging hinunter in den Garten, zum Teehaus, ließ den Strahl der Taschenlampe wandern. Weiter draußen lag das Meer, schwarz und schimmernd am Horizont, aber mit deutlichen Schaumkronen, und ich konnte hören, wie die Wellen sich am Strand brachen. Sonst war da nichts, der Abend war tot wie eine Wüstennacht. Ich ging ins Haus, holte mein Getränk, ging wieder hinaus und setzte mich ins Teehaus, gut gerüstet mit Lampe, Baseballschläger, Martinishaker und einem Glas; horchte auf das Meer, auf die Wellen, wartete darauf, daß etwas passierte. Ich fühlte immer noch Unruhe, aber ob sie um mich herum war oder in mir selbst, das war unmöglich zu sagen. Was ich gehört hatte, konnten Phantomschritte gewesen sein, Echos, Spukgestalten, meine eigene aufgewühlte Seele.

Die Uhr zeigte kurz nach halb elf, als ich erneut Schritte hörte. Ich drehte mich um und sah in die Richtung, aus der die Geräusche kamen. Ein Mann stand auf der Treppe vor der Haustür. Er hatte einen Finger auf der Klingel; es wirkte harmlos, ungefährlich. Ich erhob mich, ging zum Fuß der Treppe und sprach ihn an.

Er zuckte nicht zusammen, drehte sich nur ruhig um und sah mich an. Es dauerte ein paar Sekunden, bis ich ihn erkannte; es war der alte Mann, der vor ein paar Tagen in meinem Laden gewesen war. Mich durchzuckte der Gedanke, daß er ein Verrückter sein könnte, und ich zögerte. Aber seine

Bewegungen waren beherrscht, und er lächelte höflich, als er sagte: »Entschuldigen Sie, ich weiß, es ist schon spät. Mein Name ist Henrik Krogher. Ich war vor einigen Tagen in Ihrem Antiquariat. Ich würde gern ein paar Worte mit Ihnen reden.«

»Worum geht es?«

Sein Blick fiel auf den Baseballschläger. »Ist etwas passiert?«

»Waren Sie vorhin schon mal hier?«

»Nein.«

»Ich dachte, ich hätte Schritte gehört. Vor ungefähr einer Stunde. Aber es weht ein kräftiger Wind, der macht eine Menge Geräusche.«

Er nickte. »Ich war Kommissar bei der Kripo«, sagte er. »Bin jetzt pensioniert. Ich habe mit einem meiner früheren Kollegen gesprochen, der hier in der Stadt ist. Er erwähnte Ihren Namen. Er sagte, daß Sie es waren, der ihnen erzählte, wo sie die Leiche des Simer-Mädchens finden würden.«

»Das stimmt.«

»Kann ich Sie kurz sprechen?«

Ich zögerte eine Sekunde, dann ging ich die Treppe hinauf und öffnete die Tür. »Na gut, kommen Sie herein.« Ich trat zur Seite. Wir gingen in die Diele, zogen die nassen Jacken aus, die nassen Schuhe; ich führte ihn ins Wohnzimmer und deutete auf das Sofa, fragte, ob er einen trockenen Martini wolle, aber er verneinte.

»Also?« sagte ich, als er sich gesetzt hatte.

Er kratzte sich im Nacken. Ich konnte sein Alter nicht richtig einschätzen. Das Gesicht war zerfurcht, die Haare waren grau, aber seine Bewegungen waren flink wie die eines viel jüngeren Mannes. Er trug dunkle Hosen und einen schönen Strickpullover über einem Hemd ohne Krawatte. »Ich brauche Hilfe«, sagte er. »In gewissem Sinne.«

Ich nippte am Martini, murmelte etwas Beiläufiges. Einen Moment lang sah er so aus, als bereute er, den Drink ausgeschlagen zu haben, dann fuhr er fort: »Drei Menschen sind durch Brandstiftung umgekommen. Das ist praktisch Totschlag, eventuell Mord. Eine Person, die eigentlich in der Brandruine hätte liegen müssen, wurde an einer ganz anderen Stelle gefunden, und die Umstände am Fundort lassen kaum einen anderen Verdacht zu als Mord. Diese Person kam nicht in dem Feuer um. Die Todesursache ist Ersticken, herbeigeführt durch Genickbruch und Abdrücken der Luftröhre. Die Person wurde aller Wahrscheinlichkeit nach vorsätzlich getötet. Sie haben der Polizei eine ziemlich merkwürdige Geschichte von einem Mädchen erzählt, das beobachtet haben will, wie das Simer-Mädchen an den Fundort gebracht wurde. Das ist es jedenfalls, was ich gehört habe. Ist das richtig?«

»Ja«, sagte ich. Ich steckte mir eine Zigarette an, trank den Rest Martini aus dem Glas. Der Alkohol kribbelte im Körper, es war sinnlos, jetzt aufzuhören. »Aber ich wünsche mir, daß es nicht in der Öffentlichkeit breitgetreten wird, wenn es sich vermeiden läßt. Ich habe keine große Lust, von Sensationsgeiern heimgesucht zu werden.«

»Natürlich.« Er schlug die Beine übereinander, fühlte sich offenbar ganz entspannt auf meinem Sofa. »Ich komme zu Ihnen, weil Sie die meiste Zeit Ihres Lebens hier in der Stadt verbracht haben und weil Sie vielleicht etwas wissen.«

»Ich weiß nicht mehr, als ich der Polizei erzählt habe«, sagte ich. »Und ich nehme an, Sie haben schon alles darüber erfahren.«

»Ja. Jedenfalls das meiste. Aber mich interessiert nicht nur dieser Fall – das Feuer und der Mord. Sie müssen wissen, ich war 1973 schon einmal hier, als Ermittler in der Vermißtensache Elsa Marie Willumsen. Was für eine merkwürdige Art des Verschwindens.« Er behielt mich fest im Auge, um keine meiner Reaktionen zu verpassen.

»Sie ist ins Moor gelaufen«, protestierte ich. »Ich war damals selbst dabei, als es durchkämmt wurde.«

»Aber es gibt keine Anhaltspunkte dafür, daß sie ins Moor

gegangen ist. Die Kinder spielten auf einem weiträumigen Platz ein Stück südlich des Sumpfes, und als das Willumsen-Mädchen in den Wald ging, weil sie austreten mußte, wandte sie sich in die dem Moor entgegengesetzte Richtung. Das ist eigentlich alles, was wir wissen. Ich habe nie daran geglaubt, daß sie ins Moor gelaufen ist.«

»Nicht, aha.«

»Und dann war da diese merkwürdige Sache mit Nina Lodz.«

»Ach, Nina Lodz«, sagte ich und schüttelte den Kopf; ich hatte lange nicht mehr an sie gedacht. Es kam mir vor, als hätten sich die Leute gegen mich verschworen, um die gesamte Vergangenheit umzugraben. »Nina Lodz, die also auch.«

Nina Lodz war meine erste große Liebe. Sie wurde es an dem Tag, als sie aus dem Badezimmer kam, mit nichts an als einem viel zu kurzen und zu knappen Frotteebademantel, den ordentlich zu schließen sie sich nicht die Mühe gemacht hatte. Sie konnte ja nicht wissen, daß ich im Haus war, zu Besuch bei ihrem jüngeren Bruder Fredrik und auf dem Weg ins Badezimmer, das sie stundenlang blockiert hatte.

Ich war gerade vierzehn geworden. Sie war sechzehn, fast siebzehn – blond, langbeinig, schön. Sie roch nach Eau de Cologne, ein Duft, der den Flur hinunter auf mich zuwogte, und ich stand ganz verdutzt da und spürte es irgendwo zwischen meinen Hoden kribbeln. Sie blieb abrupt stehen, als sie mich entdeckte, wäre fast gestolpert. Der Bademantel ging auf und eine ihrer Brüste war zu sehen. Ich hätte auf der Stelle sterben können vor lauter Glück. Sie wurde rot, griff nach dem Gürtel des Bademantels und zog ihn zu; sie hatte sicher die Absicht, den Mantel fest zu verschließen, aber der Effekt war der gegenteilige. Plötzlich stand sie halb, ja beinahe gänzlich nackt da. Sie war rosa, gepolstert, wunderbar: Arme und Schultern mollig, der Bauch war weich und wölbte sich um das Nabelgrübchen. Die Hüften breit, die Schenkel rund.

Und ich war noch ein unschuldiger Knabe. Okay, ich hatte eine Brust oder zwei befummelt und die reifen Kurven der Frauen in Blättern wie *Penthouse* oder *Men Only* betrachtet, aber was die wirklichen sexuellen Freuden anging, hatte ich noch nicht das kleinste Quentchen genascht, und auf eine ganz andere Art als meine willigen, aber ziemlich langweiligen und nicht besonders anziehenden Schulfreundinnen war Nina eine richtige *Frau*. Sie ähnelte weit mehr einem Playmate, aber sie war aus Fleisch und Blut. Das einzige, was ich leider nicht sehen konnte, war ihr Hintern, aber in diesem Moment spielte das keine Rolle. Ich hatte auch so schon genug gesehen.

Das fand sie auch. Sie starrte mich wutentbrannt an, während sie das Malheur so gut es ging eindämmte und versuchte, ihre Würde zurückzugewinnen. »Hast du jetzt alles gesehen?«, fauchte sie, ehe sie in ihr Zimmer verschwand und mich auf dem Flur zurückließ, tiefrot, zitternd und mit einer Erektion, die mich die ganzen nächsten dreiundzwanzig Monate nicht mehr verlassen sollte.

Sie variierte an Stärke und Umfang, das muß ich zugeben, die Geilheit und die nachfolgenden Erektionen kannten Höhen und Tiefen, Ebbe und Flut. Aber sie war da, ich hatte dreiundzwanzig Monate lang einen Ständer, und *was* für einen. Ich hätte den Küchentisch damit anheben können, wenn ich morgens frühstückte und nach den feuchten Träumen der Nacht versuchte, wieder zu Kräften zu kommen. Ich verschob einmal den schweren alten Mahagoni-Eßtisch, als ich mich zu abrupt umdrehte und diese monolithische Erektion dagegenknallte; der Tisch schwebte mehrere Zentimeter auf seinen handgeschnitzten Löwenfüßen seitwärts, bevor er zitternd zur Ruhe kam. Meine Erektion fegte Lampen vom Tisch und Nippes aus den Regalen, prallte gegen die Türzargen; sie zerbrach das Glas von gerahmten Fotos und machte aus den Rahmen Kleinholz, wenn sie die Bilder von den Wänden riß. Wohin ich auch ging, sie ging voran und zeigte den

Weg; sie war mein Hirn, mein Herz, mein Leib. Am Anfang war sie mein Stolz – eine solche Erektion hatte die Welt noch nicht gesehen, meinte ich –, aber mit der Zeit wurde sie eine Plage und Pest, und ich unternahm alles, um sie loszuwerden. Ich versuchte, an irgendwas anderes als Nina zu denken, aber was mir auch in den Sinn kam, nahm ihre Formen an, ihr Gesicht, ihre Haare, ihre Brüste, ihre Haut. Ich duschte eiskalt, bis mein Körper blau war, bis meine Zähne klappernd aufeinanderschlugen, bis die Haut an meinen Händen, an allen Extremitäten – bis auf die eine *extreme* Extremität – so verschrumpelt und aufgequollen war, daß ich damit im Karneval sehr gut als Schreckgespenst hätte gehen können. Und ich onanierte, voller Hoffnung, diese endlos reproduzierbare Körperflüssigkeit, die meinen Vorstellungen Nahrung gab, aus mir herauspumpen zu können. Ich wichste aus ganzem Herzen und mit aller Kraft, bis die Zimmerdecke über meinem Bett marmoriert war und einen beinahe fluoreszierenden Glanz annahm, bis die Wände so fleckig waren, daß es aussah, als säße Schwamm hinter der Tapete, bis die Hände erschöpft und voller Blasen waren und lange schwarze Haare auf ihnen wuchsen und die anderen Jungs mich »Werwolf« nannten, bis ich um fünfdreiviertel Kilo abgemagert war und dunkle Ringe unter den Augen hatte. Dreiundzwanzig Monate lang war ich ein zitterndes, manisches Wrack, ein Riesentropfen Sperma, eine Hormonbombe, umspannt von einer hauchdünnen Haut. Und nichts half, und ich wußte, daß nichts jemals helfen würde. Nichts außer Nina.

Dann, eines Tages, lächelte Nina mich an. Es passierte ganz unspektakulär an einem Abend, an dem die ursprüngliche Situation sich wiederholte: Ich war auf dem Weg ins Bad, sie kam gerade heraus, nur diesmal leider etwas mehr bekleidet, obwohl ihre Kleidung an und für sich enthüllend genug war.

»Hci«, sagte sie, und ich reagierte mit einem Laut, den ich für eine Antwort hielt.

»Hängst du immer noch mit meinem kleinen Bruder rum?«

»Mhm.«

»Ist er nicht langweilig?«

»Nö«, sagte ich, schaffte es aber nicht, das auf überzeugende Art auszudrücken, das merkte ich selbst. »Er ist ganz okay«, fügte ich hinzu, und es hörte sich an wie eine Rechtfertigung. In Wahrheit war er tatsächlich ein ziemlicher Langweiler, und die vage Chance, Nina noch mal in einer kompromittierenden Situation anzutreffen, war eigentlich der einzige Grund, weshalb ich ihn immer noch besuchte.

»Er fährt mit den Eltern am Wochenende weg«, sagte sie, »und ich gebe eine Party. Hast du Lust zu kommen?«

»Ja«, sagte ich, mit einem seltsamen Nebengeräusch im Hals. Es war unmöglich, den Unbeteiligten zu spielen, und wieder lächelte sie.

»Gut.« Und sie drehte sich um und ging.

Die Party will ich stillschweigend übergehen, sie war wie alle anderen; Bacardi Cola, überfüllte Räume, schlechte Musik, Tränenausbrüche, Eifersucht, Gelächter, ein bißchen Geknutsche in den Ecken, ein bißchen Gekotze auf dem Klo, ein bißchen Geraufe auf der Treppe. Sie war unseren üblichen Partys zum Verwechseln ähnlich, nur daß die Gäste noch betrunkener waren. Das einzige, was es wert ist, erzählt zu werden, passierte gegen Mitternacht, als ich die verdreckte Toilette da unten nicht mehr ertrug und hinaufging zum Familienbad im ersten Stock, und zufällig warf ich einen Blick durch die offene Tür in Ninas Zimmer und entdeckte, daß sie im Dunkeln am Fenster stand und hinausschaute.

»Alles okay mit dir?« fragte ich.

Sie drehte sich um und blinzelte mir entgegen; ich war nur eine Silhouette, hatte das volle Licht im Rücken. »Francis? Komm rein und mach die Tür zu!«

Ich gehorchte. »Alles okay?«, wiederholte ich.

Sie drehte sich wieder zum Fenster. »Wie ist die Party?«

»Ganz ordentlich.«

»Langweilig?«

»Geht so.«

»Also ja.« Sie nickte, griff nach einer Schachtel Zigaretten, bot mir eine an und entzündete beide. Es war meine erste Zigarette; Nina war der Grund, warum ich mit dem Rauchen anfing. Sie war ungemein sexy mit einer Zigarette zwischen den Lippen – eine sündige, lasterhafte, gefährliche Diva, die Verkörperung aller *femmes fatales* der Welt. »Wo ist deine Freundin?«

»Ich hab keine.«

Sie sah mich verwundert an. Woher sollte sie auch wissen, daß ich mich für sie aufgehoben hatte? Die meisten meiner Kumpels hatte eine, oder hatten eine gehabt, oder arbeiteten daran, eine zu kriegen, aber mich interessierte kein anderes Mädchen als Nina, und sie war unerreichbar.

»Wie schade«, sagte sie, und dann beugte sie sich zu mir und küßte mich. Seit diesem ersten Mal bin ich verrückt nach Küssen, ein Küssoholiker, ein Küssomane. Ihr Mund war weich, warm, unendlich sanft. Es war kein roher, hungriger Kuß, sie *knutschte* nicht, sie *küßte*. Sie fuhrwerkte nicht in meinem Mund herum, sperrte nicht wie ein hungriges Vogelküken den Schnabel auf, ließ nicht unsere Zähne krachend kollidieren und unsere Nasen nach einer stabilen Seitenlage streben, suchte nicht mit der Zunge meinen Hals nach Gaumenzäpfchen und Rachenmandeln ab. Sie drückte einfach ihre Lippen vorsichtig auf meinen Mund und bewegte sie kaum merklich, bis sie die Konturen meiner Lippen gefunden hatte, dann umschloß sie meine Unterlippe und knabberte vorsichtig daran, bis mir langsam ein Kribbeln die Wirbelsäule hinaufkroch. Ich beantwortete ihre Art zu küssen so gut ich konnte und auf dieselbe Weise, denn es lag über diesem Kuß eine *Ruhe*, die ich nicht verletzen wollte. Sie lehnte sich ein wenig dichter an mich, ließ den rechten Arm um meine Schulter gleiten und legte die Hand auf meinen Nacken, ebenso vorsichtig, wie sie küßte. Ich schlang meinen rechten Arm um sie; den linken brauchte ich, um mich abzustützen. Sie sah mich unter halbgeschlossenen Lidern an, ohne den Kuß zu unterbrechen, und in ihrem Blick lag ein Feuerwerk – es *sprühte* in ihren Augen, kleine Funken von Gelb, von Rot, von einem seltenen metallischen Grün. Ihre Lippen wurden eine Spur gieriger, sie öffnete sie einen kleinen Spalt, und ich fühlte, wie die Andeutung einer Zungenspitze meine Oberlippe berührte, bevor sie wieder verschwand.

Draußen auf dem Flur torkelte jemand am Zimmer vorbei, krachte gegen die Tür oder die Wand. Nina zuckte zusammen und rückte von mir ab. Ich weiß nicht, wie ich aussah, aber sie erschien mir auf einmal nervös, angespannt. »Du müßtest zwei Jahre älter sein«, sagte sie. »Du hast recht, es ist eine langweilige Party. Hier gibt es nur langweilige Partys. Du solltest jetzt gehen.«

»Aber …«

Sie sah mich lange an, dann drehte sie sich wieder zum Fenster um. Ich weiß nicht, ob sie eigentlich blaß war, aber ihre Augen waren dunkel und wirkten erschrocken. Ich fühlte mich plötzlich unwohl. Einen besseren Ausdruck dafür finde ich nicht. Ich selbst war nicht erschrocken, aber auf einmal war so ein Unbehagen um uns herum.

»Es ist besser, wenn du jetzt gehst.« Ihre Stimme war trocken, tonlos – sachlich ist vielleicht das beste Wort. Und es lag etwas Absolutes darin, das war keine Stimme, die zu einer Diskussion einlud. Auf einmal fühlte ich mich zurückgestoßen, hereingefallen auf einen viel ernsteren Verrat als einen unerlösten Kuß. Es war, als hätte sie plötzlich Partei ergriffen, und nicht für mich. Also ging ich, ohne noch ein Wort zu sagen, und das war's. Ich hörte auf, ihren Bruder zu besuchen. Die Träume und Erinnerungen an Nina verblaßten langsam und zerfielen zu Staub. Ich behaupte nicht, daß es schmerzlos passierte, ohne ein Gefühl von Verlust, aber es passierte, und vielleicht passierte es vor allem deswegen, weil etwas anderes näher rückte: Das Ende der Schulzeit auf dem Gymnasium, das Ende der Zeit in Oscarshavn, das Ende des Lebens, wie wir es kannten. Ja, ich wartete auf etwas anderes, etwas Besseres, und während ich wartete, häutete ich mich. Ist es nicht das, was Achtzehn-, Neunzehnjährige ständig tun? Das abgenutzte, verbrauchte Leben ablegen und sich auf das nächste vorbereiten, so wie Schlangen ihre Haut abstreifen? Kokon-Zeiten waren das. Ich wollte weiter, und Nina Lodz wußte irgendwie, daß sie zu Oscarshavn gehörte. Es war nicht mehr so leicht, sie sich irgendwo anders auf der Welt vorzustellen – dort, wohin *ich* wollte.

Und am Ende ging es schlimm für Nina aus, aber der Abstieg mußte schon vor unserem einzigen delikaten Kuß begonnen haben. Nach der Party sah ich sie nicht mehr oft, aber es gab Gerüchte: Die Partys wurden wilder, nahmen Überhand. Sie kam nachts nicht nach Hause, kam am Wochenende nicht nach Hause. Sie wurde an all den falschen Orten gesehen, mit all den falschen Leuten; einer davon hieß John, er galt als Hintermann der ersten Rauschgiftwelle, die Ende der siebziger Jahre die Stadt erreichte. Man sah Nina nackt im Garten hinter seinem Haus herumlaufen; man munkelte von Orgien, Drogenexzessen, Mißhandlung. Es hieß, sie verkaufe sich für Geld, für Stoff, für ein bißchen Spaß. Erst hörten Ninas Eltern auf, sich in der Öffentlichkeit zu zeigen, dann zogen sie mit Frederik aus der Stadt weg. Nina blieb. Ich sah sie selten; wenn ich ihr begegnete, wirkte sie von Mal zu Mal konturloser, ohne Fassung und Festigkeit. Sie grüßte nie, sah einfach zu Seite. Schließlich begann alles total zusammenzubrechen. John fuhr sich mit dem Motorrad tot, irgendwo nördlich der Stadt, Nina wurde mit einer Überdosis in die Notaufnahme eingeliefert. Irgendwann im Laufe all dieser Ereignisse, die mich nicht länger berührten, zog ich nach Oslo, und dort erreichten mich auch die Gerüchte nicht mehr.

Ich merkte, daß ich mit geschlossenen Augen dasaß, aber ich spürte den Blick des Ex-Polizisten auf meinem Gesicht. Nina. Was würde ich heute über sie denken, wenn nicht alles so schiefgegangen wäre? Wenn alles seinen ganz gewöhnlichen Lauf genommen hätte, wenn sich zwischen uns eine alltägliche Kleinstadtliebe entwickelt hätte? Würde ich sie heute vulgär finden, unerträglich langweilig? Würden die *Küsse* uns davor bewahrt haben? »Ich habe Nina gekannt«, sagte ich.

Er nickte; sein Blick war traurig-verständnisvoll. »Das dachte ich mir. Hatten Sie ein Verhältnis?«

»Nein.« Ich schüttelte den Kopf, mußte lächeln. »Aber ich war in sie verliebt.«

»Dann wissen Sie auch von der Sache?«

»Nicht viel mehr, als daß sie spurlos verschwand.«

Er beugte sich vor, stützte die Ellbogen auf die Schenkel und legte das Kinn in die Hände. »Das war ein überaus seltsamer Fall. Sie verschwand ja im Herbst 1982, wie Sie sich vielleicht erinnern. Sie wohnte in einem kleinen, ziemlich heruntergekommenen Haus in der Nähe des Industriegebiets. Häßliche, verdreckte Gegend. Es war Samstagabend, und sie veranstaltete ein großes Fest. Wir konnten feststellen, daß mindestens neunzig Menschen im Laufe der Nacht dagewesen sein mußten. Wir fanden Spuren und Reste von Amphetaminen, Haschisch, Kokain, Heroin, alles was zu der Zeit so im Umlauf war. Anscheinend war es auf der Party hoch hergegangen, Sex und Prügeleien und all das Übliche. Aber es war nicht leicht, Wahrheit und Übertreibung zu trennen, es gab nicht viele Partygäste, die sich noch einigermaßen erinnern konnten. Was aber zweifelsfrei feststeht, ist folgendes: Um halb zwölf in der Nacht klingelte es an der Tür. Das hatte es den ganzen Abend getan; manche klingelten, andere kamen einfach so herein. Zu dieser Zeit war das Fest am wildesten und unübersichtlichsten. Eine Freundin von Nina öffnete. Nina hatte sich eine ganze Weile nicht mehr blicken lassen, und die Freundin dachte, sie hätte sich mit einem Kerl, vielleicht auch mehreren, ins Schlafzimmer zurückgezogen. Draußen vor der Tür stand ein Mann von normaler Statur, vielleicht etwas untersetzt, unbestimmbares Alter, gekleidet in schwarze oder dunkelblaue Jeans, schwarzen Pullover und halblange schwarze Lederjacke, die sie im Verhör als ›eine Art Motorradjacke‹ beschrieb. Er hatte eine Baseballkappe auf. Links von ihm befand sich die nächstgelegene Straßenlaterne. Die Außenbeleuchtung des Hauses war kaputt. Sein Gesicht wurde durch den Schirm der Baseballkappe verdeckt. Er fragte nach Nina. Die Freundin sagte, er solle hereinkommen und mitfeiern, bis Nina auftauchte. Er lehnte ab und ging die Treppe wieder hinunter auf den Bürgersteig, wo er stehenblieb und das Haus anstarrte. Ein Stück weiter die Straße hinunter stand ein ziemlich großes dunkel lackiertes Auto; die Zeugin konnte später keine Angaben über Modell oder Kennzeichen machen. Ungefähr um 01:45 bemerkte eine andere Freundin, daß ein Mann, vollkommen schwarz gekleidet und mit Schirmmütze auf dem Kopf, das Haus betrat. Sie fragte ihn, was er wolle, aber er antwortete nicht, stellte sich einfach unter den Treppenaufgang, außer Sichtweite von Ninas Freundin, und sie verlor ihn aus den Augen. Kurz vor halb drei bemerkte einer der männlichen Partygäste, daß Nina aus dem Keller heraufkam und von einem schwarzgekleideten Mann angehalten wurde. Dem Gast fiel auf, daß sie vor dem Mann zurückwich, so als ob er sie erschreckt hätte, aber er konnte nicht erkennen, ob es daran lag, was der Mann tat, oder daran, was er sagte. Wenige Minuten später wurden der Mann und Nina in der Diele gesehen, wie sie sich unterhielten, von derselben Freundin, die dem Mann das erstemal die Tür geöffnet hatte. Sie wollte sich den Mann genauer ansehen, weil sie dachte, daß er vielleicht etwas verkaufte, was die Stimmung wieder ein bißchen anheizen könnte, die war nämlich recht abgeflaut. Manche schliefen, einige waren gegangen, andere saßen herum und dösten. Sie ging in die Diele, aber der Rausch machte ihre Bewegungen träge und unsicher, und sie stolperte über einen der Gäste, die auf dem Fußboden lagen. Als sie sich wieder aufgerappelt hatte, waren sowohl der Mann als auch Nina verschwunden. Die Freundin suchte nach ihnen, planlos und halbherzig und benebelt, gab dann auf und legte sich schlafen. Nina wurde nie wieder gesehen. Das ist ungefähr alles, was wir jemals herausgefunden haben.« Er lehnte sich zurück und sah mich an, schüttelte den Kopf mit einem verwunderten halben Lächeln, so als erwartete er, daß ich die Löcher in der Erzählung flicken könnte.

Wahrheiten und Gewißheiten, Gerüchte und Lügen. Dramatische, merkwürdige Begebenheiten; Nina ging in das Halbdunkel ein, das die Mythologie der Stadt ist, und kehrte niemals zurück. Ich erinnere mich, daß ich Trauer über Ninas Verschwinden empfand, als ich davon hörte; vor allem, weil *unser Kuß* nun unwiderruflich ausgelöscht war, verloren in der Zeit. Ich weiß noch, daß ich zuerst voller Verwunderung dachte, wie schlimm es mit Nina gekommen war, und anschließend dieses: *Natürlich* ist es schlimm gekommen. Nicht weil es für hübsche, frühreife Mädchen immer schlimm endet, sondern weil sie sich in der Nacht, in der wir uns küßten, entschieden hatte und weil es zu früh für eine solche endgültige Entscheidung war. Ich sagte: »Es gibt viele Erklärungen für ihr Verschwinden. Habe ich gehört. Die meisten haben mit Rauschgift und Prostitution zu tun.«

»Das stimmt. Aber nicht eine von all den Theorien, die wir gehört oder uns zurechtgelegt haben, paßt mit allen Fakten des Falles zusammen.« Er hatte es sich auf dem Sofa bequem gemacht, das rechte Bein über das linke Knie gelegt und den rechten Arm auf der Rücklehne ausgestreckt. Er wirkte vollkommen gelöst und entspannt, wie er da saß – ich bildete mir ein, daß dies etwas ist, was Ermittler sich in all den Jahren voller Verhöre aneignen; eine Art Training darin, sich in den fremdesten Umgebungen zu entspannen. Er war ein merkwürdiger Mann mit beunruhigenden Augen. Eben noch waren sie voller Mitgefühl, jetzt hatten sie den dunklen Ausdruck eines stillen Fanatikers; wie eine ölbedeckte Meeresoberfläche hatten seine Augen einen Abglanz mit eigenartigen Reflexen.

»Vielleicht nicht. Wonach suchen Sie?« fragte ich. »Was wollen Sie von mir?«

»Eine Sache noch: Sind Sie sich klar darüber, daß Nina Lodz eine Zeitlang Elsa Marie Willumsens Babysitterin war?«

»Das wußte ich nicht.«

»Noch etwas, was Sie ganz sicher nicht wissen, ist, daß man mich damals von den Ermittlungen im Fall Lodz abzog, trotz – oder möglicherweise wegen – dieses Zusammenhangs. Ich glaube, der Grund war mein hartnäckiges Beharren darauf, daß man diesem Zusammenhang nachgehen sollte, aber meine Vorgesetzten waren da anderer Auffassung.« Er lächelte flüchtig, abwehrend, und breitete die Arme aus. »Ich rede nicht von irgendeiner Verschwörung. Nur von dem, was wir Tunnelblick nennen. Den kennen alle Ermittlungsorgane. Nicht zuletzt die Kripo. Man meint, man habe den Schuldigen gefunden, und konzentriert alle Ermittlungen darauf, Indizien zur Untermauerung dieser Theorie zu finden. Man versucht also, das Gelände in Übereinstimmung mit der Karte zu bringen. Das ist in verschiedenen Fällen passiert. Einige Verdächtige wurden vor Gericht freigesprochen, andere verurteilt. Die wenigsten Menschen haben für alle ihre Handlungen Alibis oder Erklärungen. Siebzig Prozent von uns können theoretisch schuldig sein an siebzig Prozent von dem, was die ganze Zeit um uns herum passiert.« Wieder schickte er mir ein entwaffnendes Lächeln. »Ich übertreibe ein bißchen, aber es ist nicht weit von der Wahrheit entfernt. Im Fall Willumsen hatten wir einen Verdächtigen, wir setzten ihm lange zu, aber wir konnten ihm letzten Endes nichts nachweisen, und die Staatsanwaltschaft lehnte es ab, Anklage zu erheben. Er hatte kein Alibi. Und er war in mehrfacher Hinsicht der Typ, der in Frage kam. Aber wir fanden nichts Definitives, was für einen Prozeß gereicht hätte. Ich selbst habe nie geglaubt, daß er der Richtige war. Zu diesem Zeitpunkt war ein Großteil der Ermittlungen schon auf dem Holzweg, wegen dieses Tunnelblicks, von dem ich sprach. Als wir ihn als Täter aufgeben mußten, behaupteten wir, es sei ein Unglück gewesen, und paßten alles dieser Theorie an. Ich glaubte auch daran nicht. Als ich in der einleitenden Phase der Lodz-Ermittlungen den möglichen Zusammenhang zwischen den beiden Fällen hervorhob und meine Theorie über einen anderen Täter in der Willumsen-Sache wieder hervorholte, wurde ich auf allerlei Umwegen aus Oscarshavn weggelockt und auf einen anderen Fall irgendwo im Land angesetzt. Nicht, weil jemand einen Mord und einen Mörder decken wollte, sondern weil ich auf dem besten Wege war, die Kriminalpolizei in Verlegenheit zu bringen.«

»Und jetzt?« fragte ich. Ich war alkoholbedingt ruhelos, es kribbelte im Körper. Ein Martinirausch von der Art, wie ich ihn in Angriff genommen hatte, will auf eine spezielle Weise bewältigt werden, man muß ihn sachte herunterschrauben, verteilt über eine gewisse Zeit. Dieser Rausch war schiefgegangen. Ich stand auf und trat zum Barschrank, holte eine Flasche Whisky heraus und schwenkte sie vor seiner Nase zwischen den Fingern.

Er schüttelte den Kopf. »Jetzt bin ich zurück in Oscarshavn, wieder einmal. Ein alternder, pensionierter, angeschlagener Ex-Polizeikommissar mit Nitropillen in der Jackentasche und Inhalator im Hotelzimmer und einem bitteren, widerwärtigen Gefühl des Gescheitertseins im Gepäck, weil meine einzigen ungeklärten Fälle mit dieser Stadt zu tun haben. Es ist ein Gefühl, das ich seit langem mit mir herumtrage. Aber vielleicht kann ich mich ja noch nützlich machen.« Er faltete die Hände und ließ die Knöchel knacken, eine Serie trockener Kracher. Seine Hände waren groß, knorrig und mit Altersflecken gesprenkelt.

»Sie betreiben also Ihre eigenen Ermittlungen?« Ich gönnte mir selbst zwei Fingerbreit Whisky und setzte mich schnell wieder hin, als ich merkte, daß ich nicht mehr ganz klar sah.

»Ich würde es nicht Ermittlungen nennen. Ich will mich

nur auf dem laufenden halten. Mit Leuten reden, die Medien verfolgen, auf den öffentlichen Pressekonferenzen dabeisein. Aufpassen, daß nicht noch ein Fall in den Sand gesetzt wird. Das ist alles. Die Jungs wissen, daß ich in der Stadt bin. Einer von ihnen redet mit mir, die anderen tun es nicht und wissen auch nicht, daß einer mit mir redet. Aber sie wissen, daß ich hier bin. Das ist der Punkt. Sie wissen, daß ich aufpasse, und sie wissen, daß ich Lärm schlage, falls sie ihren Job nicht ordentlich machen. Ich hoffe, das wird reichen. Nennen Sie es private Ermittlungen, wenn Sie wollen, ich tue es nicht.«

»Wie würden Sie es denn nennen?«

Er lächelte, ein breites, jungenhaftes Lächeln, das auffällig schief war – vielleicht ein Ausdruck von schwarzem Humor, vielleicht auch das Überbleibsel eines früheren Schlaganfalls, aber es gefiel mir; es erinnerte an Margaretas Lächeln. »Nemesis«, sagte er, gelassen und sich doch deutlich der Melodramatik dieses Wortes bewußt. »Ich denke, ich nenne es Nemesis.«

Ich lächelte zurück, unsicher, wie ernst ich ihn nehmen sollte. »Gut, Nemesis. Warum sind Sie zu mir gekommen?«

»Weil Sie die Polizei mit ihrer Zeugenaussage belogen haben müssen. Sie ist zu seltsam. Sie wissen, wer dieses Kind ist, das Ihnen was ins Ohr geflüstert hat, nicht wahr?«

»Die Antwort ist nein und nein. Ich habe nicht gelogen, und ich habe keine Ahnung, wer das Mädchen ist. Falls sie mir auf der Straße begegnete, würde ich sie nicht erkennen, so wenig habe ich von ihr gesehen.«

Er musterte mich lange, dann schüttelte er verwundert den Kopf. »Wußten Sie, daß die Simer-Familie in den letzten Monaten ihres Lebens mehr Geld als früher zur Verfügung hatte? Das letzte halbe Jahr, vielleicht das ganze?«

»Ich wußte nicht mal, daß überhaupt noch eine Familie Simer *existiert.*«

Er schüttelte wieder den Kopf, beinahe zurechtweisend, und sah mich mit diesen dunklen, glänzenden Augen an. »Sie sind ein heller Kopf, Ihnen muß doch aufgefallen sein, wie dünn Ihre Erklärung ist.«

»Sie ist so dünn, wie sie wahr ist.«

»Na gut, Francis Falckenberg. Jedenfalls kennen Sie sich bestens in der Stadt aus und kommen mit vielen Menschen in Kontakt. Sie haben sicher viele Geschichten gehört, und Sie hören offenbar heutzutage noch mehr.« Er erhob sich plötzlich, sprang vom Sofa auf wie ein achtzehnjähriger Jüngling. Ich konnte ihn direkt vor mir sehen, auf einer Hütte im Gebirge beim Holzhacken, oder mit einer Angelrute am Fluß sitzend; er war diese Sorte von Mann. »Sprechen Sie mit mir, wenn Sie glauben, daß Sie etwas zu erzählen haben. Das ist alles, worum ich Sie bitte. Denken Sie darüber nach, was Sie wissen. Hören Sie zu, was die Leute reden. Und wenn Sie meinen, es könnte interessant sein, sagen Sie es mir. Mehr will ich gar nicht.«

Ich stand auf und sah ihn lange an. Er starrte ebensolange zurück. Ein halbverrückter Fanatiker, ein mißverstandener Mann, der eine Demütigung zu rächen hatte, ein Mann mit Messiaskomplex oder einer, der auf etwas gestoßen war, auf das niemand zu stoßen wünschte, obwohl es auf der Hand lag? Ich konnte mich nicht entscheiden. Ich berührte den Ärmel seiner Jacke und ging zur Tür, und er kam mit. Auf der Treppe drehte er sich um und sah mich fragend an.

»In Ordnung«, sagte ich. »Wo wohnen Sie?«

»Oscarshavn Apartments. Ich habe mich für einen Monat dort eingemietet, zunächst.«

Er meinte es ernst, zumindest in einer Hinsicht. »Gut, ich rufe an, falls mir etwas einfällt oder ich irgendwas höre.« Was konnte so ein Versprechen schon schaden?

Er verabschiedete sich mit einem kurzen, festen Händedruck; es war, als besiegelte er einen Pakt, als säße ich auf einmal in der Falle. Dann drehte er sich um und ging. Ich sah ihm lange nach, so lange, bis er um die Biegung oben in der Straße verschwand, aber er sah nicht zurück. In dem gleichmäßigen Nieselregen ging er seltsam aufrecht; er zog nicht den Kopf zwischen die Schultern, kroch nicht in sich zusammen. Wieder sah ich ihn vor mir, im Wald, auf einem Acker; ein Mann, der sich nicht darum kümmert, daß er naß wird. Ich machte die Tür zu und schloß ab, blieb mitten im Wohnzimmer stehen und lauschte auf nichts und wieder nichts. Meine Armbanduhr gab ein schwaches Klicken von sich, als das Datum umsprang. Fünf Minuten nach Mitternacht. Ein neuer Tag war angebrochen.

Als ich auf dem Weg ins Schlafzimmer war, hörte ich seltsame, unheimliche Schreie von draußen, und sofort überlief mich das Frösteln, das mich immer packt, wenn die Katzenschreie sich anhören wie das Schreien eines Säuglings. Ein Gefühl von Unruhe – Angst vielleicht; die vage Angst vor allerlei Spuk – ließ mich alle Türen und Fenster kontrollieren, alle Vorhänge zuziehen, alle Jalousien schließen.

Ich steckte mir Wattepfropfen in die Ohren, als ich ins Bett kroch; Katzenkämpfe sind zu furchterregend, als daß ich sie mit anhören möchte. Es ist ja möglich, daß Katzen nur ihrer Natur gehorchen, aber es klingt, als ob sie sich wirklich hassen.

9 Elch im Sonnenuntergang

Margareta saß auf dem zweihundert Jahre alten, großen Mönchstisch in meiner Küche und nippte an einem Glas Pol Roger Brut. Sie trug fast so etwas wie Abendgarderobe: dunkelbraunes Samtkostüm, Schuhe mit für ihre Verhältnisse ungewöhnlich hohen Absätzen, handgewebter Seidenschal mit Raoul-Dufy-Motiv, ein Geschenk von mir zu ihrem fünfunddreißigsten Geburtstag. Sie sieht mir gern zu, wenn ich koche, und ich habe gern Gesellschaft dabei – eine perfekte Vereinigung von Interessen. Ich bereitete ›Früchte des Waldes‹ zu: Hirschmedaillon, Filet von Hasenkeulen, Waldtaubenbrust mit Pilzen und weiteren Beilagen. Die Zutaten lagen auf dem Schneidbrett und warteten darauf, bearbeitet zu werden. Ich gebe seit Jahren mein Bestes, um Margareta zu verwöhnen; sie liebt gutes Essen, ist aber eine so schlechte Köchin, daß ihr sogar das Wasser für die Frühstückseier anbrennt.

Aus den Hifiboxen kam Arvo Pärts *Alina*; zarte, feine Töne, wehmütig wie der Klang von alten Spieldosen, von Schmuckkästchen mit tanzender Ballerina darin. Pärt erschafft Töne mit einem Geschmack, den man auf der Zunge spüren kann.

»Ich habe heute meinen Job geschmissen«, sagte sie.

Ich drehte mich zu ihr um. »Wie bitte?«

»Jepp«, nickte sie. »Ich habe gekündigt. Mir reicht's. Die Ayatollahs haben nach dem kleinen Stelldichein, das du vor dem Krankenhaus mitgekriegt hast, schriftlich Bericht erstattet. Stene rief mich heute zum Gespräch zu sich. Er saß da und glotzte mich mit seinen Beagle-Augen an. Als machte er sich große Sorgen um mich. Ein verirrtes Schaf. Aber ich merkte, wie er sich darüber freute, daß ich endlich eins vor den Latz gekriegt hatte. Und ich hatte auf einmal solche Lust, ihn anzuschreien, zur Hölle, du elender Dreckskerl, wieso *verteidigst* du mich nicht? Ich war dicht davor, es zu tun, Falk, *so* dicht.« Sie schüttelte den Kopf und wirkte überhaupt nicht, als ob es ihr leid täte. »Aber ich sagte bloß, daß ich aufhöre, und ging schnurstracks aus seinem Büro und schrieb eine ziemlich ausführlich begründete Kündigung und ging schnurstracks zurück und knallte sie ihm auf den Tisch. Sachliche Begründungen, Falk. So sachlich, daß der Bischof dazu Stellung nehmen muß.«

Ich sah aus dem Fenster. Es war dunkel geworden, das geschah jetzt jeden Tag früher, und es hatte begonnen zu schneien; diese Art von Novemberschnee, der nicht liegenbleibt, wie wir hier in unserer Gegend wissen. Große, nasse Flocken, die schmolzen, sobald sie auf die Fensterscheiben trafen. Später am Abend würde der Boden von einem glänzenden grauweißen Matsch bedeckt sein; bis zum Morgen war er dann wieder verschwunden. Drinnen war es warm, und die Lampen in den Vitrinen tauchten die Küche in ein mildes Licht. Meine Küche ist gleichzeitig praktisch und gemütlich. Sie ist L-förmig, mit dem Arbeitsbereich im kürzeren und dem Eßbereich im längeren Teil. Der Arbeitsbereich ist effektiv, rationell, funktionell; eine Scavolini-Küche in Edelstahl und Weiß. Ganz anders der Eßbereich mit dem alten Mönchstisch und stabilen, abgenutzten Bodega-Stühlen, umgeben von Vitrinen voller meist farbiger Weingläser, die ich im Laufe der Jahre auf Flohmärkten, in Antiquitätenläden und auf Auktionen erstanden habe. Es gibt noch ein Eßzimmer im Haus, aber das benutze ich nur für größere Gesellschaften.

»Und du bist sicher, daß das richtig war?« fragte ich.

»Es ist richtig. Skål, auf die Freiheit«, sagte Margareta und leerte ihr Glas. Ich füllte es sofort wieder, studierte ihr Gesicht dabei; das Netz aus feinen Falten um die schmalen, schräg geschnittenen Augen und den breiten Mund; das dicke, widerspenstige Haar und die kurze Nase. Eine Vierzigjährige drückt an ihrem Leben die *Reset*-Taste, dachte ich. Wohin würde es sie diesmal führen? Ich stellte die Flasche auf den Tisch, setzte mich auf den Stuhl vor Margareta. Sie hatte die Beine übereinandergeschlagen, ließ den halb ausgezogenen Schuh am rechten Fuß wippen.

»Aber du hast mit deinem Chef über deine Entscheidung gesprochen?« fragte ich.

»Hab ich nicht mehr geschafft. Es ging alles so schnell, als ich bei Stene im Büro saß. Aber ich habe ja schon ein paar ähnliche Runden hinter mir, und er sagt, daß die Entscheidung bei mir liegt. Er hat keine Angst, daß ich *ihn* im Stich lasse.«

Ich habe mich schon immer gefragt, wie es eigentlich in Margaretas Kopf aussieht, sie mit ihrem Direktkontakt zu höheren Mächten, ihren Gesprächen mit Jesus. Wenn ich sie in der Vergangenheit gefragt habe – und das kam ziemlich oft vor –, ob sie wirklich, *wirklich* seine Stimme hört, hat sie »na klar« oder »selbstverständlich« oder »glaubst du, ich mache Witze mit so was?« oder etwas Ähnliches geantwortet. Für mich ist das unfaßbar; ich lebe mit – wie Margareta mir einmal erklärt hat – *Emanationen* von Gott: der Überzeugung, daß es einen Gott geben muß, aber ohne den eigentlichen Glauben. Ich sehe nicht den Stein, der ins Wasser fällt, nur die Ringe, die Emanationen. Margareta zitiert gern Georges Bernanos, wenn ich an ihrem Glauben herumbohre: »Für den, der zu beten gewohnt ist, ist Reflexion allzuoft nur ein Alibi, ein listiges Mittel, um sich etwas bestätigen zu lassen, was man bereits entschieden hat. Eine Beweisführung unterschlägt oft das, was wir verborgen halten wollen.« Ach, ich beneide sie um ihr Verhältnis zu den höheren Mächten; auf eine seltsame und, wie ich finde, paradoxe Weise macht der Glaube sie sorgloser, und sie scheint das Leben leichter zu nehmen als ich.

Aber ich muß betonen: Ich nehme sie wirklich mehr als hundertprozentig ernst. Ich habe zu spüren bekommen, was ihre Gebete ausrichten können.

Zweimal waren wir drauf und dran, uns gegenseitig umzubringen, Margareta und ich, und wegen ihrer Gebete ist es uns nicht gelungen.

Wenn es um Sport ging, war Margareta nicht ungeschickt; da bewegte sie sich ebenso natürlich wie ich in Wald und Feld. Sie war kompakt, zäh und stark. Sie lief von allen Mädchen der Klasse am schnellsten, auch schneller als die meisten Jungen, sie warf große und kleine Bälle mit der Wucht einer Raketenabschußrampe und kletterte in den Seilen wie ein Affe. Und als es drauf ankam, erwies sie sich auch noch als gute Fußballspielerin. In unserer Klasse waren viel weniger Jungs als Mädchen, und Margareta meldete sich freiwillig, als wir einmal einen Reservespieler brauchten; zu der Zeit war es nicht üblich, daß Mädchen Fußball spielten. Aber nachdem sie sich als Rechtsaußen eingewöhnt hatte, war sie nicht mehr zu stoppen: Sie rannte die gegnerische Abwehr über den Haufen, dribbelte durch die Pfützen, daß es nur so aufspritzte, und legte den Stürmern beneidenswert lange Pässe vor.

Ich selbst stand im Tor, schon seit ich zum erstenmal einen Fußball berührt hatte. Damals war es eher Zufall gewesen, aber dann habe ich herausgefunden, daß ich mich in der einsamen Rolle des Torwarts wohl fühlte. Der Torwart ist der Rettungsanker, die letzte Instanz, der Mann, mit dem, wenn alles andere schiefgegangen ist, das Spiel steht oder fällt. Und ich mochte die schnellen, endgültigen Entscheidungen: stehenbleiben oder aus dem Kasten laufen, dem Gegner in die Beine grätschen oder mit einem Tackling klären; boxen, fausten, festhalten. Aber Eckbälle und Freischüsse nahe dem Sechzehnmeterraum machten mich nervös, und es war ein Eckball, bei dem es passierte, an einem regnerischen, schlammigen Tag am Ende der Schulmeisterschaft in der neunten Klasse. Merkwürdige physikalische Gesetze beginnen zu wirken, wenn sich viele Körper in einer unsynchronisierten Bewegung befinden. Ich rannte aus dem Kasten und schnellte hoch, hinein in eine Traube von Mit- und Gegenspielern, aber der Ball hatte einen seitlichen Drall, und im Sprung drehte ich mich herum, um ihn wenigstens mit den Fingerspitzen zu erwischen und ihn über die Latte zu heben, aber ich verfehlte ihn. Jemand rempelte mich an, ich verlor die Richtung und wurde von zwei gegnerischen Spielern eingeklemmt. Noch einmal änderte ich den Kurs und fiel kopfüber in den Matsch, mitten in ein dichtes, unüberschaubares Gewirr aus Spielerbeinen auf der Jagd nach dem Ball, der sich auch irgendwo in dem Getümmel befand. Ein Stollen traf mich direkt an der Schläfe, so hart, daß ich einen Moment lang die Welt durch einen flammendroten Nebel sah. Der Fuß gehörte Margareta. Der Schiedsrichter pfiff wegen Angriffs gegen den Torwart ab, aber ich hörte es nicht. Ich hörte überhaupt nichts mehr, merkte nichts mehr, wußte nicht, was ich tat. Ich hatte meine Zunge verschluckt und lag – nach dem, was man mir später erzählte – im Matsch und krümmte mich, umklammerte meinen Hals und lief immer blauer an. Es vergingen mehrere Minuten – manche sagten drei, manche sagten zehn; der Arzt meinte, es konnten kaum mehr als zwei gewesen sein –, bevor der Schiedsrichter mitkriegte, was passiert war, seine Finger in meinen Hals steckte, die Zunge herausfischte, und ich wieder anfing zu atmen.

Ich wurde ins Krankenhaus verfrachtet, immer noch bewußtlos und aufgrund mangelnder Sauerstoffzufuhr mit einem schon geschädigten Hirn, denn Margaretas Schuh hatte mir auch eine kräftige Gehirnerschütterung beschert, und kam ans Beatmungsgerät. Dort lag ich zwei Tage im Koma, während die Ärzte begannen, Mutter auf das Schlimmste vorzubereiten – dauerhafte Hirnschädigung, möglicherweise Ableben. Das war das drittemal, daß der Tod auf Stippvisite hereinschaute, aber ich wachte wieder auf, und Margareta war das erste, was ich sah, als ich meine Augen wieder scharfstellen konnte. Sie hatte die ganze Zeit, seit es passiert war, auf einem Stuhl an meinem Bett gesessen und für mich gebetet, und sie begann zu weinen, als ich ihren Namen sagte. »Haben wir gewonnen?« krächzte ich. »Hab ich gehalten?«

»*Gehalten?* Du bist aufgestiegen wie ein *Falke!*« sagte sie, und von dem Moment an hieß ich nur noch Falk. Erst tritt sie mir das Leben aus dem Leib, und dann gibt sie mir einen neuen Namen. Wenn das nicht heißt, Besitz von jemandem zu ergreifen, dann weiß ich auch nicht.

Und immer noch saßen wir hier, gemeinsam, einander direkt gegenüber: zwei lebendige Menschen, die den Tod so oft gesehen hatten, und so dicht vor Augen. Und wieder spürte ich einen leichten Schauer, jemand ging über mein Grab. Wie viele Leben hatten wir eigentlich noch, wir beide?

»Was ist das denn für ein Blick?« sagte sie.

»Welcher?« Ich stand auf, um die Messer zu schleifen. Ich mag diesen singenden, glockenklaren Klang des Stahls im Schleiftriangel des Spyderco-Stativs. Kochen kommt dem am nächsten, was ich als mein Hobby bezeichnen würde, und eine gute Ausrüstung ist wichtig; ich habe viele Jahre gebraucht, um die idealen Töpfe, Geräte, Messer zu finden. Die meisten Messer haben zu dicke Klingen aus zu porösem Stahl, Universalklingen, eine schlechte Balance zwischen Blatt und Heft, gemacht für grobe Arbeiten, Schlachtarbeiten. Aber Masahiro-Messer mit der Schneide auf nur einer Seite der Klinge, wahlweise für Rechts- oder Linkshänder, waren die Rettung: Das erste Messer dieser Marke, das ich kaufte, war ein elegantes Tranchiermesser aus Molybdän-Vanadium-Stahl; es schneidet so hauchdünne Scheiben von einem durchgebratenen Lendenfilet, daß ich manchmal vor Lust heulen möchte, wenn ich es benutze. Meine Allrounder sind ein einundzwanzig Zentimeter langes Karbonstahlmesser, das alles mitmacht, und ein fünfzehn Zentimeter langes Messer aus Damaszenerstahl mit einer so scharfen Schneide, daß man sich die einzelnen Hautschichten des Daumens lagenweise absäbeln könnte.

»Du hast mich angesehen, als ob – als ob es dir wirklich etwas bedeutet.«

Was sollte ich darauf sagen? Sie liebt mich, hat es immer getan, ich weiß das, und ich liebe sie auch. Ich habe wohl drei Frauen in meinem Leben wirklich geliebt, wenn auch auf unterschiedliche Art; aber von ihnen ist Margareta vielleicht diejenige, die ich am meisten und aufrichtigsten geliebt habe. »Du bist alles«, sagte ich. »Du bist meine Zukunft und meine Vergangenheit, das habe ich vor kurzem begriffen. Natürlich bedeutet es mir etwas, was du tust. Alles, was du tust.«

»Werd jetzt bloß nicht schmalzig«, sagte sie hinter meinem Rücken.

Ich drehte mich um und sah, daß sie ein idiotisches Grinsen aufgesetzt hatte, aber ihre Augen verrieten eine überraschte Freude. Ich setzte einen großen Sautétopf auf die Gasflamme, gab ein Stück frischer hausgemachter Almbutter hinein, schnitt die Pilze auf, während die Butter schmolz. »Und was machst du jetzt?« fragte ich.

»Weiß noch nicht genau. Erst mal ein paar Extra-Nachtwachen im Krankenhaus. Abend- und Nachtwachen. Gerade genug Geld verdienen, damit es reicht, während ich überlege. Ich brauche nicht viel Geld, jedenfalls die nächste Zeit nicht.«

»Du bist verrückt, weißt du das?« Ich gab die Pilze in den Topf, setzte eine Kasserolle mit einigen Dezilitern Balsamico-Essig auf, um ihn einzukochen; er sollte auf gut die Hälfte reduziert werden. Während er zu köcheln begann, holte ich den Champagnerkühler und füllte unsere Gläser auf, um dem Essigdunst zu entgehen.

»So verrückt nun auch wieder nicht. Nicht so verrückt, nein. Ich überlege, ob ich das Theologie-Examen machen soll. Nicht unbedingt, um Pfarrerin zu werden. Es ist im Moment so viel Spannendes im Gange in der Kirche. Die Staatskirchenproblematik, die Schwulenfrage, die Position anderer Religionen in einer multikulturellen Gesellschaft. Du weißt ja, daß ich meine eigene Meinung zu diesen Fragen habe. Ich glaube, ich könnte da vielleicht einiges ausrichten.«

Wir prosteten uns zu. Ich sagte: »Da kann ich nur gratulieren. Das ist sicher eine richtige Entscheidung.«

»Sie ist richtig. Kümmere dich um das Essen, ich hab Hunger.«

Ich tat, wie mir geheißen. Ein gutes Essen zuzubereiten ist nicht unbedingt zeitaufwendig. Zwanzig Minuten später stand es auf dem Tisch, und wir machten uns daran, es zu genießen. Margareta ließ den Navarra im Glas rotieren, kleckerte ein bißchen und nahm einen guten Schluck. Dann sagte sie: »Ich habe Gerüchte über dich gehört, Falk. Du weißt etwas über die Simer-Sache, was du mir nicht gesagt hast.«

»Es gehen also jetzt Gerüchte um?«

»Du kennst Oscarshavn. Es gibt kaum etwas, was der Stadt verborgen bleibt.«

Ich kaute an einem Stück Hasenschenkel, spülte es mit einem Schluck Wein hinunter. »Und was hast du gehört?«

»Du warst aus irgendeinem seltsamen Grund dabei, als sie die Leiche von Beate Simer fanden.«

Während wir aßen, erzählte ich ihr alles über das mysteriöse Mädchen und Kroghers merkwürdigen Besuch.

»O boy«, sagte sie und starrte mich mit hochgezogenen Augenbrauen an. Wir waren fertig mit dem Essen und hatten die Teller beiseite geschoben; im Kühlschrank wartete das Dessert, ein Champagnersorbet. »Das ist eine *sehr* merkwürdige Geschichte, Falk.«

»In dieser Stadt treibt sich ein Mörder herum«, sagte ich und spürte ein Frösteln entlang der Wirbelsäule. Es war das erste Mal, daß ich die Worte so einfach aussprach, so deutlich für mich selbst; ich hatte sie nicht einmal in meinem Inneren so eindeutig gedacht. Dinge werden erst real, wenn man sie beim Namen nennt.

»Und das schon seit langem«, sagte sie.

Diese Vorstellung war noch schlimmer.

Sie trank einen Schluck Wein. »Das Willumsen-Mädchen war die eine Sache. Aber Nina Lodz? Hast du dir eingebildet, daß sie von ganz allein verschwunden ist?«

Ich stand auf und holte die Sorbet-Schalen. »Ich habe mir überhaupt nichts eingebildet«, sagte ich. »Das passierte, nachdem ich nach Oslo gezogen war. Und dann diese ganzen Verbindungen zur Rauschgiftszene.«

Sie blickte mich über den Sorbet-Löffel hinweg an. »Weißt du eigentlich, wie süß du bist, Falk? Du hast eine so rührende Fähigkeit, Dinge zu verdrängen. Ich weiß nicht, ob du wirklich so naiv bist oder ob du dir nur wünschst, es zu sein. Du versuchst, in einem Hollywoodfilm zu leben. Du glaubst, daß du alles, was man über das Leben wissen muß, in einem Disney-Film findest. Du glaubst an das Werbefilmglück, daran, daß das Leben wirklich leichter wird, wenn du das richtige Waschmittel und die richtige Zahnpasta benutzt. Du glaubst, daß du glücklich wirst, wenn eine Einrichtungszeitschrift ihre Leute zu dir schickt, um eine Reportage über dein Heim zu machen. Aber so ist das nicht.«

Ich war sprachlos; das war nicht unbedingt das, was ich von ihr erwartet hätte. Margareta schlürfte den letzten Löffel Sorbet in sich hinein und starrte in das leere Glas. »Tut mir leid. Wirklich. Ich hatte nicht vor, dich zu kränken.«

»Ich bin nicht gekränkt.«

»Es ist nur so, daß ich mich manchmal über dich ärgere, weil du so tust, als wäre Oscarshavn dermaßen liberal und anständig und sauber. Du weißt, daß ich in meinem Büro sitze und seit Jahren alle die *anderen* Geschichten höre. Manche davon sind Kleinigkeiten, schlimm für die Betroffenen, aber normale, kleine Alltagstragödien: wie die leichten Mädchen von ihren Beschützern behandelt werden, wie das Sozialamt seine Klientel abfertigt, daß die Asylbewerber sich am Freitagabend nicht auf die Straße trauen, aus Angst, zusammengeschlagen zu werden. Andere Geschichten sind schlimmer. Klar, die Stadt wirkt liberal, aber nur, weil einer sich verdammt wenig um den anderen kümmert. Die Stadt ist reich, weil sie geizig ist. Sie steht glänzend da, weil sie keine Rücksicht nimmt, weil diejenigen, die sie bewirtschaften, ihre Entscheidungen eigenmächtig treffen und keinerlei öffentliche Diskussion zulassen.«

»Du hast sicher recht.« Ich leerte mein Glas, stand auf und sammelte Geschirr und Besteck zusammen.

»Ich will dir keine Standpauke halten. Es ist nur so, daß …« Sie schüttelte den Kopf. »Daß wir in zwei verschiedenen Welten leben, Falk. Du mußtest nie den Leuten bei ihren *wirklichen* Problemen helfen, aber ich habe sie am Hals, tagein, tagaus. Und ich habe in all den Jahren so viel gehört. Von Leuten, die zu mir als Diakonin, als Mitarbeiterin der Kirche kommen. So viele häßliche Geschichten, du ahnst ja nicht, was ich alles gehört habe. Ich kriege den ganzen Dreck serviert – kriegte. Und du erfährst immer nur die netten Sachen. Mehr ist es nicht. Bist du jetzt sauer auf mich?«

»Nein. Ich habe es nur nie aus deiner Perspektive gesehen. Das ist nicht so leicht, wenn man nicht mittendrin steckt, weißt du.« Ihr Ernst, das will ich gerne zugeben, war immer größer als meiner. Uns allen ist das Leben nur geliehen, überlassen zum Gebrauch, nicht als Eigentum, als hätten wir einen Leasingvertrag mit einem hinterhältigen Gott. Aber für Margareta gilt das mehr als für die meisten anderen, und das ist meine Schuld. Sie hat ihr ganzes Erwachsenenleben mit beschädigtem Herzen, aufgezwungener Kinderlosigkeit, kaputter Lunge zugebracht, und alles meinetwegen.

Unfälle haben die merkwürdigsten Ursachen, und ich nahm an einem sonnigen Abend Ende Juni in jenem Jahr, als wir das Gymnasium beendeten, blutige Rache für ihren Fußtritt. Wir waren in meinem vor kurzem gekauften Auto, einem betagten Mazda 1000, unterwegs zu Margaretas Eltern. Sie wollte ihnen mitteilen, daß sie Anthropologie studieren würde; bei ihrem familiären Hintergrund war das vermutlich so naheliegend wie ein Psychologiestudium bei Leuten mit problematischen Familienverhältnissen. Ihre Eltern, das wußte ich, hatten sich schon lange damit abgefunden, daß sich ihre hochbegabte Tochter ihren Weg selbst suchen würde, obwohl sie gehofft hatten, sie möge sich für etwas Kirchliches entscheiden.

Ein Stück nördlich der Stadt führt die schmale und kurvige Fernstraße erst einen steilen Berg hinauf, bevor sie sich an der Felswand entlang in einer weiten Kurve dem Meer entgegenstürzt. Genau in dem Moment, als wir über die Bergkuppe kamen, berührte die Sonnenscheibe das Meer. Sie war groß, gelb-orange und grell, und das Meer war seidenglatt, ohne Kräusel. Es war eine elende Kombination: Die Lichtreflexe schossen mir direkt in die Augen und machten mich für wenige, aber kostbare und fehlerträchtige Sekunden völlig blind. Während dieser Sekunden trat ein Elch auf die Fahrbahn und blieb stehen, majestätisch und regungslos.

Wir waren sicher nicht mehr als dreißig Meter von ihm entfernt, als Margareta und ich gleichzeitig unser Sehvermögen wiedergewannen. Margareta schrie auf. Ich riß das Steuer nach links. Das Auto – hoch gebaut und schlecht ausbalanciert – begann zu kippen, dann legte es sich vollends auf die Seite, wir rasten durch die Leitplanke und rutschten ein Stück den Abhang hinunter.

Vermutlich dauerte es nur Sekunden, bis ich wieder zu mir kam, zerschlagen und mit einem eigenartig stechenden Schmerz in der rechten Körperseite, direkt unter den Rippen. Das Auto lag halb auf der Seite, die Frontscheibe war zersplittert, die Motorhaube aufgesprungen; halb saßen, halb hingen wir in den Sitzen. Durch die Motorhaube, durch die Windschutzscheibe, durch das Seitenfenster auf Margaretas Seite, die zur Erde zeigte, ragten unzählige Armierungsstäbe, die jemand den Abhang hinuntergeworfen hatte. Einer davon hatte sich durch die Frontscheibe in meine Seite und anschließend durch die Rücklehne des Fahrersitzes gebohrt; als ich mich bewegen wollte, merkte ich, daß ich festsaß. Ich konzentrierte mich darauf, ruhig zu atmen, die Schmerzen zu ignorieren, und war erleichtert, als ich begriff, daß zumindest kein inneres Organ verletzt war. Aber als ich den Kopf langsam und vorsichtig zu Margareta drehte, um zu sehen, wie es um sie stand, wurde mir eiskalt. Vor den glitzernden Sonnenreflexen auf dem Wasser war sie kaum mehr als eine Silhouette, aber als ich die Augen zusammenkniff und blinzelte, sah ich es: mindestens drei Armierungsstäbe waren direkt durch ihren Körper gedrungen, an verschiedenen Stellen zwischen Schlüsselbein und Becken, und weiter durch den Beifahrersitz. Die Konturen waren zu unscharf, das Licht zu grell, der Winkel zu steil, als daß ich mit Sicherheit hätte sagen können, ob es noch mehr waren.

»Margareta?« flüsterte ich und holte tief Luft, um mich gegen das zu wappnen, was ich für eine unausweichliche Tatsache hielt, aber sie bewegte den Kopf, und ich atmete aus und sagte: »Margareta, hörst du mich?«

Ich wartete, und während ich wartete, wurde mir bewußt, daß sie auf jeden Fall in Lebensgefahr schwebte. Ich mußte mich irgendwie befreien. Im Handschuhfach lag immer ein Schweizer Offiziersmesser. Ich schaffte es gerade eben und unter großen Schmerzen, mich danach auszustrecken, bevor die Armierungsstange mich endgültig stoppte, steckte die Hand ins Handschuhfach und wühlte darin herum, bis meine Fingerspitzen die vertraute klobige Form ertasteten.

Margareta bewegte wieder den Kopf. Ich konnte es aus dem äußersten Augenwinkel heraus sehen.

»Ich sitze fest«, sagte sie. Ihre Stimme war schwach, feucht rasselnd; genau so eine gruselige, gebrochene Stimme, wie man sie mit sterbenden Menschen verbindet. Ich begriff, daß ihre Lunge durchbohrt sein mußte.

»Beweg dich nicht. Keinen Millimeter«, sagte ich. Meine Fingerspitzen hatten das Messer erreicht, aber sie stießen es weiter fort. Ich streckte mich noch ein wenig, fühlte, wie die Eisenstange an meinem Fleisch riß, es war ein merkwürdiges Gefühl, schrecklich, aber gleichzeitig unwirklich. Endlich schaffte ich es, Mittel- und Ringfinger um das Messer zu legen und es an die Kante des Handschuhfachs zu nesteln. »Du sitzt fest, weil du von mehreren Armierungsstäben aufgespießt bist. Quer durch den Körper. Der hat sie nicht aufgehalten, sie gehen durch dich und den Sitz durch. Ich bin mir sicher, daß einer davon deine Lunge durchbohrt hat.«

»O Jesus!« röchelte sie. Das war kein Ausruf, das war der Beginn eines Gebets, das konnte ich hören.

»Nicht sprechen, nicht bewegen«, sagte ich laut, verzweifelt. »Mich hat auch einer erwischt, aber er ist nur durchs Fleisch gegangen. Ich werde es schon schaffen, mich zu befreien und Hilfe zu holen.« Ich nahm das Messer, klappte es auf und begann, meine Seite aufzuschneiden. Aus irgendeinem Grund hatte ich geglaubt, daß die Gegend um die Stelle, wo der Stab mich durchbohrt hatte, betäubt wäre, aber das war sie nicht, es tat viel mehr weh, als ich gedacht hatte, aber der eine Schmerz wurde vom anderen absorbiert, und schließlich war ich durch, der Armierungsstab saß nicht weiter als anderthalb Zentimeter von außen in meiner Seite.

»Ich bin frei«, sagte ich und machte mich mit einem Ruck los, es gab ein widerliches, schmatzendes Geräusch; ich fühlte, wie mir das Blut warm über die Hüfte lief. »Ich hole Hilfe. Du mußt nur atmen, atmen. Immer mit der Ruhe.« Ich stemmte mich von der Kante des Sitzes hoch und schaffte es, die Fahrertür zu öffnen und auf die Karosserie des liegenden Wagens zu klettern.

»Francis«, gurgelte sie, als ich die Beine über die Bodenplatte schwang.

»Ja?«

»Elch im Sonnenuntergang. Idiotisch.«

Ich mußte grinsen. »Nicht sprechen«, sagte ich, und dann schleppte ich mich irgendwie hoch zur Straße. Ein Auto fuhr wenig später vorbei, und die Hilfe kam noch rechtzeitig.

Alle sagten, daß es ein Wunder war, aber Margareta hatte in vielen Jahren die Grundlage für ein Wunder geschaffen, durch Gebete. Sie betete niemals zu Gott oder sprach mit Jesus aus Pflichtgefühl; sie betete, weil sie es wollte, und sprach, weil sie gehört wurde. Als wir im Krankenhaus lagen, jeder in seinem Bett, angeschlossen an eine richtige kleine Pharmafabrik und ein mittleres Laboratorium von Apparaten, erzählte sie, daß sie die ganze Zeit gebetet habe und niemals im Zweifel war, daß sie überleben würde.

Technisch gesehen war das Wunder ganz anderer Natur: Die Armierungsstäbe waren ganz lotrecht in sie eingedrungen, wie von einer Riesenfaust geschleuderte Speere; sie hatten das Fleisch nicht groß zerrissen, und Muskelfasern und Fettgewebe hatten sich rasch um das Metall geschlossen, wie wenn eine Schrotkugel oder ein Granatsplitter eingekapselt wird. Sie blutete nicht stark, auch innerlich nicht, das war die Rettung. Man schnitt sie vorsichtig vom Autowrack und den Armierungsstäben los, aber ohne die Teile der Metallstangen zu entfernen, die noch in ihrem Körper steckten; erst im Krankenhaus operierte man die restlichen Eisenstücke heraus.

Aber unversehrt war sie nicht. Eine Herzkammer war beschädigt, ein Lungenflügel durchlöchert; beide Verletzungen würden sie den Rest ihres Lebens begleiten; aber aus ihrer Sicht am schlimmsten war, daß die Gebärmutter zerstört war und entfernt werden mußte. Der Autounfall, der Elch – *ich* – verurteilten sie zur Kinderlosigkeit. Und wenn es etwas gab, was Margareta sich vom Leben wünschte, dann eine Familie und Kinder. Aber sie sprach mit Jesus und vertraute mir an, worüber sie miteinander geredet hatten, als ich mich eines Tages Anfang August von ihr verabschiedete, um nach Oslo zu gehen. Sie lag noch im Krankenhaus, aber es wurde langsam besser. Wir saßen für uns allein in einer Ecke des Besucherzimmers, und Margareta sagte, daß sie im Januar nachkommen würde. »Aber ich werde nicht Anthropologie studieren«, sagte sie. »Jesus hatte einen besseren Vorschlag.«

Ich war es gewohnt, daß Jesus eine Meinung zu bestimmten Sachen hatte, mit denen sie sich beschäftigte, aber daß er sich damit abgab, welche Ausbildung sie anfangen sollte, machte mich fast ärgerlich. »So, und was meint Jesus, was du tun sollst? Nun doch Pfarrerin werden?«

»Red keinen *Quatsch*, Falk«, sagte sie scharf, aber in ihrem Blick lag tiefer Kummer. »Du weißt, worum es geht. Ich werde keine Kinder haben. Ich will Kinder haben. Ich habe darum gebeten, meine Fruchtbarkeit zurückzubekommen, aber Jesus sagte, das sei etwas, was er nicht erfüllen könne. Er sagte, daß derartige Wunder in diesem Fall nicht passen, aber daß die Kinder, die man selbst gebärt, nicht die einzigen Kinder sind, die man auf dieser Welt bekommen kann. Er findet, ich sollte Diakonin werden.«

Was *sagt* man zu solchen Menschen? – aber bei dieser Art von Feststellungen habe ich Margareta nie widersprochen. Jetzt sah ich sie an, während wir Service und Gläser in den Geschirrspüler räumten, und wieder spürte ich ein Frösteln, als mich der Gedanke durchzuckte: Was hätte eigentlich Mutter von mir gehalten, von meinem Leben? Wäre sie stolz oder enttäuscht gewesen? Hatte sie Pläne für mich geschmiedet, davon geträumt, was ich mal werden sollte, was ich erreichen könnte? Jedenfalls hat sie mir ihre Träume nie verraten. Ich konnte meinen eigenen Weg gehen, machen, was ich wollte. Ich durfte mir mein Leben, meine Zukunft selbst gestalten; für die meisten Entscheidungen trug ich selbst die Verantwortung.

»Ist was?« fragte Margareta.

»Wieso?«

»Du hast geschaudert.«

»Was hältst du eigentlich von mir?«

Sie schob den Drahtkorb in die Maschine und schloß die Türklappe. Dann umarmte sie mich plötzlich; sie legte ihre starken Arme um mich und drückte mich fest an sich, bis ich nach Luft rang. »Du suchst immer nach Wundern, Falk«, sagte sie. »Aber du findest sie nicht, gerade weil du danach suchst. So gerätst du immer an das Falsche.« Sie ließ mich los, ging zum Tisch und goß den restlichen Wein in unsere Gläser. »Mein Lieblingspapst, wenn ich einen hätte«, sagte sie, »wäre wohl Cölestin III. Er sagte, das größte Wunder, das er erlebt habe, sei gewesen, daß Gott ihm seine feuchten Träume vergab. Ich glaube nicht, daß er mit Gottes Vergebung gerechnet hat, ich glaube nicht, daß er ausgerechnet nach diesem Wunder suchte. Es war irgendwie einfach okay so.«

Ich lachte, als ich mir das Bild vorstellte: Ein älterer Mann, im Nachthemd und mit hohem Hut, der in einem riesigen Himmelbett im Vatikan liegt und nach Herzenslust onaniert, in der festen Gewißheit, daß Gott vergibt und daß allen Dingen eine ganz eigene Schönheit innewohnt. Es lag etwas fundamental Schlichtes und Treuherziges darin, und ich lachte, bis mir die Tränen kamen.

Aber nachdem ich Margareta wie immer nach Hause gebracht hatte und mich auf dem Heimweg durch die Kaskaden von nassem Schnee kämpfte, die der Wind mir entgegentrieb, verlor ich dieses Lachen. Die Straßen waren leer, und als ich durch die Prins Fredriks gate ging, erregte eine Bewegung am Rand meines Blickfeldes meine Aufmerksamkeit, und ich zuckte zusammen. Ich befand mich vor einer der alten Villen aus dem ausgehenden letzten Jahrhundert, sie war schwarz gebeizt und reich mit Schnitzereien verziert. Ich hob den Blick. Oben im Turm, hinter dem Erkerfenster, stand eine alte Dame und sah auf mich hinunter, während sie die Spitzengardinen mit einer Hand zur Seite gerafft hielt, und ich überlegte, was sie wohl über all die Ereignisse dachte, ob sie jetzt die Dunkelheit fürchtete und Angst hatte, hinauszugehen. Und ich erkannte, daß wir alle Opfer waren, Opfer des Grausamen, das weder einen Plan noch einen Sinn hat. Wirkliche Grausamkeit ist kurzsichtig, simpel; sie wuchert wie Krebs aus einem Organismus heraus und hat kein größeres Ziel, als sich selbst zu reproduzieren. Was der Auslöser ist, das ist im Grunde ebenso unwesentlich wie der Schmetterlingseffekt in der Chaostheorie; vielleicht verursachen die Flügelschläge eines Schmetterlings in den Regenwäldern am Amazonas einen Orkan im Golf von Mexiko, aber in Wirklichkeit spielt es keine Rolle, ob es gerade diese kleine Bewegung ist, die den Anstoß gibt. Und ich war, nicht anders als die ängstliche alte Dame da oben, ein Opfer dessen, was derzeit geschah. Das war beklemmend, niederdrückend, und ich hoffte aus ganzem Herzen, daß es bald vorbei wäre.

10 Stürmische, gefährliche Verrücktheit

Was für ein Spektakel die Maschinerie der Zivilisation ist! Bulldozer wurden herangeschafft, große Kräne – wie das nun alles hieß und woher es kam, wußte ich nicht –, um Kroken dem Erdboden gleichzumachen. Wir waren da, um es uns anzusehen, Kurt und ich; er, weil er gern die Veränderungen im Stadtbild verfolgt, ich aus vielen Gründen, die mir selbst nicht immer ganz klar sind.

»Wieso reißen sie alles ab?« fragte ich.

»Erneuerung, mein Junge.« Kurt sah mich nicht an, nur die Maschinen. »Das ist auf längere Sicht lohnender, als nur die verkohlten Trümmer zu entfernen. Jetzt können sie den ganzen Platz neu bebauen, größer, höher, besser.«

»Wem gehört Kroken eigentlich?«

Er zuckte die Achseln, schenkte mir ein halbes Lächeln. »Der Stadt. Aber errichtet wurde es 1961 von Timerberg, Alfatim, als Arbeiterwohnviertel. Es entwickelte sich wohl nicht ganz so wie geplant, also verkauften sie es Mitte der sechziger Jahre an die Stadt.«

Es war ein kühler Vormittag, Nebel war in der Nacht aufgekommen und hatte den Erdboden mit einer Reifschicht überzogen. Ich hatte einen dicken Polopullover an, darüber einen Kamelhaarblazer und einen Mantel. Trotzdem war mir kalt. Kurt war sportlicher gekleidet, aber auch er schlug mit den Armen, um sich zu wärmen. Wir horchten auf die Laute wohldurchdachter Zerstörung. Es liegt eine Freude darin, solchen Geräuschen zuzuhören, eine tiefe Befriedigung; so ähnlich ist es, wenn man Einwegflaschen aus voller Kraft in einen Glascontainer wirft oder Fensterglas auf dem Schuttplatz zerdeppert, nur in größerem Maßstab.

»Ich war gestern oben bei Timerberg«, sagte ich. »Das Buch, das er bestellt hat, ist endlich eingetroffen. Er hatte einen Gichtanfall und konnte nicht raus, also habe ich es ihm gebracht. Aus purer Neugier, um mir das Haus anzusehen.«

»Ganz schöner Kasten«, sagte Kurt. »Warst du drinnen?«

»Nur in der Halle«, sagte ich. Hugenkollen, die alte Villa der Timerberg-Familie, oder der Herrensitz oder wie immer man das nennen will, ist nach dem Vorsprung in der Felsformation benannt, auf dem sie erbaut wurde. Sie liegt einige Kilometer außerhalb des Stadtzentrums, tief in Timerbergs ausgedehntem Waldbesitz; das früheste Fundament seines industriellen Patchwork-Imperiums. Ich sah das Haus erst, als ich um eine Kurve bog und auf einen großen Hofplatz fuhr, und es war imponierend: ein enormes Märchenschloß, dunkelrot gestrichen, mit Türmen und Mansarden, Drachenköpfen und Schnitzereien, säulengestützten Balkonen und Sprossenfenstern. Innen überall handgefertigte Bücherregale aus Kirschbaumholz, dazu Frank-Lloyd-Wright-Stühle und ein wunderschönes Monstrum von Granittisch, und das war erst die Eingangshalle. Ich wußte, daß das Haus um 1890 von Timerbergs Vater gebaut worden war und in unserer Gegend zu den architektonischen Glanzstücken jener Zeit gerechnet wird. Aber auf mich wirkte es düster, wie es da am Waldrand thronte; ein Teil des Geländes, dunkel und lauernd wie ein großes Waldtier. »Könntest du dir vorstellen, so zu wohnen, ganz allein?« fragte ich.

Kurt zog den Jackenkragen enger um den Hals. »Eine andere Generation«, sagte er. »Ein anderes *Erbe.* Vielleicht ist es das.«

»Ich frage mich, was er bei dem Gedanken empfindet, daß niemand von seinem eigenen Fleisch und Blut sein Werk fortführen wird. Wieviel von seinem Reichtum hat er eigentlich seinerseits geerbt?«

»Einen Grundstock an Rohstoffen und einen kleinen Gewerbebetrieb, den Rest hat er sich selbst aufgebaut. Kein leichtes Stück Arbeit. Was er empfindet, weiß ich nicht. Aber Winterhof ist ja fast wie ein Sohn für ihn.«

Es knirschte da unten, und eine Staubwolke stieg über einer plötzlich nackten Grundmauer auf. Ich sah, wie eine uralte Badewanne sich wackelnd auf einem Bretterhaufen zur Ruhe legte.

»Was haben sie mit den Bewohnern gemacht?«

Kurt rieb sich die Hände, hockte sich hin, holte eine Thermoskanne und zwei Plastikbecher aus der Tasche. »In alle Winde verteilt«, sagte er und goß uns Kaffee ein. »Die Alten haben sie in Pflegeheime und Altenwohnungen gesteckt. Ein Teil von denen war schon überreif. Die hoffnungslosen Fälle haben sie in Integrationseinrichtungen und vorübergehend im Hospiz einquartiert. Einige der weniger hoffnungslosen Fälle sind ganz einfach ausbezahlt worden, die haben sozusagen einen Wohnungstausch gemacht.«

Ich dachte an die Toten, ebenso gesichtslose und konturlose Tote wie die Katastrophenopfer in einem anderen Erdteil. Eines der alten Mietshäuser da unten krachte in sich zusammen wie eines der letzten noch lebenden Individuen einer prähistorischen Art, überreif für die Ausrottung; der Lauf der Kultur, mit systematischer Hartherzigkeit praktizierter Neo-Darwinismus, alles im Bestreben nach Größerem, Besserem. Aber die Toten waren Mordopfer, man hatte sie umgebracht. Der Brand war gelegt worden. Ich mußte mich selbst immer wieder an diese schlichte Tatsache erinnern, es war leicht, sie aus den Augen zu verlieren, leicht, Mordbrennerei mit einem schicksalhaften Unglücksfeuer zu verwechseln – das Gehirn ist ein seltsam verräterisches Organ. Dies war in vielerlei Hinsicht ein Schauplatz: der einer Katastrophe von gewissem Ausmaß, vom Sterben, aber auch vom Totschlag. Es ging nicht einfach darum, daß Leute hier gestorben waren, es ging darum, daß irgend jemand anderen Menschen *das Leben genommen* hatte. Und ich stand hier, schlürfte Kurts ausgezeichneten Espresso aus einem roten Plastikbecher und beobachtete die Vollendung des Verbrechens – den klammheimlichen und optimistischen Versuch der Gesellschaft, es in etwas Fruchtbares zu verwandeln – wie ein an den Tatort zurückgekehrter Unhold, auf der Jagd nach dem letzten Kick. Wäre ich der Verbrecher gewesen, hätte ich gelacht.

»Warum sagen wir eigentlich, daß wir jemandem das Leben nehmen?« überlegte ich laut.

Kurt legte den Kopf in den Nacken und leerte den Becher. »Sag's mir.«

»Es ist, als wären wir uns bewußt, daß das Leben eine Last ist. Wir nehmen jemandem das Joch der Existenz von den Schultern. Wir nehmen ihm etwas ab, wir erleichtern ihn. Verstehst du, was ich meine? Es muß eine Erklärung dafür geben.«

»Ganz bestimmt.« Es war klar, daß ihm diese Frage herzlich egal war; er ist Sozialwissenschaftler, seine Perspektive ist die der langen Linien und weiten Horizonte, Menschen interessieren ihn nur insofern, als sie in größeren Gruppen auftreten, und Semantik interessiert ihn überhaupt nicht. In dem durchsichtigen Versuch, meinen Spekulationen zu entgehen, sagte er: »Am Wochenende ist das Fest.«

»Ja.« Ich hielt ihm den Becher hin, er schenkte nach, ich stellte ihn zwischen meinen Beinen auf die Erde und steckte mir eine Zigarette an. »Nicht daß ich gerade in Feststimmung wäre.«

»Ich fürchte, da bist du nicht der einzige«, sagte Kurt. »Wir, die hier wohnen, werden das vermutlich ganz anders empfinden als die, die von außerhalb kommen.«

»Sie finden es vielleicht ganz spannend, unter solchen Umständen zurückzukommen.« Ich blies eine blauweiße Rauchwolke in die stehende, schon übelriechende Luft.

»Möglich.« Er war wenig kommunikativ an diesem Tag, und ich fragte mich, was er wohl dachte, wie er da auf den Platz hinunterstarrte, auf das protzige Treiben der Maschinen und die Schaulustigen, die in sicherer Entfernung standen und beobachteten, was sich da tat. Vielleicht grübelte er über die Relevanz der Ereignisse für die Forschungsprojekte seines Instituts nach, vielleicht genoß er auch einfach die Geräusche; ich hatte keine Lust, ihn zu Antworten zu drängen, die er vielleicht noch nicht einmal für sich selbst formuliert hatte.

Ein riesiger Bulldozer machte sich daran, eine kümmerliche Grundmauer einzureißen. Die Geräusche waren faszinierend; zart, tief und brachial zugleich. Es war, als ob jemand den Inhalt einer riesigen Kekspackung zerdrückte.

Ein einziges Mal, vor langer Zeit, bin ich in einem dieser alten Mietshäuser gewesen. In den sechziger Jahren war Kroken von einer Aura von Armut, Schuld, Gescheitertsein umgeben, einer Aura, die sich auf alle übertrug, die hier lebten. Alkoholiker und Nutten wohnten hier, aber auch die Glücklosen; alleinerziehende Mütter, die ihren Ehemann durch einen Arbeitsunfall verloren hatten und kaum die Familie ernähren konnten; körperlich Behinderte; geistig Minderbemittelte. Alle, die für wenig Geld ein Dach über dem Kopf brauchten, egal, aus welchem Grund. Aber keiner, der dort wohnte, entging dieser Aura, und wir anderen versuchten, uns nicht anzustecken. Ein zufälliger und mißlungener Besuch bei einem Klassenkameraden war meine einzige Berührung mit der Ansteckungsquelle, und während ich jetzt mit dem Kaffeebecher in der Hand dastand und auf die Geräusche der Zerstörung lauschte, erinnerte ich mich genau an den Geruch nach Kohl, Urin, Fusel und vor allem – Armut. Ein Gestank, so aufdringlich, daß ich schlucken mußte, als ich die Wohnung betrat; mir war, als müßte ich ersticken. Der Besuch dauerte nur ein paar Stunden, länger konnte ich dieses Mitleid in mir nicht ertragen. Kindern sollte Mitleid erspart bleiben, sowohl, es zu empfinden, als auch, es zu empfangen, denn

Mitleid ist häßlicher, destruktiver als Mitgefühl. Mitgefühl ist etwas, was man sich unter Gleichgestellten entgegenbringt, dagegen ist Mitleid sozusagen ein Geschenk von einem, der hat, an einen, der nicht hat, und der Empfänger dieses Geschenks wird sich unweigerlich arm fühlen, und der Gebende wird nicht sicher sein können, wie sein Geschenk ankommt.

Mir wurden die Beine kalt. »Muß langsam mal los«, sagte ich.

Kurt drehte sich um und bedachte mich mit einem seltsamen Blick, beinahe so, als ob er mich noch nie gesehen hätte. »Was?«

»Ich mach mich auf die Socken.«

»Okay. Tut mir leid, ich habe an was ganz anderes gedacht.«

»An was denn?«

»Entscheidungsprozesse, ehrlich gesagt. Daran, wie unerwartete Ereignisse Entscheidungen beeinflussen, und daß Kroken in doppelter Hinsicht ein Beispiel dafür ist. Erst geschieht etwas *vermutlich* Unerwartetes im Leben eines einzelnen, etwas, was den Betreffenden dazu veranlaßt, vier Menschen umzubringen. Für die Gesellschaft bedeutet das ein unerwartetes Feuer, das wiederum die Entscheidung nach sich zieht, diese ganze Ecke zu sanieren.«

»Wer, glaubst du, ist der Mörder?«

Er wandte sich wieder den Arbeiten da unten zu. »Keine Ahnung. Aber es ist auf jeden Fall einer, der weiß, daß das Einfachste oft das Beste ist. Oder einer, der unglaubliches Glück hat.« Er schüttelte den Kopf, ohne mich anzusehen. »Ich glaube jedenfalls nicht, daß sie ihn kriegen.«

Und dann war es so, daß gewisse Dinge passierten, gerade als wir da standen; das erfuhr ich später.

Es hatte eigentlich schon am Vorabend begonnen, als ein elfjähriges Mädchen einem Exhibitionisten begegnet war, in einer dunklen Sackgasse, dem Grevlingveien, am östlichen Ende der Stadt, wo der Sturm ein paar Tage vorher die

Stromversorgung der Straßenlaternen unterbrochen hatte. Er rührte das Mädchen nicht an. Er stand nur in einer Einfahrt, verborgen hinter einer Hecke und dem Mauerbogen des Portals, und als sie an ihm vorbeiging, tauchte er auf und sagte etwas zu ihr, was sie nicht verstand.

Sie verlangsamte ihre Schritte, blieb stehen. Er öffnete seine Steppjacke. Die Hose darunter stand schon offen. Er langte in den Schlitz und holte einen halbsteifen Penis heraus, zeigte damit auf das Mädchen und fragte, ob sie ihn schön fände.

Sie schrie und rannte weg. Er machte keinen Versuch, sie aufzuhalten oder ihr zu folgen. Vielmehr drehte er sich um und lief in die entgegengesetzte Richtung, hinaus aus der Sackgasse.

Genau in dem Moment, als er um die Ecke kam und vom Lichtkegel einer Straßenlaterne in der Hauptverkehrsstraße erfaßt wurde, bog eine Frau in ihrem Auto in die Sackgasse ein und sah flüchtig den rennenden Mann, schöpfte aber keinen Verdacht, daß sich etwas Ungewöhnliches abgespielt haben könnte.

Das Mädchen erzählte der Mutter, was vorgefallen war. Die Mutter alarmierte die Polizei. Die vernahm das Mädchen und befragte anschließend die Anwohner im Grevlingveien, ob jemand etwas gesehen oder gehört hätte. Die Autofahrerin wurde gegen Mitternacht aus dem Bett geholt, erinnerte sich an das, was sie gesehen hatte, und erwies sich als gute Zeugin; sie gab den Beamten eine Beschreibung, die so präzise war, daß einer der städtischen Polizisten den Mann wiedererkannte, als er früh am nächsten Morgen seinen Dienst antrat.

Der Mann war ein vierundsechzigjähriger Sonderling, der in einer heruntergekommenen Kate ein paar Kilometer südlich der Stadt wohnte. Er war der Polizei bereits bekannt. Er war geistig zurückgeblieben, alkoholkrank, und er hatte ein problematisches Verhältnis zu Frauen; er war schon drei-, viermal wegen öffentlichen Entblößens der Geschlechtsteile und Belästigung von Mädchen und Frauen eingebuchtet worden, obwohl er sich nie an einer der Frauen, die ihn anzeigten, vergriffen hatte. Er war bekannt als eines der verrufenen Individuen der Stadt; ein Mann, der stets an Saufgelagen, darunter mehreren Besäufnissen in Kroken, teilgenommen hatte und gern die Dienste der leichten Mädchen dort in Anspruch nahm, wobei er auch hin und wieder etwas brutal zur Sache gegangen war.

Wie gesagt, all das wußte die Polizei bereits, und wäre es nicht wegen der anderen Dinge gewesen, die passiert waren, hätte man ihn wahrscheinlich auch diesmal nach ein paar Tagen Aufenthalt in der Gummizelle laufenlassen, vielleicht ergänzt um einen kurzen Aufenthalt in der Klapse und um ein erneutes Urteil unter Auflagen mit anschließender Bewährungshilfe: den Standardmaßnahmen für ihn und seinesgleichen. Oscarshavn hat, wie viele andere Städte, eine Reihe von Leuten mit solchen Anpassungsproblemen, und sie können sich frei bewegen, solange sie nichts Schlimmeres anstellen.

Es waren also die Umstände, die jetzt den großen Unterschied machten, und außerdem die Tatsache, daß er der Mann war, den Krogher als den so lange Verdächtigen in der Willumsen-Sache erwähnt hatte. Sie nahmen ihn an dem Vormittag fest, an dem Kurt und ich zusahen, wie Kroken dem Erdboden gleichgemacht wurde, sperrten ihn wegen der unsittlichen Entblößung und aller anderen Untaten ein, die sie ihm anhängen konnten, und begannen in aller Stille, ihn als Verdächtigen im Fall Simer zu betrachten.

Ich weiß nicht genau, woher ich meinen Nachnamen habe, außer von meinem Vater natürlich; da meine englische Verwandtschaft nie Kontakt zu mir aufnahm, ja, kaum meine Existenz anerkannte, habe ich zu keiner Zeit versucht, Ahnenforschung zu betreiben, Familienwappen aufzuspüren und ähnliches. Aber hin und wieder bin ich in Büchern auf Namen gestoßen, die meinem ähneln – Falkenberg, Fauconberg, Falconberg –, und ich habe mich gefragt, ob sie meine Stammväter oder entfernte Zweige meines Familienstammbaums waren. Bunte Geschichten sind mir da zu Ohren gekommen: Einige dieser potentiellen Verwandten können sich glänzender Taten rühmen, andere haben Dinge getan, die nicht ganz so fleckenlos strahlen. Einer dieser möglichen Vorväter, ein Dietrich von Falkenberg, war der Mann, der im Dreißigjährigen Krieg Magdeburg niederbrennen ließ, im Mai 1631, als die Stadt sich im Belagerungszustand befand. Er war ein Getreuer Gustav Adolfs, ein Hesse, allgemein geschätzt für seine Eigenschaften als Heerführer und seine Geschicklichkeit in der Kriegskunst. Er selbst starb kurz nach dem Brand. Er war nicht der einzige, der in Magdeburg starb; 25 000 der 30 000 Einwohner kamen in der Feuersbrunst um. Das erscheint grausam, und es muß grausam gewesen sein. Es läßt das, was in Oscarshavn geschah, verblassen, und ich frage mich, was die Magdeburger wohl von dieser Aufregung um vier tote Seelen von nicht gerade gutbürgerlichem Schlag gehalten hätten. Ob sie uns regelrecht ausgelacht hätten? Ob sie es großartig, verblüffend gefunden, vielleicht als Wunder an Mitleid betrachtet hätten? Meinem eventuellen Ahnherrn Dietrich mangelte es augenscheinlich weder an Geistesgröße noch an Weitsicht oder Mitgefühl. In einem Brief an den König schrieb er: »Es findet sich wenig Weisheit hier, wir leben von Tag zu Tag.«

Und wirklich: Es fand sich wenig Weisheit in Oscarshavn in diesen Tagen. Unsrer Tage Ruh ward wild zerissen von stürmischer, gefährlicher Verrücktheit. Aus diesem Grund, und weil jemand nicht dichtgehalten hatte, sah ich mich wenig später an diesem Tag von den Medien sowohl bestürmt als auch zerrissen. So hängen Menschenschicksale zusammen: Ein Exhibitionist wird eingesperrt, ein Fall nimmt eine neue Wendung, und ich werde von Journalisten und Fotografen bestürmt – es ist *tatsächlich* so einfach.

Es fing kurz nach Mittag an. Drei gepflegte Damen in den Sechzigern kamen in den Laden, auf der Suche nach Kriminalromanen. »Englische«, sagte die eine. »Nette Kriminalromane, nicht diese blutigen amerikanischen. Solche, wie Agatha Christie sie geschrieben hat.« Sie war klein und mager, aber die Falten in ihrem Gesicht verliefen in der richtigen Richtung, sie war sicher eine Frau, die in ihrem Leben viel gelächelt hatte. An diesem Tag wirkte sie allerdings ängstlich. Wie die beiden anderen auch. Ich wunderte mich, daß sie trotzdem Krimis haben wollten, fragte mich, ob sie sie vielleicht gerade *wegen* der ganzen Ereignisse haben wollten. Ich selbst bin kein großer Freund von Kriminalromanen; hat man einen gelesen, kennt man so gut wie alle, das ist meine Meinung; nur wenige haben etwas Neues und Originelles zu bieten. Aber ich half den Frauen bei der Suche und geleitete sie zur Tür; dann kam Janne, und ich ging ins Hinterzimmer, um mich der Buchhaltung zu widmen, die an diesem Tag erledigt werden mußte.

Ein paar Minuten später hörte ich einen seltsam anschwellenden Lärm draußen im Laden. Es erinnerte mich an die Geräusche in einem Zoo, in einem Zirkus. Ich merkte nicht gleich, was da im Gange war, als ich durch die Tür trat. Einige wenige und, im nachhinein betrachtet, übertrieben begeisterte Sekunden lang dachte ich, welch ein hervorragender Tag fürs Geschäft. Dann entdeckte ich die Kameras, die gespannten Gesichter, sah Janne im Getümmel und ihr Gesicht: bleich, großäugig, beunruhigt.

»Francis Falckenberg?« sagte jemand.

Ich nickte.

Ein kollektives Gebrüll brach los. Durch das Gebrüll hörte ich Satzfetzen, hervorgestoßen von mehreren Stimmen, die laut oder schrill genug waren, um zu mir durchzudringen: »... Zeuge im Fall Simer ...« – »... heißt es, Sie hätten ein Kind ...« – »... Mädchen soll behauptet haben ...«

Ich begriff, daß es eine undichte Stelle gab; vielleicht hatte ein Polizist etwas Unüberlegtes gesagt, vielleicht lag auch ein Plan dahinter, egal, die Katze war jedenfalls aus dem Sack. Und ich hatte keine Lust, mich auf den Titelseiten der Zeitungen oder im Fernsehen wiederzufinden. Ich wich Richtung Bürotür zurück, tastete nach der Klinke in meinem Rücken, aber es war zu spät, ich war schon umringt wie ein einsamer Siedler von einer Horde Apachen auf dem Kriegspfad. Sie feuerten mir ihre Kamerablitze direkt ins Gesicht, strahlten mich mit Scheinwerfern an, schrien, brüllten, *faßten* mich an.

»*Schluß jetzt, verdammt noch mal!*« brüllte ich plötzlich zurück; es war ein Reflex, überhaupt nicht geplant, ebenso unerwartet für mich wie für die anderen.

Der Zoo wurde merkwürdig still. Zwischen zwei geschulterten Fernsehkameras sah ich Jannes verblüfftes Gesicht.

Ich hatte nicht die leiseste Ahnung, was ich sagen sollte, ich hatte überhaupt nicht damit gerechnet, daß die Meute still sein würde.

Eine Stimme, die in dem Gewimmel gesichtslos blieb, außerhalb meines Blickfeldes, fragte: »Waren Sie es, der den Ermittlern sagte, wo sie die tote Beate Simer finden könnten?«

Ich hatte keine Ahnung, wie ich darauf reagieren sollte. Auf die Idee, daß es vielleicht notwendig werden könnte, war ich zu keinem Zeitpunkt gekommen. Sollte ich alles abstreiten, sollte ich einfach alles erzählen, was ich wußte, um es hinter mich zu bringen? Was würde Berger lieber wollen?

»Was soll das Ganze hier?« fragte ich, um Zeit zu gewinnen.

Eine andere Stimme, rechts von mir: »Wir haben erfahren, daß es sich so verhält.«

Ich drehte mich zu spät um, bekam nicht mit, wer das gesagt hatte. »Woher haben Sie eine solche Information?«

»Sie ist also nicht richtig?« Die Stimme kam von irgendwo hinter meinem Rücken, und ich fuhr wieder herum, fühlte mich wie ein Idiot, es war wie ein Spießrutenlaufen, bei dem ich nicht sah, woher die Schläge kamen.

»Wieso sollte sie richtig sein?« Eine Frage mit einer Frage zu beantworten, das war die einzige Taktik, die mir einfiel.

Endlich sprach jemand, den ich sehen konnte, fast noch ein Halbstarker, ein pickliger Jüngling von knapp zwanzig Jahren in schwarzer Kleidung: »Wir haben gehört, Sie hätten mit einem Mädchen gesprochen, das gesagt hat, die Leiche sei auf der Baustelle versteckt.« Er starrte mich unverwandt an, sein Blick wirkte bösartig vor lauter Gier.

»Von wem haben Sie das gehört?«

»Entspricht es den Tatsachen?«

Ich mochte ihn nicht, überhaupt nicht. Er war widerwärtig. »Ich habe gefragt, von wem Sie das haben.«

»Ist es wahr?« fragte eine andere Stimme hinter mir.

Ich glaubte jetzt zu wissen, wie ich reagieren mußte. Ich drehte mich langsam einmal um mich selbst und musterte diese Sensationsgeier mit einem Blick, von dem ich inständig hoffte, daß er Haß und Abscheu ausdrückte. »Entschuldigen Sie *bitte*«, sagte ich. »Das hier ist *mein* Geschäft, und Sie haben hier nichts verloren, es sei denn, Sie möchten ein Buch kaufen. Wenn Sie meinen Laden nicht auf der Stelle verlassen, werde ich die Polizei rufen.«

Erneut schwoll das Gebrüll an, aber ich beantwortete es nicht. Ich begann einfach, die mir am nächsten Stehenden zu schubsen und nachdrücklich in Richtung Ladentür zu drängen. Einer von ihnen stolperte über die Beine eines anderen, verlor das Gleichgewicht, fiel zu Boden und riß im Fallen einen der Kameramänner mit sich. Die Kamera knallte auf das Parkett, das Geräusch klang nach Schaden, Zerstörung. Der Kameramann fluchte laut und schrie, daß er mich zur Verantwortung ziehen würde, falls sie beschädigt sei. Ich beugte mich hinunter und schrie zurück, ließ ihn wissen, daß ich ihm die Reparatur des Fußbodens in Rechnung stellen würde. Ich hoffte, daß die Kamera ebenso teuer wie kaputt war. Ich knallte mit dem Hinterkopf jemandem ins Gesicht, als ich mich aufrichtete, drehte mich abrupt um, sah eine Frau Anfang Dreißig zurückweichen, während ihr das Blut aus der Nase schoß, spürte ein heißes Gefühl von Befriedigung im Herzen. Ich sah, wie Janne sich rückwärts aus dem Tumult rettete, die Hände vors Gesicht geschlagen; zwischen den gespreizten Fingern betrachtete sie das alles mit dunklem, verängstigtem Blick. Ich schrie, alle sollten sich nach draußen scheren, fluchte und wütete, boxte jemandem, der sich immer noch nicht von der Stelle rührte, mit der Faust gegen den Oberarm. Die Menge jaulte auf, empört, rasend, bewegte sich aber zur Tür. Ich schob nach. Das Gebrüll verschwand hinaus auf die Straße, wo Passanten stehenblieben und den Auftritt mit schockiertem Gesicht verfolgten. Der letzte der Meute wurde von mir mit einem harten Stoß in den Rücken hinausbefördert; dann fiel die Tür ins Schloß und ich sperrte zu, während ich dachte, daß dies ein Tag war, um früh zu schließen.

»Jesus!« sagte Janne. »Was zur Hölle ist denn in dich gefahren?«

Ich ließ die Rolläden hinunter, zog den Vorhang vor die Glasscheibe der Tür, stürmte an ihr vorbei ins Hinterzimmer, (sie folgte mir auf den Fersen) und steckte mir eine Zigarette mit so zitternden Händen an wie schon seit Jahren nicht mehr.

»Jesus Jesus *Jesus!*« sagte sie. »Sie werden dich …«

Ich war kurz davor, sie anzubrüllen, niederzuschreien, konnte mich aber gerade noch beherrschen. »Was denn?« schnappte ich.

Sie zuckte zusammen und starrte mich steif an. »Schlachten, nehme ich an.« Ihre Stimme war dünn und belegt, und ich sah in ihren Augen, daß sie wirklich eine Heidenangst davor hatte, was ich mir einfallen lassen könnte. »He, gib nicht *mir* die Schuld«, sagte sie und wich einen Schritt zurück.

»Sie sind tabu. Non grata. Verboten. Ist das klar? Die offizielle Devise dieses Geschäfts lautet ab sofort: *Kein Kontakt mit den Medien*, hast du verstanden? Wir wollen keine Reklame. Keine Reklame ist gute Reklame. Kapiert?«

»Jetzt beruhige dich doch. Ganz ruhig.« Sie hatte die Hände erhoben, so als wollte sie einen tätlichen Angriff abwehren.

Ich sank auf den Schreibtischstuhl. Plötzlich hatte ich das Bedürfnis zu heulen, aber das hätte auch nichts geändert. Ich zerdrückte die halbgerauchte Zigarette im Aschenbecher, beugte mich vor und legte den Kopf zwischen die Knie, versuchte normal zu atmen, versuchte den Herzschlag zu beruhigen. Als ich wieder hochsah, hockte Janne zusammengekauert vor mir auf dem Boden, jetzt mit besorgtem Gesichtsausdruck. »Was geht hier vor?« flüsterte sie.

Ich wiegte mich vor und zurück, mußte mich bewegen; die Schultern waren steif wie Zement, ich hatte einen Granitnacken, und ein scharfer Kopfschmerz war dabei, zum Kleinhirn hochzukriechen. »Bleibt das unter uns?« sagte ich. »Ausschließlich unter uns?«

»Ehrenwort und Hand aufs Herz.« Sie legte beschützend eine Hand auf mein Knie und drückte es leicht. »*Solche* Geheimnisse kann ich für mich behalten.«

Ich erzählte ihr die ganze Geschichte von dem Mädchen und der Baustelle und den beiden Aussagen, die ich bei der Polizei gemacht hatte. Sie erhob sich, als ich fertig war, holte ihre eigenen Zigaretten und steckte sich eine an. Sie setzte sich auf die Schreibtischkante und sagte: »Weißt du was? Gestern abend mußte ich raus und Siri holen, weil sie nicht zur verabredeten Zeit nach Hause gekommen war, und es war wirklich... wirklich *verdammt* ekelhaft. Sogar ich finde das nicht mehr spannend, was da vor sich geht. Es ist nur noch widerwärtig. Wenn da was ist, was du *nicht* erzählt hast...«

»Da ist nichts. Ich habe absolut alles erzählt, was ich erzählen kann.«

Sie nickte. »Es hätte Siri sein können, weißt du. Es *hätte*

Siri sein können.« Und dann begann sie zu weinen, und ich konnte nichts anderes tun, als sie zu trösten. Nicht wegen der Dinge, die passiert waren, sondern wegen all der Dinge, die hätten passieren können. Dahin waren wir nun gekommen, wir alle.

11 Düstere Ekstase

Die Geier kreisten über uns und verwandelten mein stilles, geliebtes Oscarshavn in ein stinkendes Niemandsland, und ich selbst war das Aas, das sie vor allem anderen fressen und quälen wollten.

Wer waren sie, all diese Menschen, die sich am nächsten Vormittag draußen vor dem Antiquariat versammelten? Ich zählte mindestens fünfundzwanzig Personen, die auf dem Bürgersteig vor dem Schaufenster standen, während ich im Brava so langsam vorbeifuhr, wie es irgend möglich war, ohne Aufsehen zu erregen. Alles nur Journalisten, Medienleute? Ich sah keine bekannten Gesichter, aber das mußte nicht heißen, daß sich nicht auch einige der neugierigen Seelen der Stadt mitten im Pulk befanden; die Leute, die ich kannte, würden genug Anstand besitzen, sich fernzuhalten.

Ich hatte keineswegs die Absicht hinzugehen, bewahre! Ich fuhr einen Block weiter und bog in die Seitenstraße bei Bali Anis Kaffe & Krydder, parkte ein, ohne den Motor abzustellen, griff zum Handy und rief Janne an.

»Skriftstedet Antikvariat.« Ich hörte Streß in ihrer Stimme, aber sie versuchte, ganz normal munter zu wirken, das rechnete ich ihr hoch an.

»Hier spricht der Inhaber«, sagte ich. »Möge deinen Kamelen ein langes und fruchtbares Leben beschieden sein.«

»Es ist das reinste Irrenhaus, Falk.« Sie seufzte schwer. Dann klickte ihr Feuerzeug, und ein tiefer, rauchgesättigter Seufzer folgte.

»Hast du den Laden aufgemacht?«

»Spinnst du? Ich bin doch nicht verrückt.«

»Steht was in den Zeitungen über mich?«

»Nein. Aber alles dreht sich um den mysteriösen Zeugen. Ach, noch was, da hat ein Typ angerufen, der dich sprechen wollte. Ich meine, es haben hunderttausend Leute angerufen, die dich sprechen wollten, so ist das nicht, aber dieser eine Typ sagte, daß du ganz bestimmt auch mit ihm sprechen willst. Er heißt Krogher und wartet im Kalori auf dich. Du sollst einfach draußen halten und hupen, dann kommt er raus. Er meinte, du gehst heute sowieso nicht zur Arbeit.«

Es ärgerte mich nicht wenig, daß Krogher sich herausnahm, für mich zu planen, aber ich mußte zugeben, daß er zumindest die Fähigkeit hatte, die Logik der Ereignisse zu durchschauen. »Na gut«, sagte ich nur. »Mit letzterem hat er recht. Ich fahre hin, um ihn zu treffen, und anschließend gleich hoch zur Hütte, um sie winterfest zu machen. Ich komme erst wieder ins Geschäft, wenn ich die Festlichkeiten am Wochenende hinter mich gebracht habe, also Montag. Ist das okay?«

»Das ist okay. Helge kommt bald.«

»Du mußt den Laden aufmachen.«

»Ich weiß, hör auf zu meckern. Fahr du nur.«

Und ich fuhr; den Hügel hoch, bog um die Ecke, parkte am Bürgersteig vor dem Kalori und stieg aus dem Auto. Ich mußte es tun, mußte herausfinden, wie es war, im Stadtzentrum auf einem Bürgersteig zu stehen – würden die Leute mich behelligen, das war die Frage; würden sie mich anstarren, mich verhöhnen, würden sie meinem Blick ausweichen? Ich konnte nicht herumlaufen wie ein Gefangener auf Freigang, wie ein Aussätziger in meiner eigenen Stadt. Ich wollte ins Kalori hinein und Krogher treffen; ich hatte verdammt noch mal nichts zu verbergen.

Ein sanfter, beinahe warmer Windstoß blies mir in den Rücken, während ich nach Kleingeld für die Parkuhr suchte. Als ich den Blick hob, sah ich plötzlich, ganz hinten im Café der Konditorei, Victoria und Margareta zusammensitzen, in eine offenbar angeregte Unterhaltung vertieft; sie hatten die Köpfe über dem Tisch einander zugereckt, Victoria gestikulierte und Margareta nickte heftig. Sie so zu sehen war ein merkwürdiges Erlebnis, aber ich hätte beim besten Willen keinen Grund nennen können, warum sie nicht miteinander sprechen sollten. Sie hatten sich ein paarmal in Oslo getroffen, obwohl ich den Eindruck hatte, daß Margareta nicht sonderlich viel von Victoria hielt. Aber jetzt saßen sie da drinnen in dem warmen, gemütlichen, nach Backwerk duftenden Lokal mit Holzwänden, blau-weiß-karierten Tischdecken und Bauernmöbeln. Victoria hob einen großen Kaffeebecher und trank, während Margareta etwas zu ihr sagte, dann setzte sie den Becher ab und schüttelte heftig den Kopf, beugte sich weit über den Tisch vor und winkte Margareta mit dem Zeigefinger näher zu sich heran. Sie hätten seit Jahrzehnten Busenfreundinnen sein können. Worüber sie wohl sprachen? Ich hätte es gern gewußt. So, wie sie sich benahmen, hätten es die intimsten Geheimnisse sein können. Ich vergrub die Hände tief in den Jackentaschen, stemmte mich gegen den Wind und fühlte plötzlich ein Unbehagen darüber, daß ich hier so stand und sie beobachtete, aber ich konnte nicht hineingehen.

Krogher kam aus der Tür auf den Bürgersteig. »Was ist los?« sagte er.

»Nichts. Ich gucke nur.«

Er nickte. »Nehmen Sie mich ein Stück mit.« Ohne langes Drumherum ging er zum Auto, wartete, bis ich die Türen entriegelt hatte, und stieg ein. Ich bog auf die Straße und schlug eine Richtung ein, die vom Zentrum wegführte. Geänderte Pläne, Schlupflöcher für das Unerwartete, eine Wirklichkeit, die sich aufdrängte; ja, schlimmer als das, eine Wirklichkeit, die sich in mein eigenes Auto drängte. Ich sagte: »Und?«

»Früher oder später ist diese Sache vorbei«, sagte er. »Bis dahin sind Sie Freiwild, so, wie sich die Dinge entwickelt haben. Für Wochen, Monate, vielleicht Jahre, wer weiß? Wie hört sich das an?«

»Beschissen.« Ich fingerte die Zigarettenschachtel aus der Tasche meiner daunengefütterten Allwetterjacke und zündete mir mit leicht zitternden Händen eine an.

»Dachte ich mir. Frage: Wie sieht's mit Ihren Alibis aus? Sowohl für den Zeitpunkt, als das Feuer ausbrach, als auch für die zwei, drei Tage vorher?« Er lehnte seinen stattlichen Körper in die Ecke zwischen Beifahrersitz und Türholm und betrachtete mich mit seinem dunklen, ruhigen Fanatikerblick.

»Was zum Teufel meinen Sie mit so einer Frage?«

»Ich mag Sie. Das ist alles. Und früher oder später wird jemand Sie danach fragen, wo Sie sich zu bestimmten Zeiten aufgehalten haben.«

Wir waren an der Stadtgrenze angekommen. Am Fuß des Berges bog ich auf den Rastplatz mit der Informationstafel für Touristen und stieg aus dem Auto. Krogher folgte mir. Der Wind blies heftiger hier draußen auf der ungeschützten Küstenstraße. Einige Meter unter mir hörte ich die Wellen, die sich an den Klippen brachen. Ich kletterte über die Leitplanke und setzte mich auf einen Felsvorsprung. Das Sausen des Windes in den Birken und das Rauschen der Wellen übertönten meine Gedanken und taten mir gut.

»Was ist mit diesem Kerl, den sie geschnappt haben? Dem Exhibitionisten?«

Krogher stand neben mir. Er lächelte, verschränkte die Arme über der Brust. »Ach der«, sagte er. »Es steht nicht besonders gut für ihn. Sie haben Kinderpornos in seiner Wohnung gefunden. Das Simer-Mädchen ist sogar auf einigen Bildern drauf. Es ist möglich, daß er die Fotos selbst gemacht hat. Im Moment sieht es finster für ihn aus. Vielleicht wird bald gezielt gegen ihn ermittelt, vielleicht auch gegen Sie. Das kommt ganz darauf an, was weiter passiert.«

Ich drehte mich um, zog hastig an der Zigarette. Das Inhalieren verursachte Schmerzen im Hals, aber ich brauchte das jetzt, klammerte mich an diese vertrauten Bewegungen; Hand hoch, Hand runter, einatmen, ausatmen. Irgendwie verband es mich mit meiner alten Wirklichkeit. »Sind Sie nur darauf aus, mich zu Tode zu erschrecken, oder was wollen Sie?« Ich schnippte die Zigarettenkippe in den Wind; sie flog auf und ab wie auf Gischt, dann verschwand sie aus meinem Blickfeld. Ich begann, den Pfad zum Steinstrand hinabzusteigen.

»Realitätsorientierung«, brüllte er gegen den Wind. »Es sind merkwürdige Zeiten, und es geschehen merkwürdige Dinge. Haben Sie gewußt, daß heute abend Bürgerversammlung ist?«

»Nein«, antwortete ich.

»Nun, es ist aber so.«

Wir waren am Strand angekommen. Ich nahm einen schönen flachen Stein und feuerte ihn ab, aber der Wind erfaßte ihn; er tippte nur zweimal kurz auf. »Bürgerversammlung«, sagte ich. Ein seltsames Wort, das mußte man sich auf der Zunge zergehen lassen. »Bürgerversammlung. Riecht nach Mittelalter, oder? Nach durchgeschwitzter Filzkleidung und verqualmten Holzbalken. Fackeln in der Nacht. Den Frauen ist es verboten, daran teilzunehmen. Außerdem muß dahinter ja wohl die Erkenntnis stecken, daß die Dinge außer Kontrolle geraten sind.«

Krogher schleuderte ebenfalls einen Stein. Seiner machte vier elegante Hüpfer, bevor er in den schaumgekrönten Wellen versank. »Tja«, sagte er. Er stand hoch aufgerichtet, felsenfest im Wind; immer noch ein Mann, der sich den Naturkräften mit gleichgültiger Eleganz widersetzte. »Das ist unter Umständen wie diesen nichts Ungewöhnliches. Ich habe einiges darüber gehört, was dort passieren soll. Es wird eine Belohnung von einer Viertelmillion für Hinweise ausgesetzt, die zu einer Verurteilung führen. Nicht von der Stadt. Wohl von so einem Industriebetrieb… Alfatim?«

»Bestimmt.« Ich drehte mich um, und wir kletterten den Pfad wieder hinauf.

»Und die Stadtverwaltung soll für bestimmte Altersgruppen eine Ausgangssperre verhängen, bis die Ermittlungen abgeschlossen sind.«

»Obwohl schon ein Verdächtiger in Untersuchungshaft sitzt?«

»Genau. Sie wollen ganz sichergehen – er wird ja nicht offiziell beschuldigt, nicht einmal offiziell der Simer-Morde verdächtigt – aber das ist ein Zugeständnis von Unsicherheit.«

Ich sah auf die Uhr, kurz vor eins. Die Hütte war gut zwei Autostunden entfernt. Die Arbeit da draußen würde bis zum Abend dauern; Fensterläden aufsetzen, Wasser abstellen, Müll wegbringen, Holzvorrat auffüllen, all so was. Auf einmal erinnerte ich mich an das Gefühl, das ich hatte, als Krogher mein Haus verließ; das Gefühl, einen Freiluftmenschen vor mir zu haben. »Hören Sie«, sagte ich. »Ich wollte heute eine Hütte, die mir gehört, winterfest machen. Sie können doch so was, oder?«

»Ich habe selbst eine Hütte«, nickte er. »Im Golsfjell. Bin gerne dort.«

»Dachte ich mir. Kommen Sie mit, dann können wir uns weiter unterhalten, wenn es das ist, was Sie wollen.« Ich legte den Gang ein und ließ den Wagen auf die Fernstraße rollen.

»Das ist es, was ich will. Ich brauche nicht mehr sehr viel Unterhaltung, aber wenn, dann lege ich Wert auf angenehme Gesellschaft.«

Der Brava beschleunigte so rasant, wie ich es mit schnellem Schalten erreichen konnte, und kurz darauf machte er schon hundertzwanzig Sachen. »Immer mit der Ruhe«, sagte Krogher besorgt.

»Die machen nie Kontrollen hier.«

»Achtzig«, sagte er. »Fahren Sie achtzig, während ich Ihnen etwas erkläre.«

Ich ging vom Gas und sah ihn an.

»Sie wissen nicht, was die Ermittler von Ihnen denken, Sie

wissen nicht, welchen Spuren sie folgen. Es ist nicht gut für Sie, in dieser Situation irgendwie auffällig zu werden. Falls die auf die Idee kommen, mal ein bißchen Dünger auszustreuen und zu beobachten, wo etwas zu sprießen beginnt, haben Sie schlechte Karten. Sie haben sich gestern eigenartig – gewalttätig – gegenüber den Medienleuten verhalten, das ist schon mal ein Punkt. Dann werden Sie bei überhöhter Geschwindigkeit erwischt, das ist noch ein Punkt. Und sie werden Ihnen sofort den Führerschein abnehmen, Ihre Bewegungsfreiheit einschränken. Begreifen Sie eigentlich nicht, daß die ihre Suchscheinwerfer auf Sie gerichtet haben? Daß Sie darauf achten müssen, was Sie tun und lassen?«

Ich bremste leicht und nahm die lange, unübersichtliche Kurve bei Grasholmen mit etwas mehr als siebzig, obwohl ich diese Strecke schon so oft gefahren war, daß ich selbst bei einer Geschwindigkeit von über hundert keine Probleme gehabt hätte. Ich bog von der Fernstraße ab auf eine schmale, schlecht asphaltierte Landstraße, die dicht am Meer entlangführt, bis zu den Seebrücken. Die Sonne kam ab und zu heraus, niedrigstehend und groß und orange, und die Wolkendecke trieb Richtung Norden die Küste entlang, riß auf und fügte sich wieder zusammen in einem Rhythmus, der beinahe hörbar war. Lange fuhren wir schweigend dahin. Ich wartete, daß Krogher etwas sagen würde, aber er blieb stumm, betrachtete die Gegend; es schien, als habe er vergessen, weswegen wir hier waren.

»Woran denken Sie?« fragte ich schließlich, um das Schweigen zu brechen.

Krogher sah weiter aus dem Fenster. »Hier könnte ich leben«, sagte er. »Landschaft, Natur, Klima, das ist es, was mir etwas bedeutet.« Er lächelte mich an; dieses schiefe, eigenartige Lächeln, das zu einem kürzlich vom Schlaganfall getroffenen Menschen hätte passen können. Aber ich glaubte nicht mehr, daß er einen gehabt hatte, dafür war er zu fit.

»Ja.« Ich verstand immer noch nicht genau, was er von mir

wollte. Ich steckte mir eine neue Zigarette an. »Es ist, als wäre nirgends ein Ende abzusehen. Ich meine den Fall, nicht die Landschaft. Wir sind belagert, ich am meisten von allen.«

»Das ist nicht die erste Stadt, die so etwas erlebt«, sagte er. »Verbrechen sind eine Krankheit der Gesellschaft. Eigentlich ein Symptom, das selbst zur Krankheit wird. Krebsgeschwülste in einem gesellschaftlichen Organismus. Und mit diesem Organismus geschieht etwas Radikales, egal, ob man die Geschwülste wuchern läßt oder herausoperiert. Eine zeitweilige Turbulenz, der man nicht entgehen kann.«

Wir bogen um eine Felsnase und befanden uns nun auf einem künstlich angelegten schmalen Fahrstreifen, der mitten ins Meer führte. Krogher holte überrascht Luft. »Herrlich« murmelte er.

Wir fuhren über die erste Brücke, hinaus nach Hingsten, der Insel, auf der meine Hütte liegt; die Insel heißt so, weil sie aussieht wie ein sich aufbäumender Hengst. »Ich habe Angst vor dem Meer«, sagte ich. »Und trotzdem ist dies meine Lieblingslandschaft.«

»Das ist logisch«, sagte er. »Paradox, aber logisch.«

Wir fuhren eine ganze Weile schweigend weiter, während die Wolken sich draußen über dem Meer verdichteten. Es schien, als würde der alte Kriminalkommissar die Fahrt ebenso genießen, wie ich das immer tue, und irgendwie freute es mich, daß ich ihn mitgenommen hatte. Als wir uns der Abzweigung zur Hütte näherten, fiel mir etwas wieder ein, was er gesagt hatte, und ich fragte: »Warum haben Sie mich nach meinem Alibi für die Tage vor dem Feuer gefragt?«

»Ach, das war nur, weil das Mädchen anscheinend drei, vier Tage vor dem Brand getötet wurde. Im Augenblick ist alles denkbar. Alles und jeder. Die Verhaftung dieses Exhibitionisten ist eigentlich eher Augenwischerei.«

Ich fuhr den steilen Hang oberhalb der Hütte hinunter und hielt neben dem Holzschuppen. Krogher schnalzte anerkennend. Die Hütte ist braun gebeizt mit grünen Fensterrahmen und grünen Dachkanten, gut gepflegt, ziemlich groß; mein Großvater hat sie Anfang der dreißiger Jahre eigenhändig gebaut, von den Grundmauern bis zum First, und er hat sein ganzes Können hineingelegt. Sie liegt etwas abseits mit dem Wald im Rücken und blickt aufs Meer, und für mich war sie immer die reinste Beruhigungsmedizin. Wir stiegen aus und wurden von einem heftigen Windstoß erfaßt.

»Der nächste Sturm?« sagte Krogher.

»Gut möglich.« Ich schloß auf, und wir gingen hinein. Klamme Kälte saß in den Holzwänden und im Bretterfußboden. Ich hockte mich vor den Kamin und machte Feuer unter ein paar Holzscheiten, dann ging ich in die Küche und setzte die Espressokanne auf den Herd. Die Hütte hat Strom, aber das Wasser kommt über eine Pumpe aus einem Bach etwas weiter oben im Wald. Als ich aus der Küche kam, stand Krogher vor der Stereoanlage und sah meine Plattensammlung durch; ich hatte vor ein paar Jahren all meine alten Vinylplatten hierher geschafft, und das waren nicht wenige.

»Kaum jemand hat eine HiFi-Anlage in der Hütte«, sagte er.

»Hin und wieder brauche ich auch hier draußen Musik.«

Er zog eine frühe Johan-Kvandal-Symphonie hervor und schaute sie sich an. Dann blätterte er weiter, während ich insgeheim hoffte, daß nichts dabei war, was ihm gefiel, denn im Moment hatte ich keine Lust auf Musik. Aber er beendete seine Durchsicht, indem er eine Platte mit Chopins Nocturnes, gespielt von Martha Argerich, auflegte, und das war immerhin zu ertragen.

Die nächsten vier Stunden, nachdem wir Kaffee getrunken und ein paar Scheiben Brot gegessen hatten, verbrachten wir mit den Arbeiten, für die wir gekommen waren. Die Hütte ist von November bis März so gut wie unbewohnbar, falls man nicht gerade ein Freund feuchter Kälte ist, und es gab viel zu tun, um sie auf den Winter vorzubereiten. Als wir fertig waren, rauschte ein kräftiger Wind durch die Bäume auf der

Rückseite, und die ersten schweren Regentropfen klatschten gegen die Fenster.

»Können wir hier übernachten?« fragte er.

Das hatte ich nicht geplant, aber es war gut, so weit weg von der Stadt und allem zu sein, was da vor sich ging, und ich sagte: »Das können wir.«

Er trat an das große Fenster, das zum Meer zeigt. Da draußen blies ein steifer Wind; schaumig-weiße Wellenkämme stiegen in der blaugrauen Dämmerung, die den Horizont auslöschte, aus dem Meer auf, liefen auf die Küste zu und brachen sich fauchend an den runden Felsen am Strand.

»Mein Gott, was würde ich dafür geben, jetzt die alte Pfeife dabeizuhaben«, sagte er leise, zum Fenster gewandt oder zu sich selbst.

Ich ging in die Küche und holte eine Flasche Cognac und zwei Gläser. »Vielleicht mildert dies hier das Verlangen?« sagte ich.

»Im Gegenteil, aber ich sage trotzdem nicht nein.«

Wir setzten uns in die Sessel vor dem Kamin – mächtige Ohrensessel mit einem Bezug aus kräftigem burgunderrotem Baumwollstoff, der das Klima hier draußen verträgt. Wir prosteten uns zu. Krogher streckte die langen Beine zum Feuer aus und seufzte zufrieden.

»Sie glauben nicht, daß es der Exhibitionist war?« fragte ich.

»Keine Sekunde, auch diesmal nicht. Er hat nie jemandem etwas getan, jedenfalls keinem, der nicht vorher Geld genommen hatte und wußte, wofür das war, und sich einen Dreck darum scherte.« Seine starken, sehnigen Hände umschlossen das Cognacglas, und er ließ die goldbraune Flüssigkeit sachte darin kreisen. »Nein, der war es nicht. Vergessen Sie nicht, daß ich ihn von früher kenne. Er ist einer von den Typen, die sich im Zaum halten. Er hat so etwas wie ein Gewissen, eine rudimentäre Moral und ein Gespür für die Normen der Gesellschaft, und er fürchtet sich. Er ist gerade clever genug, das zu fürchten, was passieren würde, wenn er die Grenzen überschreitet, und folglich tut er es nicht. Er begnügt sich mit Kinderpornos, gewöhnlichen Pornos, mit pathetischen Auftritten vor kleinen Mädchen. Und für so einen Auftritt wurde er jetzt eingebuchtet. Er entblößt sich vor den Kindern und träumt davon, daß sie vielleicht dumm genug, keß genug, neugierig genug sind, sich für ihn zu interessieren, für diese jämmerliche Ausgabe eines Pimmels, und das Spiel mitmachen. Er begnügt sich mit Prostituierten, wenn er es sich leisten kann und eine findet, die mitmacht. Er könnte wohl jemanden töten, wenn die Umstände wirklich ungünstig wären, aber da müßte schon einiges zusammenkommen. Eigentlich ist er nicht der Typ dafür. Und diesmal, glaube ich, wissen die Kollegen das auch. Sie werden auf ihn zurückgreifen, falls sie keinen geeigneteren finden, aber sie sind nicht so fixiert auf ihn wie beim letztenmal. Das ist der Grund, warum die Sie immer noch auf der Rechnung haben.«

Mir lief ein Schauer über den Rücken; jemand ging über mein Grab, und Krogher schenkte mir ein tröstliches Lächeln. Ich starrte in die tanzenden Flammen, ein Windstoß brauste durch den Schornstein und ließ die Funken mächtig aufstieben. »Ein Freund von mir sagt, sie werden den Täter niemals finden.«

»Ich denke, die Chance steht fifty-fifty. Aber Sie dürfen *finden* nicht mit *fangen* verwechseln. Die Polizei – nicht nur die Kripo – hat in vielen Fällen die Richtigen gefunden, und dann wurde das Verfahren aus Mangel an Beweisen eingestellt. Ebenso weiß ich von zwei oder drei unschuldig Verurteilten, aber auch mehreren Tätern, die einer Verurteilung entgangen sind. Das macht sie nicht weniger schuldig.«

Eine Bö fuhr unter den Dachfirst und heulte um die Ecke am westlichen Ende der Hütte; die große alte Kiefer vor dem Gästezimmer peitschte einen langen Zweig gegen die Wand. Ich erhob mich und legte Brian Enos *Music for Airports* auf. Krogher bedachte mich mit einem seltsamen Blick wegen meiner Wahl, aber ich hatte gerade jetzt Lust auf das minimale, luftige Klangbild.

»Sind Sie sicher, daß es da Zusammenhänge gibt? Daß derselbe Mann hinter den Fällen steht?«

»Ziemlich sicher. Haben Sie nicht die Fotos von dem Willumsen-Mädchen und dem Simer-Mädchen gesehen? Sie sehen sich ähnlich, obwohl zum Zeitpunkt des Todes mehrere Jahre Altersunterschied zwischen ihnen lagen. Die kleine Willumsen war körperlich außerordentlich weit entwickelt – schwellender Busen, deutliche Hüft- und Gesäßrundung, sehr ausgeprägt für das Alter. Nicht so knöchern, wie es gleichaltrige Mädchen oft sind. Das Simer-Mädchen war ihr vom Körperbau her extrem ähnlich. Auch die Gesichtsformen ähnelten sich. Und was den Fall Lodz angeht, finde ich es *unverantwortlich*, die Tatsache, daß sie des öfteren auf die kleine Willumsen aufgepaßt hat, einfach unter den Teppich zu kehren. Und die Art und Weise, wie Nina Lodz verschwand, erscheint mir ebenso geplant und generalstabsmäßig durchgeführt wie die Brandstiftung.«

»Aber die Beweisführung ist dünn.«

Er wandte sich mir zu, immer noch das Cognacglas mit beiden Händen fest umschlossen, stützte die Ellbogen auf die Knie und fixierte mich mit seinem Blick. »Und wie dünn ist die Behauptung, daß zwei, vielleicht drei – oder vier, wenn man es auf die Spitze treibt – Mörder in einer Kleinstadt frei herumlaufen, wenn die Ähnlichkeiten und Verbindungen zwischen den Fällen so ins Auge stechen?«

Ich ließ mich zurückfallen, lehnte den Kopf gegen ein Sesselohr und horchte auf das Prasseln des Kaminfeuers, auf das Echo seiner Stimme in meinem Kopf. »Ich verstehe, was Sie meinen.«

Eine kräftige Bö fuhr durch den Schornstein, wirbelte einen Funkenregen gegen das eiserne Fanggitter. Krogher erhob sich und legte noch ein paar Holzscheite auf, dann ging er zum Fenster und sah lange hinaus aufs Meer.

»In Oscarshavn«, sagte er endlich leise und nachdenklich, ohne sich umzudrehen, »sitzt genau in diesem Augenblick ein Mann. Er wirkt reif, aber in seinem Innern ist er ein Junge, vielleicht zwölf, vielleicht fünfzehn. Er könnte alles mögliche sein, Lehrer, Fabrikarbeiter, Krankenpfleger. Höchstwahrscheinlich ledig, vielleicht aber auch verheiratet. In diesem Moment ist er ruhig, aber angespannt. Er denkt nicht sehr oft über das nach, dessen Teil er ist – das, was er geschaffen hat. Es ist zuviel Zeit vergangen, er ist nicht mehr so nervös, wie am Anfang, so ängstlich, gefunden zu werden, aber in ihm steckt diese gewisse Spannung, die ein halb offener, halb verborgener Erfolg hervorruft; ein Erfolg, den alle sehen können, aber ohne den Mann dahinter zu kennen. Im Moment ist es nur diese Art Spannung. Die andere – die er vor einigen Wochen gespürt hat – ist er für eine Weile los. Aber sie wird zurückkommen, sich wieder aufbauen, er wird wieder Mühe haben zu atmen, wenn das, was in ihm ist, sich erneut meldet. Und dann kommt die Wut. Erst weiß er nicht, was es ist, ob es wirklich Wut ist, aber es wird stärker und immer stärker. Und er ist wütend, wirklich wütend; Wut ist seine ureigene Natur. Irgendwann einmal hat ein Mädchen oder eine Frau ihm etwas angetan – es ist nicht gesagt, daß er noch weiß, was es war. Es ist nicht einmal sicher, ob er überhaupt noch weiß, daß es passierte. Aber sie hat etwas getan, was er als entsetzlich, als zerstörend empfand. Was sie ihm antat – ob es nun wirklich geschah oder ob es nur seine subjektive Auffassung der Dinge war; ob er sich nun daran erinnert oder nicht – war im Endeffekt eine Demontage seiner Persönlichkeit; die Frau zerbrach sie und überließ es ihm, die Bruchstücke wieder zusammenzusetzen. Und das tat er, aber er setzte sie falsch zusammen. Er klopfte die Puzzlestückchen der zerbrochenen Seele mit dem Hammer ineinander; es spielte in dem Moment keine Rolle, ob sie paßten oder nicht, er *machte* sie passend, und darauf ist er noch heute stolz, wenn er sich traut nachzuhorchen, in den langen Nächten, in denen er seinem

Atem lauscht und auf den Anfang der Dinge wartet, die geschehen werden.«

Er drehte sich endlich zu mir um; sein Blick war nackt, verletzlich. Ich registrierte irgendwo weit im Hinterkopf, daß die Fenster von Regentropfen blind waren.

Er schüttelte den Kopf, ging langsam zum Kamin zurück, legte noch ein Scheit in die Glut und setzte sich wieder. »Das ist es, was seinen wirklichen Wahnsinn ausmacht«, sagte er. »Er glaubt, er ist stark. Er fühlt, daß er sich selbst erschaffen hat. Wir leben alle mit einer Prise Wahnsinn in uns – gutartig oder bösartig –, und nur der Zufall bestimmt, wie er sich äußert. Aber die Wahrscheinlichkeit ist groß, daß wir spüren, merken, erkennen, daß wir auf dem Weg in den Wahnsinn sind, wenn wir an diesen Punkt kommen. *Er* tut all das nicht. In seinem Gehirn existieren zwei Sprachen: die rationale Sprache, die er gewöhnlich verwendet, und die Sprache einer anderen Stimme, einer, die schmeichelt und rechtfertigt und entschuldigt, und diese Stimme ist es, die ihn wahnsinnig macht. Sie äußert sich in abgehackten Sätzen und halb erstickten Andeutungen, in nicht tragfähigen Schlußfolgerungen, in magischen Codes und Zauberformeln, die direkt ins Nervensystem gehen und die normalen Sprachkanäle umschiffen. Würden wir diese Stimme hören, wie sie uns etwas einflüstert, würden wir schreien vor Angst. Sie summt und wispert in seinem Kopf, sie bläst in die Glut seines Zorns und bringt sie dazu, in flammendem Haß aufzulodern, und weil die Dinge sind, wie sie sind, verlangt der Haß nach einem Objekt, einem Opfer, und er, der Mensch, beginnt sich umzusehen, mit anderen Augen, mit einem anderen Blick, einer anderen Sicht auf die Welt. Er findet das eigentliche Objekt nicht, jenes, das die Ursache seines Zornes ist, aber sein Blick entdeckt einen guten Ersatz, und früher oder später schlägt er zu.«

Er hob das Glas an den Mund, legte den Kopf zurück und trank es aus. Ich schenkte nach. Er sagte: »Einige von uns plagen sich mit einem Haß herum, richten ihn gegen sich selbst und gehen daran zugrunde; vielleicht nehmen wir andere mit, vielleicht nicht. Manche, die den Haß erkennen und versuchen, sich gegen ihn zu wehren, verfallen in Apathie, in eine Verweigerung von Stellungnahme, in eine Verleugnung der Notwendigkeit moralischen Handelns, die wir gern Neutralität nennen, und werden unwillkürlich Opfer von Zufälligkeiten. Aber dieser Mann, vergessen Sie das nicht, hat sich sein Selbstbild eigenhändig zurechtgehämmert, er hält sich selbst für einen Handelnden, und alles, was ihm fehlt, ist ein Objekt. Und in dem Moment, in dem er es entdeckt, beginnt die Stimme mit ihrer Einflüsterung. Er sieht eine Einladung im Blick seines Objekts, einen lauwarmen Flirt. Wir würden vielleicht nur kindliche Freundlichkeit darin sehen; er sieht darin etwas ganz anderes. Ihren Bewegungen entnimmt er deutliche sexuelle Angebote, Aufforderungen, Einladungen; er sieht, daß sie versucht, ihn heiß zu machen. Und vielleicht sieht er auch, mit seinem *anderen* Blick, mit dem kleinen Rest von Normalität, den er noch in sich hat, eine Unschuld, von der er träumt und nach der er sich sehnt, wenn sein Haß schweigt. Und er folgt der Unschuld und er folgt der Einladung, wenn er sich an sie heranschleicht. Und dann – schlägt er zu!«

Er klatschte sich mit seiner Holzfällerfaust auf den Oberschenkel, und ich zuckte in meinem Sessel zusammen. Er grinste mich spöttisch an. »Tut mir leid, Sie sahen aus wie weggetreten.«

»Reden Sie weiter.«

»Was er erlebt, wenn er zuschlägt, ähnelt nicht mal entfernt dem, was wir fühlen, wenn wir bewußt gegen ein Verbot verstoßen. Er fühlt …« Er sah lange zur Zimmerdecke hinauf, den Kopf geneigt, dann zuckte er die Schultern. »Es ist schwierig, es genau zu beschreiben. Katharsis. Rechtfertigung. Notwehr. Er trifft auf Widerstand, Protest, und *gerade das* vermittelt ihm das Gefühl, die ganze Zeit recht gehabt zu haben. Sie ist nur ein Flittchen, genau wie die anderen kleinen Flittchen, und sie hat ihn in ihre Flittchenfalle gelockt, um ihn zu verhöhnen. Sie hat ihn heiß gemacht, ihn eingeladen, die Herrschaft zu übernehmen, und dann hat sie den Spieß umgedreht und sich zu seiner Herrin aufgeschwungen, genau wie die anderen; es ist immer dasselbe Spiel, und er erkennt, daß sie nichts anderes verdient, als benutzt und weggeworfen zu werden, und er benutzt sie und wirft sie weg.«

Ich schob noch einen Holzkloben zwischen die glimmenden, halbverkohlten Scheite; das Zimmer erschien mir kälter und feuchter, als es bei der Außentemperatur zu erwarten gewesen wäre. Ich registrierte, daß die Musik zu Ende war, und legte eine Platte mit John-Field-Sonaten auf; ich brauchte etwas Leichtes, Ätherisches. »Welche Rolle spielt Sex dabei?«

»Das kommt darauf an, wie Sie Sex definieren. Er hat auch dazu kein durchschnittliches Verhältnis, müssen Sie wissen. Sex – das ist meine Meinung, wohlgemerkt – befindet sich latent, als Potential, in einem Spannungsfeld zwischen Liebe und Haß. Für normale Menschen. Seine Variante ist voller Nebenspannungen, Nebenmotive. In der Ausführung, im eigentlichen Akt, ist er sicherlich erregt, aber es ist eine düstere Erregung, keine klassische sexuelle Erregung; es ist durchaus möglich, daß er unfähig ist, zum Orgasmus zu kommen. Anders als bei einem traditionellen Vergewaltiger geht es nicht so sehr um Macht, als vielmehr um eine merkwürdige Art von Flucht. Sich an kleinen Kindern zu vergehen bedeutet in gewisser Weise, sich nicht einzulassen, eine Konfrontation mit der größeren Gewalt zu vermeiden, die zur Unterwerfung eines erwachsenen Menschen notwendig ist. Was er tut, ist, vor der Konfrontation mit dem ganzen komplizierten, fordernden, chaotischen, problematischen erwachsenen Menschen zu fliehen; deshalb sucht er sich kleine Mädchen. Und gleichzeitig zerstört er das, was er so sehr vermißt, weil es in ihm selbst zerstört ist: die Unschuld.«

»Sie erschrecken mich«, sagte ich und füllte unsere Gläser zum drittenmal. »Das ist kein erfreuliches psychologisches Porträt, das Sie da zeichnen.«

Er dankte mit einem Nicken für den Nachschub. »Ich weiß. Und doch ist das Erschreckendste für mich, daß er immer noch ein Mensch ist. Auch ein zerbrochener Spiegel ist noch ein Spiegel. Sie müssen ihn sich als zerbrochenen Spiegel vorstellen. Der Spiegel reflektiert nicht das ganze Bild, weil ihm Stücke fehlen; unserem Mann fehlen die Stücke, die ihn zu einem *kompletten* Menschen machen würden. Aber er ist trotzdem ein Mensch mit einer Reihe menschlicher Gefühle, nur daß sie so lückenhaft sind, verglichen mit der Komplexität eines normalen Menschen. Aber er leidet. Er träumt, hofft, sehnt, vermißt.«

»Wie wir alle.«

»O ja. Wie wir alle.« Er stand wieder auf, ging zum Fenster und sah hinaus durch die dunklen Scheiben, die von meinem Platz aus gesehen nur die Glut des Kamins in Myriaden perlender Regentropfen reflektierten. Ich stand ebenfalls auf; aus irgendeinem Grund fühlte ich den Drang, das Meer zu sehen, so wie er es tat, es gleichzeitig mit ihm zu erleben. Vielleicht war es auf diese Art möglich, in seine Gedanken einzutauchen. Aber Himmel und Meer waren gleichermaßen schwarz; nur ganz weit hinten, am südwestlichen Horizont, sahen wir das lebhafte Spiel ferner, flackernder Blitze, die durch die Wolkendecke stießen.

»Ich glaube nicht, daß du der Mann bist«, sagte er plötzlich. »Ich kann zwar einen Mörder nicht am Geruch erkennen, aber ich kann riechen, wer garantiert keiner ist. Du bist in Gefahr, mein neuer Freund, und das gefällt mir nicht.« Er drehte sich auf dem Absatz herum und blickte sich im Raum um. »Ich glaube, ich muß dir helfen. Ich würde nämlich gern noch öfter hierher kommen, weißt du.«

Ich lächelte. »Okay. Hilf mir.«

»Trau niemandem. Keinem außer mir. Trau den Jungs von

der Kripo nicht, falls sie noch mal mit dir reden wollen. Du ahnst ja nicht, welche hinterlistigen und raffinierten Fragen die stellen können. Und vielleicht sind sie schon dabei, an deiner Verhaftung zu basteln. Trau deinen Freunden nicht. Falls man sie nach dir und deinem Leben ausfragt, wird man genau dieselbe Taktik anwenden. Wenn du dir über irgend etwas nicht im klaren bist, sprich mit *mir*. Nur mit mir. Ich kann dir eine Menge erklären.«

Trau niemandem; das Schlagwort einer paranoiden Fernsehserie. Plötzlich kamen mir wieder Zweifel. Vielleicht war er verrückt, er auch? Ein alter Witz fiel mir ein. Der Paranoide sagt zu seinem besten Freund: »Trau niemandem. Alle außer dir und mir sind verrückt. Und vielleicht bist du auch ein bißchen verrückt.« Oder ging der Witz anders? Auf einmal erschien er mir nicht mehr lustig, eher durch und durch vernünftig, auf eine traurige Art wahr. Und als ich seinen Blick auffing, verschwand der Rest an Humor zusammen mit allen Zweifeln, die ich gehabt hatte: Falls er fanatisch war, war er schlicht und einfach fanatisch besorgt.

Er nickte mir zu. Ein Schlußpunkt, nicht mißzuverstehen. »Schlafenszeit, jedenfalls für mich«, sagte er.

»Für mich auch.« Schlafen! Vielleicht auch träumen! Das war kein schlechtes Motto, obwohl ich ganz gut ohne den Rest dieses Hamlet-Zitats leben konnte.

Ich bezog die Betten, verschloß die Zugklappe des Kamins, bereitete vor, was vor der Abreise morgen früh noch getan werden mußte, dann gingen wir zu Bett. Ich schlief unruhig in dieser Nacht. Wachte zwischen den Träumen auf, hörte den Regen auf das Dach trommeln. Einmal träumte ich von dem unbekannten Mädchen; im Traum geschah genau dasselbe, was in Wirklichkeit geschehen war, aber jetzt hatte sie das Gesicht des rotgekleideten Mädchens, das mir auf dem Friedhof vor ein paar Tagen zugewinkt hatte, ich sah es nur ein wenig deutlicher, das war alles. Sie sprach im Traum zu mir, sagte: »Du bist der einzige, den ich erreichen kann. Du mußt versprechen, mir zu helfen. Es ist niemand sonst hier.« Das war der letzte Traum, den ich in dieser Nacht hatte; als ich aufwachte, zeigte die Uhr kurz nach sieben, und ich war durchgeschwitzt.

12 Das große Wiedersehen

Und dann trafen sie ein, die Festteilnehmer, per Flugzeug und Bus und Auto, und es war großartig, strahlend und anrührend; ja, für eine Weile reichte es aus, um alle Probleme, alle anderen Gedanken zu verdrängen. Ich muß gestehen, daß ich alt genug, sentimental genug geworden war, um es wunderbar zu finden, daß Direktoren und Organisten, Klempner und Rektoren, Grafikdesigner und Politologen, Landwirte, Hundezüchter, Finanzbeamte, Meeresbiologen und Experten für den internationalen Warenaustausch aus dem In- und Ausland, von nah und fern gekommen waren, um an diesem Fest teilzunehmen, um die anderen wiederzusehen, so als würde ihnen wirklich etwas daran liegen. Sie wirkten vergnügt, gut aufgelegt, sogar glücklich, wie sie sich da umarmten und über die Gelegenheit jubelten, fast vergessene Gesichter wiederzusehen, in Erinnerungen an frühere Sünden zu schwelgen und Bemerkungen über damalige Schwächen mit augenzwinkernder Herzlichkeit zu quittieren, die Gläser zu schwingen und zu alten Schlagern zu tanzen. Ja, es *war* strahlend. Als ich am Samstagnachmittag nach Hause schlenderte, nach einer Pokerrunde mit den alten Kumpels – wir, die wir vor vielen Jahren in den langen, heißen Sommern zu jeder Tages- und Nachtzeit Poker gespielt hatten –, mit gerade noch Zeit für eine Stunde Schlaf, eine Dusche und einen kleinen Cognac, bevor das richtige große Fest beginnen sollte, da dachte ich an das Schöne eines solchen Wiedersehens. Da kommen wohlgepflegte, wohlgeratene, wohlsituierte Vertreter des Besten, was Norwegen zu bieten hat, Repräsentanten für Glück und Gedeihen, vielbeschäftigte, tüchtige Männer und Frauen mit Verpflichtungen, Karrieren, Ehegatten, Kindern, Terminen – da kommen sie zurück an den heimischen Herd ihrer Jugend, zu ihrer Alma mater, im hektischen November, während Weihnachtsstreß und Jahresabschlußbilanz in die Endphase treten, um alte Flammen, alte Freunde, alte Feinde nach zwanzig Jahren wiederzutreffen. Ist das nicht schön? dachte ich, wie ich da mit zweitausendvierhundert frischgewonnenen Kronen in der Brieftasche nach Hause schlenderte. Ist es nicht schön, daß diese Menschen einen so starken Willen beweisen, in Kontakt zu ihren Wurzeln zu bleiben? Da kommen sie her, um Verbindungen aufrechtzuerhalten, die nach allem zu urteilen längst hätten abgerissen sein müssen – ist das nicht die Einlösung der Verpflichtung, von der wir einmal behaupteten, sie übernommen zu haben? So dachte ich, als ich durch die stillen Straßen der Stadt mit meinem Gewinn heimwärtsging; ist das nicht das Glück an sich? Und ich dachte, daß diese Gesellschaft – das dachte ich, nachdem ich wohlbehalten mit meinem Geld zu Hause eingetroffen war, ohne ausgeraubt oder belästigt worden zu sein; tatsächlich stand ich unter der Dusche, als ich das dachte –, daß diese Gesellschaft, dieses Fest auf gewisse Art der Höhepunkt meines Lebens sein müßte. Ich dachte es als eine Frage, völlig überzeugt war ich nicht, aber ich dachte, daß dieses Fest es sein *könnte*, der Höhepunkt meines Lebens; daß es geradezu das einkapselte, was für mich das eigentliche Glück war: eine widernatürliche Unveränderlichkeit, eine trotzige Erfüllung zweifelhafter Versprechen. Ja, mir schwindelte, wie ich da unter der Dusche stand und mich einseifte; ich mußte mich gegen die handgemalten italienischen Fliesen der Duschecke lehnen; mir war dermaßen schwindelig, daß ich auf einmal irgendwie den Kontakt mit mir selbst verlor, so als würde ich aus meinem Körper fließen und könnte mich selbst von außen sehen, als säße ich auf der Lampe unter der Decke, ließe die Beine baumeln und betrachtete, aus der Vogelperspektive, einen vierzig Jahre alten duschenden Mann, der halb eingeseift in einer Duschecke mit handgemalten italienischen Fliesen an der Wand lehnt. Ja, mir schwindelt, wie ich da in der Dusche stehe, und ich sehe mich selbst von außen, auf eine Weise, die, wie sich zeigen wird, für den Rest des Festes andauert; ich komme nicht wieder zu mir, in meinen eigenen Körper, bevor das Fest vorbei ist. Und was ich sehe, ist das: Francis Falckenberg, vierzig Jahre alt, der jetzt aus der Dusche steigt und seinen langen, ziemlich mageren, aber nicht sehr trainierten und inzwischen ziemlich gebeugten Körper mit einem riesigen Badetuch aus bester ägyptischer Baumwolle abtrocknet, woraufhin er ein weiteres, kleineres, aber passendes Handtuch nimmt und die Haare frottiert. Dieses sehe ich: Francis Falckenberg holt seinen Rasierer heraus und rasiert sich langsam und sorgfältig, zweimal, bis jedes noch so kleine Barthaar verschwunden ist, und parfümiert sich anschließend mit maskulinen Düften von Christian Dior. Er kontrolliert seine Nasenhaare, feilt und poliert die Nägel, dann benutzt er einen Haartrockner, um die Frisur in die bevorzugte Form zu bringen, und fährt sich mit ein wenig Frisiercreme durch die Haare, damit sie so liegenbleiben. All das sehe ich aus einer Art Vogelperspektive, mag es ein Blick der Seele sein, mag es ein seltsamer Effekt von Schlafmangel und langsamem Steigen des Alkoholpegels sein, aber so sehe ich es, und gleichzeitig sehe ich, daß sich sein… *mein!* Gesichtsausdruck verändert, als ich ins Schlafzimmer gehe, um die Vorbereitungen fortzusetzen. Der begeisterte Ausdruck scheint sich abzuschwächen, scheint einer Verwunderung, vielleicht einem Zweifel Platz zu machen, wie er… *ich!* da vor dem Bett stehe, auf dem ein eleganter dunkelgrauer Zweireiher liegt, ein deutsches Modell in erstklassiger Wollqualität. Daneben ein italienisches Baumwollhemd, Pal Zileri, hauchdünner Stoff, blendend weiß, frisch gebügelt, mit perfekt gestärktem Kragen. Und eine diskrete Seidenkrawatte, perlgrau mit abstrakten kleinen Strukturelementen in derselben Farbe. Ich sehe das alles an, und ein Zweifel beschleicht mich; ein unbestimmter Zweifel, ein plötzlicher Stimmungsabschwung, und ich versuche den Zweifel wegzulachen, aber das Lachen ist hohl, und die Hohlheit bekümmert mich, während ich mich ankleide, langsam, und dabei an einem Armagnac nippe, ein Taxi rufe und ins Hotel Royal fahre zu diesem Fest, auf das ich mich so lange gefreut habe, dieses Festbankett, auf dem wir Graved Lachs und Lammrücken und Multebeerenparfait speisen und zu dem alle ihre feinsten Kleider angezogen haben. Die männlichen Gäste kompensieren charmant die Abnahme an Haarfülle und die Zunahme an Gewicht mit einer Nonchalance und Eleganz, die sie vor zwanzig Jahren gewiß nicht hatten; die weiblichen Gäste camouflieren den Verfall des Körpers mit sorgfältig gewählten, geschmackvollen, oftmals augenfällig teuren Kleidern, mit diskretem Make-up, mit kleidsamen Frisuren und glänzenden Fingernägeln. Und die Redner zeigen sich von ihrer besten Seite: ein Esprit, den man ihnen vor zwanzig Jahren nicht zugetraut hätte, Lebenseinsichten, dargeboten mit einer Würde und Stilsicherheit, die verblüfft, ein Rhythmusgefühl und eine Musikalität im Vortrag, die erfreuen und überraschen. Ja, es ist immer noch strahlend, großartig – aber ich bin nicht mehr ganz so begeistert, wie ich da meinen Graved Lachs, meinen Lammrücken und mein Multebeerenparfait verspeise und dem Esprit der Redner lausche und am Wein nippe und mich selbst sehe, aus der Vogelperspektive, wie ich gepflegte Konversation treibe, den Kopf seitwärts geneigt, leise, geradezu intim und diskret lache, tief aus dem Hals, der Brust, dem Bauch, *hehehe*, aber vielleicht nicht ganz aus dem Herzen, und ich stehe schnell von meinem Stuhl auf, als die Tafel aufgehoben wird, gehe an die Bar und verlange drei doppelte Whisky, kippe alle drei in ein Glas zusammen, so daß es randvoll ist, drehe mich um und sehe Monica da stehen, genauso majestätisch kühl-schön wie damals, mit ihren dunkelblauen Augen und ihrem üppigen schwarzen Haar, großbusig und einhundertvierundachtzig Zentimeter lang, und ich höre jemanden sagen: »Und mit wem hast du dir heute vorgenommen zu schlafen?« – und zu meiner Verblüffung ist es meine eigene Stimme.

Es wird still um mich herum; manche grinsen, manche kichern, manche werden rot. Monica sagt: »Mit niemandem.«

Ich nippe an meinem Whisky, vielleicht mehr als einen winzigen Schluck, und sage: »Fünfundneunzig Prozent von den anwesenden Männern sind mit dem Hintergedanken gekommen, daß sie vielleicht – nur vielleicht – endlich das nachholen können, was sie schon vor zwanzig Jahren gerne getan hätten. Eine solche Wiedervereinigung wie diese ist nicht möglich, ohne daß sich dieser Gedanke meldet. Ich finde, das ist nichts, dessen man sich schämen muß. Und ich meine damit nicht, daß fünfundneunzig Prozent von uns heute nacht ficken werden, nur daß der Gedanke existiert. Die Möglichkeit, verstehst du?«

»Jetzt gehst du zu weit«, sagt Thor, den ich noch nie leiden konnte und der jetzt mit einer American Expreß Gold über den Tresen wedelt. Inzwischen ist er Oberstleutnant der Verteidigung, Abteilung Kartografie, genauso etabliert, wie er es sich einst gewünscht hat, und immer noch genauso widerlich.

Aber Monica sagt: »Nein. Da ist etwas dran. Ich habe während des Fluges daran gedacht. An die Möglichkeit.« Sie – eine verheiratete Biochemikerin mit vier Kindern – dreht sich zu Eugen um und sagt: »Stimmt doch, oder? Du doch auch, du hast doch daran gedacht.« Ihre Stimme ist fest, ohne Zögern; das wundert mich.

Er nickt. Dann dreht er sich um und sucht den Saal mit den Blicken ab. »Kjersti«, sagt Eugen. Er war einer der Stillen auf dem Gymnasium, bescheiden und sanft und mondgesichtig, beinahe zaghaft, aber freundlich und aufgeschlossen, wenn man mit ihm ins Gespräch kam. »Ich kann es ruhig zugeben, das wissen sowieso alle. Ich bin vierzig Jahre alt. Ich habe eine Frau und zwei Kinder. Ein gelungener Abend ist heute für mich eine halbe Flasche Rotwein und ein netter Plausch am Telefon. Aber es kommt immer noch vor, daß ich von Kjersti träume und mit einem Ständer aufwache.«

Thor macht ein schockiertes Gesicht. Ich glaube, es ist nicht echt, aber ich kann mich irren. »Aber es zu *tun*…«

Eugen wiegt langsam den Kopf und zieht die Augenbrauen hoch. »Wenn ich die Chance hätte… Ich weiß nicht. Ich glaube nicht, daß ich es schaffen würde, abzulehnen…«

Ich habe etwas in Gang gesetzt, das fühle ich: eine Ehrlichkeit, vielleicht. Offenheit. Enthüllungen. Ich bin amüsiert und ziehe mich aus der kleinen Gruppe zurück. Monica folgt mir, flüstert mir ins Ohr: »Du. Du bist es, mit dem ich schlafen würde. Du warst der einzige, der groß genug und gleichzeitig attraktiv genug für mich war. Aber du warst so distanziert.«

»Das wußte ich nicht.«

»Warum hast du es nie versucht?«

»Ich weiß nicht. Warum hast *du* es nicht versucht?«

»Das weiß ich auch nicht. Ich bin ziemlich heißblütig, kann ich dir sagen. Ich hab es mit keinem gemacht, bevor ich zwanzig war. Aber das heißt nicht, daß ich nicht gewollt hätte. Was ist, hast du jetzt Lust?«

»Nein.«

»Wieso nicht?«

»Weil ich keine Lust habe. Nicht, weil ich keine Lust auf dich hätte.«

»Es sind also auch keine anderen hier, auf die du Lust hast?«

»Keine. Ich gehöre zu den restlichen fünf Prozent.«

»Sag Bescheid, wenn du es dir anders überlegst.«

»Mach ich.« Mein Glas ist leer und ich gehe zu der anderen Bar, werfe aber unterwegs einen Blick zu ihr zurück. Sie steht still da und sieht mir nach. Ist sie betrunken? frage ich mich. War das ein spontaner Einfall von ihr, oder hatte sie wirklich vorher daran gedacht? Vielleicht liegt eine Gefahr in solchen Enthüllungen, zu große Offenheit? Ich stelle mich an den Tresen, bestelle zwei Aquavit in Cognacgläsern und schütte sie zusammen, schiebe mich weiter durch das Gedränge, mache bei einer Gruppe halt, in der Kurt steht. Jemand in der Gruppe sagt: »... kill city!«, und Kurt lacht, ein wenig beschämt, und sagt: »Ja, wir haben im Moment nicht gerade eine gute Presse, das ist klar.« Und alle zusammen lachen, als hätte er etwas ungemein Erheiterndes gesagt. Aber Willy Bakke, wie Kurt Sozialwissenschaftler, sagt: »Ich bin verdammt froh, daß ich aus dieser Scheißstadt weggezogen bin. Du kannst sie gerne für eine nette Stadt halten, aber du kannst es nicht für normal halten, daß eine Stadt im Besitz eines Familienunternehmens ist. Oscarshavn ist wie eine Erbmonarchie.« Er schüttelt den Kopf und schmatzt mißbilligend, als hätte er von etwas gekostet, das unangenehm schmeckte. »Politisch-industrielle Inzucht. Der Begriff Korruption drängt sich auf.«

Von der Tanzfläche im angrenzenden Raum höre ich wohlbekannte Musik, aber es dauert eine Weile, bis ich sie wiedererkenne. Der Discjockey spielt, man glaubt es kaum, Alice Coopers *School's Out*. Ich höre das Wortspiel *well we've got no classland we've got no principals* und genieße es; es ist viel zu lange her, seit ich Alice Cooper gehört habe, meiner Meinung nach einer der Endpunkte der Rockmusik. Ich lausche der Musik und sehe Kurt an, der offensichtlich verärgert ist; er hat die Augen zusammengekniffen und rührt sich nicht, das kenne ich schon von ihm. Er sagt etwas von wegen »... sich mit den bestehenden Machtstrukturen arrangieren ...«, aber ich höre nur mit halbem Ohr zu, weil Alice *school's out for summer, school's out for ever* brüllt, und auf einmal wird mir klar, daß ich mich langweile. Ja, ich langweile mich mächtig, wie ich da stehe und einer Diskussion zuhöre, die nichts mit diesem Fest zu tun hat; wir sind hergekommen, um Erinnerungen an alte

Zeiten aufzufrischen, nicht um zu diskutieren. Aber sie lassen nicht locker. »Was ist mit der Linholm-Sache?« höre ich mit dem anderen Ohr Willy Bakke sagen. Sein Gesicht ist tatsächlich ziemlich gerötet, so als ob diese Debatte ihm etwas bedeuten würde und es nicht bloß so eine Jetzt-haben-wir-endlich-ein-Thema-gefunden-Streiterei wäre, wie sie auf allen Festen vorkommt. Aber *School's Out* ist zu Ende, und da spielt doch dieser Discjockey *I'm Eighteen*, auch das noch. *I've got a baby's brain and an old man's heart / Took eighteen years to get this far / Don't always know what I'm talking about.* Was ist hier bloß falsch? Ich blicke mich um, aber ich sehe nichts anderes als das, was ich die ganze Zeit schon gesehen habe. Plaudernde, tanzende, trinkende, gutgekleidete Menschen, und Willy Bakke, aber er ist nicht mehr achtzehn, und ich bin es vielleicht nie gewesen; er spricht unverdrossen weiter, mehr oder weniger gut durch die wummernde Musik hörbar: »... doch an diese Linholm-Sache erinnern ... Skandalprozeß ... geradezu eine Schmierenkomödie.« Losgerissene Brocken einer langweiligen Argumentation, aber was mich mehr beschäftigt, ist, daß etwas an diesem ganzen Fest nicht stimmt, und ich lasse den Blick schweifen und sehe, daß wir ganz genau so aussehen wie die Spießergeneration vor uns, aber der Discjockey spielt Alice Cooper. Da drinnen auf der Tanzfläche tanzen sie zu *I'm Eighteen* in italienischen Seidenanzügen und Kleidern für mehrere tausend Kronen. Rock bedeutet nichts mehr, *das* ist es, was mir urplötzlich aufgeht, *das* ist es, was hier falsch ist. Wir hätten Schlangenlederhosen anhaben sollen, Paillettenhosen, dann hätte es Sinn gemacht. Glamrock, Shockrock, Punkrock war das einzige, was wir hatten, was uns von allen anderen unterschied; das einzige, woran wir glaubten, war eine Rockrevolution, nur daß die starb, kaum daß sie vollzogen war, ohne Konsequenzen, sogar ohne Zuckungen. Jetzt begreife ich: Wir waren schon damals Nostalgiker. Mir wird bewußt, während ich hier stehe und alte Alice Cooper-Songs höre, daß das hervorstechendste Merkmal meiner Generation eine vorzeitige und totgeborene Nostalgie war, wie sie nur einer fundamentalen Entwurzelung entspringen kann. Wir waren schon auf dem Gymnasium Nostalgiker, und die Rockmusik war nichts anderes als ein Ausdruck von Nostalgie; sie bewegte sich schon nicht mehr, als wir anfingen, sie zu hören, sie gab sich nur den verlogenen Anschein, vital zu sein. Wären wir auf Partys, am Arbeitsplatz, zum Festbankett beim König in Schlangenlederanzügen erschienen, dann wäre jedenfalls *etwas* verändert gewesen, aber so etwas tun wir nicht, und das ist es, was ein für allemal enthüllt, daß nichts von alldem, was wir für bedeutungsvoll hielten, es wirklich war. *I'm eighteen and I like it!* höre ich Alice Cooper da drinnen proklamieren, und ich sehe die Lichter vom Tanzboden: flackernd, flimmernd, flirrend.

»Wen interessiert das schon?« sage ich, und Willy Bakke wirft mir einen Blick zu, auf den ich gut hätte verzichten können. Ich lächle trotzdem so freundlich zurück, wie ich kann, hebe das Glas und proste ihm zu, und er öffnet den Mund, bleibt mir aber offenbar eine Antwort schuldig, denn es kommt nichts heraus. Kurt starrt mich an, mit einem seltsamen Blick, gleichzeitig stinksauer über die Unterbrechung und erleichtert über meine Parteinahme. »Ich persönlich scheiße drauf«, sage ich, um nicht mit Fragen von Willy Bakkes Seite konfrontiert zu werden; er sieht ernst aus, wie er dasteht, indigniert und rechthaberisch wie ein Minister; vielleicht wird er bald einer sein, nach allem, was ich weiß. Und dann lächle ich in die Runde und ziehe mich zurück. Ich stelle mich an die Tür; jetzt ist das Licht blau, und eine Nebelmaschine arbeitet, bläst rauchige Schwaden auf die Tanzfläche, hüllt die tanzenden Gestalten in einen blauen Nebel ein, und ich kippe den Rest Aquavit in mich hinein und nehme Kurs auf die Bar, bestelle mir einen dreifachen Whisky, hänge lässig an einem Tresen aus Marmor, den rechten Ellbogen auf die Theke gestützt und ein Whiskyglas in der linken Hand, inmitten eines Gedränges von festlich gekleideten und festlich gestimmten Menschen, die juchzen und schallend lachen und sich mit einer Flüchtigkeit unterhalten, die deutlich erkennen läßt, daß viele Jahre vergangen sind, seit man zuletzt miteinander gesprochen hat: Es gibt zuviel zu sagen, es ist nicht Zeit genug, um etwas tiefer zu erörtern, alles wird im Vorbeigehen dahingesagt. »Was hast du die letzten zwanzig Jahre so getrieben?« »Wie geht es dir denn so?« Frau? Kinder? Auto? »Warst du mal im Knast?« sage ich zu einem Typen, dessen Name mir nicht einfällt, er kommt mir ganz unbekannt vor und muß sich mächtig verändert haben, und er fragt, was zum Teufel ich damit sagen will, und ich antworte: »Ach, ich dachte nur«, und Margareta zupft mich am Arm und zieht mich hinter sich her aus der Menge in eine stille Ecke und sagt: »Was zum Teufel ist bloß mit dir los?«

»Nichts«, sage ich verwundert. »Vielleicht ein bißchen aufgekratzt?«

»Du wirkst nicht einmal betrunken.«

»Ich bin nicht betrunken?«

»So was kannst du ihn doch nicht fragen!«

»Es erschien mir ebenso relevant wie die alternative Frage, die ich hatte.«

»Und die wäre?«

»Wieviel Kilo hast du eigentlich zugenommen?«

»Du bist verrückt.«

»Das ist nur wegen Alice Cooper.«

»Jetzt kapier ich überhaupt nichts mehr.«

»Sie haben Alice Cooper gespielt, und da habe ich begriffen, daß alles ganz falsch ist. Das ist nicht nur Nostalgie, glaub bloß das nicht. Jede Generation ist verliebt in die Träume ihrer Vergangenheit, es gibt keine Generation in der Menschheitsgeschichte, die nicht einen unerfüllten und halb versunkenen Traum verklärt hätte. Aber uns ist es schlechter ergangen als den meisten. Wir haben nicht die geringsten Spuren hinterlassen, nichts und niemanden auch nur andeutungsweise geprägt. Alles, wozu wir uns jemals bekannten, hat nie etwas bedeutet, verstehst du, was ich meine?«

»Reiß dich zusammen«, sagt sie. »Ich weiß, daß du wegen aller möglichen Sachen gestreßt bist, aber reiß dich jetzt gefälligst zusammen, mach hier keinen Zoff.« Und damit läßt sie mich einfach stehen. Neben mir taucht statt dessen Linda Soundso auf, wir hatten ein Wahlfach zusammen, Philosophie oder Wirtschaftsenglisch, ich weiß nicht mehr. Sie war ganz niedlich damals, hatte aber ein schreckliches Lachen – laut, gellend, nasal. Sie sagt: »Hei!«

Ich denke, daß ich vermeiden muß, sie zum Lachen zu bringen; ich glaube nicht, daß ich ihr Lachen ertragen könnte, wenn es noch genauso ist. »Na, du?« sage ich.

»Tanzen?«

»Lieber nicht«, sage ich. »Wie geht's, wie steht's? Wo wohnst du jetzt? Was machst du?« Am besten einen leichten Ton anschlagen, denke ich und sehe uns von oben, dann blicke ich auf den Fußboden in dem Versuch, eine erdnähere Perspektive zu finden. Stäbchenparkett. Kirsche?

Sie wohnt in Bergen, ist zur Zeit Hausfrau, aber eigentlich ausgebildete Hochschullehrerin, hat vier Kinder und ist frisch geschieden. »Und wie geht es dir?«

»Tja«, sage ich. »Tja.« Was soll man da sagen? Es ist unmöglich, auf diesem Fest ehrlich zu sein. Im Augenblick erscheint das Leben – mein eigenes Leben – fremd, zufällig, wie ein Kleidungsstück, das man aus einem Impuls heraus gekauft hat, in Hast und Eile, wenn man schnell was Neues braucht. Mir fällt auf, daß ich immer dieselben Dinge tue, egal, ob ich mich schwarz oder weiß, trübsinnig oder heiter fühle. Buchhaltung, Essen gehen, Schnürsenkel. Die Laune spielt jetzt keine Rolle mehr; ich habe den Willen, mich zivilisiert zu verhalten, und der übertrumpft alle anderen Elemente des Daseins; ich bin zahm, und jede Möglichkeit, aufrichtig und ehrlich zu sein, ist ausgeschlossen. »Ganz gut«, sage ich. »Bislang hab ich dem Tod jedesmal ein Schnippchen geschlagen.«

»Verheiratet?« fragt sie.

»Nein. Nie gewesen.«

»Das ist ja komisch«, sagt sie.

»Tja«, sage ich und bereue langsam, daß ich ihre Einladung zum Tanzen nicht angenommen habe; eigentlich könnte ich mir gut vorstellen, für den Rest des Festes zu tanzen, dieser ganzen ebenso endlosen wie qualvollen Ausfragerei aus dem Weg zu gehen. Was soll ich auch dazu sagen? Ich fühle mich allein am wohlsten? Mich wollte keine haben? Ich habe die Richtige nie gefunden? Und was davon ist die Wahrheit? Ich kann es mir nicht mal selbst beantworten. Auf einmal habe ich Lust, ihr zu erzählen, daß irgend etwas oder irgend jemand mir die Fähigkeit genommen hat, vorbehaltlos zu lieben, daß mein Herz zu irgendeinem Zeitpunkt, ohne daß ich mir klar darüber war, aus meinem Körper gerissen wurde und einen Hohlraum hinterlassen hat. Aber über so etwas soll man auf Festen nicht reden. Wenn die Leute einem auf die Schulter klopfen und ihre Fragen herausjubeln, wie es einem denn so geht, wäre es gemein zu antworten, daß es einem beschissen geht, daß man zutiefst unglücklich ist, daß das Leben bloß eine verdammt überschätzte Plackerei ist und daß man sich am liebsten einfach hinlegen und sterben würde; so etwas tut man nicht, und deshalb begnüge ich mich mit der schlichten Antwort, gutgemeint, aber vielleicht schlecht formuliert: »Shit happens.«

»Es ist ja noch nicht zu spät«, sagt sie und lächelt. Das ist nett gesagt von ihr, ich sehe es ein und lächle zurück, ein Lächeln, von dem ich hoffe, daß es aufmunternd aussieht, daß es sie unsicher macht, ob ich es ernst gemeint habe oder nur ein bißchen schwarzen Humor beweisen wollte; dann leere ich mein Glas und merke, daß mir übel ist, und aus meiner Vogelperspektive sehe ich, daß ich mich langsam von ihr zurückziehe, während ich lächle, strahlend steif, herzlich falsch, ein Lächeln randvoll von munterer Tristesse und wohlmeinendem Bedauern, woraufhin ich mich irgendwie – mit einem abrupten und linkischen Schwung – herumwerfe, hinaus in die Garderobe renne, meinen Mantel hole und aus dem

Hotel schwanke, hinaus auf den Bürgersteig, wo ich mich gegen eine der Eingangssäulen lehne und den Kopf senke, während ich nach Luft ringe, bis eine Stimme sagt: »Na, ist das Fest vorbei?«, und ich hochblicke.

Victoria, natürlich, wer sonst, Gott verfluche sie für ihr verdammtes präzises Timing. Victoria Wechtel und keine andere, gerade jetzt. Schwarzer Mantel, schwarze Lederstiefeletten, schwarzer Schal lose über das blonde Haar gelegt. »Ja. Für mich schon. Was machst du denn hier?«

»Auf dich warten.«

Ich bemerkte, daß ich keinen Platz zum Sitzen mehr hatte; die Vogelperspektive war weg, ich war wieder ich selbst. Ich sah sie an, aber sie lächelte nicht, da war nicht die leiseste Andeutung, daß sie einen Witz gemacht haben könnte. Ich wartete, holte die Zigaretten raus, steckte mir eine an, wartete auf das erlösende kleine Lachen, die kleine Bemerkung, die mir sagen würde, daß sie Spaß gemacht hatte, aber nichts davon, und ich sagte: »Dann komm mit nach Hause.«

13 Lieder der Trauer und Vergebung

Als ich aufwachte, war es schon fast Abend. Die Dämmerung hatte einen grauen Schleier auf die Fensterscheiben gelegt. Ich fand Victoria im Wohnzimmer; sie saß an dem kleinen Lesetisch im Erker und sah hinaus in den Garten. Es war noch grün draußen, aber auch über dem Grün lag schon der Schleier; Tau, Reif, ein Omen. Sie drehte sich um, als ich ins Zimmer kam, sagte: »Das ist also dein Zuhause.«

»Warst du die ganze Zeit hier?« fragte ich und setzte mich in den Sessel ihr gegenüber. Ich konnte mich nicht erinnern, wie wir hierhergekommen waren, ob wir zu Fuß gegangen waren oder uns ein Taxi genommen hatten; auch nicht, wie ich in den Pyjama und ins Bett gekommen war. Ich hatte auch keine Lust, danach zu fragen, jedenfalls noch nicht; der gestrige Abend erschien mir peinlich und unangenehm, jedenfalls soweit ich mich daran erinnern konnte, und im Mund spürte ich einen Geschmack von metallischem Staub.

»Ich hab dein Gästezimmer gefunden. Das Bett war nicht bezogen, aber es lag eine Wolldecke darauf.« Sie wirkte gelassen, als sei das alles ganz normal für sie, und ich dachte plötzlich: Vielleicht hat sie die letzten vierzehn Jahre so verbracht; ungemachte Gästebetten, Aufwachen bei Fremden, ein Leben auf freiem Fuß.

»Hast du gegessen?«

»Ich habe keinen Hunger. Ein paar Leute haben angerufen. Deine liebe Margareta. Ein Freund von dir namens Kurt. Sie machen sich Sorgen um dich. Sie sagten, du hättest dich gestern eigenartig benommen.«

»Kann gut sein. Ich war in der Stimmung.« Ich ging in die Küche, trank ein Glas Milch, stellte die Espressokanne auf die Flamme, ging zurück ins Wohnzimmer. Victoria stand inzwischen vor dem großen Panoramafenster. Der diesige Schleier über dem Garten hatte etwas Schimmerndes, Bleiernes an sich. »Habe ich es getan?« fragte ich.

»Was denn?« Sie drehte sich nicht um. Ihre Stimme sagte mir, daß sie an etwas ganz anderes dachte.

Ich betrachtete ihren Rücken. Sie hatte einen schwarzen, weiten Rock an, der bis zur Wade reichte, und einen hochgeschlossenen schwarzen Angorapullover. Die Schultern gerade, ziemlich breit, der Rücken V-förmig; schlanke Hüften, lange Beine – ein athletischer Körper. Sie stand ganz still, wie es ihre Art war, die Arme verschränkt, als ob ihr kalt wäre; ihre Fingerspitzen lugten unter den Oberarmen hervor. »Mich eigenartig benommen.«

»Nein. Du warst nur stumm.« Sie wandte sich endlich um und sah mich an; ein nackter, fragender Blick.

Ich hatte keine Antwort, fragte mich nur selbst: Was fühlte ich eigentlich jetzt? Es ließ mich bei weitem nicht kalt, sie hier zu sehen, in meinem eigenen Haus. Aber was mich wirklich bewegte, war viel schwieriger herauszufinden. Was soll man über einen Menschen – und zu einem Menschen – sagen, der einem einmal das Herz aus dem Leibe gerissen und es weggeworfen hat? Es tat mir leid, sie jemals kennengelernt zu haben; ich bereute, daß ich nicht mein Bestes getan hatte, sie festzuhalten. Amor ist der schlimmste Gott von allen, ein übler Tyrann, launisch und unberechenbar. Eine Weile war er gut zu mir gewesen, großzügig; dann holte er sich alles zurück, und zwar mit Zinsen. Victoria war im selben Jahr geboren wie ich, Tochter der schönsten Frau Oscarshavns und eines charmanten, aber unverbesserlichen Taugenichts von Vater, der alkoholkrank und depressiv starb, als sie fünf war.

Im Jahr darauf entdeckte eine Klavierlehrerin, daß das Kind großes Talent besaß, und besiegelte einen Teil ihres Schicksals. Sie wurde älter, spielte Klavier, und keiner kannte sie wirklich. Ich sah sie im Laufe der Jahre bei ihren Auftritten auf Schulveranstaltungen und auf den Weihnachtsfeiern in der Aula des Gymnasiums. Sie war schön, aber sie wirkte auch distanziert und unzugänglich, entweder arrogant oder vollkommen versunken in die Musik, was ich beides nicht verstand. Aber ich weiß noch, schon als ich sie das erstemal sah, da war sie zehn, elf Jahre alt, fiel mir auf, wie Leben in ihr Gesicht kam, wenn sie sich auf die Musik konzentrierte. Als sie sechzehn war, nach dem ersten Jahr auf dem Gymnasium, wurde sie zur weiteren Ausbildung nach Oslo geschickt; Barratt-Due, Privatlehrer, anschließend die Musikhochschule. 1981 wurde ihr klar, daß sie Komponistin werden wollte, und sie bewarb sich für das Studienfach Komposition auf der Hochschule; sie bewarb sich immer wieder, wurde aber nicht angenommen.

Ich traf sie – sollte ich sagen: wieder? – im Frühjahr 1985, an einem ungewöhnlich heißen Maiabend. Ich wohnte in einem alten, heruntergekommenen Mietshaus und wußte nicht mal, daß nebenan ein neuer Mieter eingezogen war, bis ich Klaviermusik durch die Wand hörte, während ich auf dem Sofa lag und zu lesen versuchte. Anfangs waren es nur hübsche Fingerübungen, aber plötzlich öffneten sich diese Triller auf eine Art, wie sich ein Blütenkelch unter der Sonne öffnet, und entfalteten sich zu einer einfachen, zarten und melancholischen Melodie – traurig, aber nicht hoffnungslos, was für mich genau das ist, was Melancholie ausmacht. Dann begann diese Melodie sich nach etwas zu strecken, nach etwas zu *suchen*, und das war schön, so schön, daß ich herausfinden mußte, was für ein Musikstück das war. Ich erhob mich und ging hinaus ins Treppenhaus, wartete dort bis zu einer Pause, setzte den Finger auf die Klingel und drückte eine ganze Weile. Nichts passierte. Ich klingelte wieder. Endlich hörte ich Schritte, die Tür ging auf, und ich sagte: »Ich wohne genau gegenüber, unsere Zimmer liegen anscheinend nebeneinander, aber ich fühle mich nicht gestört, ich wollte nur wissen…« Und dann unterbrach ich mich und sagte: »Victoria Wechtel?«

»Ja?« Sie blinzelte mich an, so wie es, wie ich später entdecken sollte, ihre Angewohnheit war, wenn sie sich auf etwas konzentrierte. Dann erinnerte sie sich an mich, womit ich überhaupt nicht gerechnet hatte. »Francis Falckenberg?«

»Tut mir leid, wenn ich störe. Ich wollte mich nicht beschweren. Ich höre dir gern zu, wenn du spielst.«

Sie lehnte sich gegen den Türrahmen, ganz in Schwarz gekleidet, eine zeittypische Garderobe, aber auch eine typische Konzertgarderobe, und ich dachte, daß sie gerade von einem Konzert gekommen oder auf dem Weg dahin war; später begann ich mich zu fragen, ob sie dauernd Schwarz trug, weil sie in konstanter Trauer war. Ihr Haar war dunkelbraun damals, mit tief goldroten Reflexen dort, wo das Licht hinfiel, und zu einer schlichten Pagenfrisur geschnitten. »Und warum bist du dann gekommen?«, fragte sie und verschränkte die Arme.

»Ich wollte gern wissen, was du da gespielt hast. Das letzte Stück.«

Sie sah mich lange an. Es war, als ob sie an etwas ganz anderes dachte, als ob ich gar nicht da vor ihr stünde. Auch das war typisch für sie, dieser dunkle, introvertierte Blick, der durch einen hindurchzugehen schien, gerichtet auf einen fernen Punkt am Horizont; manchmal war er traurig, andere Male unheimlich, und immer war es unmöglich, ihn zu deuten. »Franz Liszt. Die Rigoletto-Paraphrase.« Dann sagte sie: »Hast du Lust, hereinzukommen?« Sie lehnte immer noch reglos am Türrahmen. Sie machte keine einladende Geste mit dem Arm. Sie schob die Tür nicht weiter auf. Sie stellte nur diese Frage, immer noch ohne irgendeine Art von Ausdruck, die mir hätte signalisieren können, ob es eine Höflichkeitsfloskel oder eine Bitte war.

»Ich will nicht stören.«

»Du hast gesagt, daß du gerne zugehört hast. Hier drinnen kannst du besser hören.« Sie bewegte sich keinen Millimeter, und trotzdem verstand ich, daß sie es wirklich so meinte. »Hast du *Lust*, hereinzukommen?« wiederholte sie. Nur die Betonung des einen Wortes hatte sich verändert, nichts sonst, aber ich begriff, daß sie nicht nur meinte, hinein in ihre Wohnung, hinein durch die Tür. Sie meinte *ganz* hinein, und sie trat zur Seite, und ich ging hinein.

»Du hast klassische Musik gesammelt«, sagte sie. »Eine Menge.«

»Du hast mir viel davon geschenkt.«

»Wenn du es sagst …«

»Was spielst du zur Zeit?«, fragte ich.

»Spielst oder hörst?« Sie drehte sich langsam wieder zum Fenster um.

»Hörst.«

»Nichts. Nur wenn ich unterrichte. Aber ich höre keine Musik mehr. Wenn ich allein bin, will ich nur die Stille hören. Sie füllt sich immer mit den Geräuschen der Welt um einen herum. Ich lausche auf die Geräusche und die Kadenz danach. Den kleinen Moment, bevor die Stille total wird. Ich glaube, das ist es, worauf ich lausche, den kurzen Augenblick.«

»Und wenn du spielst? Für dich selbst, nicht für deine Schüler.«

»Töne, nur Töne.«

»Du komponierst also?«

»Sozusagen. Ich sehe, daß du eine Vorliebe für Pärt entwickelt hast.« Sie schob die Hand in eine Rocktasche und holte Zigaretten und eine Streichholzschachtel heraus; zündete eine Zigarette an und ließ das Streichholz in den Aschenbecher auf dem Kaminsims fallen.

»Unter vielen anderen. Es hört irgendwie nie auf.« Die Espressokanne in der Küche begann zu gurgeln.

Sie lächelte plötzlich, und erneut wurde ich davon überrascht; es war so ungewohnt, sie lächeln zu sehen. »Liszt auch. Wer hätte das gedacht?«

Ich lächelte zurück und ging in die Küche, um den Kaffee zu holen. Als ich ihn brachte, hatte sie sich an den Flügel gesetzt, den Deckel über der Tastatur aber nicht geöffnet. »Ein Bösendorfer?« sagte sie. »Meinetwegen?«

»Vermutlich.« Ich setzte die Tasse vor ihr ab. Sie ließ sie stehen.

»Hast du mich so gehaßt?«

Ich sagte nichts. Sie stellte die Tasse nach oben, öffnete den Deckel und sah die Tasten an, ohne sie zu berühren, dann schloß sie ihn wieder. »Hast du mich so sehr gehaßt, daß du dir ein besseres Instrument kaufen mußtest, als ich es hatte, wo du doch nicht einmal spielst?«

Sie hatte sich immer einen Bösendorfer-Flügel gewünscht, mußte sich aber mit einem Yamaha-Piano zufriedengeben. Lange wünschte ich ihr auch einen Bösendorfer; am Anfang, wenn wir nicht zusammenwaren, schloß ich manchmal die Augen und konnte sie vor mir sehen, an einem richtigen Flügel. Dieses Bild war schöner, größer, glamouröser, als sie an einem Klavier zu sehen; der aufgestellte Deckel, das dunkle, glänzende Holz, das kostbare Instrument, maskulin und feminin zugleich. Am Anfang lehrte sie mich, sie auf eine bestimmte Art zu sehen. Es gibt nichts Erotischeres, nichts Großartigeres als den Anblick einer schönen Frau, die sich ganz der Kunst hingibt und alles um sich herum vergißt. Ihr Gesicht öffnete sich; die reservierte Maske fiel, und die Züge begannen mit der Musik zu leben. Sie wurde weicher, verletzlicher, und trotzdem war nichts Extrovertiertes daran, keine aufgesetzte Expressivität in Bewegungen oder Ausdruck, nicht die leiseste Andeutung von Show; es war, als ob sie die Musik gar nicht erschaffen würde – die Töne, die Noten, die Phrasierungen –, sondern als ob sie von der Musik erschaffen würde; die Musik schien durch ihre Finger wie durch

Kapillaren in sie hinaufzusteigen und den Körper bis zu einem Punkt anzufüllen, an dem es keine Trennung zwischen Kunst und Künstler mehr gab. Ich sah keinen Gedanken mehr in ihr, wenn sie diesen Punkt erreichte, keinen Willen, kein Überlegen, nur noch Einheit und Zusammenklang. Sie wurde die Musik. Es machte keinen Unterschied, was sie spielte; mehr als alles andere war es ihre eigene Stimmung – oder vielleicht pure Zufälligkeit –, von der es abhing, ob sie diesen Punkt erreichen würde oder nicht.

Sie küßte mich oft nach solchen Vorstellungen, am Anfang auf dieselbe Art, wie sie mich küßte, wenn wir guten Sex gehabt hatten; warm, verweilend, beinahe träge; mit halbgeschlossenen, träumenden Augen und kleinen Kehllauten, die sie offenbar gar nicht machen wollte, die aber von ganz allein kamen.

Am Anfang: Das sind zwei magische Worte. Am Anfang war Musik. Am Anfang war Liebe. Am Anfang hielt ich den Atem an vor Spannung und Faszination. Am Anfang waren Versprechen, Möglichkeiten – am Anfang gab es eine Zukunft. Am Anfang, wenn wir miteinander schliefen, war es wie Nach-Hause-Kommen; später war es manchmal, als würde man von einem starken Wind davongetragen – ich glaube sogar, daß wir versuchten, uns zu lieben. Am Anfang griff ich nach ihr, weil sie mich faszinierte, und sie griff nach mir, weil ich ihr etwas gab, was sie brauchte, obwohl keiner von uns wußte, was es war. Am Anfang schmiegte sie sich an mich und atmete mir sanft ins Gesicht, bis unsere Atemzüge im Gleichtakt gingen, so als ob unser Atmen zu einem einzigen Menschen gehörte, so als ob alles gut wäre.

Ich trank den Espresso und zündete mir eine Zigarette an. »Schon möglich. Auf diese Art habe ich es noch nie gesehen.«

Sie nahm schließlich ihren Kaffee und nippte daran. »Gibt es eine andere Art, es zu sehen?« Sie sah mich über den Rand ihrer Tasse hinweg an. »Oder spielst du inzwischen?«

»Ja, ich spiele«, sagte ich. »Nenn es klimpern. An den Tasten herumfummeln. Geräusche machen. Nenn es, wie du willst. Aber ich mag den Klang von Tönen, die nicht aus einer Stereoanlage kommen. Ich mag vielleicht auch, selber Töne zu machen, auch wenn sie nicht zusammenhängen.«

Lange Zeit sagte sie nichts darauf; sie drehte die Espressotasse in den Händen, setzte sie ab und strich mit der Hand sachte über den lackierten Deckel. »Dann war es vielleicht doch nicht, um mich zu bestrafen.«

Ich blickte auf ihre Hände, die auf dem Instrument lagen. Sie waren lang, mit kräftigen Fingerknöcheln und deutlichen Sehnen und Adern; Männerhände fast, wenn sie nicht so schmal gewesen wären. Auf einmal sah ich, daß sie viel älter waren als Victoria selbst; hätte ich nur ihre Hände gesehen, würde ich denken, daß sie einer sechzigjährigen Frau gehörten. Vielleicht war das gar nicht so erstaunlich, dachte ich; in den Händen sammelte sie den Schmerz, bevor sie ihn an die Tasten weitergab in dem hoffnungslosen und qualvollen Versuch, ihn für immer loszuwerden. Solche Schmerzen mußten Spuren hinterlassen.

»Ich weiß nicht«, sagte ich. »Vielleicht beides. Möglich ist es schon, weißt du.« Ich ging zu ihr, nahm eine ihrer Hände und hob sie hoch. Sie war heiß und trocken, als hätte sie Fieber. Sie ließ es geschehen, ohne mich anzusehen, ohne jeden Widerstand. Dann, als ich sie losließ, legte sie sie wieder an ihren Platz, auf genau dieselbe Stelle, von der ich sie hochgenommen hatte, und starrte aus dem Fenster. Draußen war es völlig dunkel geworden; eine grauschwarze, neblige Dunkelheit, die das orangefarbene Licht der Straßenlaternen ansaugte und es wie ein Prisma ausstreute.

Mit Victoria stimmte etwas nicht. Eines Nachts wachte ich auf, und sie saß am Klavier, nur in Slip und T-Shirt; saß da und spielte eine Serie harter, klirrender Akkorde, dissonant an der Grenze zu falsch, immer und immer wieder, während ihr die Tränen übers Gesicht strömten und auf die Tasten tropften, bis sie plötzlich abbrach und mit nahezu haßerfüllter Wut den Deckel zuknallte. »Ich kriege es nicht *hin*«, flüsterte sie in Richtung Notenpult. »Ich *kriege* es nicht hin.«

Ich stand da, betrachtete sie, hielt den Atem an, als fürchtete ich, etwas Verkehrtes zu sagen. Es war mir nie gelungen, Musik zu verstehen, das war Tatsache, und folglich gelang es mir auch nicht, Victoria zu verstehen. Ich konnte Musik hören, fühlen, genießen; die Töne liefen wie Finger über meine Haut, sie malten Bilder in meine Gedanken, sie umklammerten mein Herz und drückten es zusammen. Aber das war auch alles. Victoria versuchte, mir die Gesetzmäßigkeit der Noten zu erklären, Begriffe von Tempo und Aufbau, aber es blieb nichts hängen; ich war ein Vollidiot, wenn es darum ging, all das zu verstehen, wofür sie lebte, alles, was an ihr zog und zerrte.

Plötzlich bemerkte sie mich. »Was glotzt du so?« schrie sie wütend.

»Ich bin aufgewacht«, sagte ich. »Was kriegst du nicht hin?«

Sie wurde blaß, und ich verstand, daß ich etwas gehört hatte, was ich nicht hätte hören dürfen. Einen Moment lang glaubte ich, daß sie mich schlagen, etwas nach mir werfen würde, aber sie tat es nicht. Sie wurde ganz starr, dann sagte sie: »Das kannst du niemals verstehen.« Und sie verschwand im Schlafzimmer. Kam vollständig angezogen wieder heraus, griff nach ihrer Tasche und verschwand. Ich rief ihr etwas nach, irgend etwas Sinnloses, Hilfloses. Sie antwortete nicht, sie verschwand einfach. Ich ging in meine Wohnung, schlief irgendwann ein, kroch am Morgen wie zerschlagen aus dem Bett und ging zur Uni. Als ich spät am Nachmittag zurückkam, war sie weder in ihrer Wohnung noch in meiner, und sie tauchte erst am folgenden Abend wieder vor meiner Tür auf, die Jeans schmutzig und zerrissen, die Haare verfilzt und stumpf, das Make-up über das ganze Gesicht verschmiert, mit Augen, die härter, dunkler, kälter als gewöhnlich waren; als ich fragte, wo sie gewesen war, schlug sie nach mir, bevor sie sich aufs Sofa legte und sich in den Schlaf heulte. Durch einen langen Riß im Hosenbein erkannte ich getrocknetes Blut und Sand.

Ich blieb wach und machte mir Gedanken. Als sie aufwachte, mitten in der Nacht, sagte sie, daß sie mich liebe, daß nichts passiert sei, und prophezeite mir mit einem Hang zum Melodramatischen, den sie ab und zu durchscheinen ließ: »Bevor wir miteinander fertig sind, wirst du weinen oder sterben. Dasselbe gilt auch für mich.« Ich fand es bezaubernd überspannt; eine interessante Vorhersage, und das Melodramatische stand ihr gut. Aber sie meinte es ernst, und es stimmte; ich würde sowohl weinen als auch sterben. Ich glaube, sie hat sich nicht klargemacht, daß durchaus beides eintreten kann; auch legten wir nicht dieselbe Bedeutung in die Worte, aber das steht auf einem anderen Blatt. Dann ging sie in ihre Wohnung und spielte Chopins erstes Scherzo, immer wieder, jedesmal mit anderer Phrasierung, und ich folgte ihr natürlich; ich saß auf ihrem großen Sofa mit dem Samtbezug, hörte zu und dachte nach – was sie mit ihren Worten gemeint haben mochte, wo sie gewesen sein konnte, was sie getan hatte –, bis der Schlaf mich übermannte. Als ich aufwachte, tat sie so, als wäre überhaupt nichts geschehen. In dieser Nacht schliefen wir wieder zusammen, aber es war nicht wie sonst: Sie warf sich mit einer sexuellen Gier auf mich, einer Enthemmtheit, die mich zuerst aufstachelte, aber nach und nach anstrengend wurde und schließlich abstoßend auf mich wirkte, weil dieses Verlangen so offenbar nicht mir galt, sondern darauf gerichtet war, ein anderes und heimliches Bedürfnis in ihr zu stillen. Als es vorbei war, drehte sie sich weg, und ihr Körper wurde hart und steif, er fühlte sich an wie eine Marmorsäule. Ich überlegte, nachdem sie eingeschlafen war, daß sie vielleicht etwas vergessen wollte, sich vielleicht auch an etwas erinnern wollte, aber ich kam zu keinem anderen Ergebnis, als daß weder die Gier noch die Kälte etwas mit mir zu tun hatten oder überhaupt mit Liebe; ich war nur zufällig in der Nähe.

In dieser Nacht riß sie mich mit kleinen Schlägen und Tritten aus dem Schlaf. Sie saß mit geschlossenen Augen auf mir und schlug mir auf die Brust, auf die Arme; trat mit den Füßen nach meinen Beinen; weinte ein merkwürdiges, leises, schluchzendes Kinderweinen, bis ich sie weckte. Dazu war nicht mehr nötig, als ihre Handgelenke zu packen und sie festzuhalten. Es schien nicht so, als wäre sie sich bewußt, was sie getan hatte.

Das war das erstemal; andere sollten folgen. Einige weitere Male, wo sie Hals über Kopf verschwand – und viele weitere Nächte voller Tränen. Gott allein weiß, wie viele Male sie mich auf diese Art weckte, ohne jemals selbst aufzuwachen. Kleine Schläge und Tritte, und immer begleitet von einem schmerzlichen, bitteren, schluchzenden Weinen. Gott weiß, wie oft ich sie beruhigt habe, indem ich ihre Handgelenke mit meinen Händen umklammerte, sie zu mir herunterzog, ihr salzige Schweißtropfen von den Schläfen küßte und ihr beruhigenden Unsinn ins Ohr flüsterte. Am Anfang haben wir es versucht, soviel steht fest, und am Anfang glaubte ich, daß es nützen würde. Aber die Faszination hört unausweichlich irgendwann auf, und es gibt keinen Menschen, der auf Dauer das Bedürfnis eines anderen Menschen erfüllen kann, ohne zu wissen, worin dieses Bedürfnis besteht.

»Du warst nicht verheiratet? Hast keine Kinder?« fragte ich.

»Ich bin für mich allein geblieben«, sagte sie und zuckte die Achseln. »Ich habe die Lust verloren, anderen zu schaden. Oder zu befürchten, anderen zu schaden. Das läuft wohl auf dasselbe hinaus.«

»Wie war dein Leben?«

»Still.«

Ich schüttelte den Kopf. Vielleicht sah sie es, als einen Reflex im Fenster, vielleicht nicht. »Und keine Konzerte?« fragte ich.

»Keine Konzerte. Es kam der Punkt, an dem ich einsah, daß es keine Bedeutung hatte, ob ich debütierte oder nicht. Einsah, daß mein Verhältnis zur Musik, mein Erlebnis von Musik, rein privat ist. Unmöglich, es anderen zu vermitteln. Ich bin eine gute Lehrerin, weil ich den Schülern Technik und Einfühlung auf einer abstrakten Ebene beibringe und nie versuche, ihnen eine spezielle Interpretation oder ein besonderes Verständnis aufzudrängen. Das müssen sie selbst herausfinden. Genau wie ich es tun mußte. Und mein eigenes Erleben will ich für mich selbst behalten.«

»Du hast es einmal mit mir geteilt.«

»Du warst ein Teil von mir.«

Ich versuchte, ihren Gesichtsausdruck in der Fensterscheibe zu erkennen, aber es war unmöglich. Alles, was ich sah, waren die Kontraste: der Mund, die Augen, der Schatten unter dem Kinn. Die Details waren weggewischt. Was ich sah, hätte auch ein Totenschädel sein können. Ich schauderte und wandte mich ab, ging zum Barschrank und goß Cognac in zwei Gläser, stellte eins vor ihr ab. Sie nahm es und erhob sich vom Flügel.

Zu einem Zeitpunkt – ich habe nie herausgefunden, wann genau das war – wurde mir klar, daß die Musik und der Schmerz alles waren, was sie hatte, absolut alles. Sie interessierte sich für nichts anderes, hatte keine Freunde oder Freundinnen und wollte auch keine haben. Wenn sie Musik spielte oder Musik hörte, war sie träge, beinahe gleichgültig. Auch um ihre Wohnung kümmerte sie sich nicht weiter, und außer uns beiden war niemals jemand dort. Sie besaß nur wenige Möbel, und den Nachbarn und sich selbst zuliebe isolierte sie die Wohnung gegen Schall; so konnte sie spielen, wenn ihr danach zumute war. Das war alles.

Und sie träumte, ich glaube, das war alles, was sie tat: träumen und spielen, spielen und träumen, und für sie war das ein und dasselbe. Die meisten Menschen sind vernünftig, sie träumen von etwas, was erreichbar ist, innerhalb bekannter Größenordnungen; der echte Wahnsinn träumt von dem, was hinter dem Horizont liegt, vom Unbekannten jenseits des Vorstellbaren. Victoria war eine von den wirklich Wahnsinnigen, und sie wußte es, und es trieb sie jedesmal an den Rand der Raserei, wenn sie sich dieses Erkennen zugestand. Denn zwischen dem Traum und seiner Erfüllung liegt ein Abgrund, über den nur Talent und Ehrgeiz eine Brücke schlagen können, und Victoria fehlte eins von beiden – ein Mangel, der ihren Abgrund mit einem Schmerz erfüllte, der sie grausam machte; eine Grausamkeit ohne Bosheit, ebenso furchtbar wie unverständlich für den, der davon betroffen wird, ein Opfer davon wird. Ich wußte nicht, fand nicht heraus, was Victoria fehlte, aber etwas war es, und der Schmerz meldete sich, und sie teilte ihn mit mir in unschuldiger Grausamkeit.

Ich glaube, der Schmerz und ein unbestimmter Neid waren der Keim, der unsere Beziehung sprengte. Noch viele Jahre nachdem es vorbei war, wunderte ich mich darüber, wie Liebe sterben und zu reinem und unverfälschten Haß werden kann, aber schließlich wurde mir klar, daß Abscheu oder Haß sich melden, lange bevor die Liebe stirbt, und daß etwas anderes den Haß oder den Abscheu wachsen läßt; in unserem Fall war es der Neid. Ich hatte vieles, was Victoria nicht hatte; Wissen, Weitsicht, Neugier, und sie mißgönnte mir das, ebenso wie sie mir mißgönnte, daß ich frei von einem Schmerz war, wie sie ihn fühlte. Sie hatte nichts anderes als ihr Talent und den Schmerz und den Traum, diesen Schmerz durch die Klaviertasten in die Welt hinauszupressen, aber auf eine Art war das trotzdem mehr als alles, was ich hatte, und ich wiederum beneidete sie um das, was sie besaß.

Deshalb – weil sie den Schmerz und die Träume hatte und wagte, das zu erkennen; und weil ich es nicht brauchte – begann sie mich zum Narren zu halten, und anschließend verhöhnte sie mich regelrecht; und langsam, langsam aber sicher wurde meine Liebe zu ihr infiziert und begann zu schwären. Ich saß da, Abend für Abend, Nacht für Nacht, und hörte zu, wie sie spielte, und bei jeder Note, die sie aus den Tasten pflückte, war es, als ob sie mir meine eigenen Träume aus den Händen pflückte wie dünne, kümmerliche, nichtssagende Blumen und sie auseinanderriß, Blatt für Blatt, sie mit kühlem Schwung wegfegte und mich mit leeren Händen zurückließ. Nicht aus Bosheit, nur aus Gleichgültigkeit, so wie kleine Mädchen in einem Anfall von Wut den Kopf einer Puppe zerdrücken, die sie lieb haben. Und ich bekam keinen Ersatz dafür, nichts anderes als eine Leere und danach eine Sehnsucht, aber ob es die Sehnsucht nach etwas war, was ich noch nicht gefunden hatte, oder nach etwas, was einmal dagewesen, nun aber verlorengegangen war, konnte ich nicht mehr sagen. Und als sie es merkte – als sie merkte, daß sie wuchs und größer wurde, während ich schrumpfte und kleiner wurde –, sah ich sie triumphieren, und das Geschwür arbeitete sich weiter in mich hinein und nahm mich sachte in Besitz, schleichend, wie Fieberschauer im Blut; so still, daß ich erst viel später begriff, daß es Haß war.

Jede Liebe ist pervers; man kann sie nicht gehen lassen, sie muß verbrannt, pulverisiert, in Schutt und Asche gelegt werden, bevor man bereit ist zu akzeptieren, daß sie vorbei ist; daran habe ich niemals gezweifelt, und der schlimmste Schmerz ist der, den man sich selbst zufügt; man kann einen anderen hassen, weil der Betreffende einen liebt; man kann sich selbst hassen, weil man einen anderen liebt. Es gibt Dämonen, und meine Dämonen waren Fragen und das Verlangen nach Antworten: Schlug sie mich im Schlaf, weil sie es haßte, mich zu lieben, so wie ich es inzwischen haßte, sie zu lieben? Floh sie vor mir, weil ich sie an etwas erinnerte, was sie nicht war, oder ihr erzählte, wer sie war? Oder lag etwas anderes dahinter, etwas, was nichts mit mir zu tun hatte? Ich brauchte die Antworten, bevor ich mir selbst sagen konnte: Es ist vorbei. Ich ertrug Verhöhnungen, Schläge und Tritte, weil ich Antworten haben mußte, bevor ich aufgeben konnte; und die Schläge waren nie so heftig, daß sie Verletzungen verursachten oder wirklich weh taten, allerdings auch nie so leicht, daß sie als Spiel oder unschuldige Geste beschönigt werden konnten; nein, sie sollten verletzen und weh tun, aber dazu fehlte ihr die Kraft; wenn sie verletzen wollte, mußte sie das auf eine andere Art tun. Und natürlich fand sie das am Ende heraus; natürlich lehrte sie mich am Ende, was wirklicher Schmerz ist. Sie mußte es tun; es war unausweichlich.

»Da ist jemand im Garten«, sagte sie.

Ich durchquerte das Zimmer und stellte mich neben sie, sah hinaus. Die Dunkelheit vor dem Fenster war kompakt. »Ich erkenne nichts.«

»Ich habe gesehen, wie jemand sich zwischen den Büschen bewegte. Ganz hinten im Garten, hinter dem Teehaus.«

»Sicher nur ein Lichtreflex. Oder der Wind.«

»Nein. Eine Gestalt.«

Ich sah immer noch nichts. »Kinder«, sagte ich schließlich und hoffte, daß es stimmte; sie wirkte so sicher, das beunruhigte mich. »Oder vielleicht Neugierige. Hast du nicht gehört, was mir alles passiert ist?«

Sie drehte den Kopf und sah mich an. »Doch. Die Polizei hat dich vernommen, und du hast dich mit Reportern angelegt.« Sie schüttelte den Kopf und starrte wieder durchs Fenster. »Ich habe mir den richtigen Zeitpunkt ausgesucht, um nach Oscarshavn zurückzukehren.«

»Du kanntest doch Nina, oder? Nina Lodz?«

»Solange ich hier lebte. Hinterher hatten wir keinen Kontakt mehr, abgesehen von einer zufälligen Begegnung in Oslo. Da war sie stoned. Ich glaube, sie war auf Einkaufstour. Rauschgift, meine ich.« Sie zuckte die Achseln, schien ganz ungerührt über Ninas Schicksal zu sein. »Du hast sie einmal geküßt, erzählte sie mir. Wieso hast du sie geküßt?«

»Ich war in sie verliebt. Fast zwei Jahre lang. Aber es wurde nichts draus. Warst du auch Babysitterin bei Elsa Marie Willumsen?«

»Wieso fragst du das alles?« Ich sah die Gereiztheit in ihrem Gesicht. Es war wie ein Echo ihrer alten Gereiztheit, die jedesmal auftauchte, wenn ich mit ihr über etwas sprechen wollte, was außerhalb ihrer Interessensphäre lag.

»Manche glauben, es bestünden Zusammenhänge zwischen allen drei Fällen. Nina, das Willumsen-Mädchen und die Simer-Sache.«

Sie sah auf den Boden. »Ich weiß nur, daß Nina einen Verdacht hatte, aber sie sagte nicht, worin er bestand oder gegen wen er sich richtete.« Sie hob das Cognacglas und leerte es in einem Zug. »Kann ich noch einen haben?«

Ich füllte den Schwenker zur Hälfte. Sie ging wieder zur Plattensammlung, zog Platten heraus und studierte die Rückseiten. Ich beobachtete immer noch die Büsche, mir war, als bewegten sie sich ein wenig, aber das war wohl nur der Wind. »Bist du sicher, daß du eine Gestalt gesehen hast?« fragte ich.

»Ganz sicher. In oder hinter den Büschen. Hast du irgendwelche Probleme?«

»Hoffentlich nicht.« Ich wandte mich ab; es war mir einfach zu dumm, am Fenster zu stehen und beunruhigt in den Garten zu starren. Ich zögerte einen Moment, bevor ich die Frage stellte, die ich schon lange hatte stellen wollen: »Komponierst du noch?«

»Ja.«

»Und was?«

»Vielleicht spiel ich dir irgendwann mal was vor. Ich möchte lieber nicht darüber reden.«

»Und keine öffentlichen Auftritte?«

»Keine.« Für einen Moment war ihr Blick abgrundtief traurig. Dann zuckte sie die Achseln: »Du weißt, warum.«

Ja, ich wußte, warum: mein Augenblick der Bosheit – reiner und bewußter Bosheit, ganz anders als ihre blinde und unschuldige Grausamkeit. Ich lachte in mich hinein, als ich sie das erstemal öffentlich spielen hörte, in der Zeit, als es mit uns zu Ende ging; und sie sah es. Das Konzert war eine Katastrophe. Sie spielte steif, mechanisch, beinahe gefühllos; das war nicht dieselbe Person, die ich spielen hörte, wenn ich auf ihrem Sofa lag und sie vergessen hatte, daß ich da war und daß sie da war, wenn sie zu der Musik wurde, die sie spielte. An jenem Abend erkannte ich, daß sie niemals den Abgrund zu ihrem Traum überwinden würde. Und in meiner stillen Rachsucht, meiner triumphierenden Bosheit aus den Tiefen einer Seele, die wund war und sich zu verformen begann, lachte ich mir die ganze Zeit ins Fäustchen, während sie sich oben auf dem Podium hilflos durch eine Schubert-Sonate ackerte. Ja, ich konnte es an ihrem Rücken ablesen, wie die Gewißheit der Katastrophe in ihr wuchs, wie sehr sie an ihrem eigenen Versagen litt: Nach und nach verloren ihre Bewegungen alles Fließende, allen Rhythmus, bis ihr Körper sich ebenso metronomisch-steif bewegte, wie die Musik klang. Und ich lachte. Lautlos, ohne den Mund zu verziehen, mit harschem Jubel. Als sie aufstand, war ihr Gesicht weiß, und die Augen waren unnatürlich groß und dunkel, als ihr Blick das Publikum geradezu durchkämmte auf der verzweifelten Suche nach meinem, *allein* meinem Blick. Ich sah es an ihren Augen; es war niemand sonst da, der sie gerade in diesem Moment interessierte. Nur ich konnte sie retten, mit einem Blick oder einem Lächeln oder einer liebevollen Geste, aber ich tat es nicht; ich hatte nicht mehr genug Liebe dafür. Ihre Panik lag wie ein übler Geruch im Saal, wie von einem Kadaver mit bloßgelegtem Gedärm. Die Stille des Publikums war ohrenbetäubend, der höfliche Beifall im Anschluß an die Stille vernichtend, und ich ließ mir lange Zeit, bevor ich ihrem Blick begegnete und ihre Vorstellung mit einem kühlen, knappen Kopfnicken abtat. Da sackten ihre Schultern nach unten. Sie verneigte sich kurz und verließ die Bühne, während das Gelächter in mir schallte, so gellend, daß ich die Lippen zusammenpressen mußte, damit es mir nicht entschlüpfte. Ich bereute es fast sofort, aber es war zu spät.

»Warum bist du eigentlich nach Oscarshavn zurückgekommen?«, fragte ich schließlich.

Sie ging zu den Bücherregalen und begann Bücher herauszuziehen, betrachtete die Rücken, die Umschläge, stellte sie wieder ins Regal. »Ich weiß nicht«, sagte sie nach einer ganzen Weile. »Um alte Fehler gutzumachen. Glaube ich.« Sie zog Dickens' *Bleak House* heraus und blätterte darin. »Nein«, sagte sie. »Das stimmt nicht. Alte Fehler kann man nicht wirklich wiedergutmachen, oder? Aber man kann sich für sie entschuldigen. Ich glaube, das war es.«

»Mir gegenüber brauchst du dich für nichts zu entschuldigen«, sagte ich. »Ich habe mich vor langer Zeit genug gerächt. Vielleicht zu sehr.«

Sie antwortete nicht, schob nur das Buch wieder an seinen Platz und verharrte regungslos mit der Hand auf dem Buchrücken, beinahe so, als lehnte sie sich mit ihrem ganzen Gewicht dagegen. Dann drehte sie sich um. Sie hatte Tränen in den Augen.

»Was ist?« fragte ich.

Sie wandte sich ab und ging zum Fenster. »Mir ist nur gerade etwas eingefallen.«

»Von uns?«

»Nein. Nicht wirklich.«

Ich machte einen Schritt auf sie zu. Einen Moment lang hatte ich Lust, den Arm um ihre Schulter zu legen, dann verschwand die Lust, und ich wandte mich wieder ab.

Nach dem katastrophal mißlungenen Konzert fuhren wir nach Hause, und sie ging schnurstracks zum Piano und spielte Beethovens Klaviersonate Nummer 32 op. 111, meine Lieblingssonate. Und sie spielte sie – teuflisch genug, wahnsinnig genug, traurig genug – so gut, wie sie sie wohl niemals zuvor gespielt hatte; legte ihren eigenen Schmerz direkt oben auf den Schmerz des Stückes, moderierte es mit einer tiefen Sehnsucht nach einer Existenz ohne den Schmerz; riß die Sonate los von Beethovens Intentionen und machte sie zu ihrer eigenen. Es war ein so persönlicher Ausdruck, daß er sich allen Kategorien entzog; für mich klang es ebenso fremd wie das Brausen eines Meteoriten auf dem Weg in ein anderes Sonnensystem. Als sie geendet hatte, stand sie auf und verließ ohne ein Wort die Wohnung. Auf ihrem Gesicht lag ein Ausdruck, den ich nie vorher gesehen hatte, und ich schlich ihr hinterher.

Sie ließ sich durch die Straßen treiben, ging in eine Kneipe, kam wieder heraus, betrat eine andere. Ich hielt mich in gutem Abstand hinter ihr, wartete, rauchte, dachte an nichts. Sie ging in mehrere Lokale. Ich sah ihren Schritten an, daß sie immer betrunkener wurde; ich wartete und wunderte mich. Sie ging in eine Telefonzelle und telefonierte, sprach lange, dann nahm sie Kurs auf Aker Brygge, blieb am Eingang stehen und wartete. Ich beobachtete von der Straßenbahnhaltestelle am Westbahnhof aus, daß ein Mann auf sie zuging, stehenblieb. Sie wechselten ein paar Worte, dann verschwanden sie in der Menge der Passanten, und ich verlor sie aus den Augen.

Ich dachte nichts, ging nach Hause, schloß mich in ihrer Wohnung ein, setzte mich ans Klavier und klimperte ein paar Minuten lang auf den Tasten herum. Dieser Abend war es wohl, an dem ich beschloß, einen Bösendorfer zu kaufen. Als ich in meine eigene Wohnung ging, war ich immer noch innerlich leer, aber auf dem Weg ins Schlafzimmer fiel mir eine Alabasterschale zu Boden und zerbrach. Ich hatte sie gehütet, seit ich zwölf, dreizehn Jahre alt war, und brach in Tränen aus. Wir weinen über die merkwürdigsten Sachen, in der Regel sind es Bagatellen.

Am Tag darauf starb Mutter. Sie war seit einem halben Jahr krank gewesen; zwei, drei kleinere Schlaganfälle hatten ihre Kräfte aufgezehrt, rasch und gnadenlos, und der letzte bedeutete das Ende. Ich fuhr nach Oscarshavn. Ich hinterließ eine Nachricht für Victoria; kurz, knapp, keinerlei Erklärungen; ohne ein Wort darüber, daß ich ihr am Vorabend vorher gefolgt war.

Ich blieb vier Wochen in Oscarshavn, so lange dauerte es, sich um alles zu kümmern, und die ganze Zeit war ich voller Trauer; über die vielen Gestalten des Todes; den Tod des Lebens, der Liebe. Und ein Begräbnis ist nur eine furchtbare Veranstaltung für die Öffentlichkeit und nichts, worin man Trost findet; zwischen dem Verstorbenen und den ehrlich Trauernden gibt es in Wirklichkeit nichts mehr zu tun. Man tritt an den gedeckten Tisch des Todes, das ist alles. Man kann jederzeit seine zehn Minuten, seine halbe Stunde oder Stunde zusammen mit dem Verstorbenen bekommen, um zu weinen, zu beten, sich anzuvertrauen, zu gestehen, zu vergeben; aber draußen geht ein Angestellter des Bestattungsunternehmens auf und ab und macht einem ein schlechtes Gewissen, und es ist sowieso keiner da, der einem zuhört, was man zu sagen hat. Danach die Feierlichkeiten, Händeschütteln, Höflichkeitsphrasen, Karten, der ganze formelle Ablauf, den der Tod mit sich bringt. Ich stand die Formalien durch und ich aß, das war alles; ich aß enorme Mengen – Steaks, Lammrücken, Koteletts. Ich hatte einen Hunger, der sich nicht stillen ließ.

Nur ein einziges Mal hörte ich von Victoria, obwohl ich jeden Tag versuchte, sie anzurufen, bis zu dem Tag, an dem dieser Brief kam:

Wenn Du weg bist, bist Du mir viel näher, als wenn Du hier bist. Wenn Du weg bist, liebe ich Dich. Wenn Du hier bist, hasse ich Dich oder verabscheue Dich. Ist es mein Fehler oder Deiner? In mir habe ich eine Flamme, und ich glaube, daß sie niemals sterben wird; sie flackert die ganze Zeit: Hasse Dich, hasse Dich,

hasse Dich, liebe Dich, hasse Dich... Ich weiß, daß Du anderes zu bedenken hast, aber ich kann nicht anders, ich muß Dir das hier sagen, denk von mir, was Du willst.
Victoria

Als ich nach Oslo zurückkam, war sie weg. In ihre Wohnung war ein neuer Mieter eingezogen, sie hatte keine Adresse hinterlassen, und an ihrem Institut sagte man mir, daß sie für den Rest des Semesters Urlaub beantragt habe. Ich lebte in einem Zustand schleichender, dunkler Angst; ich sah etwas Häßliches, Grauenvolles näher kommen, ich sah nur nicht, was es war.

Sie tauchte wieder auf, mehrere Wochen später; mager, gelbbleich, und in ihren großen Augen flackerte ein Licht, das vorher nicht dagewesen war: ein fiebriger, alles verzehrender Ekel. Ich ließ sie nicht in meine Wohnung. Ich sah, daß sie damit gerechnet hatte, ich würde sie einlassen, aber ich tat es nicht. Sie stand im Treppenhaus und sagte kein Wort, bis ich sie fragte, wo sie gewesen sei. Da sagte sie: »Ich war in Schweden und habe abtreiben lassen.«

Ich war nicht einmal sicher, ob sie die Wahrheit sagte oder ob sie nur die zuverlässigste Art und Weise herausgefunden hatte, mich noch mehr zu zerreißen, aber ich konnte mir denken, auf welche Frage sie wartete, und ich stellte sie: »War das Kind von mir?«

»Ja.« Ihr starrer, dunkler Blick wich meinem keine Sekunde lang aus. Aber zu ihrer Verteidigung muß ich sagen, daß sie ein wenig zögerte, bevor sie sagte: »Das war der Grund, warum ich es nicht haben wollte.«

Vielleicht wäre sogar in diesem Augenblick noch eine Umkehr möglich gewesen; vielleicht gab es immer noch einen Strohhalm der Hoffnung; vielleicht hätte eine großzügige Geste der Liebe oder ein einziges Wort des Verzeihens uns immer noch retten können, aber ich brachte es nicht zustande. Ich glaube, sie hoffte darauf, aber ich sagte nichts, und es entstand eine Stille zwischen uns, die nichts gemein hatte mit den sonstigen Arten von Stille, die wir durchlebt und durchlitten hatten; eine ätzende Säure des Schweigens, die tiefe Wunden in unsere Seelen brannte, wo ein Wort hätte heilen, befreien und vielleicht uns beide hätte retten können. In diesem Schweigen wurde mir klar, daß ich sie nicht genug liebte, um meinen letzten Rest an Stolz hinunterzuschlucken und mich zu unterwerfen. Das ist es, worauf Liebe hinausläuft; sich zu unterwerfen, einer Macht, einem anderen, dem anderen, dem Fremden – und ich sah sie an und begriff, daß ich sie nicht mehr tief genug liebte, um ihr durch Unterwerfung zu helfen, und daß sie jetzt, am Ende, gerade so eine Hilfe brauchte, um selbst wieder lieben zu können. Ich begriff, daß die Frau, die ich geliebt hatte, jetzt die Frau getötet hatte, die ich liebte; ihre finsteren Dämonen hatten das wenige, was wir noch an Liebe füreinander übrig hatten, in einem letzten, wahnsinnigen Einsatz geopfert, um die *große* Liebe zu gewinnen, die ihr letzter Traum war. Ich verstand das, konnte aber ihrem Einsatz nichts entgegenhalten Das Herz schlug nicht mehr in meinem Körper, es war nur noch ein Klumpen, frierend, tot, so wie sie es vorhergesagt hatte, und ich starrte sie schweigend an, bis sie sich umdrehte und ging.

»Da ist eine Sache«, sagte ich. »Nur eine einzige Sache. An dem Abend, an dem du verschwunden bist, dem Abend, als das Konzert so mißglückte und du weggegangen bist, da bin ich dir gefolgt und habe gesehen, daß du dich mit einem Mann getroffen hast. Und ich habe mich seitdem immer gefragt, ob das Kind von ihm war.«

Ich merkte es ihrem Körper an: Sie wußte, daß diese Frage kommen mußte. Sie stand halb von mir abgewandt, als ich fragte, und ihr Kopf war gerade so weit weg, daß es ihr gelang, das Gesicht noch rechtzeitig zu verbergen. »Die Wahrheit?«

»Ja. Unbedingt.«

»Na gut. Es war nicht dein Kind. Was ich dir gesagt habe, war eine Lüge. Es tut mir leid, daß ich es gesagt habe. Aber ich mußte es sagen, um allem ein Ende zu machen. Ich konnte nicht mehr. Ich sah, worauf wir zusteuerten, du und ich.« Sie drehte sich wieder zu mir, und ihr Blick war wehrlos und nackt und erschreckend in seinem Mangel an Trauer; sie hatte die Trauer überwunden, wie ich sehen konnte, und einen Zustand erreicht, vielleicht ein ganzes Dasein, in dem Kummer und Schmerz nichts mehr bedeuteten. Das erschreckte und beeindruckte mich zugleich; es war ebenso furchtlos wie herzlos.

»Wer war der Mann?«

»Ein alter Bekannter. Ein alter Liebhaber.«

»Von vor meiner Zeit?«

»Ja. Lange vorher. Vergiß ihn.« Auf einmal lächelte sie dieses schiefe Halblächeln, das sie sich irgendwann in den Jahren nach unserem Auseinandergehen zugelegt hatte, und ich sah, daß sie mich trösten wollte.

»War er es, zu dem du gezogen bist?«

Das Lächeln veränderte sich, es schlich sich etwas Gefährliches, Gnadenloses hinein. Es erreichte die Augen, aber in ihnen war weder Humor noch Ironie, nicht einmal gleichgültige Überlegenheit, nur eine Art glühender Arroganz, vielleicht der Widerschein eines alten Rachegelüsts. Dann verschwand das Lächeln wieder und sie sagte: »Nein. Ich bin zu niemandem gezogen. Gibst du mir noch einen Cognac? Oder möchtest du, daß ich gehe?«

Ich schenkte ihr Cognac ein. Sie setzte sich aufs Sofa und zog die Beine unter den Körper; es war das erstemal im Verlauf dieses schmerzend steifen Abends, daß sie eine entspannte Haltung einnahm, und ich merkte plötzlich, daß ich selbst verknotet und zusammengekrümmt war wie ein gichtkranker Greis. Ich leerte den letzten Rest Cognac aus meinem Glas, ging zum Flügel und schlug vorsichtig eine Taste an. Es gab kaum einen Ton. Ich setzte mich in den Sessel ihr gegenüber und sagte: »Ich habe dir schon vor langer Zeit vergeben, wenn es Vergebung ist, worauf du aus bist. Die Schuld für alles, was passiert ist, lag ebenso bei mir. Ich habe dich weniger geliebt, als du verdient hättest. Vielleicht habe ich eigentlich gar nicht dich geliebt, sondern die Musik, und dafür schäme ich mich. Als ich anfing, auf alles zurückzublicken, sah ich, daß du mir viel mehr gegeben hast, als ich damals begreifen konnte. Sowohl Liebe als auch ein Verständnis für Schönheit. Wir gehörten nur einfach nicht zusammen. Deshalb habe ich dir vergeben, sofern es überhaupt etwas zu vergeben gibt. Eigentlich glaube ich das nicht, denn ich habe dich nie verurteilt. Ich habe dich gehaßt, aber ich habe dich nicht verurteilt, und ohne ein vorhergehendes Urteil gibt es nichts zu vergeben. Es war einfach vorbei.«

Sie nickte, setzte das Glas an den Mund und trank es aus. »Hättest du mich wieder lieben können?« fragte sie. »Ich meine nicht jetzt, sondern ein Jahr später, oder fünf oder zehn? Irgendwann, nachdem Schluß war?«

Ich war im Zweifel. Nicht darüber, *was* ich antworten sollte, sondern *ob* ich antworten sollte. Aber dann schien es mir doch notwendig, ehrlich zu sein. »Nein«, sagte ich. »Es war nichts mehr da.«

Sie erhob sich langsam und ging in den Flur, zog sich an und öffnete die Tür. »Ich habe dich geliebt, weißt du«, sagte sie. »Ich habe nie aufgehört, dich zu lieben.« Und dann lief sie die Treppe rasch hinunter und hinaus auf die Straße; ich hörte ihre Absätze auf dem Asphalt klappern, bis sie um die Ecke bog.

Ich schloß die Tür ab und lehnte mich dagegen.

Das Telefon im Wohnzimmer klingelte. Ich ging hin und warf einen Blick auf das Display, aber es zeigte nur Punkte, die nichts darüber sagten, wer der Anrufer war. Ich hob ab und sagte: »Francis Falckenberg.«

Rauschen und Hintergrundlärm erfüllten die Leitung ein paar Sekunden, dann sagte eine Frauenstimme: »Hier ist Tekla,

Francis, Tekla Messerheim. Tut mir leid, daß ich so spät anrufe, aber Margareta hatte einen Herzstillstand und liegt im Koma. Ich dachte, daß du das wissen solltest.«

»Ich komme«, sagte ich und legte auf. Das war eine schlimme Nachricht am Ende eines schlimmen Abends, aber wenigstens brauchte ich jetzt nicht nachzudenken; jetzt brauchte ich mich nur noch auf den Weg zu machen.

14 Mitternachtsmesse

Sie saßen im Fernsehzimmer auf der Intensivstation und warteten auf alles mögliche; auf mich, ein Wort, eine Entscheidung. Tekla erhob sich und begrüßte mich, Jason hatte nicht die Kraft, aber er streckte mir eine seiner über siebzigjährigen Hände entgegen und drückte meine Hand voller Herzlichkeit.

Die Uhr zeigte kurz vor halb elf, es war nicht viel Personal zu sehen, und ich riskierte es, öffnete das Fenster einen Spalt und steckte mir eine Zigarette an. Die beiden sahen mich mißbilligend an, ließen es mir aber durchgehen. »Was sagen die Ärzte?« fragte ich.

Tekla zog sich die breite schwarze Häkelstola fester um die Schultern und schüttelte den Kopf. »Pff!« machte sie und zog eine Grimasse. »Die Ärzte wissen gar nichts. Schläuche rein und Schläuche raus, Beatmungsgerät und Blutkonserven. Im übrigen beten sie, wie wir.«

»Sie war noch nicht wieder bei Bewußtsein?«

»Nein.«

Ich blies den Rauch aus dem Fenster. »Erzähl mir, was passiert ist.«

»Sie war zum Essen bei uns. Wir wollten gerade abspülen, da – *ffft!* sackte sie zu Boden. Ohne einen Laut. Ich dachte schon, sie wäre tot, aber … Du weißt, Francis, wir sind vorbereitet.« Sie sah zu Jason. »Er gab ihr eine Herzmassage, ich machte Mund-zu-Mund-Beatmung. Sie fing wieder an zu atmen. Das ist alles. So einfach, Francis. So einfach ist das, wenn es passiert.«

Ich legte den Arm um ihre mageren, abfallenden Schultern und drückte sie; es war wie die Umarmung, die ich Victoria vorenthalten hatte. Sie war jetzt weit weg, ebenso wie das Fest; alles außer diesem tristen, grau-beigen Krankenhauszimmer wirkte wie halb vergessene Vorzeit.

»Geh hinein und setz dich zu ihr, Francis. Sprich zu ihr.«

Das tat ich. Sie wirkte merkwürdig normal, wie sie da lag, weder besonders blaß noch sonst irgendwie ungewöhnlich, abgesehen davon, daß sie völlig reglos lag. Mir wurde klar, daß dies das Unnormalste war, was sie zu bieten hatte, viel erschreckender als Blässe oder andere Krankheitsanzeichen; eine stille Margareta wirkte beinahe widernatürlich. Ich setzte mich auf den weißen Plastikstuhl und stützte das Kinn auf die Hände, während ich sie betrachtete. Teklas Beschreibung der Situation war völlig zutreffend; hier gab es Schläuche und Apparate im Überfluß.

Ich habe eine Abneigung gegen Krankenhäuser und insbesondere gegen Ärzte; das kann an all den Unglücksfällen liegen, die mich in Kontakt mit ihnen gebracht haben, oder an dieser demütigenden, magischen Sprache, deren sie sich mit so großer Autorität bedienen: Codes, Beschwörungen, Anrufungen. Für mich könnten sie ebensogut über chemische Verbindungen, Megahertz oder Quantensprünge reden; es ist eine Sprache, die unweigerlich eine diffuse Angst erzeugt. Wir glauben, die Beschwörungen könnten uns Gesundheit, Glück, ewiges Leben geben, wenn wir sie nur verstehen würden. In Wirklichkeit sind Ärzte nichts anderes als Kalorien-Buchhalter mit erhobenem Zeigefinger und Pillenschachteln; Apostel der mehrfach ungesättigten Fettsäuren, Gastrozyniker, die den Risikogehalt jedes erdenklichen Nahrungsmittels auswendig kennen, aber nicht wissen, wie etwas schmeckt. Moderne Frankenstein-Typen in weißen Kitteln auf der Suche nach einer vagen, rücksichtslosen Unsterblichkeit. Der Verfall muß um jeden Preis verhindert, die Natur bekämpft werden. Beklagt sich der Patient darüber, daß sein Körper trotzdem verfällt, greift man zu den modernen Zauberstäben: Fettabsaugung, Skalpell, Kollagenspritze. Wenn die Leute, nachdem sie eine halbe Generation über die erwartete Lebensspanne hinaus wie Mumien ausgesehen haben, schließlich murren und depressiv werden, weil die Dinge nun mal ihren unausweichlichen Verlauf nehmen und sie von den zahlreichen Schmerzen und Gebrechen des Alters geplagt werden, dann findet sich immer noch irgendeine Pille, die die Nerven lähmt und die Patienten so gleichgültig gegenüber allen möglichen existentiellen Verdrießlichkeiten macht, daß sie noch ein wenig länger aushalten und noch ein paar Arztrechnungen mehr bezahlen. Das Problem mit Frankenstein ebenso wie mit unseren modernen Ärzten ist nicht, daß sie *verrückt* sind, sondern daß sie einen knochentrockenen und vollkommen vernünftigen Rationalismus mit einem totalen Mangel an *Ästhetik* kombinieren. Sie offerieren uns eine Welt ohne Geschmack, ohne Düfte, ohne Freude, und ein beinahe ewiges Leben, das sich die wenigsten von uns wünschen, wenn wir erkennen, was das in Wirklichkeit bedeutet. Sie geben uns Lebensjahre unter dem Vorwand, uns ein Stück Unsterblichkeit zu schenken, und rauben uns das Leben im natürlichen Verlauf.

Aber Margareta war seit vielen Jahren bereit, sich dem Tod zu stellen. Wir hatten oft darüber gesprochen, über ihre körperlichen Beeinträchtigungen und die daraus resultierenden Konsequenzen, und ich hatte oft Bewunderung empfunden für die Art, wie sie sich auf den Tod vorbereitete. Und trotzdem wünschte ich mir jetzt, wie ich da saß und ihr breites, starkes Gesicht betrachtete, daß es nicht gerade sie sein möge, die er sich jetzt holte.

Ich streckte die Hand aus und legte sie ungeschickt auf ihre Hände; es war schwierig, unter all den Kanülen, Schläuchen und Verbänden ihre Haut zu fühlen. Ich beugte mich vor und legte meinen Mund an ihr Ohr. »Stirb noch nicht«, sagte ich. »Ich weiß, daß du nicht alt wirst. Du weißt es auch. Aber es ist noch zu früh. Ich bin nicht vorbereitet. Wenn du stirbst, sterbe ich auch. Ich liebe dich noch zu sehr. Gib mir etwas mehr Zeit.«

Sie drückte meine Hand: schwach, flüchtig, kaum merklich. Dann war sie wieder reglos.

Mir stockte der Atem. Ich hob den Blick und sah auf den Herzfrequenz-Monitor; alles war wie vorher. Ich küßte sie auf die Stirn und flüsterte: »Danke.« Dann ging ich hinaus zu Tekla und Jason. »Sie hat mich gehört«, sagte ich. »Sie hat meine Hand gedrückt.«

Jason begleitete mich zum Fahrstuhl, während Tekla zu Margareta hineinging. Auf dem Gang begegneten wir einer Krankenschwester, sie lächelte und nickte uns zu.

Jason sagte: »Ich wußte es. Daß sie bleiben würde, wenn du kommst. Sie hat heute abend etwas Seltsames gesagt, über dich. Sie sagte, sie müsse in der nächsten Zeit besser auf dich aufpassen. Aber sie wollte nicht sagen, wieso.«

»Grüß sie von mir, falls sie aufwacht. Ich komme morgen wieder, aber wenn sie nach mir fragt, mußt du mich auf meinem Handy anrufen. Sie hat die Nummer in ihrem Telefonkalender.«

Er drückte meine Schulter, dann betrat ich den Fahrstuhl. Draußen hatte sich der Nebel gelichtet, die Sterne waren wieder zu sehen. Auf einmal wirkte alles – die Umgebung, die Welt, das Dasein – nackter und klarer, so als hätte Margaretas Herzstillstand eine Staubschicht fortgewischt. Ich hatte plötzlich das Bedürfnis, eine Kerze in der Kirche anzuzünden.

Ein Taxi stand auf dem Halteplatz vor dem Haupteingang. Ich setzte mich hinein und bat den Fahrer, mich zur katholischen Kirche zu bringen; das war die einzige, die meiner Meinung nach offen sein konnte, und sie war es. Ich drückte die schwere Tür auf, so leise ich konnte, und schlich mich hinein. Nur ein paar Wandleuchten brannten; ich konnte die tiefen gotischen Farben der Wandmalereien erkennen – die zwölf Stationen des Kreuzganges. Ich verneigte mich vor der Christusfigur hinter dem Altar, konnte mich aber nicht überwinden, das Kreuz zu schlagen, es erschien mir als eine zu fremdartige Geste. Ich stand noch im Mittelgang und überlegte, was ich nun tun sollte, als eine tiefe, klare, aber gedämpfte Stimme aus dem Halbdunkel hinter dem Taufbecken kam: »Hallo?«

»Entschuldigung«, sagte ich halblaut; und trotzdem hallte meine Stimme in der leeren Kirche wider.

Ein Priester erschien, schwarze Robe und weißer Kragen, das war alles, was ich sah; der Rest war Schatten und gedämpftes goldenes Licht von den Wandlampen. Die Straßenlaternen draußen ließen die Glasmalerei auf den Kirchenfenstern schimmern, aber das Licht war zu schwach, um die Farben bis in den Kirchenraum hinein leuchten zu lassen. »Wer ist da?« fragte er.

Ich begriff, daß ich im Schatten stand, und ging ein paar Schritte nach vorn. »Tut mir leid«, flüsterte ich. »Ich wollte nur eine Kerze anzünden. Für eine Freundin, die im Krankenhaus liegt, im Koma.«

»*Benedictus qui venit in nomine Domini*«, sagte er und trat auf mich zu; bekam deutlichere Konturen, aber sein Gesicht war immer noch nicht zu erkennen.

»Wie bitte?«

»Gesegnet sei, wer im Namen des Herrn kommt. Sind Sie Katholik?« Er sprach mit der Andeutung eines ausländischen Akzents, es mochte Deutsch, Niederländisch, Flämisch sein.

»Nein. Meine Freundin auch nicht. Aber sie ist – *war* – Diakonin einer anderen Kirche.«

Er blieb direkt vor mir stehen. »Margareta Messerheim?« fragte er.

»Ja.«

»Ich kenne sie. Was ist geschehen?«

»Sie hat eine alte Verletzung am Herzen, und heute abend hatte sie einen Herzstillstand.«

Er drehte den Kopf von einer Seite zur anderen und schnitt

eine beinahe bittere Grimasse. »Ahhh«, sagte er mit einer Mischung aus Kummer und Ärger in der Stimme. »Aber sie lebt noch?«

»Sie lebt. Deshalb wollte ich eine Kerze für sie anzünden. In der Hoffnung, daß sie weiterlebt.«

»Kommen Sie.« Er packte mich am Arm und zog mich durch eine Tür hinter dem Taufbecken, hinein in eine enge Sakristei oder etwas Ähnliches, mit einem einfachen kleinen Altartisch und einigen Stühlen. Auf dem Altar stand ein Kerzenleuchter. »Anzünden«, sagte er. »Unbedingt anzünden.«

Ich ging zum Altar; eine Streichholzschachtel lag neben dem Kerzenleuchter. Ich nahm ein Streichholz heraus, riß es an und streckte die Hand aus, und auf einmal trugen meine Beine mich nicht mehr; die Knie gaben unter mir nach, und ich fand mich kniend vor dem Altar wieder. Es war, als ginge ein Ruck durch meinen Körper; ich erstarrte in dieser knienden Stellung, bis die Flamme des Streichholzes meine Fingerspitzen erreichte; erst da schaffte ich es, mich wieder zu erheben. Ich drehte mich um und sah den Priester an. Er hatte sich auf einen der Stühle gesetzt, in einer seltsamen Haltung, vornübergebeugt, die Ellbogen auf die Knie gestützt, abwartend. In dem halbdunklen Raum konnte ich seine Augen nicht erkennen, nur die Schatten der Augenhöhlen; ich fühlte seinen Blick auf mir, mehr als daß ich ihn sah. Ich riß ein neues Streichholz an, entzündete eine Kerze und betete ein stummes Vaterunser mit einigen hinzugefügten Worten; nicht nur für Margareta, ich betete auch für meine eigene Seele – dagegen war doch sicher nichts einzuwenden. Dann drehte ich mich zu ihm um, ging nahe genug auf ihn zu, um ihn endlich deutlich sehen zu können. Er war ein älterer Mann, Ende Sechzig, vielleicht mehr; grauhaarig, zerfurcht und mit einer seltsamen gezackten Narbe, die sich von einem Nasenflügel bis zur Schläfe zog. Das ließ ihn rauh, ruppig, nicht gerade priesterhaft aussehen, eher so, als wäre er ein alter Haudegen. »Setzen Sie sich«, sagte er und klopfte auf den Stuhl neben sich.

Ich gehorchte.

»Wer sind Sie?« fragte er.

»Francis Falckenberg. Ein alter Freund von Margareta, schon seit vielen Jahren. Seit der Vorschule. Und der Mann, der Schuld hat an ihrem Herzschaden.«

Er runzelte die Stirn und sah mich fragend an, und ich erzählte ihm die Geschichte von dem Unfall.

»Und nun machen Sie sich Vorwürfe«, sagte er, nachdem ich geendet hatte.

»Natürlich.«

Er nickte. »Natürlich. Und Margareta?«

»Sie macht mir keine.« Ich lächelte und schüttelte den Kopf.

»Natürlich nicht«, sagte er. »Sie waren nichts anderes als ein unglückseliger Autofahrer oder ein Werkzeug Gottes. Sie weiß das.« Er lächelte mich freundlich an.

Ich beugte mich vor und legte eine Hand auf seinen Arm; es war eine Bewegung, so fremd, so unnatürlich für mich, daß sie mich geradezu erschreckte. »Oder des Teufels«, sagte ich. Und wieder erschreckte mich das; vielleicht war es dieses Wort, vielleicht war es die Vorstellung; mir lief plötzlich ein Schauer über den Rücken.

Er sah es, lächelte beruhigend, schüttelte resigniert den Kopf. »Warum sehen wir so bereitwillig in allem immer nur das Schlechteste? Waren Sie betrunken? Nein. War es böse Absicht? Nein. Ein Unglück, nur ein Unglück, ein beinahe komisches dazu, hätte es nicht diese schrecklichen Folgen gehabt. Aber mit einer Konsequenz: Margareta Messerheim wurde Diakonin, eine Dienerin Gottes. Und eine gute dazu. Ich habe gehört, was passiert ist, daß sie ihre Stellung gekündigt hat, und ich weiß, warum, aber das spielt keine Rolle. Wenn Gott sie zu seiner Dienerin machen wollte, warum sprechen Sie dann von einem Werk des Teufels?«

Ich mußte lachen. Seine Logik war verblüffend, anscheinend nahm er die meisten Dinge mit ruhiger, gleichmütiger

Gelassenheit hin. Und er lachte mit mir, bis ich fertig war; es dauerte eine Weile, und ich hörte selbst, daß eine Spur Hysterie sich in das Lachen schlich. Dann sagte er: »Gott kennt einen jeden Vogel, der vom Himmel fällt. Er *verhindert* es nicht. Dabei hätte er genausogut darauf verzichten können, das Fallen zu erschaffen. Oder den Vogel. Oder die Erde. Es ist so einfach. Ihre Freundin weiß das. Manchmal geschehen Dinge aus einem bestimmten Grund, als Teil eines Plans. Manchmal geschehen sie nur, weil die Freiheit dazu existiert, das ist alles. Wir sind zu Gast auf dieser Welt, aber oft ist es die Welt, die als Gast zu uns kommt, und alles, was wir tun können, ist, sie zu empfangen. Wenn Ihre Freundin leben soll, dann wird sie leben. Wenn nicht, ist es wenigstens nicht Ihre Schuld.«

»Ich weiß nicht«, sagte ich. »Es so zu sehen ist leichter für Menschen, die eine Religion haben, als für uns, die wir keine haben.«

Er verzog das Gesicht zu einer idiotischen Grimasse, die seine Narbe ganz rot werden ließ. »Religion, pah!« sagte er. »Gott hat nie irgendeine Religion gestiftet, während Abraham drei davon in die Welt setzte. Mysterien sind nur für uns Menschen Mysterien; für Gott ist alles offenbar. Glaube ist etwas anderes als Religion. Gehen Sie nach Hause, und schlafen Sie gut; überlassen Sie es Gott, sich um das Seine zu kümmern.« Er stand auf und schnippte sich ein paar Staubkörner von den Hosenbeinen, dann hakte er mich unter und brachte mich zur Tür. »Sehen Sie«, sagte er. »Überlegen Sie: Ich war gerade auf dem Weg, die Kirche abzuschließen, als Sie hereinkamen. Zufall oder Plan? Wer kann das sagen? Spielt es eine Rolle? Sie kamen herein und wollten eine Kerze anzünden, und wir haben uns ein wenig unterhalten. Das hat doch auch sein Gutes.« Er hielt mir die Tür auf, dann winkte er mir zum Abschied zu, und ich ging die Treppenstufen hinunter und auf den Kirchenvorplatz hinaus.

Dort draußen blieb ich stehen und steckte mir eine Zigarette an. Der Priester schaltete eine Lampe hinter mir aus, und der Platz wurde dunkler. Die Nacht war klar und kalt geworden; konnte gut sein, daß es die erste Winternacht war. Ich legte den Kopf zurück und sah hinauf zu den Sternen: Venus, Kassiopeia? Der Mond war drei Viertel voll und nahe. Was für ein Tag war heute? Es war halb eins in der Nacht, also mußte inzwischen Montag sein. Ob irgendwo noch eine Bar geöffnet hatte? Ich wollte nicht nach Hause, aber auch nicht zurück ins Krankenhaus. Ich war hellwach, in mir war ein Zittern; ich hatte seit Freitagnachmittag stetig ordentlich getrunken und nicht sehr viel geschlafen. Ich nahm Kurs aufs Zentrum. Die Straßen waren still, die Häuser dunkel. Rankens Grøde war noch offen. Offen und menschenleer. Es war ein gutes Gefühl, dort hineinzukommen; die warmen Farben, das dunkle Holz, das glänzende Messing; eine Normalität in scharfem Kontrast zu Krankenhäusern, Kirchen, Erinnerungen. Die Barfrau, kaum älter als Ende Zwanzig, warf mir einen mißtrauischen Blick zu, als ich einen Highland Park bestellte; ich verstand, warum, als ich mein Spiegelbild zwischen den Flaschen an der Wand erblickte; ich sah bleich aus, mitgenommen, ungepflegt. Ich lächelte sie an und sagte: »Ich habe einen Unglücksfall in der Familie.« Sie stellte das Glas vor mir auf den Tresen; ich leerte es mit zwei Schlucken und bestellte dasselbe nochmal.

Sie sagte: »Ein Unglück kommt selten allein. Sie sehen nicht so aus, als ob Sie noch mehr trinken sollten.«

»Das geht schon in Ordnung«, murmelte ich. Aus der Stereoanlage klang Disco-Soul der frühen siebziger Jahre, ich erkannte Karen Young, Cheryl Lynn. Ich ertappte mich bei dem Wunsch, die Frau möge die Bar in dieser Nacht nicht schließen; ich hätte am liebsten Stunde um Stunde dagesessen, in gleichmäßigem, behaglichem Tempo einen Highland Park nach dem anderen getrunken, den Klangwogen aus den Lautsprechern gelauscht und auf die leere Straße hinausgeblickt; vielleicht hätte sich herausgestellt, daß sie ein interessanter

Mensch war, und wir hätten über allerlei Bedeutungsloses plaudern können. Ich hatte das Bedeutungsvolle satt, die Nase gestrichen voll von all dem Tiefgang. Ich wollte nicht so viele Veränderungen und erst recht nicht so viele Erinnerungen, wie sie mir in der letzten Zeit aufgezwungen worden waren. Ich wollte nur, daß das Leben etwas von einer reinen und eleganten und stillen Klaviersonate hatte; aber im Augenblick hatte es viel eher etwas von einer großen Opernvorstellung, übervoll mit Dramatik und grandiosen Effekten.

»Sind Sie nicht Francis Falckenberg?« sagte sie.

»Stimmt.«

»Ich war ein paarmal in Ihrem Antiquariat, Sie erinnern sich bestimmt nicht an mich. Sie haben sich mit Reportern geprügelt.«

»Geht das Gerücht um?«

»Und wie.« Sie steckte sich eine Zigarette an und stützte die Ellbogen auf den Tresen. Sie hatte blondes, grobes Haar; ich bildete mir ein, daß es sich wie Hanf anfühlen würde. Sie hatte breite Hüften und einen großen Busen und ihre Gesichtszüge waren beinahe klassisch schön, aber die Haut war grobporig. »Wieso haben Sie das getan?«

»Ich wollte sie nicht in meinem Geschäft haben, und ich wollte mein Gesicht nicht im Fernsehen und in den Zeitungen sehen.« Ich trank aus und bestellte noch einen.

Sie sah erst auf die Uhr, dann zu mir; dann gab sie mir den Whisky ohne weiteren Kommentar. »Warum nicht?«

»Ich weiß nicht. Der Grund spielt doch eigentlich keine Rolle. Oder? Ich wollte einfach nicht, aber sie dachten gar nicht daran, das zu respektieren.«

»Worum ging es eigentlich? Was wollten die?«

Ich zündete mir eine neue Zigarette an. »Etwas, um darüber zu schreiben«, sagte ich. Sie war nicht so interessant, wie ich gehofft hatte; sie wollte nur über genau dasselbe reden wie alle anderen. Die Bar wirkte nicht mehr ganz so einladend; der Traum, hier die Nacht zu verbringen, verblaßte. Ich stand auf, nickte ihr zu und ging, wobei ich merkte, daß ich unsicher auf den Beinen war und mein Körper mir fremd vorkam. Die Storgata war ruhig. Hin und wieder fuhr ein Auto in moderatem Tempo vorbei. Am unteren Ende der Straße konnte ich ein paar Fußgänger sehen. Ich ging zu meinem Laden, vorsichtig, schloß auf und sperrte hinter mir wieder zu; die Regale voller Bücher umringten mich, hüllten mich warm ein. Ich schaltete kein anderes Licht ein als die kleine Buchhalterlampe über der Registrierkasse, dann ging ich ins Lager, holte eine Flasche Wein und öffnete sie. Ich nahm ein Buch aus einem Regal, ganz zufällig, ohne es überhaupt anzusehen, setzte mich aufs Sofa und begann darin zu blättern, während ich Wein trank und Zigaretten rauchte, bis die Flasche leer war. Als ich mich schließlich erhob, fühlte ich mich seltsam leicht im Kopf. Ich machte die Lampe aus, ging nach draußen und schloß die Tür unter einigen Schwierigkeiten ab, dann ging ich langsam und vorsichtig Richtung Hafen, aber als ich die erste Seitenstraße überquert hatte und wieder auf den Bürgersteig treten wollte, stolperte ich und schlug der Länge nach hin.

Es gab keinen Grund, sofort wieder aufzustehen. Ich lag ganz gut so. Es war nicht besonders kalt, niemand sah mich, und als ich mich auf den Rücken rollte, konnte ich den Sternenhimmel über mir sehen. Ich streckte mich aus und legte die Hände hinter den Kopf. Die Handschuhe waren weich wie Kissen. Eine Wolke trieb sacht an der Mondscheibe vorbei. Ich dachte, daß dies eigentlich eine ziemlich unpassende Situation war, und wieder sah ich mich aus der Vogelperspektive: Francis Falckenberg, ein honoriger Bürger der Stadt, eine Stütze unserer kleinen Gesellschaft, liegt auf dem Rücken in der Storgata, mitten auf dem Gehsteig, die Hände hinter dem Kopf verschränkt, in tiefer Nacht zwischen einem Sonntag und einem Montag im November. Wenn mich jetzt einer sieht, gibt es auf jeden Fall Theater, das denke ich, wie ich da liege; manche werden es traurig und peinlich finden, manche komisch, andere abscheulich und wieder andere ganz einfach verdächtig; und alle, absolut alle werden es ungehörig finden. Ich selbst bin mir da gar nicht so sicher. Im Grunde finde ich es ganz angenehm, beinahe komfortabel, auf jeden Fall aber entspannend; ja, das ist genau das, was mir jetzt guttut, hier auf dem Bürgersteig zu liegen, in Mantel und Schal und Handschuhen, und über Sterne und Monde und Wolken zu meditieren, also laß sie doch kommen, laß sie doch um mich herumstehen und lachen und betrübt die Köpfe schütteln und ihre Kommentare tuscheln; laß sie doch machen, was sie wollen, aber laß mich das Meine tun.

»Hab Sie gefunden!« sagt eine Stimme, und ich schlage die Augen auf und stütze mich auf einen Ellbogen. Das rotgekleidete Mädchen. Sie hockt neben mir und betrachtet mich, wie ich da liege.

»Wer bist du?« frage ich.

»Würden Sie noch mal mit mir kommen? Nur noch ein einziges Mal?« Ihr Gesicht liegt im Schatten, es ist unmöglich, ihre Züge zu erkennen, aber ihre Stimme ist so, wie ich sie in Erinnerung habe; erwachsen, sachlich, nüchtern – beinahe ältlich.

»Ich glaube nicht, daß ich gehen kann.« Aber irgendwie schaffe ich es, wieder auf die Füße zu kommen, und ich sehe sie mir genauer an. Aber sie ist schwer zu erkennen, undeutlich, sie flimmert irgendwie.

Ich sehe mich statt dessen um, und es ist etwas mit meinem Sehvermögen passiert, oder mit der Stadt. Es ist Nacht, die Nacht der Nächte. Die Straßenlaternen sind jetzt ausgeschaltet, in den Schaufenstern brennt kein Licht, und die Leuchtreklamen darüber zeigen nicht das leiseste Glimmen. Mond und Sterne sind verschwunden, aber von nichts anderem verborgen als von einem Himmel ohne Wolken, ohne Himmelskörper, ohne Bewegung, und alles ist grau. Dann, während ich schaue, mich immer im Kreis um mich selbst drehe und schaue, schwindet die Stadt langsam dahin. Die Häuser flimmern wie das Mädchen, dann sind sie weg; der Asphalt verschwindet, die Laternenmasten, Bänke und Gehsteige; alles, was Menschen angelegt und geschaffen haben, verschwindet nach und nach, im Laufe weniger Sekunden, bis nichts mehr da ist als eine Welt, die ich nie vorher gesehen habe.

Auf einmal verstehe ich alles. »Du bist tot«, sage ich.

Sie nickt ernsthaft. Sie ist jetzt weniger verschwommen; ich kann ihr Gesicht erkennen. Es ist nichts Erschreckendes daran; ein Kleinmädchengesicht, weich, sanft; das ist alles. »Jetzt haben Sie es verstanden.«

»Du bist Elsa Marie Willumsen.«

»Vielleicht. Ich weiß nicht, wer ich bin.«

»Bin ich denn auch tot?« Ich befinde mich schließlich in einem unbekannten Land, aus dem kein Reisender zurückkehren kann, falls das Zitat seine Richtigkeit hat; der Gedanke ist wirklich naheliegend.

»Nein.«

»Aber warum ...?«

»Warum Sie?«

»Ja. Warum ich?«

»Ich weiß es nicht. Woher soll ich das wissen? Weil ich Sie erreichen kann. Weil Sie mir nahe sind. Weil ich Sie von hier aus sehe. Es ist nicht so, daß ich zu allen gehen kann. Sie sind nicht tot, aber es ist nicht mehr lange bis dahin.«

Ich stecke mir eine Zigarette an. Das geht tatsächlich. Aber der Rauch schmeckt absolut nach nichts, und er verschwindet im Nichts; es gibt keinen Luftzug hier, keinen Wind, keinen einzigen Hauch. Ich blase den Rauch aus und sehe ihn nicht; er löst sich auf wie Dampf. Dann auf einmal, aus weiter Ferne, höre ich einen Laut, seltsam flach, er verschwindet plötzlich und ist unmöglich zu bestimmen: ein Ruf? Ein Schrei? Die Worte passen nicht, machen keinen Sinn für diesen Laut, aber das Mädchen – Elsa Marie – dreht den Kopf und sieht in seine Richtung. »Berühren Sie hier nichts«, sagt sie. »Und lassen Sie sich nicht berühren.«

»Ich habe Angst«, sage ich.

»Das brauchen Sie nicht. Das hier ist meine Welt, hier kann ich Ihnen beistehen. Tun Sie einfach, was ich sage.«

»Was willst du von mir?« Ich schnippe die Zigarette weg, und sie verschwindet, bevor sie den Boden erreicht, ohne Funken, ohne irgendeine Spur zu hinterlassen. In diesem Land darf sich nichts verändern, niemals.

»Ich will nach Hause. Und es sind noch mehr von uns hier, die nach Hause wollen. Sie sind der einzige, der uns helfen kann.«

Warum kann ich hier sehen? Es gibt kein Licht, es gibt keine Farben, keine Bewegung, kein Leben. Es ist eher eine Nacht als ein Ort, und in dieser Nacht existiert kein Lachen und keine Liebe. Hier in dieser dunklen, farbenlosen Welt gibt es keine anderen Kinder als dieses Mädchen und ihresgleichen; und die Sonne hat hier nie existiert. Es gibt hier etwas, was an Bäume erinnert, aber sie tragen kein Laub und haben es nie getan; auf dem Boden liegen keine Blätter; es gibt nur dürre Äste, die in die Dunkelheit ragen. Hier sind nur Konturen und Schatten, nichts anderes. Vielleicht würden sich sogar die Konturen als nicht existent erweisen, falls ich sie zu berühren versuchte. Der Himmel über uns hat nichts von dem Blauschimmer, den selbst der finsterste Himmel auf Erden besitzt; ob er dunkelgrau ist oder vollkommen schwarz, ist unmöglich zu sagen, denn ihm fehlt jeglicher Glanz, und er wirkt begrenzt, endlich; er hat nichts von der Unendlichkeit, die das Weltall erahnen läßt, ganz im Gegenteil, er erscheint nahe, nicht weiter weg als eine hohe bemalte Zimmerdecke. Dieser ganze Ort wirkt steifgefroren, so still ist es hier; eine Welt ohne Bewegung, ohne Raum; unsere Stimmen haben keinen Hall.

Wie hätte Turner *diese* Landschaft gemalt? Selbst Kohlestifte wären zu farbig; hier ist alles grau, aber es ist ein Grauton ohne Weiß. Ist es möglich für mich, von hier aus ins Reich der Lebenden zurückzukehren?

Und woran denkt dieses Mädchen in diesem schmalen, kalten Schattenland; fühlt sie, träumt sie, sehnt sie? Ist sie selig oder verdammt?

»Ich möchte auch nach Hause«, sage ich.

Sie sieht mich an, und endlich sehe ich ihre Augen. Sie sind grau, sie auch, und suchen meine; ich glaube, ich kann eine Sehnsucht in ihnen erkennen, ein überwältigende, kummerschwere Sehnsucht, die mich lähmt, mich bis ins Knochenmark frieren läßt. »Aber Sie werden heimkehren«, sagt sie. »Sie kommen auf jeden Fall nach Hause. Ich kann jetzt weggehen, und Sie sind sofort zu Hause, und alles wird beinahe sein wie vorher. Ich mache es, falls es das ist, was Sie wollen. Aber Sie sind der einzige, der helfen kann.«

Etwas bewegt sich hinter mir. Ich fühle es in meinem Innern, mehr als ich es höre oder spüre. Da ist Angst, ganz einfach nackte Angst.

»Nicht umdrehen«, sagt sie rasch.

»Was ist es?« frage ich. »Was ist da hinter mir?«

»Eine andere. Ich weiß nicht, wer sie ist. Aber sie ist zornig. Sie ist noch nicht lange hier. Ich bin seit langem hier und nicht mehr zornig. Alles ist in Ordnung, wenn Sie sich einfach an mich halten. Sie kann Ihnen nichts tun, solange ich hier bin, und sie weiß das.«

Das Gefühl, daß noch jemand anwesend ist, wird einen kurzen Moment lang stärker, dann verschwindet es völlig. Ich schließe die Augen und will aufatmen, entdecke aber, daß ich es nicht kann; ich atme nicht mehr, obwohl meine Stimme weiterhin trägt. »Ist sie auch eine, der ich helfen soll?«

»Ich glaube schon. Ich weiß nicht alles. Wir sprechen hier nicht miteinander.« Sie sieht mich an. Die Sehnsucht ist immer noch da; ich sehe jetzt, daß sie sich danach sehnt, ich zu sein, und das erschreckt mich wieder zutiefst. Sie schüttelt den Kopf. »Haben Sie keine Angst.«

»Was muß ich tun?«

»Werden Sie mir helfen?«

Habe ich eine Wahl? »Ja«, sage ich. »Ich werde dir helfen.«

»Ich muß Sie anfassen.«

»Nur zu.«

Sie nimmt meine Hand, und dieses graue, endlose Dunkel zieht sich um uns zusammen und trägt uns durch die Stadt und darüber hinaus, bis wir am Rand des Moores stehen, in dem sie ihren unfreiwilligen Schlaf schläft; es hat weniger als eine Sekunde gedauert; wir sind einfach hier. Das Moor ist ebenso leblos wie alles andere in dieser Welt. Es ist das Moor, das ich von früher kenne, und doch ein ganz anderes, und auf einmal begreife ich: Das ist das Land, das Chopin sah, als er seine *marche funèbre* schrieb; durch diese Welt ziehen seine düsteren Töne dahin.

»Sie waren früher schon hier«, sagt sie.

»Ja. Ich habe nach dir gesucht.«

»Ich war zornig damals. Ich habe Sie beneidet. Ich versuchte, nach Ihnen zu greifen. Ich glaube, Sie haben es gemerkt.«

Ich hätte wissen müssen, wer sie war – *was* sie war –, schon beim erstenmal, als ich mit ihr sprach, wegen der Stimme. Sie ist leise und tonlos und sanft und fern. Es war falsch, was ich zu Berger gesagt habe; diese Stimme ist nicht erwachsen, sie ist tot. »Ich habe es gemerkt«, sage ich. »Ich wußte nur nicht, was es war.«

»Aber jetzt haben Sie mich gefunden. Und ich habe Sie gefunden.«

»Freust du dich jetzt?«

»Ich bin erleichtert. Freude existiert nicht mehr.«

»Wo liegst du? Das ist es doch, was du willst, nicht wahr? Du willst, daß man dich findet?«

»Ja. Ich liege dort. Sehen Sie die Stelle?« Sie zeigt auf einen Grasbuckel in der Nähe des Waldrandes; es ist derselbe, an den ich mich klammerte, als ich fiel.

»Ich erinnere mich.«

»Da finden Sie mich. Tief unten.«

»Ist es möglich, dich zu finden? Ist es da nicht zu tief?«

»Das weiß ich nicht. Aber ich verspreche, daß ich Ihnen nicht böse sein werde, falls es nicht geht.«

»Ich werde mein Bestes tun.« Am Rand meines Gesichtsfeldes sehe ich eine flimmernde, unklare Bewegung, und ich wende mich ab. »Was ist das?« flüstere ich.

»Ich weiß nicht. Ich weiß nicht über alles hier Bescheid. Aber bei mir sind Sie sicher.«

»Ich will nach Hause.«

Sie sieht mich an. »Ja. Jetzt sollen Sie nach Hause.« Aber sie bewegt sich nicht von der Stelle.

»Ist noch etwas?« frage ich leise.

»Das wissen Sie doch.«

Ich nicke. Hier weiß ich alles; vielleicht hätten wir nicht einmal miteinander reden müssen. Vielleicht hätte es ausgereicht, mich hierherzuführen. »Wer hat dir das angetan?«

»Ich weiß es nicht. Ich kann ihn nicht sehen. Er ist weit weg von mir. *Er* ist voller Leben.«

»Was kann ich da tun?«

»Auch das weiß ich nicht. Aber falls es etwas geben sollte, was Sie tun können, wenn Sie wieder zu Hause sind, dann ist es gut. Ich sehe nur Sie, müssen Sie wissen. Sie sind der einzige, den ich ganz deutlich sehen kann. Und Sie sind ein Lot, Sie können der Waage den Ausschlag geben. Aber wie, das weiß ich auch nicht.«

»Kannst du *mir* helfen? Später, meine ich?«

»Nicht einmal das weiß ich. Aber noch schlafe ich nicht. Wir werden sehen. Gehen Sie jetzt heim. Lassen Sie einfach meine Hand los, dann sind Sie zu Hause.« Und ich lasse ihre Hand los, und jäh ist sie fort, auch das Moor ist verschwunden. Alle Konturen lösen sich auf, nur die Dunkelheit ist noch da, es dauert einen Augenblick, dann sehe ich endlich Licht, das sich vor meinen Augen entfaltet. Es beginnt als ein klarer und schimmernder kleiner Punkt und weitet sich aus, streckt sich nach allen Richtungen gleichzeitig, bis ich mitten darin stehe, eingehüllt, eingebettet, und ich begreife, daß dieses Licht das weiße Licht ist, das Leute sehen, wenn sie aus einem möglichen Tod erwachen, und daß wir das alles mißverstehen: Es ist nicht das weiße Licht der Ewigkeit, das wir sehen, wenn wir uns dem Tod nähern, denn über den Tod wissen wir nichts. Das weiße Licht, das wir sehen, ist das Licht des Lebens, und wir sehen es, wenn wir umkehren und zurückwandern. Ich begreife das jetzt, und ich merke, daß ich wieder atme; atme und weine.

15 Die Techniker des Heiligen

Durch die gemusterten Vorhänge sah ich das Licht hereinsickern, es färbte das Zimmer gelblich. Draußen bellte ein Hund, ein Kind rief etwas, eine Frauenstimme antwortete. Ich war in meinem eigenen Bett aufgewacht; das wurde mir langsam bewußt, und ich lag dort lange und regungslos; horchte auf diese normalen Geräusche, betrachtete das freundliche Licht. Die Welt hatte sich auf den Kopf gestellt; die Normalität wirkte beinahe unheimlich; und ich fragte mich einen Moment lang: War ich jetzt wahnsinnig? Ich lag ganz still, hatte Angst, mich zu bewegen, hatte Angst, daß die geringste Bewegung eine Veränderung der Umgebung bewirken könnte; daß all dies scheinbar Wohlbekannte sich in Grau, in Schwarz verwandeln, daß es zerreißen könnte, sich als Blendwerk, Täuschung entpuppen könnte. Ich ging mühsam alles durch, was mir vom gestrigen Tag in Erinnerung geblieben war; von dem Moment an, als Tekla anrief, bis zu – ja, was eigentlich? Ich hatte keine Ahnung, wie ich nach Hause gekommen war, oder wann. Aber ich fühlte mich nicht wahnsinnig. Ich hatte, auf welche Weise auch immer, erlebt, was ich erlebt hatte, so einfach war das. Es hatte nichts mit Wahnsinn zu tun.

Ich richtete mich vorsichtig im Bett auf und merkte, daß ich einen Pyjama anhatte und daß ich mich zerschlagen fühlte, so als wäre ich viel weiter gewandert oder hätte viel härter gearbeitet, als ich es gewohnt war. Ich hatte rasende Kopfschmerzen, und meine Augen fühlten sich rauh und wund an. Der Wecker auf dem Nachttisch zeigte 12 Uhr 45. Ich schlug die Decke zurück und stellte die Beine auf den Boden. Als ich aufstehen wollte, trugen sie mich nicht; ich setzte mich wieder und atmete tief durch, bis ich mich bereit fühlte. Dann ging ich ins Wohnzimmer, aber alles wirkte normal. Die Cognacgläser, aus denen Victoria und ich getrunken hatten, standen immer noch da; eins auf dem Flügel, das andere auf dem Couchtisch. Ich ging in den Flur. Der Mantel hing an der Garderobe, schmutzig und verknittert, wie zu erwarten war. Die Schuhe waren verdreckt, die Handschuhe ebenso. Die rote Lampe des Anrufbeantworters blinkte aufgeregt, fünf Blinker, fünf Nachrichten. Ich fragte die Mailbox meines Handys ab. Keine Anrufe.

Ich maß eine großzügige Portion französische Espressobohnen ab, mahlte sie, kochte Wasser auf, goß es über das Kaffeepulver und trank große Gläser Milch und Orangensaft, während der Kaffee zog. Es war ein gutes Gefühl, diese einfachen, alltäglichen Rituale auszuführen; die Normalität ist immer ein Segen, aber an diesem Tag empfand ich sie als Gnade. Nachdem ich die erste Tasse Kaffee getrunken und eine Zigarette geraucht hatte, wählte ich die Nummer des Krankenhauses und ließ mir Tekla geben. »Es tut mir leid, daß ich nicht früher angerufen habe«, sagte ich. »Ich bin aufgehalten worden. Wie geht es ihr?«

»Ich glaube, soweit ganz gut.« Sie klang müde; ich vermutete, daß sie kaum geschlafen hatte. Wenn man siebzig, achtzig Jahre alt ist, sollte man so etwas nicht durchmachen müssen, dachte ich. »Sie hat sich einige Male bewegt. Und die Ärzte sind optimistisch, was das Gehirn angeht. Sie glauben nicht, daß es bleibende Schäden erlitten hat. Wenn sie nur wieder aufwacht.«

»Ich komme im Laufe des Tages.«

»Ist alles in Ordnung? Du klingst so verstört.«

»Nein, nein, alles okay. Bis später.« Ich legte auf und hörte die Nachrichten auf dem Anrufbeantworter ab; drei waren von Janne, die wissen wollte, wo ich blieb, eine war von Kurt, der nur mal fragen wollte, wie es mir ging; die fünfte bestand nur aus Geräuschen, elektronischen oder mechanischen. Ich löschte sie alle und wählte die Nummer von Skriftstedet.

»Wo zum Teufel hast du gesteckt?« schimpfte Janne. Ihre Stimme verriet Ärger, Panik, aber auch Sorge.

»Hier«, sagte ich.

»Ich rufe schon seit Montagmorgen an. Jetzt war ich drauf und dran, die Polizei vorbeizuschicken.«

»Seit *Montagmorgen?* Was für ein Tag ist denn heute?«

»Dienstag. Es ist jetzt Dienstagvormittag. Pfui schäm dich, was bist du bloß für ein Saufkopp, Falk.« Ihr Tonfall veränderte sich; eine Spur von sadistischem Humor schlich sich hinein.

»Ja«, sagte ich, »war 'ne ganz schöne Zecherei.« Aber ich fühlte plötzlich ein Erschauern über meinen Rücken laufen, als ich die Konsequenzen dessen erkannte, was ich durchgemacht hatte. Welche Wunder und Mirakel hatte ich erlebt, im Kopf oder in der Hölle, seit ich zuletzt mit Janne gesprochen hatte? Und sie wußte nichts davon, hatte keine Ahnung, sie dachte, alles sei in Ordnung, alles sei wie vorher. Mein Leben war unwiderruflich verändert, und Janne glaubte, daß es sich um ein gewöhnliches Saufgelage gehandelt habe. Letztlich sind wir alle Fremde für einander.

Es klingelte an der Tür.

»Ich kriege anscheinend Besuch. Ich rufe dich nachher wieder an«, sagte ich und legte auf. Ich lief ins Schlafzimmer und holte meinen Morgenmantel, in der Hoffnung, es könnte Krogher sein, der sich wieder mal bei mir melden wollte, aber nein, er war es nicht – ganz im Gegenteil, es war Berger, der auf der Treppe stand, mit einem weiteren stattlichen Polizisten hinter sich. Er gab mir die Hand. Ich erwiderte seinen Händedruck höflich, vielleicht etwas formell, und entschied mich, nichts zu sagen, jedenfalls vorerst nicht.

»Sie sind mit Victoria Wechtel bekannt?« fragte er, und mir fiel auf, daß sein zögerndes Stottern verschwunden war, seine bleiche Konturlosigkeit gleich mit; er wirkte jetzt gefestigt, fast wie ein anderer Mann.

»Ja?«

»Ich habe leider schlimme Nachrichten. Frau Wechtel ist tot. Es tut mir leid, daß Sie es auf diese Weise erfahren, aber es gibt keine angenehme Art, eine solche Mitteilung zu überbringen.«

Ich dachte: O Gott, es ist meine Schuld, ich habe es nicht geschafft, das Richtige zu sagen; sie hat mich um etwas gebeten, was ich nicht verstand, und ich schickte sie weg und geradewegs in die Hölle. Dann koppelte mein Gehirn sich vollständig ab; ich wich zurück und sagte: »Nein.«

»Doch, leider.«

»Wie?« Ich fühlte mein Herz schlagen; hart, unregelmäßig, mühsam. Es fühlte sich fremd an.

»Es sieht nach Selbsttötung aus.«

Ich schaute Berger an, er schaute mich an; unergründlich neutral, er wirkte beinahe gespannt; vielleicht lag ein klitzekleiner Funken von Mitgefühl in seinem Blick; ich war mir nicht sicher. Aber wir konnten nicht so stehen bleiben. »Kommen Sie herein«, sagte ich. Sie traten ein, alle beide; der zweite stellte sich mit einem Namen vor, den ich nicht verstand, einem Händedruck, den ich nicht spürte; ich merkte nur, daß etwas passierte. Im Wohnzimmer nahm ich das Cognacglas, aus dem Victoria getrunken hatte, und hielt es hoch. »Daraus hat sie am Sonntag getrunken«, sagte ich unvermittelt. »Wann ist es passiert?«

»Es ist noch zu früh, um etwas Konkretes sagen zu können. Vermutlich gestern abend. Wann war sie hier?«

»Samstagabend, oder besser, von der Nacht zum Sonntag an. Bis spät Sonntagabend.«

Sie standen noch mitten im Wohnzimmer. Ich bedeutete ihnen, sich zu setzen, ließ mich selbst in einen Sessel fallen. Berger sagte: »Da haben Sie sie zuletzt gesehen? Und zuletzt mit ihr gesprochen?«

Ich nickte. »Wann haben Sie sie gefunden? Wer hat sie gefunden? Was ist geschehen?«

»Unwesentlich. Zufall. Über die Todesursache kann ich noch nichts sagen.« Er sah mich an, lauernd, abwartend, wie ein Raubtier.

»Wie ...« Ich hatte fragen wollen, wie sie auf mich gekommen waren, aber auf einmal kam mir diese Frage verdächtig vor. Ich wußte nicht, was ich sagen sollte. Daß Berger höchstpersönlich kam, konnte kein Zufall sein; ich glaubte nicht mehr an Zufälle, ganz und gar nicht. Mir wurde ganz kalt, als die Gedanken in mir zu wirbeln begannen: Was sollte ich jetzt sagen, um mich nicht verdächtig zu machen? Um ganz natürlich zu wirken? Sollte ich den Gebrochenen spielen, versuchen zu weinen, verstört zu wirken, ungläubig? Was sollte ich über die Wahrscheinlichkeit eines Selbstmords im Vergleich zu anderen Theorien sagen? Auf einmal waren alle Möglichkeiten eines natürlichen Benehmens verstellt; jedes Wort mußte sorgfältig überlegt werden, jede Geste galt es genau abzumessen. Aber sagen mußte ich etwas, das war deutlich an Bergers Gesichtsausdruck abzulesen, und ich entschied mich für: »Und warum kommen Sie zu mir?«

Berger hatte eine Aktentasche bei sich; jetzt öffnete er sie und entnahm ihr ein Päckchen, etwas größer als A4, eingewickelt in gewöhnliches braunes Papier, mit einer Schnur drumherum und meinem Namen in roter Tinte darauf. »Das haben wir bei ihr gefunden.«

Ich nahm das Päckchen entgegen. »Soll ich das aufmachen? *Muß* ich das aufmachen? Jetzt, während Sie dabeisind, meine ich?«

»Es wäre von Vorteil.« Er lehnte sich im Sessel zurück und sah mich an, ausdruckslos.

Ich zog die Schnur auf und schlug das Einwickelpapier zurück; es war nur gefaltet, nicht geklebt. Ein Stapel Notenblätter, leicht wiedererkennbar, und obendrauf ein dickes gelbes Blatt, auf dem mit blauer Tinte geschrieben stand:

Lieber Francis!
Wenn Du dies in Händen hältst, ist alles vorbei. Es ist nicht Deine Schuld, das ist nicht der Grund, warum Du das hier bekommst. Es ist nur, weil die Dinge sich nun einmal so entwickelt haben – weil sie schiefgegangen sind, und das fing schon an, lange bevor ich Dich traf. Und weil ich keine Lust habe, alles noch mal von vorne aufzurollen. Du darfst es nicht als große Tragödie auffassen, denn das ist es wirklich nicht, jedenfalls nicht mehr. Schon seit langem nicht mehr, glaube ich. Wenn Du dieses Stück hörst, was Du irgendwann tun wirst, wie ich hoffe, wirst Du Dich hoffentlich auch an meine besten Seiten erinnern, und an Deine.
Victoria

Das sagte mir weniger, als ich gehofft hatte – und weniger, als ich befürchtet hatte. Ich reichte es stumm an Berger weiter und betrachtete das oberste Notenblatt, während er las. *Requiem für die Lebenden*, stand da. Sowohl der Titel als auch die Tatsache, daß sie mir ein Musikstück hinterlassen hatte – mir, der ich nicht einmal Noten lesen konnte –, machten mich tieftraurig, hatte sie niemanden sonst gehabt, keinen Besseren, dem sie dieses letzte, besondere Geschenk machen konnte?

Ich reichte das Titelblatt schnell an Berger weiter, ich hatte keine Lust, es mir genauer anzusehen. Er studierte es eine Weile und schob es mir über den Tisch zurück. »Tut mir leid«, sagte er. »Ich kann keine Noten lesen.«

»Ich auch nicht.«

Er warf mir einen schnellen Blick zu, beinahe bekümmert. »Wußte sie das?«

»Ja.«

»Dann ist es wirklich ein merkwürdiges Abschiedsgeschenk.«

»Oder auch nicht. Ich könnte jederzeit jemanden finden, der es mir vorspielt. Sie wußte, daß ich Musik liebe.«

Er blickte zum Flügel und dann zurück zu mir.

»Zierde«, sagte ich und erkannte im selben Moment, wieviel traurige Wahrheit darin steckte. Nur ein weiterer der unzähligen Gegenstände, mit denen wir unser Dasein auspolstern, um zu verhindern, daß das Leben uns ganz durchdringt.

Er blickte wieder auf Victorias Abschiedsbrief. »Undatiert«, stellte er fest. »Keine Details. Ich würde ihn gern noch eine Weile behalten, falls Sie nichts dagegen haben. Fällt Ihnen etwas zu ihrer Erwähnung von Dingen ein, die schiefgegangen sind?«

Ich erzählte in groben Zügen die ganze Geschichte von Victoria und mir. Ich ließ nur das Ende weg; es erschien mir nicht wichtig für Berger, und ich konnte den Gedanken nicht ertragen, gerade zu diesem schäbigen kleinen Ausklang unserer Beziehung neugierige Polizistenfragen zu beantworten. Er hatte auch so Fragen genug; zur Vergangenheit, zur Gegenwart, zu den Jahren dazwischen, über die ich, wie ich ihm bereits erzählt hatte, nicht mehr zu sagen wußte; das alles war in vieler Hinsicht eine ermüdende Wiederholung unserer vorigen ernsten Unterhaltung. Aber die ganze Zeit, während er fragte und ich antwortete, überlegte ich, wie ich ihm *jetzt* beibringen sollte, wo er die nächste Leiche finden konnte, und natürlich fiel mir keine Antwort darauf ein. »Sie verleiten zu Spekulationen«, sagte ich schließlich. Ich hatte ein Gewicht im Körper, eine Schwere, die meine Glieder gefühllos machte; die Arme hingen schlaff herunter, und mein Nacken fühlte sich taub an. »Es ist genau wie beim letztenmal. Aber ich kann nicht spekulieren. Ich hasse es, Vermutungen anzustellen, und bei Gott, wie ich es erst hasse, es in einem solchen Fall zu tun. Im übrigen hört es sich so an, als ob Sie nicht an einen Selbstmord glauben.«

Er spielte mit einem Füllfederhalter herum, jonglierte ihn zwischen den Fingern, als trainierte er ein kleines Zauberkunststück. Das irritierte mich, ich hatte nicht übel Lust, mich vorzubeugen und ihm das Ding aus den Händen zu reißen.

»Wir können nie sicher sein, bevor wir nicht das Ergebnis der gerichtsmedizinischen Untersuchung haben«, sagte er. »Ich persönlich glaube gar nichts. Was glauben Sie?«

Ich schüttelte den Kopf. »Schon wieder Spekulationen? Ich weiß nicht. Wie Sie sicher mitbekommen haben, glaube ich, daß sie dazu neigte. Aber ich weiß nicht, ob sie dazu neigte, als sie mich verließ. Was wollen Sie von mir hören? Vielleicht. Vielleicht nicht.«

Er sah mich an, sagte aber nichts, stand nur auf und gab mir die Hand. Die ganze Zeit gingen mir rastlose, mißtrauisch-abschätzende Gedanken durch den Kopf: Sah ich kummervoll genug aus? Wirkte ich verdächtig? Was wollte er eigentlich mit so einem Halbwegs-Verhör bezwecken? Und vor allem, immer und immer wieder: Wie sollte ich es anstellen, ihm jetzt von der Leiche im Moor zu erzählen?

Sie gingen zur Tür. Er drehte sich noch einmal um und musterte mich lange; es gelang mir immer noch nicht, seine Gedanken auch nur im entferntesten zu erraten. »Da ist noch eine Sache«, sagte er. »Vielleicht haben Sie selbst schon daran gedacht. Eine rein praktische und vielleicht etwas unangenehme Sache. Victoria Wechtel hatte, soweit ich verstanden habe, keine Angehörigen?«

»Nicht, daß ich wüßte.«

Er nickte knapp. »Jemand muß sich um die Formalitäten im Hinblick auf die Beerdigung kümmern. Die Behörden – die Kirche – könnten das übernehmen. Aber ich dachte, weil Sie doch …«

Ich fiel ihm ins Wort. »Nein«, sagte ich und merkte, daß ich anfing zu zittern. »Nein, ich kann das nicht.«

Seine Augen wurden schmal.

»Ich schaffe das nicht. So nahe standen wir uns nicht mehr. Daß ich diesen Brief und dieses Musikstück bekommen habe … Ich weiß im Grunde gar nicht mal, warum. Und jetzt die Rolle eines Angehörigen, eines Liebhabers übernehmen… Nein, bitten Sie mich nicht darum.«

Er nickte nur. »Schon gut«, sagte er, und sie stiegen ins Auto und fuhren los. Ich ging ins Wohnzimmer, nahm die Notenblätter, starrte lange darauf, dann setzte ich mich an den Bösendorfer. Ich legte die Partitur auf den Flügel. »Victoria«, sagte ich laut, aber das Wort wurde von der Stille aufgesaugt. Victorias Dämonen, dachte ich – wie grauenvoll, so besessen von seinen persönlichen, leidenschaftlichen Dämonen zu sein, seinem unstillbaren Verlangen, daß es am Ende keine andere Alternative als die eigene Auslöschung gibt. Aber es sind letzten Endes natürlich nur jene, die wirklich begehren, die ihren *eigenen* einzigartigen Tod empfangen; die Leidenschaftslosen sterben wie alle anderen, oder durch Zufall.

Ich selbst war bar jeder Leidenschaft, wie ich so dasaß; ich fühlte nichts anderes als eine diffuse Benommenheit; keine Trauer, keinen Zorn, keine eigentliche Reue, auch jetzt nicht. Es war nicht die Zeit, zu trauern. Die Trauer erfordert genügend Raum und Zeit, um verarbeitet zu werden, aber beides war mir genommen worden, und vielleicht, vielleicht hätte ich ohnehin nicht anders gefühlt. Meine Trauer, wenn sie einmal käme, würde von der stillen Art sein, glaubte ich, nicht von der leidenschaftlichen. Mir wurde bewußt, daß ich schon vor langer Zeit aufgehört hatte zu trauern.

Ich zündete eine Zigarette an und ging zum Fenster. Es begann dunkel zu werden; am Horizont trieben Wolken dahin, schwer, grauschwarz. Ich griff zum Telefon und rief Janne an.

»Viele Leute im Laden?« fragte ich.

»Geht so.« Sie war kurz angebunden, kühl.

»Ist Helge da?«

»Nein.«

»Hör zu, ich habe Probleme«, sagte ich. »Wärst du bereit, mir zu helfen?«

»Ja.« Sie hatte ein wenig gezögert, bevor sie es sagte, aber als das Wort über ihre Lippen kam, klang es fest.

»Mach den Laden dicht«, sagte ich. »Lauf rüber zur *Oscarshavn Tidende* und sieh zu, daß sie dich ins Archiv lassen. Such ein Foto von Elsa Marie Willumsen und mach eine Fotokopie davon. Kannst du dir für ein paar Stunden heute abend einen Babysitter besorgen?«

»Ich glaube schon.«

»Gut. Fahr nach Hause, sobald du das Bild hast, ich rufe dich dann dort an.«

Sie nahm das alles bewundernswert gefaßt auf; aber ich kannte ihre grenzenlose Neugier und hatte eigentlich nichts anderes erwartet. »Okay«, sagte sie schließlich. »Aber ich will eine Erklärung.«

»Die sollst du kriegen.« Ich legte auf, duschte und rasierte mich, dann fuhr ich zum Krankenhaus. Unterwegs versuchte ich Krogher anzurufen, um Hilfe von einem Experten zu bekommen, aber er war nicht in seinem Zimmer.

Jason saß an Margaretas Bett, als ich kam. Er nickte mir still zu und ging hinaus, nachdem wir ein paar höfliche Worte gewechselt hatten. Was kann man auch sagen in solchen Situationen, außer daß man wartet, leidet und hofft; denn das ist es, was man tut, und es ist unnötig, es anderen, die in derselben Situation sind, zu erzählen.

Margareta lag in einer anderen Stellung als bei meinem letzten Besuch, aber man drehte sie bestimmt öfter, um ein Wundliegen zu vermeiden. Sie wirkte nicht ganz so frisch; ihr Gesicht war blasser, die Wangen eingesunken. Ich setzte mich und ergriff ihre Hand. »Falls du mich hörst«, sagte ich, »brauchst du nicht zu antworten. Aber du mußt wieder gesund werden, denn ich brauche deine Hilfe. Es passieren derzeit seltsame Dinge mit mir. Es passieren seltsame Dinge an allen Ecken und Kanten, und ich schaffe es nicht, sie auf die Reihe zu bringen, ich glaube, daß nur du mir dabei helfen kannst. Ich brauche deinen Verstand, Margareta. Deine Gedanken. Bitte sei so lieb, komm wieder zu dir und sprich mit mir, wenn ich dich das nächste mal besuche, okay?«

Sie antwortete nicht; drückte auch meine Hand nicht. Aber als ich zur Tür ging, seufzte sie leise; es klang traurig, als hätte ich sie in einem schönen Traum gestört; oder vielleicht, als hätte sie sich darauf vorbereitet, sanft einzuschlafen, mich dann aber gehört und begriffen, daß sie sich doch nicht davonstehlen konnte.

Ich drehte mich um und schaute sie an.

»Komm her«, flüsterte sie.

Ich ging wieder zu ihr. Sie schlug die Augen auf, langsam und vorsichtig, als täte es weh. Vielleicht war es so, denn sie kniff sie sofort wieder zusammen. Das Licht mußte überwältigend grell sein nach so langer Zeit der Dunkelheit. Es mußte dem Licht ähneln, das ich gesehen hatte, als Elsa Marie mich wieder nach Hause schickte, etwas anderes konnte ich mir nicht vorstellen. »Schön, dich zu sehen«, sagte ich leise.

»Danke gleichfalls.« Ihre Stimme war rauh, schwach; sie kam von Stimmbändern, die aus der Übung waren, schlaffe Kehlmuskeln. Wir verfallen so schnell, wenn wir erst der Möglichkeit des Verfalls überlassen werden.

»Es ist komisch«, sagte ich. »Ich habe nie daran gezweifelt. Ein bißchen vielleicht, eine kurze Weile. Einen Moment lang habe ich mich gefragt, ob du aufgeben *willst*. Aber ich wußte die ganze Zeit, daß du es nicht *darfst*.«

Sie bewegte die Hand, wieder vorsichtig und ungeübt, so als hätte sie ein neues und fremdes Werkzeug erhalten, und schob sie Richtung Bettkante. Ich legte meine Hand auf ihre, die Finger zwischen Schläuchen und Nadeln; ihre war breit, kurzgliedrig, bleich; meine war länger und dunkler. Es war ein gutes Gefühl, so zu sitzen, ich hätte stundenlang, tagelang so bleiben können.

»Warum sollte ich aufgeben *wollen?*« sagte sie leise. »Ich habe lange mit dieser Möglichkeit gelebt. Ich fürchte sie nicht und wünsche sie nicht herbei. Jeder Tag ist ein neues Wunder, eine neue Gnade, und ich nehme sie, wie sie kommen, das weißt du genau.«

»Ach, ich dachte wohl nur, daß du langsam erschöpft bist.«

»Das ist *mechanisch*, Francis. Nicht seelisch. Niemand nimmt Schaden durch das Sterben an sich. Es zu wollen ist etwas anderes.«

»Ich weiß, ich weiß. Hast du Schmerzen gefühlt, Margareta?«

Sie drehte den Kopf zu mir, nur ein paar Millimeter, machte die Augen einen Spalt auf und schenkte mir ein schwaches Lächeln, erfüllt von einer solchen Ruhe, daß es beinahe unheimlich war. »Nur Stille und Frieden.«

»Soll ich Jason und Tekla holen?«

Sie schloß die Augen wieder, dann sagte sie: »Sie können noch ein bißchen warten. Du hast Probleme?«

»Ich glaube, damit sollte ich dich jetzt nicht quälen. Es war dumm von mir, das zu sagen, aber ich dachte eigentlich nicht, daß du gerade jetzt aufwachen würdest. Ich wollte dich nur vorbereiten, sozusagen.«

»Erzähl.«

»Du wirst es nicht glauben.«

Sie schaffte es zu lachen; ein einzelner kleiner Auflacher voll von sarkastischem, schwarzem Humor. »Du ahnst ja nicht, was ich alles glaube«, sagte sie.

»Ich sehe Gespenster. Ich weiß, wo Elsa Marie Willumsen liegt. Die Leiche, meine ich. Sie hat es mir selbst gezeigt. Ich habe versprochen, damit zur Polizei zu gehen, aber das Problem ist, daß ich nicht mit noch so einer irren Geschichte über noch eine Leiche bei der Polizei aufkreuzen kann.«

Sie seufzte. »Deswegen hast du mich aufgeweckt? Ein Gespenst. Wo ich selbst schon fast wie eins bin.«

Ich lächelte sie an, obwohl sie die Augen geschlossen hatte und es nicht sehen konnte. *Margareta ist wieder da*, dachte ich. »Richtig. Aber du erkennst das Problem. Und dann ist da noch was ...«

»Was denn?«

»Victoria ist tot«, sagte ich leise. »Offenbar Selbstmord.«

Sie schnitt eine kleine Grimasse und sagte: »Ach.« Es klang beinahe enttäuscht.

»Tut mir leid«, sagte ich. »Eigentlich war es idiotisch, mit all meinen Problemen herzukommen. Sie hat mir einen Brief hinterlassen. Und eine Partitur. Die Polizei kam heute damit an. Aber all das führt dazu, daß ich mich ziemlich nervös fühle.«

»Mhm.« Sie lag ganz still, immer noch mit geschlossenen Augen, immer noch ihre Hand unter meiner; sie war ruhig, ich konnte fühlen, daß sie sich ausruhte, um neue Kraft zu sammeln, und dieses Gefühl gab mir Stärke. »Ich fürchte, ich kann dir nicht viel helfen.«

Ich sagte: »Mach dir darüber keine Gedanken, das geht schon in Ordnung. Ich werde mir eine Geschichte für die Polizei ausdenken. Meinetwegen können sie mich so komisch angucken, wie sie wollen.«

»Sei vorsichtig«, sagte sie.

»Bin ich.«

»Nein. Das meine ich nicht. Falls das, was du erzählst…« Sie schlug die Augen auf, sah mich mit liebevoller Verwunderung an. »Falls das, was du erzählst, *wirklich* ist, mußt du lügen. Und wenn du lügen mußt, dann mußt du gut lügen.«

Ich nahm meine Hand fort; sofort spürte ich einen Verlust. »Ruh dich aus. Ich schicke die Kavallerie herein.«

Jason saß ganz am Ende des langen Korridors, einen Plastikbecher mit Kaffee in den Händen. Er hatte die Augen geschlossen und ließ den Kopf hängen. Ich hockte mich vor ihn hin und überlegte, bevor ich ihm die Neuigkeit überbrachte; ich hatte ganz einfach Angst, daß sein altes Herz sogar eine so wunderbare Nachricht nicht mehr ertragen könnte. Was für eine Tragödie wäre das, dachte ich, wenn er unter dem Schock zusammenbrechen würde. Man hat in diesem Leben so selten Gelegenheit, gute Nachrichten zu überbringen, daß ich diesen Augenblick nicht kaputtmachen wollte, indem ich meine Neuigkeit wie ein Tölpel anbrachte. Ich nahm ihm den

Kaffeebecher aus der Hand und sah ihm ins Gesicht, und auf einmal wünschte ich mir, er wäre mein Vater, oder vielleicht einfach, daß ich einen Vater hätte; dann sagte ich: »Jetzt bist du dran, Margareta und ich haben lange genug miteinander geplaudert.«

Er sah mich verständnislos an. Ich lächelte und nickte. »Sie ist aufgewacht. Sie ist völlig in Ordnung.« Seine Hände begannen zu zittern. Ich umschloß sie fest mit meinen und fühlte, wie das Zittern nachließ, dann stand ich auf und zog ihn mit mir hoch. Sein Mund begann sich zu bewegen, als ob er auf etwas kaute. »Spar es für sie auf«, sagte ich. »Ich glaube, sie würde es jetzt gern hören.« Ich reichte ihm den Arm, er hakte sich unter, und wir gingen zusammen den Korridor hinunter.

Vor ihrer Tür machte er sich los und sah mich an. »Sag Tekla Bescheid«, sagte er. »Sie schläft oben im Besucherzimmer…«

»Sag du es ihr«, entgegnete ich. »Es ist viel besser, wenn du es ihr sagst. Freut euch gemeinsam.« Ich drehte mich um, aber er hielt mich am Ellbogen zurück.

»Glaubst du jetzt an Gott, Francis?«

Ich senkte den Kopf, eine andere Antwort hatte ich nicht. Aber als ich das Krankenhaus verließ, dachte ich daran, daß dies hier schon einmal passiert war, mit umgekehrten Vorzeichen: Da war ich es gewesen, der mehrere Tage lang bewußtlos war, und Margareta hatte an meinem Bett gesessen, als ich aufwachte. Wieder ein Tod, von uns beiden abgewendet, und mit seltsamer Symmetrie. Und plötzlich ein Zweifel: Eines Tages wird er kommen, endgültig – aber wann, und zu wem von uns; und was soll ich tun, wenn nicht ich es bin, den er holt?

Ich setzte mich ins Auto und rief bei Janne zu Hause an; sie nahm sofort ab. »Willst du eine Gespenstergeschichte hören?« fragte ich, es war das erste, was mir einfiel.

»Ja?« Sie klang neugierig und skeptisch, so als ob sie nicht ganz glaubte, richtig gehört zu haben.

»Hast du das Bild?«

»Na klar, was denkst du denn.«

Ich starrte durch die Windschutzscheibe. Zwischen den Tannen und den Schildern auf dem Parkplatz sah ich, wie schwere, schwarze Wolken sich über den Bergen zusammenzogen, aber noch gab es klaren Himmel dazwischen. Ich ging davon aus, daß es im Laufe des Abends regnen würde, aber erst in ein paar Stunden. »Gibt es eigentlich ein Spukhaus hier in Oscarshavn?« fragte ich; so etwas hätte ich noch vor ein paar Tagen, vielleicht ein paar Stunden nie gefragt.

»Kein spezielles. Ich weiß nicht genau, was du meinst. Es kommen dauernd Leute zu uns – also zur Paraphysischen Gesellschaft –, die erzählen, daß es bei ihnen spukt. Sie hören Geräusche auf dem Dachboden und im Keller, sie sehen verstorbene Angehörige und alles so was. Aber wenn du dramatische Wiedergänger aus uralten Zeiten meinst, blaue Damen wie auf der Festung Akershus und so, nein, so etwas haben wir nicht. Aber wir *hatten* mal ein Spukhaus, das schon«, sagte sie mit deutlich hörbarer Freude in der Stimme, glücklich darüber, einem potentiellen Glaubensbruder helfen zu können. »Das alte Hafenmeisterhaus, das vor vielen Jahren wegen Baufälligkeit abgerissen wurde. Du weißt doch, das große schöne Haus aus der Jahrhundertwende, das oben am Berg stand. Erst wurde es zu einem Bürohaus umgebaut, und Jahre später stand es leer, und dann haben sie es abgerissen, als sie mit dem Ausbau des neuen Wasserspeichers begannen, weil es völlig verfallen war. In dem Haus hat es gespukt. Das Licht ging die ganze Zeit an und aus, noch lange nachdem es verlassen worden war. Sogar nachdem sie den Strom abgeschaltet hatten.«

»Hast du einen Babysitter gekriegt?«

»Kommt in einer Viertelstunde.«

»Da komme ich auch. Ich sitze draußen im Auto und warte auf dich.«

Wind kam auf, während ich wartete. Ich kurbelte das Seitenfenster herunter und steckte den Kopf raus. Es war ein Sturm, wie ich merkte; die noch verhaltenen ersten Böen eines ordentlichen Sturms. Wie stark er werden würde, wie lange er andauern würde – all das war nicht leicht zu sagen, aber von irgendwo da draußen war ein Sturm unterwegs; er blies aus Südwest und brachte Wolken mit, und trotzdem war die Abendluft noch trocken; ein typisches Zeichen.

Janne setzte sich ins Auto und sah mich an.

»Tut mir leid. Tut mir alles furchtbar leid«, sagte ich und nahm Kurs auf die alte Ruine des ehemaligen Prachtbaus. »Und ich werde dir alles erklären. Aber du mußt mir zuerst ein paar Fragen beantworten.«

»Schieß los.«

»Wenn wir da sind.«

Wir fuhren durch stille Stadtstraßen und den Hügel hinauf. Ich parkte den Wagen so nahe an der Ruine wie möglich, dann gingen wir eine überwucherte ehemalige Straße hoch, die jetzt nicht mehr als ein Pfad war.

»Wie unheimlich«, sagte Janne.

»Wirkt schon ein bißchen gespenstisch, ja«, gab ich zu.

»Nicht der Ort. Du. Wie unheimlich, daß *du* mich auf eine Expedition zu einem alten Spukhaus mitnimmst.«

»Ach so.« Wir bogen um eine Kurve und kamen an das Grundstück. Die Grundmauern standen noch, Moos und Gebüsch hatten sich hineingefressen und begonnen, alles zuzudecken. Die Natur wird sich immer zurückholen, was ihr gehört. Aber noch war es möglich, die Treppenstufen zu erkennen und sich einen gewissen Eindruck davon zu verschaffen, wie die Aufteilung der Räume gewesen war.

Auf der Ostseite des Grundstücks lag ein großer Stein. Wir setzten uns darauf und betrachteten die Ruine. Die Luft begann rauher zu werden, ein sicheres Zeichen, daß das Unwetter näher kam, und Janne schüttelte sich. »Nun frag schon«, drängelte sie.

»Was sind Gespenster?«

»Wie meinst du das?«

»Ich spreche nicht von den Geistern der Toten und so, das ist klar«, sagte ich. »Ich gehe davon aus, daß ihr, die ihr euch mehr mit so was beschäftigt, eine quasi-wissenschaftliche Erklärung dafür habt. Ich meine das im besten Sinne. Früher sprach man von Ektoplasma, Protoplasma, hieß das nicht so? Wie heißt das heute? Welche Erklärung gibt es heute dafür? Das ist es, was ich wissen will, verstehst du?«

»Ich verstehe. Laß mich nachdenken.« Sie holte eine Schachtel Zigaretten hervor, aber sie war leer; ich gab ihr eine von meinen, nahm selbst auch eine und zündete beide an. Sie kroch vor dem Wind in sich zusammen und rauchte schweigend die halbe Zigarette, bevor sie wieder den Mund aufmachte. »Gut, okay«, sagte sie und wiegte den Kopf hin und her. »Ich gehe davon aus, daß du dir keinen Jux mit mir erlaubst. Du weißt, daß ich fasziniert bin von all solchen Sachen, vielleicht zu fasziniert. Aber ich finde es *wirklich* spannend. Die Leute sehen das ganz unterschiedlich. Für manche handelt die ganze Psi-Frage von einem grundlegenden existentiellen oder religiösen Verständnis. Aber manche sind seriös und ziemlich vernünftig, und sie meinen, daß dies etwas ist, was nur zufällig noch nicht wissenschaftlich erklärt ist, weil es keine Forschungsmittel dafür gibt oder weil die traditionelle Wissenschaft diesen Fragen ausweicht. Und ich – nun, ich stehe eigentlich ziemlich zwischen den beiden Lagern, ein bißchen neugierig und ein bißchen gläubig und ein bißchen skeptisch. Nur, damit das mal gesagt ist. Aber um eine Antwort auf die Frage zu versuchen – du hast Ahnung von Quantenmechanik, oder?«

»Nur sehr ungefähr.«

»Ich behaupte auch nicht, daß ich viel davon verstehe. Wir hatten mal einen Referenten, der einen Vortrag darüber gehalten hat, aber das ist eine ganze Weile her. Er sprach über etwas, das Heisenbergsche Unschärferelation genannt wird und von sogenannten virtuellen Partikeln handelt. Wir sehen sie nicht, aber es gibt wohl unfaßbare Mengen davon im leeren Raum, und man kann sie anscheinend messen oder auf irgendeine Art berechnen. Es handelt sich um alle Arten von Partikeln. Photonen und Protonen und Elektronen und wie die nun alle heißen.«

»Soweit klar.«

»Okay. Diese Partikel gibt es nicht im eigentlichen Sinne, sie sind gewissermaßen nur potentiell, aber sie können sich – auf irgendeine mysteriöse Weise – einen kleinen Moment lang Energie von einer anderen Quelle borgen. Für einen wirklich klitze-klitzekleinen Moment lang. Und mit dieser Energie-Leihgabe werden sie real, solange sie die Energie zur Verfügung haben. Kannst du mir immer noch folgen?«

»Ja. Auf irgendeine mysteriöse Weise, wie du es so präzise ausdrückst.« Ich schnippte die Zigarettenkippe in die Dunkelheit; ein Windstoß packte sie und schleuderte sie gegen einen Stein; die Funken stoben auf wie ein kleines Feuerwerk, bevor sie erstarben.

Sie suchte mein Gesicht nach einem Anzeichen von Ironie ab, fuhr aber fort, als sie keines entdeckte. »Und dann war da einer, der sich mit Psi-Forschung befaßte, der griff das auf und sagte, daß das ja sehr einleuchtend erklärt, warum es immer so kalt in einem Raum wird, wenn ein Gespenst auftaucht. Das ist ungefähr das, woran ich mich erinnere, aber es gibt ja noch viel mehr aus der Quantenmechanik oder Quantenphysik oder wie das nun immer heißt, was die verschiedenen Phänomene erklären kann. Und die seriösen Psi-Forscher sind überzeugt, daß das die richtige Spur ist und daß es nur noch eine Frage der Zeit sein kann, bis alle Steinchen des Puzzlespiels sich ineinanderfügen.« Sie sah mich an. »Reicht dir das als Erklärung?«

Ich nickte, obwohl ich dachte, daß es überhaupt nicht reichte. Was hatte sie vorhin noch gesagt? Für manche handelt die Psi-Frage von einem grundlegenden existentiellen oder religiösen Verständnis. Aber manche sind seriös. Eine von Jannes typischen, unbewußt verletzenden Formulierungen. Es waren wohl eher die Erklärungen der Gläubigen, auf die ich im Endeffekt hinauswollte. Ich interessierte mich, wie ich einsah, herzlich wenig dafür, *wie* Gespenster existieren konnten; falls sie es taten, wollte ich wissen, *warum*. Ich war wohl doch keiner von den Seriösen, um Jannes Worte zu gebrauchen. »Das ist das eine«, sagte ich. »Aber es erklärt nicht besonders viel. Wieso sie Kleidung anhaben und alles so was.«

Sie seufzte. »Ich weiß, ich weiß. Manche sagen, daß sie nur das eigene Selbstbild projizieren, irgendwie. Oder die Selbsterinnerung. Daß das der Grund ist. Ich meine, sie werden ja immer in den Kleidern gesehen, die sie trugen, als sie starben. Aber ich weiß es nicht. Manchmal werde ich direkt ärgerlich auf mich selbst und denke, daß ich ziemlich verrückt sein muß, meine Zeit auf so ein Zeugs zu verschwenden.« Sie lächelte, aber das Lächeln war melancholisch. »Das ist sicher nur, weil ich keinen Mann habe.«

Ich lächelte zurück. »Oder umgekehrt.«

Sie sah mich mit schmalen Augen mißtrauisch an.

»Hast du das Bild?«

Sie suchte in ihrer Jackentasche und zog es hervor. Es war ein altes Schwarzweißfoto, die Kopie einer Kopie, körnig und undeutlich, aber ein Irrtum war ausgeschlossen; dies war das Mädchen, mit dem ich im Traum oder in einer anderen, schlimmeren Welt gesprochen hatte. »Elsa Marie«, murmelte ich.

»Was willst du damit?«

Der Wind kam jetzt in heftigeren Stößen; ich hatte einige Mühe, uns neue Zigaretten anzuzünden. Ich blickte auf, als ich es endlich geschafft hatte, und sah dicke Wolkenbänke rasch an der Mondscheibe vorbeitreiben. »Ich wollte sehen, ob sie es wirklich war.«

»Jetzt kann ich dir nicht ganz folgen.«

»Ich habe mit ihr gesprochen. In der Nacht zu Montag. Mit ihr geredet. Sie begleitet.«

Sie sagte nichts, starrte mich nur an, ohne sich zu rühren.

Der Mond warf flackerndes Licht über ihr Gesicht, je nachdem, wie die Wolken kamen und gingen; ich fühlte ihren Blick mehr, als daß ich ihn sah.

»Du erinnerst dich an das Mädchen, das mir erzählt hat, wo sie die Leiche von Beate Simer finden könnten, und dann wieder verschwand?«

Sie rührte sich immer noch nicht.

»Das war Elsa Marie Willumsen.«

Sie rückte von mir ab. »Du machst mir Angst«, sagte sie mit dünner Stimme.

»Ich mache mir selbst auch Angst. Aber sie ist es. Oder ich bin auf dem besten Wege, komplett wahnsinnig zu werden.« Und dann erzählte ich ihr alles, was passiert war, wenn auch nur das Nötigste; ich wollte gar nicht erst versuchen zu beschreiben, in welcher Umgebung ich mich befunden hatte.

»Mein Gott«, sagte sie, als ich fertig war. »Du bist ein Techniker.«

»Was?«

»Auf Hawaii haben sie Kahunas, die dortige traditionelle Variante der Schamanen oder wie man sie nennen will. Sie sind vor allem Heiler. Aber dort betrachtet man sie eigentlich nicht als Wesen, die in Kontakt mit einer übernatürlichen Macht stehen. Sie werden ›die Techniker des Heiligen‹ genannt. Mir gefällt die Bezeichnung. Solche Sachen sind es, die mich noch immer in der Paraphysischen Gesellschaft halten. Die Techniker des Heiligen, das ist hübsch, nicht wahr? Fast wie Poesie. Quantenmechanik ist nicht mein Ding, aber die Techniker des Heiligen …« Sie schüttelte den Kopf; das Licht war nicht hell genug, daß ich an ihrem Gesicht hätte ablesen können, was sie dachte. »Vielleicht bist du ein Techniker. Das wäre doch wunderbar, nicht?«

»Ich weiß nicht, ob ich irgendein Techniker sein möchte«, sagte ich. »Du begreifst, was das bedeutet, oder? Der Fall Willumsen und der Fall Simer hängen irgendwie zusammen. Ich bin gezwungen, der Polizei schon wieder mit einer irren Geschichte von mysteriösen kleinen Mädchen zu kommen, die aus dem Nichts auftauchen und mir erzählen, wo ich verborgene Leichen finden kann. Die Medien werden sich wie Hyänen auf mich stürzen. Ich weiß nicht, was ich tun soll. Vielleicht bin ich schon verrückt. Und wenn nicht, werde ich es bald sein.«

»Aber du mußt auf sie hören. Du hast es ihr versprochen. Und so, wie du von ihr redest, ist sie der reinste Engel.«

»Gespenst, Engel, Dämon, Gast – werden sie nicht von manchen so genannt? Gäste. Was ist der Unterschied? Die Konsequenzen für mich sind dieselben. Ich habe nicht die leiseste Ahnung, was ich der Polizei sagen soll.«

Hinter Janne tauchte Elsa Marie Willumsen auf. Plötzlich war sie einfach da; das war das einzige, was passierte, abgesehen davon, daß der Wind einschlief. Ich sah sie, aber ich bemühte mich, sie nicht anzusehen; ich wollte Janne keine Angst machen.

Elsa Marie lächelte mich an und setzte sich auf einen Stein, ein Stück von uns entfernt, schlug die Beine übereinander und stützte das Kinn in die Hände. Ich lächelte zurück, nur einen kurzen Moment in ihre Richtung, bevor ich das Lächeln auf Janne richtete. Aber es hatte keinen Zweck, ganz unbefangen zu tun; sie hatte etwas gemerkt, entweder an meinem Lächeln oder an der Art, wie ich mich bewegte, und sagte: »Was ist?«

»Nichts.«

Sie rutschte nervös hin und her. Ich wollte vermeiden, daß sie sich umdrehte; ich streckte die Hand aus und legte sie auf ihre Schulter, dann flüsterte ich: »Sie sitzt hinter dir.«

Janne erstarrte. »Du spinnst.«

»Doch, es ist so. Dreh dich nicht um, wenn du den Anblick nicht erträgst.«

Sie rückte näher, legte die Arme um mich und verbarg ihr Gesicht an meinem Hals, vergrub es in meinem Schal. »Wenn du mich jetzt verarschst, dann …« Sie klang wütend, was typisch ist für Menschen, die Angst haben.

»Das tue ich nicht. Aber sie ist nicht gefährlich. Sie lächelt.«

»Sie ist nicht verfault oder blutig oder so was?«

Ich mußte lächeln. »Ein ganz normales kleines Mädchen. Nur ein bißchen schwer zu erkennen, irgendwie. Nicht durchsichtig. Nur ein wenig verschwommen. Wie ein unterbelichtetes, körniges Foto.«

Janne saß ganz still. Einen Augenblick lang glaubte ich, sie wäre in Ohnmacht gefallen, aber dann flüsterte sie: »Wird sie böse, falls ich mich umdrehe?«

Ich blickte Elsa Marie an. Sie zuckte die Achseln.

»Nein«, sagte ich.

Janne drehte langsam den Kopf, während sie sich weiterhin an mich klammerte, so gut es ging. »Auf dem Stein da?« flüsterte sie schließlich.

»Ja. Siehst du sie?«

»Nein. Aber da ist so eine Art Flimmern. Siehst *du* sie?«

»Ganz deutlich.«

»Mein Gott.« Ein kräftiges Schütteln ging durch ihren ganzen Körper, und dann begann sie zu weinen, ganz still; ich fühlte es mehr, als daß ich es sah.

Ich wandte den Blick von ihr zu Elsa Marie. Sie stand auf, faltete die Hände über dem Bauch, wie zum Gebet, und sah mich an. »Okay«, sagte ich. »In Ordnung, ich werde zur Polizei gehen. Aber du mußt mir ein wenig Zeit geben, herauszufinden, wie ich es erzählen soll, ja?«

Sie nickte langsam, dann kam sie auf mich zu, ging an mir vorbei; ohne stehenzubleiben, aber sie streckte die Hand aus und strich mir übers Haar. Es war ein Gefühl, als würden Funken meine Wirbelsäule entlang laufen, und, seltsam genug: Ich fühlte mich glücklich. Und ich dachte: Lange her seit dem letztenmal.

»Weißt du eigentlich, daß deine Haare zu Berge stehen?« sagte Janne mit kaum hörbarer Stimme.

»Ich kann es mir denken. Es fühlt sich so an.«

»Was ist passiert?« flüsterte sie.

»Sie hat mir übers Haar gestreichelt.«

Janne begann den Kopf zu schütteln und hörte nicht wieder auf, sie schüttelte und schüttelte; es sah nicht so aus, als wäre sie sich dessen bewußt. Schließlich streckte ich eine Hand aus, umfaßte ihr Kinn, um ihren Kopf ruhig zu stellen. »Ich glaub's nicht«, sagte sie. Sie schlug die Hände vors Gesicht und saß ganz regungslos.

»Ich glaube es selbst kaum.«

Ich stand auf. Janne hielt sich immer noch an meinem Mantel fest und erhob sich ebenfalls. Sie zitterte dermaßen, daß ich sie ein ganzes Stück des Weges stützen mußte. »Oh mein Gott«, sagte sie. »Oh mein Gott.« Immer wieder. »Ist das wirklich passiert?«

»Das ist wirklich passiert.«

Sie schlang die Arme um mich, drückte mich ganz fest und flüsterte: »Sie ist dein Engel, Francis. Etwas anderes darfst du nicht glauben. Sie ist dein Engel.«

Ich dachte an sie als das, als meinen Engel, nachdem ich Janne zu Hause abgesetzt hatte und heimwärts fuhr. Das war nicht schwer; das wenige, was ich von ihr gesehen hatte, konnte einen an Cherubim denken lassen, an Glanzbildengel auf Weihnachtskarten und den Umschlägen von Margaretas Poesie-Alben. Was nicht bedeutete, daß ich mich von der irreführenden Vision eines Schutzengels einlullen ließ: Sie hatte ihre eigene Meinung darüber, was geschehen sollte, und das Ziel hieß Ewiger Schlaf. Bis dahin war sie vielleicht mein Schutzengel, aber nur bis dahin.

Nein, ich brauchte weltlichere Expertenhilfe, und wieder rief ich bei Oscarshavn Apartments an, um Krogher zu erreichen, aber er war immer noch nicht da. Diesmal hatte ich einen Menschen am Apparat, der besser Bescheid wußte als sein Vorgänger: Krogher war seit drei Tagen nicht mehr auf seinem Zimmer gewesen, und er hatte keine Nachricht hinterlassen, wann er zurückkommen würde, aber er hatte auch nicht ausgecheckt. Es wäre beruhigend gewesen, wenn ich mich mit dem alten Fuchs hätte beraten können, bevor ich mit seinen jüngeren Kollegen sprach, aber jetzt, wo er nicht da war, mußte ich eben sehen, wie ich zurechtkam.

Und mit Berger sprechen mußte ich, auch wenn ich nicht ganz verstand, wieso. War es wegen des Versprechens, das ich einem Gespenst gegeben hatte? Oder war es wegen der Hoffnung, daß endlich Schluß wäre, wegen der Furcht, heimgesucht zu werden von den Lebenden und den Toten, meinem kindlichen Glauben daran, daß Unterlassungssünden ebenso schlimm waren wie alle anderen Sünden? Ich grübelte über diese Frage nach, während ich ziellos durch die Stadt fuhr, bis ich das Auto endlich auf dem Parkplatz hinter Skriftstedet abstellte und durch den Sturm trabte und versuchte, mir vernünftige, glaubhafte Lügen auszudenken. Gut lügen, das war die Losung des Tages, Margaretas kluger Rat. Und man braucht in seinem Leben nicht viele Bücher gelesen zu haben, um zu wissen, daß eine Lüge so dicht an der Wahrheit und so einfach wie möglich gehalten sein muß.

Ich ging schließlich zu Berger, besuchte ihn in seinem Hotel; es erschien mir sicherer, es jetzt gleich hinter mich zu bringen, an diesem späten Abend, als bis morgen zu warten und ihn in seinem offiziösen Büro vorzufinden, umringt von seinen Hilfskräften. Es ging auf neun Uhr zu; ich mußte den Mann an der Rezeption wortreich überreden, in seinem Zimmer anzurufen und auszurichten, daß ein Francis Falckenberg in der Halle stand und mit ihm reden wollte.

Als er herunter kam, hatte er Jeans an und ein richtig schickes graues Hemd ohne Schlips, unter einem schwarzen Blazer. Er ging leichten Schrittes durch die Halle, selbstsicher, entspannt. Immer noch hätte er ein Irgendwer sein können; aber für mich war er es nicht mehr, und ich begriff, daß ich einer Art Falle saß, auch wenn es eine sehr merkwürdige war.

Ich zog ihn beiseite. »Ich habe Sie angelogen«, sagte ich.

Er musterte mich lange, aber nur neugierig, nicht unfreundlich. »Sollen wir es offiziell machen?« fragte er schließlich.

Ich schüttelte den Kopf. »Nicht jetzt, noch nicht. Wenn Sie meinen, daß es notwendig ist, erzähle ich alles nochmal von vorn, aber es ist eine ziemlich fantastische Geschichte, wissen Sie, und ich lege großen Wert darauf, daß sie nicht an die Öffentlichkeit kommt, wenn es sich irgendwie vermeiden läßt.«

Er schien erstaunt, sagte aber nichts.

»Ich bin furchtbar hungrig, und das Restaurant ist gut. Haben Sie schon gegessen?«

»Nein, habe ich nicht.«

»Ich lade Sie ein. Oder ist das ein Problem für Sie?«

»Im Moment nicht«, sagte er, und ich sah ihn an, aber er wich meinem Blick aus. Wir setzten uns ins Restaurant und bestellten. Nachdem der Ober Weißbrot und Butter auf den Tisch gestellt hatte, steckte ich mir eine Zigarette an und sagte: »Ich habe es noch nie jemandem erzählt, aber ich habe so etwas wie hellsichtige Träume.« Das war das Beste, was mir eingefallen war, ausgehend von einem reinen Eliminierungsprozeß. Es wäre sinnlos gewesen, sich eine komplette Lüge auszudenken, wie etwa, daß ich selbst einen unbekannten Mann gesehen hätte, wie er sich der Leiche des Simer-Mädchens entledigte, oder etwas in der Art. Und das Wort »Gespenst«, das hatte ich mir vorgenommen, würde nicht über meine Lippen kommen; ich glaubte nicht, daß Berger ein solches Wort akzeptieren würde, ganz einfach. »Hellsichtige Träume« war meine Beinahe-Wahrheit; ich konnte die Wahrheit erzählen, nur in ein anderes Gewand gekleidet.

Aber auch das funktionierte nicht; ich hörte es in dem Moment, als die Worte meinen Mund verließen und in die Realität über unserem Tisch eindrangen. Polizisten wollen rationale, konkrete Erklärungen haben, die überprüfbar, nachvollziehbar, beweisbar sind. Ich hätte mehr Zeit darauf verwenden müssen, mir eine andere Lüge auszudenken, natürlich, aber ich war außerstande zu sehen, welche Art Lüge das Bedürfnis dieses Polizeibeamten nach glaubwürdiger Beweisführung und juristischer Unangreifbarkeit hätte befriedigen und zugleich jeden Verdacht gegen mich hätte ausräumen können. Meine Entscheidung war offenbar völlig falsch gewesen, aber jetzt war es heraus und konnte unmöglich zurückgenommen werden.

Sein Gesicht war bar jedes interpretierbaren Ausdrucks, es wurde so glatt und nackt wie das eines Babys. Ich mußte eine Pause machen, um nach Möglichkeit herauszufinden, was dieser plötzliche Mangel an Emotionen zu bedeuten hatte: Ungläubigkeit, Mißtrauen, reserviertes Interesse?

»Ich habe Sie belogen, was dieses Mädchen angeht«, fuhr ich fort. »Eigentlich habe ich von ihr geträumt, sozusagen.«

»Und warum war es notwendig, mich zu belügen?«

Das war eine Frage, mit der ich gerechnet hatte; auf die hatte ich gehofft, während ich durch die Straßen fuhr und mich vorbereitete, und ich hatte eine gute Gegenfrage parat: »Hätten Sie denn veranlaßt, daß die Mauern auf der Baustelle eingerissen werden, wenn ich Ihnen gleich die Wahrheit gesagt hätte?«

Er ließ den Blick durch das Restaurant wandern. Eine kleine Arbeitsgruppe an einem Tisch, sechs Leute und Haufen von Papier. Ich erkannte sie wieder, es war der Konfektionsklub von Oscarshavn, die Inhaber der unabhängigen Boutiquen in der Stadt. Sie trafen sich einmal pro Quartal, um das Revier unter sich aufzuteilen; es war witzlos, daß alle dieselben Marken führten, deshalb sprachen sie untereinander ab, wer welche Markenkleidung verkaufen sollte. Eine Bagatelle gemessen an der Sache, in der ich gerade steckte. Ungesetzlich, aber derartige Ungesetzlichkeiten geschehen dauernd in Kleinstädten wie Oscarshavn; ich hatte sie jahrelang ignoriert, sie für das Normale gehalten, nicht für das Abweichende. Jetzt sah ich sie in einem anderen Licht – sie und mich selbst auch.

Berger betrachtete sie lange, dann drehte er sich wieder zu mir um. »Vielleicht nicht«, sagte er. »Ich weiß es nicht.«

Ich zuckte die Achseln. »Jetzt wissen Sie, daß ich recht hatte«, sagte ich. »Also kann ich Ihnen jetzt von einem anderen Traum erzählen, und Sie werden mir zuhören.«

»Gut, ich höre.«

Der Ober kam mit dem Essen; ich machte mich darüber her, während ich mich zu erinnern versuchte, wann ich zuletzt eine richtige Mahlzeit zu mir genommen hatte. Nachdem ich ein paar Bissen verschlungen hatte, sagte ich: »Ich weiß auch, wo Elsa Marie Willumsen liegt.« Und ich servierte ihm eine neue Traumgeschichte, eine einfache, abgespeckte Version der Wahrheit.

»Vertrauen wir darauf, daß Sie auch diesmal die Wahrheit geträumt haben«, sagte er, nachdem ich geendet hatte; in seiner Stimme lag ein Anflug von Pikiertheit, von Skepsis, aber ich hätte unmöglich sagen können, worauf sie abzielte.

»Ein anderer Grund, warum ich gelogen habe «, sagte ich, »und vielleicht der wichtigste, ist, daß ich keine Lust habe, als Hellseher publik zu werden. Ich habe grundsätzlich überhaupt keine Lust, prominent zu werden, und schon gar nicht auf diese Weise. Aber jetzt kommt es eben, wie es kommen soll.«

Er sah wieder weg, während er nachdenklich auf seinem letzten Bissen Kalbsfilet kaute. »Es wird ein Gerichtsverfahren geben, früher oder später. Ich weiß wirklich nicht, wie ich es anstellen sollte, Sie da rauszuhalten. Sie können ja nicht als Zeuge erscheinen und Lügen erzählen. Jetzt nicht mehr, wo ich die Wahrheit weiß.« Er zögerte, dann schob er etwas nach, und es war genau das, was ich nicht zu hören gehofft hatte: »Wenn es denn wirklich die Wahrheit ist, was Sie mir hier erzählen.«

»Das ist es.«

Er sah mich immer noch nicht an, sondern schob einen

kleinen Haufen in Sahne gratinierter Kartoffeln von einer Seite des Tellers zur anderen. »Und ich kann Ihnen auch nicht versprechen, daß Sie nicht als Zeuge aufgerufen werden. Das hängt von ganz anderen Dingen ab.« Er schüttelte den Kopf und sah mich an. »Sie hätten von Anfang an die Wahrheit sagen müssen.«

»Ich weiß. Es war ein Fehler. Aber Herrgott noch mal, versetzen Sie sich doch in meine Situation. Ich habe diesen Traum. Ich meine, ich hatte schon früher solche Träume, aber doch nicht über so etwas Ernstes. Und dann habe ich also diesen Traum, und ich kann nicht anders, als damit zur Polizei zu gehen. Woher sollte ich denn wissen, daß ich noch einen zweiten Traum von der Sorte haben werde? Oder daß Victoria Selbstmord begeht? Ich meine, ich weiß, daß es merkwürdig aussieht, aber was hätte ich denn *tun* sollen?«

Er schob den Stuhl vom Tisch zurück. »Ich würde die Dinge ja gern von Ihrer Warte aus betrachten können. Das ist weiß Gott eine fantastische Geschichte. Andererseits haben Sie natürlich inzwischen einen gewissen Ruf. Aber es wird nicht leicht sein, die Leiche in dem Moor zu finden.«

Ich winkte dem Ober wegen der Rechnung. »Ich habe genau gesehen, wo sie liegt.«

»Das Problem ist nur, daß wir nicht hinunterkommen«, sagte Berger.

»Der Müllkran«, sagte ich. »Der Müllkran vom Institut könnte eine Möglichkeit sein. Falls man ihn an die Stelle schaffen kann. Ich glaube, er fährt auf Raupen.« Und ich erklärte ihm, was Kurt mir über die Maschine erzählt hatte.

»Sie haben so viele Lösungen und Antworten parat«, sagte er.

»Ich weiß nicht, ob diese hier brauchbar ist«, sagte ich. »Das muß Kurt beurteilen.«

Der Ober kam an den Tisch, fragte, ob wir Dessert wünschten. Ich für mein Teil hätte noch ein Hauptgericht vertilgen können, so hungrig war ich, aber ein Dessert wirkte wie ein akzeptabler Ersatz. Berger schüttelte nur den Kopf. Ich bestellte eine Crème brûlée.

»Victoria Wechtel«, sagte Berger, nachdem der Ober mit der Bestellung weggegangen war, »erscheint mir nach dem, wie Sie sie beschreiben, als mysteriöse Figur.«

Ich steckte mir eine Zigarette an. »Mir auch. Ich bin *nie* zu ihr vorgedrungen.«

»Sie sind ihr nur ein einziges Mal gefolgt? Als sie diesen Mann auf Aker Brygge traf? Aber sie ist mehrmals auf diese Art verschwunden?«

»Ja.«

»War sie eine Prostituierte?«

»Um Gottes willen, nein!«

Er lehnte sich zurück. »Könnte ich eine Zigarette haben?« Er nahm sich eine, als ich nickte, zündete sie an und lächelte, beinahe erleichtert. »Hab vor vier Jahren aufgehört, kann nicht im Restaurant essen, ohne mir hinterher eine anzustecken. Merkwürdige Sache. Wieso sagen Sie das so entsetzt? Es hört sich beinahe so an, als hätten Sie selbst schon daran gedacht.«

»Nie. Ein Liebhaber, das ja. Am Anfang – die ersten Male, als sie verschwand – dachte ich noch, sie wäre einfach ausgebrochen und unterwegs, um jemanden aufzureißen. Aber das eine Mal, als ich ihr nachging, begriff ich, daß ein Liebhaber dahintersteckte. Wieso fragen Sie, ob sie möglicherweise eine Prostituierte war?«

Der Ober kam mit dem Pudding, und ich machte mich darüber her und verschlang ihn, während Berger Rauchkringel in die Luft blies. Ich konnte immer noch nicht behaupten, daß ich ihn mochte, dazu war er zu glatt, aber jedenfalls unterhielten wir uns auf eine menschliche Art. »Ich kann mir nicht erklären, woher sie das Geld hatte«, sagte er schließlich mit abgewandtem Blick, nicht wirklich an mich gerichtet. »Sie hat nie ein Studentendarlehen aufgenommen, hat nie nennenswerte Schulden gehabt, hatte lange Zeit kaum Einkünfte, und ist doch ohne Unterstützung von Behörden zurechtgekommen. Geld wächst nicht auf Bäumen.«

Ich schüttelte den Kopf. »Ich kann es mir auch nicht erklären.« Ich winkte dem Ober und signalisierte, daß ich zahlen wollte.

»Haben Sie sich nie darüber gewundert?«

»Ich habe mir wohl nie Gedanken darüber gemacht, nehme ich an. Solche Sachen haben in unserer Beziehung keine Rolle gespielt. Wir wollten nicht zusammenziehen und eine Familie gründen und alles so was. Es war nur Liebe und …«

»Und Haß?«

»Zum Schluß.« In dem Moment ging mir auf, was ich gesagt hatte; nicht nur, weil das etwas über mein Verhältnis zu Victoria aussagte, sondern vor allem, weil ich zugegeben hatte, für einen kürzlich verstorbenen Menschen Haß empfunden zu haben.

Er bemerkte meine Reaktion und lächelte. »Immer mit der Ruhe«, sagte er. Der Ober kam mit der Rechnung, ich gab ihm meine Diners-Karte. Er verschwand wieder, und Berger beugte sich über den Tisch zu mir. »Ich will Ihnen etwas verraten«, sagte er leise. »Sie machen mir Sorgen. Ich bin mir ganz sicher, daß Sie etwas verbergen. Es ist nicht nur wegen des Zusammentreffens all dieser Ereignisse; es ist ein kristallklares Gefühl, daß Sie lügen, oder daß Sie einen wesentlichen Teil der Wahrheit verschweigen. Sie sollten tief in sich gehen, wenn Sie jetzt nach Hause kommen, und sich klarmachen, wo Sie stehen. Ich werde mit Ihrem Freund Kurt sprechen, sobald der erste Hahn kräht. Sie rufen mich morgen um acht Uhr an und sind startklar, um uns ins Moor zu begleiten und uns die richtige Stelle zu zeigen. Falls Sie morgen früh immer noch mehr wissen als ich, sollten Sie alle Karten auf den Tisch legen. Falls Sie mir weiterhin etwas vorenthalten, werden Sie mich nie wieder los.«

Der Ober war wieder zurück. Ich unterschrieb den Buchungsbeleg und steckte die Quittungen in die Brieftasche.

»Danke für die Einladung«, sagte Berger.

»Ich hätte auch einfach den Mund halten können«, sagte ich.

Er nickte mit halbgeschlossenen Lidern. »Aber so läuft es nicht, nicht wahr?«

16 Kindertotenlieder

Hätte ich von allem die Finger lassen sollen? Hätte ich das überhaupt *gekonnt?* Ich grübelte über die Frage und ihre Konsequenzen nach, als ich draußen im Wald stand und den Arbeiten im Moor zusah, während mir der Morgenwind um die Ohren pfiff. Was wäre dann wohl passiert? Aber ich hatte all das schon früher durchdacht. Der Kurs war am Abend vorher abgesteckt worden, und doch war mir mulmig zumute, wie ich da stand und mich hinter einer großen Tanne versteckte. Die Umgebung war abgesperrt, aber hinter der Absperrung flackerten Blitzlichter auf, die Scheinwerfer der Fernsehkameras irrlichterten zwischen den Bäumen; all die künstlichen Lichtquellen schufen Schatten, Kontraste, grelle und halbblinde Felder zwischen dem Sichtbaren und dem Verborgenen. Ich hatte mir einen dicken Parka mit Kapuze angezogen und verbarg mein Gesicht, so gut ich konnte; trotzdem fühlte ich mich wie ein Indianer, voller Todesangst, daß meine Seele von einem Fotografen gestohlen, auf einem Film eingefangen, in einem Stück Papier eingesperrt werden könnte. Ich war jetzt ein echter *freak*, ein Monstrum, das nur durch Zufall noch nicht entdeckt worden war; meine Anonymität stand auf dem Spiel, der Friede, die Normalität.

Etwas rumpelte am Waldrand. Ich dachte zunächst, es wäre Donner, denn es lag Gewitter in der Luft und in den Windböen, die an den Baumwipfeln zerrten. Aber es war der Müllkran, der Einzug hielt, langsam, majestätisch. Eine der Wundermaschinen der Gegenwartsarchäologen auf quälend langsamem Vormarsch, ein Musterbeispiel an ausufernder Technik. Es war, als stünde man im Urwald am Amazonas und sähe zu, wie die Zivilisation sich ihren Weg bahnt; als wäre man Zuschauer bei der Kolonialisierung eines neuen Planeten. Faszinierend häßlich, wie er da dröhnend durch den Wald kam, ein enormer Mechanosaurier, ein blaßgelbes, langhalsiges Stahlmonster auf breiten Kettenbändern, ungemein brutal, wie er das Gebüsch unter seinen Raupen zermalmte und Baumstämme knickte, als wären sie Blumenstengel. Dampfend und fauchend schob er sich gemächlich durch die Schleier aus grauem kühlem Regen; ein Drache aus den tiefsten Tiefen der modernen Welt, auf dem Wege, eine längst verstorbene Seele zu retten, eine längst geschändete Jungfrau, aber immer noch genauso heldenhaft, als stünde eine Unschuld auf dem Spiel. Mich durchzuckte der Gedanke, als ich da inmitten des Lärms stand und die Windstöße an mir rissen und zerrten, daß wir unsere imposantesten Rodungsmaschinen nach dem Vorbild archetypischer Vorzeitungeheuer bauen; unwillkürlich werden wir an Insekten, Kriechtiere, ausgestorbene Arten erinnert.

Kurt saß im Führerhaus, ein Ritter der mechanisierten Moderne, ein Kavallerist der modernsten Technologie, wie er da an uns vorüberwalzte. Ein Blitz flammte auf und folgte ihm auf seinem Reitersitz wie ein Lichtkranz. Ich hob eine Hand und winkte ihm zu, aber er sah es nicht.

Berger kam und holte mich, ließ sich von mir noch einmal die Stelle zeigen, um ganz sicherzugehen. Kurt stand mit verschränkten Armen da. Er nickte mir zu, beinahe kühl, beinahe fremd; großes Erstaunen schafft Distanz zwischen den Menschen, das ist ein Naturgesetz. »Was ist…«, setzte er an. »Du bist…« Und ich sah ihn nur an und wartete, bis er einen ganzen Satz hervorgewürgt hatte: »Ich verstehe das alles nicht, Falk.«

Ich zuckte die Achseln. »Zufälle und Merkwürdigkeiten, eins wie das andere. Ich erkläre es dir später.« Aber in seinen

Augen sah ich Zweifel, und vielleicht Mißtrauen; unwillkürlich krümmte ich mich; es war sowohl persönlich verletzend, weil es der Blick meines Freundes war, als auch ein Vorgeschmack auf das, was noch kommen würde, wie ich annahm.

Berger trat zwischen uns. »Zeit, anzufangen«, sagte er zu Kurt; dann wandte er sich an mich: »Ich glaube, es ist am besten, wenn Sie im Panzerwagen warten.«

»Ich würde gern zusehen.«

»Das halte ich für keine gute Idee.« Er winkte einem Polizisten, der mich zu einem gepanzerten Fahrzeug brachte, das vom Militär ausgeliehen worden war; dort wartete ich gemeinsam mit zwei stillen, mißtrauischen Polizisten, die mich anfangs mit lauwarmem, bitterem Thermoskaffee versorgten und mir fragende Blicken zuwarfen, sich aber nach und nach an meine Anwesenheit gewöhnten und über allerhand Belangloses zu plaudern begannen; Fußball, Fernsehserien, schlechte Gehälter.

Eine Dreiviertelstunde später kam Berger zum Wagen und holte mich. Er sah mich lange an, dann schüttelte er den Kopf und sagte: »Sie träumen gut.«

»Ganz im Gegenteil. Sie ist also da?«

»*Etwas* ist da. Bestimmt ist sie es, ich kann mir nichts anderes vorstellen.«

Ein Donnergrollen rumpelte über den Himmel. Vielleicht hatte es vorher geblitzt; die künstlichen Lichter hinter uns machten es unmöglich, das mit Bestimmtheit zu sagen. »Kann ich sie sehen?« fragte ich.

»Es ist kein schöner Anblick. Moorleichen sind eine Sache für sich. Aber eigentlich ist nicht viel zu sehen. Nur ein armes Menschenwesen, das schon lange aus der Welt gegangen ist, ohne die Spur einer Seele zurückzulassen. Humus in Menschenform, das ist alles.«

Ich musterte ihn, so gut das dort drinnen zwischen Schatten und Licht möglich war; seine Wortwahl, seine Stimmlage überraschten mich; auf einmal sah es aus, als würde der Job ihn langsam auslaugen. »Mord ist bestenfalls abscheulich« sagte ich, »der hier ist schlimmer, erbärmlich und infam.«

Er lachte auf. »Ja, und offenbar gibt es mehr Dinge zwischen Himmel und Erde, als unsere Schulweisheit wahrhaben will, zumindest in Ihren Träumen.« Es überraschte mich, daß er mein Hamlet-Zitat sofort mit einem anderen beantwortete; das hatte ich von ihm nicht erwartet.

»Glauben Sie, daß dieser Mord auch ohne Zunge sprechen könnte?« fragte ich.

»Hat er das nicht bereits getan? Zu Ihnen? Geben Sie mir eine Zigarette.« In seiner Stimme lag eine Art Abscheu; schwer zu sagen, ob sie mir oder meinen angeblichen Träumen oder etwas ganz anderem galt. Vielleicht wollte ich es auch gar nicht wissen.

Ich hielt ihm die Zigarettenschachtel hin und gab ihm Feuer. »Und für Ihre Ermittlungen? Gibt es dafür Spuren hier? Bei ihr?«

»Die Chance ist gleich null.« Er inhalierte tief, blies den Rauch mit einem so schweren Seufzer aus, daß ich ihn trotz der uns umgebenden Geräusche hören konnte, trotz des Maschinenlärms, der den Wald erfüllte und die Stille, die eigentlich hier herrschen sollte, in Fetzen riß. »Wir müssen in Ruhe miteinander reden«, sagte er und öffnete die rückseitige Tür des Panzerwagens, winkte die Polizisten heraus und schickte mich statt dessen hinein. Er schloß die Tür und schnitt Lichter und Lärm hinter uns ab.

Ich setzte mich auf die Pritsche, lehnte den Rücken gegen die Wand zum Führerhaus und sah ihn an. »Wieso können Sie sich nicht einfach mit der Tatsache zufriedengeben, daß ich die Wahrheit sage?« fragte ich. Ich kann verstehen, daß Polizisten ihren Beruf interessant und spannend finden; es muß etwas Ähnliches sein wie die Spannung des Jägers, der eine Beute verfolgt, vielleicht auch wie die Freude, die manche Menschen dabei empfinden, große und komplizierte Puzzlespiele zu legen. Aber für die Beute, das Opfer, ist es nur eine unangenehme, uninteressante und etwas bedrückende Angelegenheit.

Berger antwortete nicht darauf. Er brauchte meine Fragen nicht zu beantworten, brauchte sich nicht zu rechtfertigen, das war meine Aufgabe hier; grundlegende Position eines Polizisten ist die Unangreifbarkeit seines Tuns. Er fing einfach noch mal von vorn an, anscheinend unverdrossen, aber mir kam es so vor, als wäre ihm eine Art Verzweiflung anzumerken; es war, als legte er eine hoffnungslos komplizierte Patience mit einem unvollständigen Kartenspiel; ganz gleich, wie er seine Fragen auch mischte, es kam doch immer etwas Unbefriedigendes heraus. Aber früher oder später, schien sein Blick zu sagen, würde etwas in meinen Erklärungen auftauchen; ein Widerspruch in sich, eine Diskrepanz, ein neues Element, irgend etwas, das ihm Anlaß gäbe, auf mich niederzustoßen, und dann würde etwas passieren. Aber es passierte nichts. Ich hatte meine Geschichte, und die war nicht so weit von der Wahrheit entfernt, daß es eine Rolle gespielt hätte; ich fühlte mich nicht eingezwängt durch den Grad von Unwahrheit, den sie beinhaltete, und es war nicht schwer, daran festzuhalten. Und ich bemerkte, während die Minuten verstrichen und sich zu anderthalb Stunden summierten, daß sich etwas wie Verzweiflung in seine Gesichtszüge schlich und sie verwischte, aufquellen ließ wie rohes Fleisch, das eine Weile im Wasser gelegen hat. Es war ein unschöner Anblick.

»Ich habe ein Problem«, sagte er, nachdem er einige Sekunden mit geschlossenen Augen dagesessen hatte. »Es geht nicht darum, daß Ihre Geschichte keinen Reim ergibt. Es ist nur, daß Sie es geschafft haben, innerhalb kurzer Zeit in drei Fälle verwickelt zu werden, und außerdem eine Geschichte auftischen, wie es dazu gekommen sein soll, die mir ehrlich gesagt ziemlich unglaublich erscheint.«

»Mir auch.«

»Ja. Vermutlich. Aber ich möchte, daß Sie mir ganz schlicht und einfach sagen, wo Sie waren, als das Simer-Mädchen getötet und der Brand gelegt wurde, und wo Sie waren, als Victoria Wechtel starb.«

»Aha«, sagte ich. »Das hört sich fast so an, als sollte ich mir besser einen Anwalt nehmen. Darauf läuft es doch hinaus, oder?«

»Nein, das tut es nicht.«

»Was dann?«

»Es ist nicht so, daß wir uns einen Verdächtigen herauspicken und uns auf ihn einschießen. Unsere Arbeit besteht darin, alle möglichen Leute zu befragen und auf Verdachtsmomente hin auszusieben, bis einer übrig bleibt, der nicht mehr durch das Sieb fällt. Erst dann beginnt die nächste Ermittlungsphase. Und ich habe nichts gegen Sie. Ich verdächtige Sie nicht. Sie *sind* einfach ein Verdächtiger, und deshalb muß ich Sie danach abklopfen, ob Sie durch das Sieb fallen oder nicht. Falls Sie nichts verbergen, ist alles in Ordnung. Aber sollten Sie uns immer noch etwas vorenthalten – Sie haben uns schließlich schon einmal belogen –, ist es besser, jetzt damit herauszurücken.«

Ich zögerte einen kleinen Moment, dann schüttelte ich den Kopf, aber ich sah an seinem Blick, daß es zu spät war; allein schon das Zögern hatte gereicht, er wußte, daß ich etwas zu verbergen hatte, und er sagte es mir auf den Kopf zu.

»Da ist nichts«, sagte ich.

»Doch, da ist was«, sagte er, felsenfest überzeugt.

»Na gut«, sagte ich und erzählte ihm, wie die Beziehung zwischen Victoria und mir auseinandergegangen war; ich mußte ihm etwas geben, um den Zweifel zu beruhigen, den mein Zögern in ihm geweckt hatte.

Er nickte. »Und das ist alles?«

»Das ist alles.«

Er stand auf. »Gut, wie Sie wollen«, sagte er. »Aber ich möchte immer noch eine Antwort auf die Fragen, die ich gestellt habe.«

Meine Händen sahen verwelkt aus. Ich schaffte es nicht,

seinem Blick standzuhalten, ich mußte den Kopf senken, er fiel von ganz allein herunter, schwer wie ein Pendel. »Was Victoria angeht und das Feuer, haben Sie meine Antwort bereits. Als der Brand gelegt wurde, war ich auf einer Wanderung im Wald. Als Victoria starb, schlief ich meinen Rausch nach der Jubiläumsfeier aus.«

»Den ganzen Montag und den Dienstagvormittag, bis wir kamen?«

»Ja. Es war ein ziemlich schwerer Rausch.«

»Und wo waren Sie, als Beate Simer getötet wurde?«

»Ich dachte, Sie haben den Täter geschnappt?«

»Ich brauche Ihre Angabe.«

»Ich weiß nicht, wann sie getötet wurde.«

»Irgendwann zwischen Mittwoch, dem dreizehnten Oktober, und dem darauffolgenden Abend, also Donnerstag, dem vierzehnten.«

Ich schüttelte den Kopf. »Keine Ahnung. Weiß ich wirklich nicht. Ich muß in meinen Terminkalender sehen, um mich jedenfalls ungefähr zu erinnern, und der liegt in meinem Büro.« Ich steckte mir eine neue Zigarette zwischen die Lippen. Meine Hände waren nicht gerade ruhig, aber auch nicht völlig unbrauchbar, und schließlich gelang es mir, die Zigarette anzuzünden. Ich hätte gern gewußt, was er dachte, was er von meinen Bewegungen halten mochte, wie er meine Wortwahl, meine Stimmlage und alles andere deutete. Glaubte er wirklich, einem Verbrecher gegenüberzusitzen, einem Mörder, der mehrere Menschenleben auf dem Gewissen hatte, und interpretierte er das alles unter diesem Aspekt? Oder hakte er nur seine routinemäßigen Fragen ab und maß meinen zitternden Händen keine weitere Bedeutung zu?

»Wenn Sie mir bis morgen früh eine Antwort geben, ist das in Ordnung«, sagte er. »Ich möchte Sie gern von den weiteren Ermittlungen ausschließen können.« Er stand auf und öffnete mir die Tür. Ich zog meine Kapuze tief ins Gesicht, und er begleitete mich schweigend durch das Blitzlichtgewitter hinüber in ein ziviles Polizeifahrzeug mit getönten Scheiben, das mich an den Stadtrand brachte, wo es mir gelang, die Presseautos abzuschütteln, indem ich über einen Zaun hechtete und durch einen Garten lief. Ein irrationales Verhalten, mag sein, aber ich hielt es für notwendig.

Zu Hause wanderte ich ruhelos herum, zog meine Kreise durch Wohnzimmer, Küche, Wohnzimmer, Küche. Warten, war das alles – und worauf? Darauf, daß irgendein Polizist nicht dichthielt und die Reporter vor meiner Tür standen? Darauf, daß Berger mich verhaftete, unter dem dringenden Tatverdacht von – wieder: Wovon? Mord, Zurückhalten von Informationen, Beihilfe zum Mord?

Draußen nahm der Wind zu, und es begann zu regnen; schwere, heulende Windstöße ließen die Fensterscheiben erzittern, der Regen klatschte gegen die Mauern. Die Bäume im Garten rauschten, die Flaggenschnur schlug wie wild gegen die Fahnenstange. Ich blickte hinaus; ja, ein heftiger Sturm war im Anmarsch, vielleicht ein Orkan. Über dem Meer schossen Blitze aufs Wasser nieder.

Das Telefon klingelte. Ich sah aufs Display: PRIVATE CALL. Ich zögerte. Das konnte irgendwer von irgendwo sein. Flüchtig dachte ich auch an einen Blitzschlag. Und trotzdem, der perverse kleine Teufel lockte mich, also nahm ich ab und sagte meinen Namen. Es war Krogher, eine rauschende, ferne Mobiltelefonverbindung; er war auf dem Rückweg nach Oscarshavn, war in Oslo gewesen, weil er einen Urenkel bekommen hatte, das Flugzeug war umdirigiert worden, er fuhr mit einem Leihwagen auf einer Küstenstraße etwas weiter südlich, wußte nicht genau, wie weit es noch war; er hatte meine Nachricht erhalten, ob etwas passiert sei? Ich sagte, ja, es sei etwas passiert, und bat ihn, sich zu beeilen. Er rechne damit, etwa in drei, vier Stunden anzukommen, sagte er, und werde sich sofort melden. Dann dröhnte es im Hörer, und die Leitung versandete.

Ich dachte: Ich sollte mir Sorgen machen. Dann klingelte

das Telefon wieder. Es war Tekla aus dem Krankenhaus; Margareta war wach und wollte mit mir reden, und ich lächelte – zum erstenmal seit langem, als ich das hörte: »Margareta ist wach und will mit dir reden.« Es klang ganz anders als eine Bitte; eher ein königlicher Befehl an einen Untergebenen, überbracht von einem beflissenen Kurier. Aber es ist wirklich etwas Königliches an den ernsthaft Kranken, wenn sie wieder zu Kräften kommen; sie liegen auf ihrer Bettstatt und nehmen Respekt und Untertänigkeit entgegen; sie sind geschwächt, aber trotzdem das Gravitationszentrum für alle, die sie umkreisen. Margareta war bleich und gefaßt, und ich war ehrfürchtig und demütig, als ich mit einem Arm voller Geschenke ankam; Blumen, Pralinen, Zeitschriften und ein Buch von Eduardo Mendoza, das sie, wie ich glaubte, noch nicht gelesen hatte, aber mögen würde: *Das Rätsel der verhexten Krypta*. Am liebsten wäre ich zu ihr ins Bett gekrochen, hätte die Arme um sie geschlungen und sie festgehalten – oder mich an ihr festgehalten; das war wohl richtiger. Aber weder Anstand noch medizinische Apparaturen ließen das zu. Sie reichte mir die Hand – majestätisch auch das, geradezu päpstlich – und gestattete mir, sie zu halten; das muß genügen, schien sie mit der eleganten kleinen Bewegung sagen zu wollen.

»Wie geht es dir?« fragte ich.

»Besser. Keine Gefahr mehr. In ein paar Tagen bin ich wieder auf den Beinen. Ich fühle mich inzwischen ziemlich kräftig, du kannst mir also alles sagen, was in der letzten Zeit passiert ist.«

Und ich erzählte. Sie lag mit geschlossenen Augen da und hatte die Arme über der Brust verschränkt, während ich ihr die Geschichte erzählte, so kurz und einfach ich konnte, aus Angst, sie zu ermüden. Sie atmete ruhig und friedlich, nur ein paarmal kniff sie die Augen fest zusammen, als wäre ihr etwas unbehaglich.

»O boy«, sagte sie, als ich fertig war. Sie beugte sich zur

Seite und betätigte einen Hebel an der Bettkante, um das Kopfteil etwas mehr aufzurichten. Sie sah nicht schlecht aus, wie sie da jetzt saß, in einer blaugestreiften Pyjamajacke und mit zerzaustem schwarzem Haar; erst jetzt fiel mir auf, daß sie einen Hauch von Lippenstift aufgelegt hatte. »Das ist ja wirklich eine dolle Geschichte.«

»Ja, nicht?«

»Du wirst also diesen Ex-Polizisten am Nachmittag treffen?«

»Krogher? Ja. Ich hoffe, er hat eine gute Idee. Falls nicht, muß ich mir wohl einen Anwalt nehmen.«

Sie schüttelte sachte den Kopf, nicht protestierend, sondern verwundert. »Gespenster«, sagte sie und lächelte flüchtig. »Gespenster zu Besuch bei Francis Falckenberg, dem Mann ohne Glauben.«

»Das ist nicht wahr.«

Sie sah mich lange an. »Nein, das stimmt. Tut mir leid, das war gemein von mir. Es ist nur, weil du so voller Zweifel bist und man sich kaum vorstellen kann, daß du an irgend etwas glaubst. Aber Gespenster…« Sie schüttelte den Kopf und lächelte.

»Ich sage ja nicht, daß es rein physisch passierte. Vielleicht war es wirklich ein Traum.«

»Komisch, daß ausgerechnet *du* Gespenster siehst. Ich glaube nicht an so was. Wenn es die Leichen nicht gegeben hätte, würde ich sagen, du solltest weniger trinken. Aber wir sehen, was wir sehen wollen, und hören, was wir hören müssen.«

»Gespenster oder nicht«, sagte ich, jetzt ziemlich gereizt. »Das ist es eigentlich nicht, was mir Sorgen macht. Ob ich Berger was von Gespenstern oder von Träumen erzähle, läuft doch auf ein und dasselbe hinaus; er ist nicht der Mann, der irgendwas davon akzeptieren würde, ganz egal, was.«

»Hört sich nicht danach an, stimmt. Könntest du mir wohl ein Glas eiskaltes Wasser besorgen?«

Ich ging hinaus. Auf halbem Weg den Korridor hinunter stand ein Wasserspender, aber das Wasser hatte Zimmertemperatur. Ich betrat die Teeküche, zapfte ein Glas kaltes Wasser aus dem Hahn und ging zurück. Margareta trank es langsam und schweigend. »Hast du Angst?« fragte sie, als das Glas leer war.

Ich mußte überlegen, vielleicht tiefer nachdenken. Ich ging zum Fenster und sah hinaus auf den Parkplatz, auf die Straßenlaternen und die Lichter vom Stadtzentrum weiter unten. Der Wind kam in langen, heftigen Stößen, die die Laternenmasten zum Schwanken brachten. »Ja«, sagte ich. »Das habe ich tatsächlich.«

»Es geht um sieben tote Menschen«, sagte sie leise, verwundert. »Sieben Menschen. Das ist viel. Zwei von ihnen waren noch Kinder. Sogar ich trauere nicht über jeden Menschen gleichermaßen, aber du weißt, was ich für Kinder empfinde. Jeder trauert über tote Kinder mehr. Sogar die Polizei. Es ist klar, daß sie diesen Fall nicht unaufgeklärt lassen können, um keinen Preis.«

»Hör *bitte* auf«, sagte ich. »Das ist mir keine große Hilfe.«

»Mir gefallen die Rätsel nicht mehr als der Polizei«, sagte sie. »Setz dich bitte wieder, Falk.«

Ich setzte mich.

»Ich habe nicht viel«, sagte sie. »Meine wichtigsten Besitztümer sind immateriell. Der Glaube. Der Optimismus. Bevor ich meinen Job kündigte – ja, eigentlich bis zu diesem Tag –, habe ich meine Schweigepflicht als eine Art Besitz empfunden. Sie ist mir wichtig, weißt du. In meinem Beruf, in meiner ganzen Arbeit kommt einem so viel Seltsames zu Ohren, und nur wenig davon ist Unsinn. Manches von dem, was ich im Laufe der Jahre zur Kenntnis nehmen mußte, war ziemlich erschreckend. Es gibt viele Geheimnisse auf der Welt, manchmal habe ich gedacht, daß jeder von uns mindesten zehn, zwanzig Geheimnisse hat, und einige davon sind – ja, gefährlich irgendwie, entweder für uns selbst oder für andere.

Und dann habe ich die Schweigepflicht als eine heilige Pflicht empfunden, nicht als eine, die das Gesetz mir auferlegt hat. Als etwas, was ich demjenigen schulde, der sich mir anvertraut. Und jetzt bin ich gezwungen, sie zu brechen, einerseits, weil ich dich sehr mag, und andererseits, weil ich Geheimnisse, die anderen Menschen schaden, nicht gerade gut finde. Ich brauche mehr Wasser. Bitte hol eine ganze Kanne.«

Ich tat, wie mir geheißen. Sie trank in großen Schlucken und atmete hinterher tief ein und aus. »Blutplasma macht durstig«, murmelte sie. »Okay, jetzt hör zu. Du weißt, daß Victorias Mutter 1986 starb und daß Victoria damals hier war?«

»Nein.«

»Tja, das ist wohl typisch. Aber sie war hier. Sie schaffte es nicht mehr rechtzeitig. Ihre Mutter hatte seit drei Jahren Krebs, und sie hatte es Victoria nicht gesagt. Ich war ein paarmal bei ihr zu Hause, aus ganz normalen pflegerischen Gründen, und ich besuchte sie im Krankenhaus, während sie dort lag, nur eine knappe Woche bevor sie starb. Am Tag vor ihrem Tod bat sie mich, ihre Geschichte anzuhören, als wäre es eine Beichte. Für mich war das in Ordnung, ich konnte an dem Abend sowieso keinen Pfarrer mehr für sie erreichen, und eine Diakonin ist besser als gar nichts. Menschen, die ihr Herz erleichtern wollen, bevor der Tod eintritt, haben ein Recht darauf.« Sie sah zur Seite und atmete heftig durch die Nase aus. »Es ist nicht einfach, das zu erzählen. Kurz und gut: Sie sagte mir, daß Victoria die Tochter des alten Timerberg ist. Ihr Mann war ja damals ein Säufer, war es seit langem gewesen und blieb es, bis er an Leberversagen starb. Victorias Mutter war zu der Zeit sehr schön, ich habe Fotos gesehen. Wie sie in Kontakt mit Timerberg gekommen ist, erzählte sie nicht, aber sie hatten ein Verhältnis, das mehrere Jahre dauerte, und sie bekam Victoria von ihm. Sie sagte, daß kein Zweifel an der Vaterschaft bestehe. Ihr Mann war zu dem Zeitpunkt schon drei, vier Jahre impotent. Er wußte es nur nicht, ebensowenig wie er wußte, daß sie keinen richtigen Sex mehr hatten, weil er immer viel zu voll war, wenn er nachts nach Hause kam.« Auf einmal lachte sie leise, beinahe verlegen. »Sie beschrieb ziemlich detailliert, wie er schnaufte und keuchte und nie einen hochkriegte und doch glaubte, er wäre der große Hengst. Na ja. Victoria wußte nichts davon, und der alte Timerberg auch nicht. Möglicherweise ahnte er etwas, aber jedenfalls hat Victorias Mutter ihm nie erzählt, daß Victoria seine Tochter war, ganz im Gegenteil, sie nahm die Schwangerschaft zum Vorwand, um das Verhältnis zu beenden. Ich…« Sie brach ab, um mehr Wasser zu trinken. Ich hielt den Mund und wartete.

»Bis dahin ist eigentlich alles klar«, sagte sie, nachdem sie getrunken hatte. »Jetzt kommen die Komplikationen. Du erinnerst dich, daß Victoria aus der Stadt geschickt wurde, um besseren Klavierunterricht zu erhalten? Nun, das ist nicht die *ganze* Wahrheit, vielleicht war das überhaupt nur ein Vorwand. Sie wurde weggeschickt, weil sie schwanger war. Um abtreiben zu lassen. Und sie kam nicht zurück, weil ihre Mutter nicht wollte, daß sie dem Mann noch mal über den Weg liefe, der sie geschwängert hatte. Victoria selbst weigerte sich, seinen Namen zu verraten, weil er – wie sie ihrer Mutter sagte – eine bekannte Persönlichkeit der Stadt sei, und reich. Dämmert es dir langsam?«

»Timerberg«, flüsterte ich.

»Das glaubte die Mutter auch, ja. Und das hätte Blutschande bedeutet.«

»Lieber Himmel«, sagte ich. »War es eine Vergewaltigung?«

»Das war es wohl nicht, Victoria bestritt es jedenfalls. Aber sie war jung. Viel zu jung. Ich versuche das zu erzählen, ohne moralisch zu werden, aber wenn ein alter Mann eine Vierzehn-, Fünfzehnjährige verführt, dann ist das in meinen Augen… nicht viel besser als eine Vergewaltigung. Wie auch immer, jedenfalls bemühte er sich um Wiedergutmachung.

Du hast ja gemerkt, daß Victoria in Oslo genug Geld hatte, und das war kein Studentendarlehen.«

»Na ja…«, sagte ich und dachte an Berger und Victoria und meine eigene Blindheit. »Ich habe mir nie groß Gedanken darüber gemacht.«

Sie sah mich lange an, aber dann schüttelte sie nur den Kopf und fuhr fort: »O boy. Nun, jedenfalls war es so. In den ersten paar Jahren schickte ihre Mutter das Geld. Dann erhielt sie Bescheid von Victoria, es sei nicht länger notwendig. Sie arbeite ab und zu in einem Plattengeschäft, und sie gebe Unterricht – daß sie das nicht tat, mußt du aber doch wenigstens gemerkt haben?«

»Du brauchst gar nicht so spitz zu sein.«

»Herr, zügle meine Zunge«, seufzte sie. »Victoria brauchte kein Geld mehr. Nicht von der Mutter.«

»Der Liebhaber«, sagte ich.

»Wie bitte?«

Ich erzählte ihr von Victorias Verabredung auf Aker Brygge, damals, als ich ihr nachgeschlichen war, und von Bergers Theorie.

»Vielleicht. Ich weiß es nicht. Ich erzähle dir nur, was ihre Mutter glaubte. Und das ist alles. Ich habe mit Victoria gesprochen, nur ein paar Tage bevor ich zusammengeklappt bin.«

»Ich habe euch gesehen«, sagte ich. Auf einmal merkte ich, daß meine Schultern sich total verspannt hatten, und mußte aufstehen, und mich zu strecken. »In der Konditorei.«

Sie nickte. »Mir war auch so, als hätte ich dich da draußen gesehen.«

»Ich dachte immer, du magst sie nicht.«

»In Oslo, meinst du? Weder mochte ich sie, noch mochte ich sie nicht. Ich konnte nur nicht begreifen, was ihr beide miteinander zu tun hattet. Ich hatte sie im Verdacht, dir weh zu tun. Und damit hatte ich ja recht, du brauchst es nicht zu sagen. Sie war – ich weiß nicht… ein bißchen verrückt. Glaube ich.

Egal, jedenfalls war *sie* es, die Kontakt zu mir aufgenommen hat, neulich, vor ein paar Tagen – an dem Tag, bevor wir uns im Kalori trafen –, weil sie wissen wollte, was ihre Mutter auf dem Totenbett gesagt hatte.«

»Und du hast es ihr erzählt?« Mir wurde so langsam einiges klar, und es war ein Gefühl, als würde mir ein Gewicht von den Schultern genommen.

Aber so einfach war es nicht. »Nein, bist du verrückt«, sagte sie und schnaubte verächtlich angesichts meiner Naivität. »Ich habe gelogen, daß sich die Balken bogen. Sollte ich etwa so viele Jahre später ihr Leben erneut durcheinanderbringen, auf eine Art, deren Konsequenzen nicht abzusehen waren? Wo denkst du hin! Ich erzählte ihr eine kleine Serie von Notlügen, vermischt mit den Bröckchen Wahrheit, die sie verdauen konnte. Und danach – das ist der nächste Knaller – unterhielten wir uns über alles, was in der letzten Zeit hier in der Stadt passiert war, und über Nina Lodz und Elsa Marie Willumsen. Kann ich bitte noch ein Glas Wasser haben, es tut so weh, sich danach strecken zu müssen.«

»Spar dir deine Kunstpausen, bitte«, sagte ich, als ich ihr das Glas gab.

Sie trank das Wasser und würdigte mich keiner Antwort. »Sie kannte ja Nina Lodz aus der Zeit, als das Willumsen-Mädchen noch lebte, und hatte Kontakt zu ihr, bis sie nach Oslo zog. Und Nina sagte einmal zu ihr – Victoria meinte, es müsse ein halbes oder ein Jahr nach dem Verschwinden der kleinen Willumsen gewesen sein, als sie darüber sprachen –, sie wisse von einem Mann, der vielleicht etwas damit zu tun hatte. Das ist ein wortgetreues Zitat. Victoria fragte, wer das sei, aber Nina wollte es nicht sagen. Victoria fragte, ob sie damit nicht lieber zur Polizei gehen wollte, aber Nina antwortete – und jetzt aufgepaßt –, daß er zu mächtig sei. Das war das Wort, das sie gebrauchte … Nina, meine ich. Mächtig.«

Das hatte Victoria mir nicht erzählt. »O boy«, sagte ich. Das war Margaretas Wortwahl, aber hier schien sie mir angebracht zu sein. »Und du konntest sie nicht fragen, ob sie glaubte, es sei derselbe Mann, denn sonst hättest du preisgeben müssen, was du wußtest.«

»Genau.« Sie schloß die Augen und zog eine traurige Grimasse.

»Hat sie sich durch irgend etwas anderes verraten? Gesichtsausdruck oder so was?« Mir ging auf, daß dies eine Berger-Frage war; ich war genauso spekulationslüstern wie er.

»Sie war anschließend ziemlich still und nachdenklich. Das war alles. Dann ging sie, um eine Klavierstunde zu geben, glaube ich.«

»O boy«, sagte ich wieder.

»Da mochte ich sie«, sagte Margareta leise. »Sie hatte im Laufe der Jahre Würde bekommen. Es ist echt zum Kotzen.«

Jetzt brauchte ich selbst ein Glas Wasser, mein Mund war trocken, und ich lieh mir ihr Glas. Eigentlich sehnte ich mich nach einer Zigarette, aber die mußte warten. »Du könntest das doch der Polizei erzählen«, sagte ich schließlich.

Sie nickte. »Ja, aber ich finde, das hat noch ein bißchen Zeit. Es steckt ja nichts drin, was etwas *beweist*. Ich dachte, du könntest es erst mal diesem Krogher erzählen und hören, was er dazu meint. Darüber, was ich erzählen *muß* und was ich weglassen kann. Ich meine nur, daß diese Schweigepflicht… ich breche sie höchst ungern, weißt du. Aber wenn es drauf ankommt… Nun, alle müssen das Ihre beitragen, nicht?«

»Ich verstehe«, sagte ich und stand auf. »Ich werde es tun.«

Sie nickte. »Gut. Ich bin todmüde, Falk. Häng bitte das Nicht-stören-Schild an die Tür. Und kauf einen guten Champagner und leg ihn auf Eis, bis ich rauskomme, okay?« Sie wedelte mit den Fingern der linken Hand, übertrieben matt und schwach, aber ich erkannte den Ernst dahinter; sie war blaß. Das hier hatte ihr zugesetzt, aber ich glaubte nicht, daß die Sache an sich oder die physische Anstrengung das Schlimmste waren, sondern der Vertrauensbruch; die einfache Tatsache, daß sie die Schweigepflicht verletzt hatte. Ich lächelte ihr zu und ging still aus dem Zimmer.

Sie waren gerade dabei, den Krankenhauskiosk zu schließen, als ich in die Halle kam. Das wunderte mich. Es war erst sechs Uhr, aber mir kam es vor wie mitten in der Nacht, so lang war mein Tag gewesen. Es würde nicht mehr als eine oder anderthalb Stunden dauernd, bis Krogher käme, und ich brauchte einen starken, großen Drink, merkte ich, aber zuerst eine Kleinigkeit zu essen, um dem Alkohol eine Unterlage zu geben. Ich hielt an einer Tankstelle, um mir ein paar Würstchen zu holen, und blätterte in den Zeitungen, während ich die Würstchen aß; ich fand mich in den Artikeln bezeichnet als »Mysterienmann« und »Röntgenauge« und wer weiß was noch alles; und ich sah mich selbst auf einem Foto nach dem anderen, aber zum Glück unkenntlich, nur eine Kapuzengestalt in dicker Steppjacke, wie ein winterfest gekleideter Mönch. Selbst mit den stärksten Teleobjektiven war es ihnen Gott sei Dank nicht gelungen, etwas anderes zu erhaschen als Schatten und beleuchtete Partien, die an Nase, Mund, Augen erinnerten, aber nicht an einen wirklichen Menschen.

Ich spülte gerade den widerlichen Tankstellenwürstchengeschmack mit einem halben Liter Pepsi hinunter, als mich der Gedanke durchzuckte: Was für einen Aufstand würde es geben, wenn ich mit all den Beschuldigungen, die in Margaretas Erzählung lagen, in Bergers Büro stürmte! Und der nächste: Würde er mir glauben? Würde er der Erzählung meiner besten Freundin glauben, wenn alles ein Bericht aus zweiter Hand war und alle, absolut alle, die irgend etwas davon hätten bestätigen können, inzwischen tot waren?

Ich stellte die leere Pepsiflasche ab und ging zur Tür. Der Verkäufer rief mir etwas hinterher, aber ich ging einfach weiter; er wollte mich wahrscheinlich an das Pfand erinnern, und die paar Kröten waren jetzt wirklich nicht wichtig.

Auf der Heimfahrt begann ich zu schwitzen und mußte das

Seitenfenster öffnen, obwohl die Windstöße inzwischen so wuchtig waren, daß sie das ganze Auto durchrüttelten, wenn sie zusammen mit dem strömenden Regen ins Wageninnere fegten.

Als ich das Auto in die Garage gefahren hatte, kam Nachbar Cort über die Straße gelaufen, die Regenjacke über den Kopf gezogen, und rief: »Falckenberg!« Ich packte ihn am Arm und zog ihn in den Eingang.

»Da war ein Kerl in deinem Garten«, keuchte er ohne jede Vorrede. »Ist da rumgeschlichen. Vor einer halben Stunde. War grade draußen, um die Fensterläden zu schließen, da sah ich ihn. Kam von der Rückseite deines Hauses, duckte sich, als ich ihn anrief, rannte los, um die Hausecke, und weg war er. Hab die Tür kontrolliert und bin ums Haus, nach kaputten Scheiben gucken, aber schien alles okay.«

»Hast du ihn erkannt?«

»Bei dem Wetter, spinnst du? Dunkle Kleidung, naß, das war alles.«

»Danke«, sagte ich. »Willst du auf einen Drink reinkommen? Ich mach mir jetzt einen.«

»Nee, laß gut sein. Meine Frau hat ihren Bridge-Abend. Muß die Kinder hüten.«

»Die Polizei hast du nicht angerufen?«

Er schüttelte den Kopf, typisch kurz und entschieden, das war seine Art; ein Mann mit abgehackten Bewegungen und eingeschränktem Wortschatz; ein Mann mit einer Schrotflinte im Schrank und wenig Sorgen im Leben, mit Swimmingpool und drei Kindern und einer umtriebigen Frau. Ich hatte mir bisher nie gewünscht, Cort zu sein, aber an diesem Abend wurde mir bewußt, daß sein Leben gewisse Vorteile hatte.

»Tschüß«, sagte er und verschwand so schnell, wie er aufgetaucht war.

Ich ging ins Haus und servierte mir einen großzügig bemessenen Laphroaig Maltwhisky; er zerrte kräftig an den Lebensgeistern, schaffte es aber nicht, die Gedanken aus mir herauszukitzeln, und ich hatte keine Lust zu denken. Ich legte Saint-Saëns' Orgelkonzert auf und drehte die Lautstärke hoch, aber nur so viel, daß ich die Türklingel noch hören konnte, falls Krogher vor dem Ende eintreffen sollte.

Er klingelte mitten im letzten Satz und nahm freudig einen kleinen Laphroaig entgegen, zusammen mit einem Frotteehandtuch, um sich den Regen aus den Haaren zu rubbeln. Ich sagte: »Herzlichen Glückwunsch, Uropa!« nachdem er auf dem Sofa Platz genommen hatte; er sah irgendwie putzig aus, wie er da saß, in Jeans und Strickpullover, mit dem Handtuch um den Kopf und dem Whiskyglas in der Hand. »Mutter und Kind wohlauf?«

»Alles zum Besten, perfekt. Aber hier ist wohl nicht alles in Ordnung?«

»Hast du heute Zeitung gelesen?«

»Ja, natürlich. Hast du Lust, mir alles zu erzählen, was du bisher noch nicht erzählt hast?«

Ich berichtete ihm die ganze Geschichte, ohne irgend etwas von Bedeutung zu verschweigen; obwohl ich es so kurz machte, wie ich konnte, sprach ich ohne Pause fast vierzig Minuten. Er nippte am Maltwhisky, machte ein paar Mal »Hm« und »Mhm-hm«, nur um mir zu zeigen, daß er zuhörte, unterbrach mich aber bis zum Schluß kein einziges Mal.

Er war ein praktisch veranlagter Mann, das bewies er jetzt erneut: Es war nicht das Gespenst, das ihn am meisten beschäftigte. »Ein Mann im Garten, hier, heute nachmittag?«, fragte er. Er hatte eine tiefe Falte zwischen den Augenbrauen und setzte das Glas auf dem Tisch ab, daß es nur so knallte.

»Sagt Cort, ja. Aber es kann doch sein, daß es nur ein Neugieriger war. Bestimmt wissen viele Leute, daß ich in diese Sachen verwickelt bin, wenn auch nicht, auf welche Art. So was ist schon mal vorgekommen.«

»Laß hören.«

Ich erzählte ihm von dem offenen Garagentorschloß und von Victorias Behauptung damals an jenem Sonntagabend, es sei ein Mann im Garten gewesen. Er schüttelte den Kopf. »Du bist so naiv«, sagte er. »Zieh dir Regenzeug an, wir gehen raus und sehen nach. Hast du eine gute Taschenlampe?«

Wir zogen uns an, ich gab ihm die Maglite-Taschenlampe, und dann stapften wir hinaus in den Regen. Er ging voran, leuchtete hierhin und dorthin, und ich stolperte hinterher. Im Geräteschuppen fragte er, ob dieser oder jener Gegenstand an seinem Platz wäre, was es meiner Meinung nach war. Er gab sich nicht damit zufrieden, sondern stellte sie mal hierhin, mal dahin. Dasselbe wiederholte sich in der Garage und im Teehaus. Er untersuchte auch den Hohlraum unter dem Teehaus gründlich, kroch in Büsche und Hecken hinein, kam triefnaß wieder heraus; ein richtiger menschlicher Bluthund, ich konnte ihn beinahe schnüffeln und wittern hören.

»Zufrieden?« fragte ich, als wir auf dem Rasen standen. Der Regen hatte längst den Kragen meiner ziemlich billigen Allwetterjacke durchweicht und sickerte mir langsam den Rücken hinunter, und die Schuhe waren so naß, daß es zwischen den Zehen schwappte.

Er sagte nichts, sondern ging zurück zur Garage, öffnete erneut das Tor mit dem kaputten Schloß und schaltete das Deckenlicht an. »Zwei Autos«, sagte er. »Und, reicher Mann, welches hast du heute benutzt?«

»Den Brava.«

Er ging zum Barchetta und leuchtete ihn rundherum mit der Taschenlampe ab. »Hast du die Angewohnheit, den Kofferraum unverschlossen zu lassen?« fragte er.

»Es kommt vor, daß ich vergesse abzuschließen.«

Er schnaubte ärgerlich durch die Nase und öffnete den Kofferraumdeckel, hob die Reserveflaschen mit Öl, Wischer- und Kühlflüssigkeit heraus; wühlte eine Weile in dem kleinen Kofferraum herum, dann richtete er sich abrupt auf und sagte:

»Hol eine Pinzette und eine unbenutzte Plastiktüte. Gefrierbeutel oder so was.« Seine Stimme klang ganz neutral.

Ich fühlte, wie mir ein Schauer zwischen den Schulterblättern entlanglief. »Du denkst doch nicht etwa …«

»O doch. Beeil dich.«

Ich lief ins Haus und holte das Gewünschte, rannte zurück; er kramte noch ein bißchen herum, dann schlug er den Kofferraum mit dem Ellbogen zu und ging ins Haus; ich konnte nichts anderes tun, als ihm zu folgen. Im Zimmer zeigte er mir den Inhalt der Plastiktüte: ein ausgefranstes kleines Stück eines dunkelroten Baumwollstoffs, wie es schien. »Ich mag es nicht, wenn Dinge herumliegen«, sagte er. »Kannst du das identifizieren? Denk gründlich nach. Gibt es irgendeine logische Erklärung dafür, daß sich das hier im Kofferraum deines Autos befindet?«

Ich schüttelte den Kopf.

»Dacht ich mir. Weißt du was? Langsam beginnt mich das alles ernsthaft zu interessieren.« Er griff nach dem Handtuch und frottierte sich erneut; ich ging ins Badezimmer und zog das nasse Hemd aus, frottierte und kämmte meine Haare, zog ein schwarzes Polohemd an und ging zurück ins Wohnzimmer. Er hatte sich noch einen Laphroaig eingeschenkt und saß auf dem Sofa, den Telefonhörer in der Hand; es war offensichtlich, daß er zuhörte. Nach ein oder zwei Minuten sagte er: »Was ist mit dem Winkel und den Wundrändern?«

Ich ging in die Küche und machte eine große Kanne Kaffee; nicht nur, weil es vielleicht eine lange Nacht werden würde, sondern auch, weil ich eigentlich keine Lust hatte, dazusitzen und ihn anzustarren, während er seine kriminaltechnischen Fragen stellte; ich wollte lieber erst zu ihm zurückkommen, wenn er bereit war, mir alles zu erzählen, was er dachte. Während das Wasser aufkochte, sah ich hinaus in den immer stärker werdenden Sturm; wie selbst die dichte Hecke sich unter den Windstößen bog und die Regentropfen an den Fensterscheiben explodierten. Als ich ins Wohnzimmer zurückging, saß er auf dem Sofa und starrte vor sich hin, die Hände zwischen den Knien und den Mund zu einer nachdenklichen Schnute gespitzt. Ich stellte einen großen Becher Kaffee vor ihm ab; er griff beinahe automatisch danach, setzte ihn an den Mund und nahm einen guten Schluck. Er machte nicht groß Aufhebens davon, daß er kochend heiß war und kein lauwarmer Maschinenkaffee; nur ein kleines Zucken der Augenwinkel verriet, daß er es überhaupt bemerkt hatte.

»Beate Simer trug einen dunkelroten Minirock, als sie gefunden wurde«, sagte er. »Eine Baumwoll-Leinen-Mischung. Würde mich nicht wundern, wenn der Fetzen dazu paßt.«

»Grundgütiger.« Ich setzte mich schwerfällig in den Sessel und griff lieber nach dem Whisky als nach dem Kaffee.

»Victoria Wechtel beging Selbstmord mit – hältst du es aus? Ich glaube, das solltest du.« Ich nickte, und er fuhr fort: »Tabletten, zunächst. Beruhigungspillen, Antidepressiva. Rezeptpflichtig. Sie nahm sie seit vielen Jahren. Anschließend legte sie sich in die Badewanne und schnitt sich die Pulsadern an Handgelenken und Unterarmen auf. Benutzte ein Skalpell. Gekonnt. Sie wußte, wie sie es tun mußte, damit es klappte, und schnell und schmerzlos dazu. Das war kein halbherziger Selbstmord. Kein Hilferuf. Der hier sollte gelingen. Die Wundflächen und das alles lassen auf Selbstmord schließen. Aber die Art und Weise ist leicht zu fingieren, falls jemand einen Mord als Selbstmord tarnen will. Und dieser Fall wird besonders genau untersucht, besonders gründlich.« Er machte eine kleine Pause; es sah aus, als ob er nachdenken müsse. Dann sagte er: »Deinetwegen.«

Ich schüttelte den Kopf und schaffte es nicht, etwas zu sagen.

»Willst du noch mehr deprimierende Sachen hören?« fragte er und fuhr fort, ohne eine Antwort abzuwarten: »Der Exhibitionist wurde freigelassen. Oder, richtiger gesagt, in die zuständige Psychiatrie eingeliefert. Der Verdacht konnte nicht erhärtet werden. Sie haben keine einzige andere Spur. Frau

Simer – also die Mutter von Beate – und ihr Lebensgefährte waren zum Zeitpunkt der Brandlegung noch am Leben, und es gibt keine anderen Erkenntnisse darüber, was mit ihnen vor Ausbruch des Feuers passierte, als daß sie enorme Mengen an hochprozentigem Alkohol getrunken haben müssen. Das Feuer wurde auf die allersimpelste Weise gelegt: Benzin und Streichhölzer. Keine verwertbaren Spuren. Beate Simer: erwürgt, vermutlich mit einem Kleidungsstück. Ihr Hals muß nach ihrem Tod gründlich gesäubert worden sein. Keinerlei Stoffspuren an der Stelle. Kein Hinweis auf sexuelle Handlungen im unmittelbaren Vorfeld des Todeszeitpunkts; keine Spuren, schlicht und einfach. Und das war's. Sie sind vollkommen aufgeschmissen. Alles wurde auf einfache und entschlossene Art angegangen. Sie haben nicht den leisesten Anhaltspunkt, und sie sind in Panik.«

Er schüttete den restlichen Kaffee in sich hinein und den Rest des Whiskys. Ich füllte beides nach, und mein Glas auch. Er saß da mit einem verzerrten Gesicht; Unterlippe und Kiefer vorgeschoben, Augenbrauen zusammengezogen; er schielte beinahe vor Konzentration. Eine heftige Windbö ließ die Fensterscheiben beben, die Lampen flackern; in den kurzen Moment der Dunkelheit hinein knallte ein Donnerschlag. »Das gefällt mir nicht«, sagte er. »Wer ist dieser Timerberg eigentlich?«

Ich erzählte ihm alles, was ich wußte, und merkte, daß es eigentlich nicht sehr viel war. »Falls du mehr wissen willst, kann ich Kurt anrufen, er weiß alles über jeden«, sagte ich.

Er wehrte mit einer Handbewegung ab. »Das hat Zeit.« Er starrte an die Decke. »Der ist doch ein uralter Mann«, sagte er zweifelnd.

»Wirkt aber zwanzig Jahre jünger«, murmelte ich. »Könnte in deinem Alter sein. Abgesehen von der Gicht.«

Er wischte auch das mit einer Geste weg. »Trotzdem. Der schleicht nicht in Gärten herum und legt falsche Spuren. Ich fürchte ...«

Ich wartete und fürchtete, ich auch.

»Nein«, sagte er schließlich. »Ich komme nicht weiter. Hugo Berger ist weder ein verrückter noch ein ungerechter Mann, er würde so etwas nicht tun. Die anderen Jungs … Es sind ein paar dabei, die ich nicht kenne. Der Rest kommt nicht in Frage. Sie sind vielleicht borniert und blind und kaltherzig, wenn sie in die Ecke gedrängt werden. Und sieben Tote, das ist eine ziemlich enge Ecke, mein Lieber. Und trotzdem … Die nicht. Kein vorsätzlicher Justizmord. Vielleicht einer von denen, die ich nicht kenne. Das ist das Werk eines jungen Mannes. Alte, ausgekochte Füchse gehen kein solches Risiko ein. Vielleicht einer der Grünschnäbel. Aber ich sehe das nicht. Nicht so etwas. Das ist zu geisteskrank.« Er stand auf und begann im Zimmer herumzugehen, mit dem Whiskyglas in der Hand, in gemächlichen, großen Kreisen; ich konnte an seinen Bewegungen sehen, daß dies seine Art zu arbeiten war; alte Gewohnheiten, die wieder auftauchten. »Und dann haben wir da alle diese Hinweise auf Geld, auf Leute mit zuviel Geld. Victoria Wechtel. Die Simers. Das Lodz-Mädchen.«

»Nina?«

»O ja, ja. Hatte massenhaft Geld für Partys, Drogen. Wir haben nie herausgefunden, woher all ihr Geld kam.« Er ließ sich wieder aufs Sofa fallen, stellte das Glas ab, klatschte die Holzfällerhände hart auf die Schenkel, wie es seine Art war, und schüttelte den Kopf wie ein verwirrter Kater. »Vergiß es. Ich bin nicht hier, um einen Fall aufzuklären. Hätte es bald selbst vergessen. Was habe ich noch zu dir gesagt? Ich bin Nemesis, ich bin hier, um den Jungs im Nacken zu sitzen und aufzupassen, daß sie keine Fehler machen, nichts Dummes oder Übereiltes tun. Mir kommt es so vor, als wärst du ihre Dummheit, ihr Fehler, das Opfer von Übereile. Ich bin hier, um dich zu retten. Komm her. Setz dich an meine Seite.«

Das war eine seltsame Bitte, aber ich gehorchte. Er starrte mich an, ohne Wimpernschlag, und sagte: »Sieh mich an.«

Ich sah ihn an. Er blickte mir lange in die Augen. »Hast du mir alles erzählt, was du weißt?«

»Ja.«

»Und alles ist wahr? Vollkommen wahr? Keine einzige Halbwahrheit darunter?«

»Nein.«

»Ein Gespenst?«

»Ja.« Ich breitete die Arme aus. »Tut mir leid. Ich kann nichts dafür. Nicht mein Fehler. So etwas geschieht offenbar.«

Er hielt meinen Blick einige Sekunden lang fest, dann gab er mir einen Klaps auf den Schenkel, um mich wegzuschicken. Als ich aufstand, sagte er: »Aber du glaubst eigentlich nicht an Gespenster, oder?«

»Stimmt.«

»Stimmt«, sagte er und nickte vor sich hin. »Ich auch nicht. Und trotzdem ... Nun, auf irgendeine Art und Weise hast du zwei Leichen gefunden, die vor aller Welt verborgen waren.« Er stand auf und schlug die Hände zusammen. »Gut. So, wie die Dinge liegen, bist du die beste Karte, die sie haben, und du hast wirklich alles getan, um das Blatt so auszuteilen, wie sie es sich wünschen. Ich fahre jetzt. Ich werde versuchen, noch ein paar Dinge herauszufinden, und dann werde ich nachdenken. Ich fürchte, es wird nicht auf einen klugen Ausweg oder eine geniale Lösung oder irgendwas Überraschendes und Spektakuläres hinauslaufen. Ich fürchte, der beste Rat, den ich dir geben kann, wenn es hart auf hart kommt, ist, zu Berger zu gehen und ihm alles zu erzählen, was du mir erzählt hast, und darauf zu bauen, daß er ein hinreichend gerechter Mann ist. Er ist einer der Besten, weißt du. Nicht ohne Fehler, aber auch ganz entschieden kein Dreckskerl.«

»Das ist ja ermunternd«, sagte ich und brachte ihn zur Tür.

Er sah mich betrübt an, während er seine immer noch nasse Jacke anzog. »Du hast mein Mitgefühl«, sagte er. »Aber das ...« Er lächelte sein schiefes Lächeln. »Das hier ist zweifellos die merkwürdigste Sache, die mir je zu Ohren gekommen ist.« Er deutete zum Abschied eine Art Salut an und verschwand zwischen zwei Windstößen, die ihn den Gehweg bis zum Auto entlangschlingern ließen wie einen Seemann auf Landgang. Sogar er hatte an diesem Abend Mühe, den Naturgewalten zu trotzen.

Ich ging ins Haus, goß den Rest des Maltwhiskys in mein Glas, setzte mich an den Flügel und starrte auf die Partitur von Victoria Wechtels *Requiem für die Lebenden.* Eine Totenmesse für die Lebenden, das Begräbnis der Lebenden, die lebenden Toten; und wer war ich, mitten in all dem, ein künftiges Opfer oder ein altes, nur hervorgeholt und aufgewärmt wie die Reste des gestrigen Mittagessens? Ich saß da und verfluchte sie: Victoria, Elsa Marie. Dann erhob ich mich. Die Uhr zeigte Viertel vor neun. Ich fühlte mich nicht müde, ganz im Gegenteil, ich war jetzt hellwach und auf eine langsame, fast apathische Art ruhelos; der Körper träge, aber der Kopf klar; ein Zustand, der Schlaf für die nächsten Stunden unmöglich machen würde. Sollte ich es mir mit einem Buch, einem Schubert-Trio, einer Flasche Rotwein aus dem Keller gemütlich machen? Der Gedanke wirkte albern, banal; es gibt Augenblicke, in denen die so sehr angestrebte Normalität nicht in Frage kommt. Den Fernseher einschalten und sehen, was es gab? Vermutlich Nachrichten aus Oscarshavn; das absolut Letzte, was ich jetzt brauchte. Ich sah hinaus in die dunkle Nacht, in der sich alles bewegte, wogte und flimmerte; schwarze Wolken an einem schwarzen Himmel, in Stücke gerissen und durcheinandergewirbelt von einem Sturm, der nicht erlahmte. Ich betrachtete meine Hände, als ich mir eine Zigarette anzündete, und bemerkte zu meinem Erstaunen, daß sie nicht zitterten, fühlte zu meiner Verblüffung, daß ich keine Angst hatte, daß es in mir nicht mehr winselte, daß die alte piepsige Stimme in mir aufgehört hatte, sich zu melden. Doch, ich konnte mich noch bewegen, ich war noch nicht dazu verdammt, zitternd und vor Angst gelähmt in einem Sessel zu hocken, eine Decke über den Kopf gezogen. *Ich kann*

Auto fahren, dachte ich; steckte die Brieftasche in die Innentasche meiner Steppjacke, die seit den Ereignissen des Vormittags wieder trocken geworden war, ging raus, setzte mich in den Brava und fuhr durch die Straßen. Sie waren öde und leer, teilweise dunkel. Kein Mensch zu sehen, nur wenige Autos; die meisten vom E-Werk, auf dem Weg von und zu örtlichen Stromschäden, wo der Sturm die Leitungen herabgerissen hatte. Ein ganzes Stadtviertel, in dem nur Kerzenschein in den Häusern flackerte; das nächste Viertel hatte Licht. Menschen bewegten sich hinter Gardinen, spähten zwischen den Öffnungen hinaus. Sieben Menschen waren eines gewaltsamen Todes gestorben, und bei jedem ungerechten Tod auf der Welt wird ein kleines Stück Herz in allen herausgerissen, die von ihm berührt werden, und man wird ein bißchen härter, ein bißchen bitterer, ein bißchen bereitwilliger, alles und jeden um sich herum schief anzusehen. Der Asphalt war öligschwarz, saugte alles Licht in sich hinein. Ich fuhr so schnell, wie es bei dem Sturm möglich war; er riß und zerrte am Auto, ließ es die Straße entlangschlingern, zwang mich, das Lenkrad fester zu umklammern. Der Wind tobte durch die Gassen in dieser verwinkelten schwarzen Stadt; drückte sich zwischen den Häusern herum, fegte hinein in jeden noch so kleinen Riß, den er in dieser Nacht fand; Risse in den Hauswänden, Risse im Gesellschaftsgewebe und in den Seelen. Wie hatte Margareta noch gesagt? »Ich mag keine Geheimnisse.« Und ich war drauf und dran gewesen, ihr zuzustimmen. Was für eine Lüge wäre *das* gewesen! Ich verließ die Stadt, fuhr nach Norden, bog Richtung Timerbergs Anwesen ab. *Wieso nicht?* dachte ich. *Es ihm einfach erzählen. Sehen, was passiert.* Der Waldweg war unendlich lang in dieser totalen Dunkelheit. Ich sah, wie die hohen, alten Bäume im Lichtkegel der Scheinwerfer gefährlich schwankten, dachte: *Sollen sie doch fallen.* Der Platz vor der Villa öffnete sich vor mir, ich kurvte den Wagen vor die breite Treppe, stieg aus und lief hinauf zur Tür, klingelte. Einen Augenblick lang drohte mich der Mut zu verlassen, ich fühlte mich wie ein Junge, der einen Klingelstreich verübt; die armselige Freude, eine verwunderte Stimme in der Nacht zu hören. Dann öffnete er, auf einen Stock gestützt. Hinter ihm flackerten Kerzen, vier fünfarmige Leuchter, strategisch plaziert. Ich schlug die Kapuze zurück.

Er nickte. »Ja bitte?« Hörte ich Ironie? Oder nur blanke Verwunderung? Ich fing an, Berger zu verstehen: Der Zweifel ist überall, wenn er sich erst in einem ausgesät hat. »Ah, Francis Falckenberg. Ich weiß nicht, ob ich Sie hereinlassen soll. Man sagt, Sie seien verrückt.«

Man sagt, Sie seien verrückt. Hörte ich das wirklich? Sein Gesichtsausdruck – skeptisch, abwartend, aber auch mit einer Art Humor, eingebrannt in die trockenen Pergamentrunzeln – ließ darauf schließen, daß ich richtig gehört hatte.

Er trat – seltsam genug – zur Seite. Ich ging hinein. »Schon möglich«, sagte ich.

»Aber sicher sind Sie nicht?« Er wandte mir den Rücken zu, humpelte hinüber zu einem Ohrensessel, in einer Art Walzertakt, den der Gebrauch von anderthalb Beinen und einem Stock ihm auferlegte; schwer, leicht-leicht. Aber ein langsamer Walzer.

»Gibt es einen einzigen Menschen, der sicher sein kann, nicht verrückt zu sein?«

»Nur die sehr Zurückgebliebenen. Und die, die es wirklich sind.« Er sank in den Sessel. »Kann ich Ihnen etwas anbieten? Portwein, Sherry, Whisky? Sie finden alles, was Sie möchten, in dem Barschrank dort hinten.« Er zeigte darauf. »Ich nehme einen Portwein, falls Sie so freundlich sein wollen.«

Ich ging zum Barschrank. Die große Halle, eine Art Wohnsaal, schien alles zu enthalten, was er brauchte, nur ein Bett bemerkte ich nicht, aber vielleicht schlief er im Ohrensessel, der schien dafür komfortabel genug zu sein. Er hatte eine Flasche Armagnac, Jahrgang 1953; ich hob die Flasche hoch und drehte sie voller Ehrfurcht in der Hand. »Bitte sehr«, sagte er hinter mir. »Bedienen Sie sich.« Und das tat ich, konnte es kaum abwarten, Sahne und Manna, Rauch und eine Messerspitze Pfeffer in vollendeter Vereinigung zu schmecken. Ich schlenderte zurück und gab ihm das Portweinglas. »Trotzdem lassen Sie mich herein?« fragte ich.

»Habe ich denn eine Wahl? Ich bin alt und nicht mehr sehr kräftig. Hätte ich Sie daran hindern können? Und außerdem ...«

»Ja?«

Er nippte am Portwein. »Sie dürfen gerne rauchen. Soweit ich mich erinnere, rauchen Sie. Auf der Anrichte dort drüben steht ein Aschenbecher.«

»Danke.« Ich holte ihn und zündete mir eine Zigarette an. »Und außerdem, was?«

»Ich habe Ihre Großmutter gekannt«, sagte er. Er saß mit geradem Rücken im Sessel, die knotigen Hände um den ebenso knotigen Stock gefaltet; Hände und Griff schienen miteinander zu verschmelzen.

»Sie kannten Mutter?« fragte ich überrumpelt.

»So haben Sie Ihre Großmutter genannt? Ja, sehr gut sogar. Sie hat mir einmal das Leben gerettet. Das ist wohl der Grund, warum ich Sie eingelassen habe. Nicht weil sie mir das Leben rettete, sondern weil ich sie kannte und weiß, wofür sie stand. Es gab Leute, die hätten sie auch verrückt genannt.«

Ich war sprachlos; das hatte sie mir nie erzählt.

»Ich brach an einem Wintertag im Eis ein. Wir waren draußen und liefen Schlittschuh, und ich wagte mich zu weit hinaus. Wir waren vielleicht acht Kinder, in unterschiedlichem Alter. Ich muß fünfzehn gewesen sein, sie war kaum älter als zehn, vielleicht nicht einmal das. Aber sie war die einzige, die reagierte. Sie zog die Schlittschuhe aus, legte sich auf den Bauch und robbte hinaus, wobei sie die Schlittschuhspitzen ins Eis hackte, bis es aufzubrechen begann. Ich sah, was sie tat, und begriff, was sie vorhatte, und ich begann von dort aus, wo ich schwamm, das Eis aufzubrechen, bis sie eine offene Rinne mit fester Kante freigeschlagen hatte. Sie verschwendete keine Zeit und Kraft darauf, mir Anweisungen zuzurufen, sie wußte, daß ich begreifen würde. Sie geriet nicht einen Augenblick lang in Panik. Sie war ebenso kühl wie das Eis um uns herum. Ein faszinierender Mensch.« Er schüttelte den Kopf mit einer Art Verwunderung und blickte über meine Schulter auf etwas, was sich nicht hinter mir befand, sondern in einer vergangenen Zeit.

»Ich hatte keine Ahnung davon.«

»Ich glaube nicht, daß sie groß Aufhebens von dem machte, was sie tat. Sie war in vieler Hinsicht eine bewundernswerte Frau, was Sie, da bin ich mir sicher, auch wissen. Eine begabte Frau.«

»Begabt?« Im Laufe der Jahre, sowohl zu ihren Lebzeiten als auch nach ihrem Tod, hatte ich an Mutter auf vielerlei Art gedacht und ihren Eigenschaften viele Namen gegeben: freundlich, intelligent, klug, liebevoll, schön. Aber das Wort *begabt* war mir nie in den Sinn gekommen.

»Ja, ich glaube wirklich, daß sie es zu etwas Großem hätte bringen können.«

»Ich verstehe nicht.«

Er sah mich voller Erstaunen an. »Aber Sie werden doch wissen, daß sie eine große Begabung zum Zeichnen und Malen hatte.«

Ich muß ein ziemlich dummes Gesicht gemacht haben. Ich fand keine Worte. Ich schüttelte nur den Kopf, langsam, mit halb offenem Mund.

»Lieber Falckenberg«, sagte er. »Hat sie Ihnen das nie erzählt? Sie wurde doch als Schülerin angenommen bei – wie hieß er noch gleich? Eine wirkliche Berühmtheit. Ich kann mich nicht an den Namen erinnern, es ist so lange her. Es muß Anfang der dreißiger Jahre gewesen sein. Eine Kapazität, und sie hatte sich ganz klar für einen Platz bei ihm qualifiziert, aber ihre Familie schaffte es einfach nicht, das Geld aufzubringen, das notwendig war, damit sie dort anfangen konnte. Ach, wäre ich nur damals schon reich gewesen! Was für ein Talent, und dann muß es aus einem solchen Grund verkümmern. Aber es gab viele damals, die nicht vorankamen, aus finanziellen Gründen.«

»Sie hat nie ein Wort davon gesagt«, murmelte ich. »Es gab nicht eine Zeichnung, nicht eine Leinwand im Haus, als sie starb.« Es lief mir kalt den Rücken hinunter, wie ich da saß. Was hatte sie da aufgegeben? Verkäuferin bei *Gustavsons Damekonfeksjon* war sie gewesen, bis Mama zur Welt kam, dann viele Jahre lang Hausfrau – wie es sich gehörte –, anschließend kehrte sie für ein paar Jahre als Geschäftsführerin bei Gustavson ins Berufsleben zurück, und dann kam ich. Und sie hatte nie wieder angefangen zu malen oder zu zeichnen; nie sah ich sie mit Block und Zeichenstift, nie hörte ich sie davon sprechen, nicht einmal eine versteckte Andeutung über das, was sie hätte sein, hätte tun, hätte werden können. Gott im Himmel, welche Überwindung muß sie das gekostet haben. »Ich bin schockiert«, sagte ich mehr zu mir selbst.

»Ich auch«, sagte Timerberg. »Schockiert, aber ich weiß nicht, ob ich *überrascht* bin. Wie ich schon sagte, sie war eine bemerkenswerte Frau. Wenn es jemanden gab, der sich mit dem Unvermeidlichen abfinden konnte, dann sie. Aber zu der Zeit gab es mehrere solcher Schicksale. Als ich Oscarshavn in den zwanziger Jahren verließ, war es tatsächlich eine faszinierende kleine Stadt, voller begabter Menschen. Schon seit sie um die Jahrhundertwende herum zu wachsen begann, war sie eine *liberale* Stadt. Sie hatte Kultur und Weitsicht.«

»Eine liberale Stadt«, murmelte ich.

»Ja.« Er lehnte sich im Sessel zurück und schloß die Augen. »Aber sie hat etwas von ihrer Kraft verloren, scheint mir. Vielleicht bin ich es auch nur, der langsam viel zu alt ist.«

Ich war überwältigt, beinahe erschöpft von dieser neuen Information – einer Geschichte, die verriet, wie wenig ich im Grunde über mein eigenes Leben wußte. *O nein*, dachte ich mit einer Selbstironie, die mir sauer aufstieß, *ich mag keine Geheimnisse.*

»Warum sind Sie gekommen?« fragte er.

Ich zündete mir noch eine Zigarette an, um die Zeit zu überbrücken, bis ich mich wieder gefangen hatte. »Haben Sie viel über meine Verrücktheit gehört?« fragte ich.

»Ich bekomme das zu hören, was ich zu hören wünsche. Ich habe immer noch einigen Einfluß. Manchmal muß ich Umwege in Kauf nehmen. Ich habe gehört, daß Sie der Polizei dabei helfen, Leichen zu finden. Auf mysteriöse Weise. Und daß Sie vielleicht nicht alles erzählen, was Sie wissen.«

Ich starrte dieses runzlige alte Gesicht an. Das Haus war gut in Schuß; trotz der Windstöße brannten die Kerzenflammen ruhig, beinahe völlig unbeweglich. Ihr goldener, tiefer Schein betonte die Furchen in den Wangen, die Tränensäcke unter den Augen; aber gleichzeitig gaben sie der Haut Farbe und Leben. Er lächelte, wie ich sehen konnte, aber das Lächeln verriet nicht, was er dachte.

»Ich habe heute noch etwas erfahren«, sagte ich. »Sie haben vielleicht gehört, daß Victoria Wechtel gestorben ist?«

Sein Blick wich meinem für einen Moment aus, dann suchte er wieder meine Augen, und er nickte. »Ja.«

»Vor vielen Jahren, Mitte der achtziger Jahre in Oslo, waren wir ein Paar.«

»So?«

»Heute erfuhr ich – von einem Menschen, der absolut zuverlässig ist –, daß Victoria aus Oscarshavn wegzog, weil sie schwanger war. Um abtreiben zu lassen. Und sie kehrte nicht zurück, weil ihre Mutter nicht wollte, daß sie die Beziehung wieder aufnahm.«

»Aha.«

»Anfangs bekam sie Geld von ihrer Mutter. Danach bekam sie soviel Geld von jemandem – irgend jemandem –, daß sie kein Studentendarlehen aufzunehmen brauchte, und sie bat ihre Mutter, kein Geld mehr zu schicken.«

»Ja?« Er veränderte den Griff um den Stock, drehte den Knauf in die entgegengesetzte Richtung.

»Um eine noch viel längere Geschichte kurz zu machen – aber ich brauche es wohl kaum zu sagen: derselbe Mensch erzählte mir, daß Victoria Ihre Tochter ist.«

Er bewegte keinen Muskel.

Auf einmal empfand ich Mitleid. Um ihn freizugeben, um ihn aus der Starre zu entlassen, wandte ich den Blick ab, beugte mich vor, ergriff das Glas und trank.

»Das ist nicht richtig«, sagte er.

»Victorias – wie sagt man? – offizieller Vater war schon seit vielen Jahren impotent, als sie geboren wurde.« Ich trank den Armagnac aus, stellte das Glas auf den Tisch und zuckte die Achseln. »Ich bin wirklich zutiefst dankbar für diesen Armagnac. Ich bin zutiefst dankbar, daß Sie mich überhaupt eingelassen haben. Und nicht zuletzt für das, was Sie mir über Mutter erzählt haben. Vielleicht bin ich verrückt, die Leute reden viel, und ich weiß auch nicht, was wahr und richtig ist. Aber ich habe Victoria tatsächlich geliebt, eine Zeitlang, bevor es auseinanderging. In vieler Hinsicht war sie gestört, in vieler Hinsicht aber auch wunderbar. Deshalb dachte ich, daß Sie vielleicht – daß Sie großen Wert darauf legen, zu erfahren, daß sie Ihre Tochter war.« Ich stand auf; er wirkte wie steifgefroren. »Ich werde Sie jetzt nicht länger quälen.«

Er begann zu zittern. Ich hatte keine Lust, das mit anzusehen; das jämmerliche Weinen eines alten Mannes ist kein schöner Anblick. Ich wandte mich ab.

»Warten Sie«, sagte er mit einer Stimme, in der so etwas wie Wut mitschwang.

Ich drehte mich wieder zu ihm. Er hatte den Kopf in den Nacken gelegt, starrte mich an; die Sehnen seines Halses vibrierten. Aber dann beugte er den Kopf und sagte: »Setzen Sie sich wieder, bitte.«

Ich setzte mich.

»Ist das wahr?«

»Ich glaube, Sie können sich darauf verlassen. Falls Victorias Mutter nicht gelogen hat.«

»Kristina«, sagte er, und in diesem einen Wort lag ein so großer Schmerz, wie ich ihn noch nie in einem einzelnen Wort gehört hatte.

»Ich kannte ihre Mutter nicht.«

Er warf den Kopf zurück. »Meine Tochter … meine eigene Tochter …«

Ich zündete mir eine neue Zigarette an.

Er riß sich zusammen. »Und Sie glauben, ich hätte sowohl die Mutter als auch die Tochter verführt? Ohne zu wissen …«

»Das habe ich nicht gesagt.«

»Die Kombination dessen, was Sie mir erzählen, sagt mir, was Sie anzudeuten versuchen.«

»Ich habe nur erzählt, was ich weiß, nicht mehr und nicht weniger.«

»Ich habe es nicht getan. Ich will mit Freuden gestehen, daß Kristina Wechtel und ich ein enges Verhältnis hatten. Ich will auch gerne einräumen, daß ich im Zweifel war, wer Victoria tatsächlich gezeugt hatte. Aber Kristina versicherte mir, daß ich es nicht gewesen sei.« Er griff nach dem leeren Portweinglas. »Holen Sie mir noch einen, bitte«, sagte er. »Und schenken Sie sich selbst auch nach.« Ich tat es; er sprach weiter, während ich ihm den Rücken zudrehte. »Sie haben Kristinas Ehemann nicht gekannt. Sie hätten ihn sehen sollen. Ein Charmeur, ein richtiger Dandy in seinen jungen Jahren. Wie sein Anzug saß, ob sein Kragen auch weiß war, das war für ihn das einzig Wichtige. Er hatte nichts anderes als Stil, nichts als Äußerlichkeit. Kein Rückgrat, keinen Willen, keine Demut. Als ihm klar wurde, daß er nicht genug Fähigkeiten besaß, um irgend etwas zu erreichen, begann er zu trinken. Saß in den Bars und log sich Geschichten über seine eigene Großartigkeit und seine Geschäfte zusammen. Dann ging er nach Hause und ließ seine Frustration an Kristina aus, viele Jahre lang, bis er so versoffen war, daß er nicht einmal dazu mehr die Kraft hatte. Und Kristina war nicht nur äußerlich eine Schönheit, sondern auch innerlich.« Ich wandte mich vom Barschrank ab und sah ihn an, wie er dasaß, die zitternden Altmännerhände um den Stock geklammert. »Sie verzieh ihm. Das war es, was ich nie verstehen konnte. Ich flehte sie an, ihren Mann zu verlassen.« Er schüttelte den Kopf, perplex, ungläubig. »Sie wollte nicht, oder konnte nicht. Sie war verheiratet, und damit basta. Ich schaffte es nicht, sie umzustimmen.« Er sah zu mir hoch; in seinem Blick lag etwas – ich weiß nicht, wie ich es ausdrücken soll; nichts Flehendes, aber trotzdem eine Bitte, mehr um Vergebung als um Verständnis. »Wir haben alle unsere Verpflichtungen«, sagte er leise. Ich stellte das Glas vor ihn auf den Tisch; er beachtete es nicht. »Aber wir erlegen sie uns selbst auf. Es geschieht nicht oft, daß sie uns aufgebürdet werden, auch wenn wir gern das Gegenteil glauben. Meine Verpflichtungen gegenüber dem Erbe bestanden darin, etwas zu verwalten, es wachsen zu lassen. Alles dreht sich darum, dem Leben einen Sinn zu geben, ob es nun durch Reichtum oder Ehre oder Glaube oder sogar durch Genuß geschieht; wir verwenden unser ganzes Leben darauf, ihm einen Sinn zu geben. Und für die meisten von uns führt dieser Weg in irgendeiner Form zu selbstauferlegter Pflicht. Die von Kristina war ihr elender Taugenichts von einem Mann. *Herrgott noch mal!*« brach er plötzlich aus, und sein Kopf zuckte zur Seite, als hätte ihn eine unsichtbare Hand geohrfeigt. »Wenn ich gewußt hätte, daß sie meine Tochter ist... Ich hätte... Ich würde...« Wieder zuckte er zusammen. »Alles, was jetzt noch bleibt... Ich bin alt, ich habe meine Pflicht erfüllt, und ich habe eingesehen, daß das nicht genug ist. Wenn wir sterben, wollen wir gern sagen können: So ist es gut! Seht her, das hinterlasse ich, und es ist gut. Nicht nur, was ich tun mußte, sondern auch das, was ich aus eigener Kraft geschafft habe, und es ist gut.«

»Sie haben Victoria nicht geschwängert«, sagte ich, mehr so vor mich hin als an den alten Mann gerichtet, der vor

Schmerz bebte. Ich hörte alles, was er sagte, aber meine Gedanken bewegten sich in ihren eigenen, schnelleren Bahnen.

»Nein!« Er holte tief Luft. »Um Gottes willen!«

»Wer dann? Wer hat sie geschwängert? Wer hat ihr über all die Jahre das Geld zukommen lassen?«

»Woher soll ich das wissen?« Er bedeckte seine rechte Gesichtshälfte mit einer Hand, wie um sich zu schützen. »Wer kann denn wissen, was passiert ist? Männer schwängern dauernd irgendwelche Mädchen, und es wird unter den Teppich gekehrt. Manchmal ist es besser, zu schweigen und zu zahlen, wenn die Position des Mannes ihn verwundbar macht und die Forderungen nicht zu hoch sind. Das ist tausendmal vorgekommen und wird sich auch künftig nicht ändern, aber ich weiß nicht, wer sie geschwängert hat.«

»Ich dachte, Sie wüßten alles, was in dieser Stadt an Bedeutsamem vor sich geht. Ich dachte immer, die Stadt wäre Ihr Eigentum.«

Er hob den Kopf und sah mich an; in seinem Blick lag Schmerz, ich hatte es geschafft, ihn auf irgendeine Weise zu verletzen; auf welche, das war mir selbst nicht klar. »Schon lange nicht mehr«, sagte er still.

Ich stand auf. »Tut mir leid. Ich hätte vielleicht nicht kommen und Ihnen das alles erzählen sollen. Nennen Sie mich ruhig weiter verrückt.«

Er kam langsam auf die Beine. »Fällt mir gar nicht ein.«

Ich wartete, bis er um mich herumgegangen war und mich zur Tür brachte, es schien mir richtig, das zu tun; er war nur ein alter Mann, aber einer, der Respekt verdiente, und ich war überzeugt, daß er die Wahrheit gesagt hatte. Es war unmöglich zu bezweifeln; sein Schmerz stand ihm deutlich in jede runzlige Falte geschrieben.

Auf der Türschwelle, wo ich mich an eine Jugendstilsäule klammerte, um nicht vom Sturm weggerissen zu werden, sagte ich: »Und wem gehört die Stadt jetzt?«

Ich sah sein Gesicht nicht, denn die Kerzen waren in seinem Rücken; aber ich sah, daß er den Kopf senkte. »So einfach ist das nicht mehr.«

»Aber generell gesehen?«

»Alfatim ist nach wie vor ein großer Grundbesitzer, wenn es das ist, was Sie von mir hören wollen.«

»Und Alfatim gehört Ihnen.« Der Regen peitschte mir in den Nacken, aber ich wollte die Kapuze nicht hochschlagen, bevor wir endgültig fertig waren.

»Immer weniger, fürchte ich. Christian trägt jetzt den Großteil der Verantwortung.«

»Winterhof?«

»Ja.«

»War er jemals Opfer einer Erpressung?« Wie nennt man einen solchen Einfall: auf den Busch klopfen, Glückstreffer, Intuition? Ich weiß es bis heute nicht. Aber ich sah, daß es gesessen hatte; Timerberg mußte den Stock rasch in die andere Hand nehmen, um das Gleichgewicht nicht zu verlieren, und ich dachte: Alter Mann, das hast du dir selbst eingebrockt.

»Das entzieht sich leider meiner Kenntnis«, sagte er mit ausgesucht höflicher Stimme. »Gute Nacht.«

»Gute Nacht.« Ich wartete, bis er die Tür geschlossen hatte, bevor ich mich umdrehte; dann ging ich zum Auto und fuhr zurück nach Oscarshavn. Als ich auf die Hauptstraße einbog, bekam ich Probleme. Der Wind kam jetzt direkt vom Meer und brachte eine zunehmende Springflut mit. An den niedrigsten Abschnitten der Küstenstraße peitschte der Sturm Gischt über die Leitplanken und auf die Straße, die teilweise schon überflutet war; ich mußte das Tempo kräftig drosseln, auf die Gegenfahrbahn wechseln und den Wagen eng an der Felswand entlangdirigieren, um überhaupt vorwärtszukommen; ein paarmal hörte ich, wie der Seitenspiegel an der Felswand schabte. Ich atmete erleichtert auf, als ich die Stadt und ihre Straßen erreicht hatte. Der Strom war an mehreren Stellen ausgefallen, während ich außerhalb der Stadt war, und zweimal mußte ich Umwege fahren, weil die gewohnte Strecke durch umgestürzte Bäume versperrt war.

Ich fuhr zu dem vornehmen kleinen Stadtteil, in dem Kurt wohnte. Dort gab es noch Strom, und die Gegensprechanlage am Gartenzaun funktionierte. Er ließ mich sofort ein; er trug immer noch seinen Schlips, heute mit dem Motiv Panzerknacker-Bande, aber er hatte ihn gelockert; es war spät, fast Schlafenszeit für die Unbekümmerten und Unschuldigen, und er war einer von ihnen. Aber er konnte seine Nervosität nicht verhehlen, als er mich sah, obwohl er lächelte und die Arme ausbreitete und mich hereinbat. Auf dem Teakholztisch standen eine halbleere Flasche Burgunder und ein Glas. »Möchtest du auch einen?« fragte er. »Aber du fährst, wie ich sehe. Du wärst sicher völlig aufgeweicht, wenn du bei diesem Wetter zu Fuß unterwegs wärst.«

»Ein Glas trinke ich gern mit, danke.« Ich setzte mich in seinen Sessel mit der niedrigen Rückenlehne; ein Erbstück von seinen Eltern, wie ich wußte; ich bekam den Wein und nippte daran.

Er setzte sich mir direkt gegenüber und beugte sich vor. »Was ist eigentlich los?« fragte er leise. »Ich mache mir Sorgen um dich.«

»Was hast du gehört?« Ich zündete mir eine Zigarette an und merkte, daß nur noch zwei in der Schachtel waren; muß irgendwo halten und Nachschub kaufen, dachte ich.

»Nicht viel. Du wußtest, wo sie beide Leichen finden würden. Victoria ist tot. Sie haben den Perversen freigelassen, und er steht nicht mehr unter Verdacht, was den Brand und die Morde angeht. Ich weiß nicht. Alles in allem sieht es so aus, als wärst du in Schwierigkeiten.« In seinen Augen sah ich Sorge, jedoch kein Mißtrauen; seine Sorge galt mir, nicht der Möglichkeit, einen Mörder zu Gast zu haben.

»Auf dem Wiedersehensfest«, sagte ich, »als du dich mit Willy Bakke unterhalten hast, da wurde von Korruption und Maulwürfen in Verbindung mit einem lange zurückliegenden

Gerichtsverfahren gesprochen. Willy meinte wohl, es hätte da mehr Ungereimtheiten gegeben, als letztlich ans Tageslicht kamen. Worum ging es genau?«

Er lehnte sich zurück und betrachtete mich mit einem Blick, in dem die Sorge etwas anderem, Tieferen gewichen war. »Ich sehe den Zusammenhang nicht«, sagte er.

»Kümmere dich nicht um den Zusammenhang. Ich weiß, sicher zum erstenmal, mehr als du über das, was in dieser Stadt passiert. Sag mir einfach, worum es ging.«

»Du erinnerst dich doch an den Fall Linholm? Vor acht oder zehn Jahren? Linholms Druckerei, eine ziemlich große Firma, gehörte Bakke. Sie bezogen ihr Papier von Alfatim, natürlich, aber dann machte ihnen ein anderer Zulieferer ein besseres Angebot, und sie wechselten. Ob es nur das war oder ob noch mehr dahintersteckte, das weiß ich nicht, jedenfalls kaufte sich Alfatim in eine konkurrierende Druckerei ein und setzte alle Hebel in Bewegung, um Linholm Kunden abzujagen, und weil Linholms Kreditrahmen ziemlich dünn war, verlangte Alfatim schließlich die Begleichung alter Forderungen, was Linholm nicht konnte, und so trieben sie Linholm in den Konkurs. Das ist nicht gerade ein anständiges Geschäftsgebaren, aber so etwas passiert, und es ist durchaus nicht illegal. Schwerer wiegt da schon, daß der Konkursrichter Vorstandsmitglied bei Alfatim war und sich trotzdem nicht für befangen erklärte. Es hätte leicht ein Skandal daraus werden können, aber die Sache wurde unter den Teppich gekehrt.« Er zuckte die Achseln. »Solche Sachen passieren in jeder anderen Stadt auch. Irgend jemand zieht an den Drähten, um die Dinge so hinzubiegen, wie sie ihm passen. Hier war es wahrscheinlich Winterhof. Das Urteil fiel ganz im Sinne von Alfatim aus. Aber ich glaube, mit einem unbefangenen Richter wäre es genauso gekommen. Linholm stand auf verlorenem Posten, rein juristisch gesehen. Moralisch, das steht auf einem ganz anderen Blatt.«

»Was ist mit den Maulwürfen?«

Er wehrte die Frage mit der freien linken Hand ab. »Ach, das war etwas, was Linholm sich ausgedacht hat, glaube ich. Er hat es ja nicht einmal im Prozeß vorgebracht. Erst hinterher begann er den Leuten zu erzählen, er habe Drohanrufe bekommen. Ich kenne die Details nicht, aber er hat nie Anzeige bei der Polizei erstattet. Hat überhaupt die ganze Sache nicht weiter verfolgt. Er ging einfach nach Bergen und fing dort noch mal von vorne an.«

Ich schnippte die Asche von meiner Zigarette, trank mein Glas aus, hielt es ihm zum Nachschenken hin. Er sah mich scharf an, goß mir dann aber Wein ein, ohne ein Wort zu sagen. »Winterhof war doch einige Jahre beim Zentralverband der Norwegischen Wirtschaft beschäftigt, oder? Wann war das?«

Er überlegte. »Mitte der Achtziger. Vier, fünf Jahre lang.«

»Wohnte er in Oslo?«

»Ja.«

»Was hat er da gemacht?«

»Weiß ich nicht genau. Er stand wohl ziemlich weit oben in der Hierarchie. Ich glaube eigentlich, daß es nur darum ging, die nötigen Beziehungen zu knüpfen. Alfatim hatte zu der Zeit ehrgeizige Expansionspläne, und für ein solches Unternehmen – eigentlich ziemlich groß und mit guten Zukunftsaussichten, aber außerhalb des Wirtschaftszentrums angesiedelt – sind Schlüsselpersonen mit einem funktionierenden Netzwerk im Rücken sehr wichtig. Timerberg brachte Winterhof beim Zentralverband unter, um sich Zugang zu einem solchen Netzwerk zu verschaffen.« Er stand auf und ging zum Kaminsims, nahm eine Zigarrenkiste herunter und holte eine halblange schlanke Zigarre heraus, sicher eine Cohiba. Ich lehnte dankend ab, als er mir eine anbot; ich war nicht in der Stimmung, sie angemessen zu genießen.

»Und dann kam er zurück und übernahm die Leitung von Alfatim?« fragte ich.

»Ja und nein. Dazwischen vergingen ein paar Jahre.« Er

setzte sich wieder, riß ein Streichholz an und entzündete die Zigarre. Er sah mich nicht an.

»Erzähl«, sagte ich.

»Erzählen, was denn?«

»Wie lange kenne ich dich jetzt? Hältst du mich für blöd? Ich könnte blind sein und trotzdem an deiner Stimme hören, daß da etwas ist, was du nicht erzählen willst.« Plötzlich fiel mir eines von Margaretas Bibelzitaten ein: Hütet euch, auf daß ihr nicht in die Irre geführt werdet. Auf einmal traute ich ihm nicht mehr. Was er wußte, machte ihm Angst; eine so große Angst, daß ich sie beinahe riechen konnte.

Endlich begann seine Zigarre zu glimmen, er zog daran und ließ den Rauch in seinem Mund kreisen; er tat überhaupt alles, was in seiner Macht stand, um Zeit zu gewinnen, zum Nachdenken, Zögern, vielleicht Lügen, wenn es hart auf hart kam. »Es passierte etwas«, sagte er schließlich. »Was, das weiß ich nicht. Er war bei Alfatim angestellt und arbeitete gleichzeitig im Zentralverband der Wirtschaft. Das war der Sinn der Sache. Er war im Ausland. Ich glaube, es hatte was mit Alfatim zu tun, aber genau kann ich das nicht sagen. Ich weiß auch nicht genau, wo er war, aber irgendwo im Fernen Osten, Bali oder Java oder was weiß ich. Drehte sich sicher um Fisch. Nach allem, was ich gehört habe, verschwand er für gewisse Zeit. Nicht lange. Eine Woche oder zwei. Sie fanden ihn in einem Gefängnis, habe ich gehört, aber alles nur Gerüchte, du weißt, wie das ist.«

»Und was sagen die Gerüchte darüber, warum er im Gefängnis landete?«

»Das sind nicht mal Gerüchte. Reine Vermutungen. Bösartige Spekulationen.«

»Irgendeine Form von Sexualverbrechen?« Ich fixierte ihn, und er starrte zurück. Er hatte die Zigarre vergessen; das Ende war von einer Schicht grauer Asche bedeckt, so dick, daß die rote Glut kaum hindurchschimmerte.

Er zuckte die Achseln. »Einige sagen das, andere sagen

Drogen. Ich habe auch gehört, daß er einen Zusammenbruch gehabt haben soll und eingeliefert wurde. Macht hüllt sich immer in Gerüchte. Manche sind ständig darauf aus, jemandem zu schaden, weil sie daran verdienen. Andere wollen Schaden anrichten um jeden Preis. Wie viele Gerüchte soll man sich anhören? Über wie viele soll man nachdenken? Du weißt selbst, was sie in der Stadt über *dich* sagen. Sollte ich etwa auf die alle hören?«

»Und was passierte, nachdem er zurückkam? Fing er wieder beim Zentralverband an?«

Er schaute weg, streifte die Asche von der Zigarre und brachte sie wieder zum Brennen; in seinen Bewegungen lag nichts von der Genußfreude des Zigarrenrauchers. »Nein. Er bewegte sich eine Weile außerhalb dieser Kreise, ein Jahr oder zwei. Es hieß, er untersuche die Absatzmärkte im Ausland, aber es kam nie etwas dabei heraus.«

Ich studierte ihn lange. Ein anderes von Margaretas Lieblingszitaten fiel mir ein: Das Böse, das jedem Menschen innewohnt, wird zu einer Kraft, die auf mysteriöse Weise die ganze menschliche Rasse versklavt.

»Wer ist schlimmer?« sagte ich schließlich. »Der, der nicht weiß, daß etwas passiert, weil er alles daransetzt, es nicht hören zu müssen? Oder der, der etwas gehört hat und alles tut, um nicht daran denken zu müssen? *Ich* weiß es nicht«, sagte ich und sah mich in dieser modernen, schönen Wohnung um, in der noch der kleinste Gegenstand von Wohlstand kündete. Das Weinglas war leer, die Zigarette aufgeraucht. Ich stand auf. »Ein Verbrechen ist nie eine Gefahr für das Gesellschaftssystem«, sagte ich. »Aber seine Enthüllung kann es sein. Deshalb schweigen die, die etwas wissen. Nicht, um den Verbrecher zu schützen, sondern um das System zu schützen. Das macht das Schweigen womöglich zum größten aller Verbrechen. Oder zur größten Dummheit. Die Rücksicht ist es, die uns ein Leben im Elend beschert.«

Er sah auf den Fußboden und schüttelte den Kopf.

»Gerüchte sind wie Kettenbriefe«, sagte er endlich. »Manchmal sind sie selbst ein Verbrechen.«

In ging in den Flur und zog meine Steppjacke an. Nach einer Weile kam er mir nach. »Wo hat Winterhof in Oslo gewohnt?« fragte ich, als ich die Hand auf die Türklinke legte. »Weißt du es? War es Aker Brygge?«

»Ich weiß es nicht. Aber Alfatim hat auf jeden Fall ein Apartment auf Aker Brygge. Schon seit die Anlage fertig ist. Vielleicht hat er da gewohnt.«

»Danke«, sagte ich und ging; es war, als würde ich einen Fremden verlassen, keinen alten Freund, aber ich fühlte mich auch mir selbst fremd.

Ich setzte mich ins Auto und steckte mir die nächste Zigarette an. Ich saß lange so da, während die Windböen den Wagen packten und ihn schwanken ließen, und sagte mir, daß wirkliche Feigheit in der Verleugnung besteht, ganz gleich, ob es Wahrheit oder Furcht ist, die man sich nicht eingesteht, und daß die Verleugnung eine Zeitbombe ist, die früher oder später hochgehen wird. Ich erkannte, daß es nicht die Morde waren, die mich quälten, sondern der moralische Verfall. Als ich den Zündschlüssel umdrehte und anfahren wollte, gingen die Lichter in der Straße aus. Ich sah, daß auch Kurts Wohnung jetzt dunkel war. Das Handy klingelte. Ich nahm das Gespräch an und sagte: »Hallo?«

Rauschen. Dann hörte ich eine Stimme, wie ein Echo meiner eigenen: »Hallo?«

»Hallo?« Offenbar hatte der Anrufer mich überhaupt nicht gehört. »Hallo? Falckenberg?« sagte die Stimme, und ich erkannte sie als Bergers. Ich klappte den Deckel des Handys zu, ohne noch etwas zu sagen, bog auf die Fahrbahn und fuhr vorsichtig die abschüssige Straße entlang, auf der das Regenwasser wie ein reißender Bach hinunterströmte. Auf halber Strecke kam mir eine Idee; ich hielt an, warf das Handy auf die Fahrbahn vor mir und fuhr es platt. Dann setzte ich meinen Weg fort. Die Uhr am Armaturenbrett zeigte 23 Uhr 38.

Oscarshavn Apartments lag nicht weit entfernt, nur ein paar Straßenblocks. Ich steuerte den Wagen durch Schlammlachen, tief wie kleine Teiche. Auf den Straßen lagen herabgestürzte Äste und zerbrochene Dachziegel. Die Scheibenwischer kamen nicht gegen den Regen an, obwohl ich sie auf höchster Stufe laufen ließ.

Auch die Apartmentanlage war ohne Licht. In der Rezeption saß ein junger Kerl und versuchte, im Schein von zwei Kerzen ein Comic-Heft zu lesen. Ich fragte nach Henrik Krogher, worauf er meinte, es wäre doch schon ziemlich spät, und ich entgegnete, es sei mehr als ziemlich wichtig. Schwer zu sagen, ob es mein Auftreten war oder der Sturm und die dadurch hervorgerufene Stimmung - jedenfalls nannte er mir ohne weitere Umstände die Zimmernummer. Ich tastete mich ein Stück den dunklen Gang entlang, bevor ich kehrtmachte und den Jungen an der Rezeption um eine seiner beiden Kerzen bat; dann betrat ich wieder den Gang und leuchtete die Zimmernummern ab. Ich mußte eine Weile gegen die Tür hämmern, bevor Krogher im flaschengrünen Morgenmantel und mit zerwühlten Haaren öffnete. Er ließ mich kommentarlos eintreten.

»Wo hast du den Stoffetzen, den wir im Auto gefunden haben?« fragte ich.

Er hob die Hände. »Nicht…«, sagte er.

»Wo ist er?« Ich stand mit dem Kerzenhalter in der Hand da, ganz ruhig und beherrscht, die Flamme zitterte kein bißchen.

»Ich glaube, du denkst in eine völlig falsche Richtung«, sagte er.

»Ich brauche ihn.«

»Wozu?«

»Ich will ihn dort abliefern, wo er hingehört.«

»Du denkst in die falsche Richtung«, sagte er wieder und kam mit ausgestreckten Händen auf mich zu.

»Es ist nicht Timerberg. Es ist Winterhof«, sagte ich.

Er blieb abrupt stehen. »Erzähl.«

»Keine Zeit. Ich muß fahren, solange der Strom weg ist.«

Ich glaube, er hörte es an meiner Stimme, daß jede Diskussion zwecklos war. Er schloß die Augen und schüttelte den Kopf, dann holte er die Plastiktüte und gab sie mir. »Du bist ein Idiot«, sagte er, als ich mich zur Tür wandte. »Ich habe es nicht für möglich gehalten, aber du bist wirklich ein Idiot.«

»Habe ich etwas zu verlieren?« fragte ich.

17 Dies Irae

Wieder war ich nicht ganz ich selbst, wieder konnte ich mich von außen sehen, aus einer entfernteren und höheren Perspektive; ein Mann, über ein Lenkrad gebeugt, in einem Auto mit beschlagenen Scheiben, mit auf Hochtouren arbeitenden Scheibenwischern; er beugt sich vor und wischt mit einem Schwamm über die Innenseite der Windschutzscheibe, dann biegt er … *ich – ich biege* auf eine geöffnete Tankstelle in einem Stadtteil ein, der noch Licht hat, steige aus dem Auto und laufe durch Sturm und Regen in den Verkaufsraum und kaufe zwei Schachteln Zigaretten, dann bin ich wieder unterwegs, es ist nach Mitternacht, und ich fahre heimwärts. Die Straße ist dunkel, und ich nehme die kleine Maglite-Taschenlampe aus dem Handschuhfach, laufe zum Haus, renne um das Haus herum, zur Garage, zum Geräteschuppen, suche ein paar Sachen zusammen: die große Maglite-Taschenlampe, einen Glasschneider und einen Saugnapf, den ich vor ein paar Jahren gekauft habe, als ich kleinere Arbeiten am Haus zu erledigen hatte; einen Kuhfuß, einen Meißel, einen Schraubenzieher; vielleicht kann ich das Zeug gebrauchen, vielleicht nicht; lieber zuviel als zuwenig. Werfe alles achtlos in eine Sporttasche. Im Wohnzimmer bleibe ich stehen. Der Lichtkegel fällt auf den Flügel, auf die Notenblätter auf dem Notenständer, und ich setze mich. Es ist überall dunkel, abgesehen von diesem schmalen Streifen Licht, der die Partitur anstrahlt. *Requiem für die Lebenden.* Ich blättere weiter. *Introitus-Kyrie, andante-allegro con moto.* Noten, Anmerkungen,

Latein. Seite für Seite. Warum hat sie mir das zukommen lassen? Ich wehre mich gegen das Gefühl, wegen meiner Unwissenheit verspottet zu werden. Ist das hier eine versteckte Botschaft, ein Code, so wie Mozart Freimaurer-Rituale in der *Zauberflöte* versteckte? Aber nein, hier sind nur die Worte, die man in einem Requiem erwartet, *Kyrie eleison, Christe eleison*, und ich blättere weiter, Seite für Seite. *Requiem Aeternam.* Ich kenne die Worte von so vielen anderen Klagegesängen: *Requiem aeternam done eis, Domine, et lux perpetua luceat eis* – Herr, gib ihnen ewige Ruhe und lasse dein Licht auf sie scheinen in Ewigkeit, so in der Art; auf den genauen Wortlaut komme ich nicht, während meine Finger die Seiten durchblättern in der Hoffnung, etwas zu finden, etwas, das mir verrät, wen sie ansprechen wollte. *Offertorium-Sanctus-Confutatis. Libera Me. Libera me, Domine, de morte aeterna in die illa tremenda, quando coeli movendi sunt et terra*; ja, ich erkenne es wieder: Erlöse mich, Herr, vom ewigen Tod, an jenem schrecklichen Tag, der Himmel und Erde erbeben läßt, so ungefähr, und ich blättere weiter, aber da ist nichts, also hat sie mir das hier vielleicht nur geschenkt, damit ich, gerade ich, ihren letzten Trauergesang höre, und mehr ist da nicht, nur das und sonst nichts – und ich stehe auf und laufe wieder hinaus zum Auto. In den Bäumen um mich herum kracht es, die Dunkelheit um die Häuser ist von Brüllen erfüllt; ja, es ist wahrhaftig ein schrecklicher Tag, Himmel und Erde beben, und mit ihnen die Häuser und Menschen darin. Das Auto schleudert von einer Seite zur anderen, als ich es, die Hände fest um das Lenkrad geklammert, durch den Sturm steuere, es rutscht durch die Wasserlachen, die Stoßstange prallt gegen etwas, der Knall ist durch den Sturm nicht zu hören, aber ich kann es fühlen, ein dumpfes Zittern geht durch die Karosserie; es ist, Gott steh mir bei, ein entsetzlicher Tag, eine entsetzliche Nacht. Die Storgata ist dunkel, öde, an einer Stelle ist die Fahrbahn übersät von Glassplittern, und ich kann das Auto kaum in der Spur halten, als ich es um die

Scherben herumlenke, es prallt mit einem häßlichen Stoß an irgendeinen Gegenstand, rutscht knapp an der Bürgersteigkante vorbei und entgeht nur mit Mühe einem Lichtmast und einem umgestürzten Straßenschild, das mitten auf der Kreuzung liegt; endlich kann ich den Wagen abfangen und weiter geradeaus lenken; wahrhaftig ein furchtbarer Tag, ein Tag des Zorns, ein Orkan des Zorns, der sich vom Meer dort unten losreißt und geifernd den Berg hinaufschnappt, mich direkt von vorn anfällt und von einer Seite zur anderen wirft, aber ich schaffe es, das Auto auf der Fahrbahn zu halten, ich lenke den Wagen geradewegs hinein in den Rachen des Orkans und fahre bergab. Und was für ein Anblick da unten, was für ein Anblick! Kleine Schiffe, an Land geworfen, die Pier an einer Stelle zusammengebrochen, und das Meer bäumt sich auf; geifernd und schäumend stürzen sich die Wellen an Land, über die Straße; ich sehe, daß die Straße ein Stück vor mir verschwunden ist, dort wiegen sich die Wellen fast ebenso spielerisch, als wären sie weit draußen auf dem Meer, schwappen an der Felswand hoch; aber das ist in Ordnung, das ist hinter der Kurve, und ich reiße das Steuer des Wagens herum und rausche durch den Spülsaum dieser neuen Meeresbucht; einen Moment lang bin ich gänzlich unter Wasser, die Gischt schießt bis übers Wagendach und ich komme querab treibend aus dem kleinen See heraus; der Motor stottert, aber ich gehe vom Gas und lege den zweiten Gang ein und bugsiere das Auto aus dem Wasser und schaffe es, den Motor in Gang zu halten; dann fahre ich bergauf, das schlimmste Stück liegt hinter mir, und oben auf der Hügelkuppe halte ich an, nehme die Sporttasche und steige aus. Es ist stockfinster. Ich drehe mich um und schaue zurück, die ganze Stadt ist jetzt dunkel, nirgendwo brennt Licht. Ich merke, daß ich lächle. Der Strom ist komplett weg, und Alarmsysteme sind vom Strom abhängig, und sogar Winterhof hat kein eigenes Notstromaggregat, wie ich sehen kann. Seine Villa liegt da oben links von mir, auf einem halb natürlichen, halb aufgemauerten

Felsabsatz. Ich gehe eine schmale Natursteintreppe hinauf und komme an ein schmiedeeisernes Gartentor. Das Haus dahinter ist dunkel. Ich klettere über die Mauer, die das Grundstück umgibt, das ist eine Kleinigkeit, und springe in den Garten, verharre reglos, warte ab. Nichts geschieht, überall nur Regen und Sturm. Ein großer alter Baum ist aus der Erde gebrochen; ich umrunde ihn, gehe ums Haus, der Sturm macht mir nichts aus, auch der Regen nicht. Eine Doppelgarage, freistehend. Ein Geräteschuppen. Das alles ist meinem eigenen Zuhause ziemlich ähnlich, nur viel größer. Ich gehe langsam um das Haus herum, gebückt, um nicht von den Fenstern im Erdgeschoß aus gesehen zu werden. Das Haus steht auf einer hohen Grundmauer. Es müßte möglich sein, durch die Kellerfenster einzusteigen, aber keins ist offen; ich probiere es mit dem Schraubenzieher, ein Fenster nach dem anderen, schiebe ihn zwischen Rahmen und Verankerung und versuche sie aufzudrücken, aber sie sind verriegelt. Wenn ich durch ein Fenster einsteigen will, muß ich das Glas herausschneiden, und das ist nicht gut, man würde es merken, selbst wenn ich die Scheibe anschließend zertrümmere. Hinter dem Haus ist eine große Veranda, tief und breit, sie erstreckt sich über die gesamte Längswand; davor wiederum eine geflieste Terrasse, ein Swimmingpool, ein großer gemauerter Grill. Die Verandatüren sind doppelflügelig, breit; über ihnen befindet sich ein Balkon mit einer Tür zu irgendeinem Zimmer im ersten Stock. Hier könnte es möglich sein. In der totalen Dunkelheit kann ich nicht erkennen, ob sich Vorhänge oder Jalousien hinter den Verandatüren befinden. Ich laufe gebückt über die Terrasse, setze einen Fuß prüfend auf die Veranda, aber der heulende Orkan übertönt alle Geräusche, ich brauche nur auf die Veranda zu klettern, und das tue ich, presse mich an die Wand, bin für eine Weile vor den Orkanböen geschützt, atme auf, krieche gebückt auf allen Vieren unter den Fenstern zur Tür. Durch die Scheiben kann ich hellere Farben erkennen, die Jalousien sind herabgelassen. Ich richte mich langsam auf; hinter mir ist kein Licht, es besteht kein Risiko, daß meine Silhouette sich abzeichnen und von drinnen gesehen werden könnte. Ich lege die Hand auf die Türklinke, drücke sie herunter und ziehe die Tür zu mir, und Teufel auch, sie geht tatsächlich auf, aber dann passiert das einzige, womit ich in der Eile nicht gerechnet habe: eine Sturmbö reißt die Tür an sich, sie knallt sperrangelweit auf, obwohl ich die Klinke immer noch festhalte, und die Lamellen der Jalousien blähen sich ins Innere des Zimmers, bevor sie sich zu mir nach außen wölben. Ich werfe mich ins Zimmer, schaffe es, auf den Beinen zu bleiben, schließe die Tür hinter mir, und die Lamellen beruhigen sich, aber ein grelles Licht blendet mich, und eine Stimme sagt: »Ach. Damit habe ich nicht gerechnet« – und das habe ich auch nicht; meine Hirnrinde explodiert, als ob ein Sektkorken von innen dagegenknallt.

Ich stehe vollkommen unbeweglich da, kneife die Augen zusammen, öffne sie millimeterweise, um mich an das Licht zu gewöhnen.

»Wirklich nicht«, sagt er. Ich bewege keinen Muskel.

Der Lichtstrahl ändert für einen Moment die Richtung, schwenkt auf eine kleine Schrotflinte am Boden. Dann fragt er: »Sehen Sie das?«, und ich nicke. »Gut«, sagt er. »Setzen Sie Ihre Tasche ab und schieben Sie sie mit dem Fuß zu mir rüber.«

Ich mache genau, was er gesagt hat. Ich glaube keine Sekunde, daß er mich hier erschießen wird, obwohl er ein Hasardeur ist, ein Mann, der ab und zu alles auf eine Karte setzt – nein, nicht bei sich zu Hause; das zu erklären würde ihm zuviel Mühe machen; jemanden mit der Schrotflinte zu erschießen, in seinem eigenen Haus, auch wenn es der stadtbekannte verrückte Hund ist, den er niederstreckt, oder vielleicht gerade deshalb. Er kann nicht sicher sein, was passiert ist, was mich dazu getrieben hat, hierherzukommen, und er ist ein vorsichtiger Mann; seine Lösungen sind schlicht, aber bombensicher.

Wenn ich ihn richtig einschätze – und ich glaube, daß ich das tue –, dann ist es nicht seine Art, jemanden in seinem Haus zu erschießen. Ein Auto im Sturm, das von der Straße abkommt, ein Sturz ins Meer; das wäre in so einem Fall schon eher seine Methode. Ich muß nur auf der Hut zu sein, daß ich keinen Schlag über den Kopf bekomme.

»Mir war doch so, als sehe ich Licht da draußen«, sagt er. »Normale Menschen sind heute nacht nicht unterwegs. Aber es gibt wohl niemanden, der Sie noch für normal hält.« Aha, er denkt so, wie ich es vermutet habe. »Machen wir mal ein bißchen mehr Licht«, sagt er. »Bitte nehmen Sie Platz.« Der Lichtkegel richtet sich auf einen Sessel, und ich gehorche und setze mich. Das Licht bewegt sich im Zimmer hin und her, ich höre ein Klicken, er zündet Kerzen mit einem elektrischen Kaminfeuerzeug an, viele; er geht gelassen im Zimmer herum und zündet sie an, eine nach der anderen. »Das hier wird richtig gemütlich«, sagt er.

Er wird mit jeder Kerze, die er ansteckt, deutlicher sichtbar; bekommt Kontur, Gestalt, Gesichtszüge. Kantiges Gesicht, ziemlich gut proportioniert. Kurzes graues Haar, es wirkt dick. Buschige Augenbrauen. Frauen würden vielleicht sagen, daß er ein gutaussehender Mann ist, ein attraktiver Mann für sein Alter; er könnte genausogut vierzig sein wie fünfundfünfzig. Absolut ein altersloser Mann. Aber er ist kleiner, als ich gedacht hatte, ziemlich kompakt und kräftig. Breite Schultern, voluminöser Brustkasten. Er trägt ein graues Sweatshirt und Jeans. Die Ärmel des Sweatshirts sind bis zu den Ellbogen hochgekrempelt und geben den Blick auf starke, behaarte Unterarme frei. Mir fällt ein, daß ich ihn noch nie so dicht vor mir gesehen habe; bisher war er immer viel weiter weg, ein Mann am anderen Ende großer Lokale, Restaurants, Cafés.

Ich folge ihm mit dem Blick, während er herumgeht, die Flinte in der einen Hand und das Feuerzeug in der anderen. Es scheint ihm nicht bewußt zu sein, daß er ein Gewehr trägt, so mühelos und natürlich hält er es. Es ist ziemlich klein, mit

Verzierungen an Kolben und Lauf, und es sieht leicht aus; es ist dem Gewehr von Cort nicht unähnlich, das er mir eines Tages zeigte, als er mir den Rat gab, auch so eins anzuschaffen. Es wundert mich nicht, daß Winterhof ebenfalls Jäger ist.

Auch das Zimmer erhält Konturen und Inhalt, je mehr Kerzen angezündet werden. Ein großer Raum, sparsam möbliert, helle und moderne Möbel, vielleicht italienisch. Der Sessel, in dem ich sitze, ist hochlehnig, bequem. Auf der anderen Seite des Couchtisches aus Chrom und Glas steht ein passendes Sofa, elegante Form, leicht; es schwebt beinahe über einem großen chinesischen Seidenteppich in Rosa und Beige. Hifi-Anlage von Bang & Olufsen an der Wand, eine große CD- und Plattensammlung; als er die Kerzen im Leuchter neben den Platten anzündet, sehe ich, daß er viele Doppel-CDs hat, Deutsche Grammophon, EMI, Decca; offenbar ein Opernliebhaber.

»Setzen Sie sich aufs Sofa«, sagt er, und ich stehe auf. »Halt!« sagt er mit scharfer Stimme. »Ziehen Sie den Anorak aus und lassen Sie ihn auf den Boden fallen.« Ich gehorche, und er klopft meine Brust, meinen Bauch, meine Achseln, meinen Schritt, die Beine ab. Die Plastiktüte mit dem Stofffetzen steckt in meiner Hosentasche, aber er bemerkt sie nicht. »Okay, setzen Sie sich.« Wieder befolge ich seinen Befehl ohne Zögern. Er hebt meine Jacke und meine Sporttasche auf, setzt sich in den Sessel, sieht mich an und nickt mehrmals. Ich sehe, daß er analysiert, einschätzt, ausschließt. Er ist ist es gewohnt, in kritischen Situationen schnelle Beschlüsse zu fassen; insofern hat er mir ganz eindeutig etwas voraus. Das Gewehr liegt auf seinem Schoß, aber er hält den Zeigefinger der rechten Hand ruhig am Bügel, ohne den Abzug zu berühren. Er untersucht meine Jacke und leert die Taschen, dann durchwühlt er die Sporttasche; die ganze Zeit behält er mich im Auge. »Was hatten Sie vor?« fragt er, als er fertig ist. »Mich umzubringen?«

»Ich weiß nicht.«

»Was wollen Sie hier?«

Was für ein Pokerface. Um uns herum brennen so viele Kerzen, daß er gut zu erkennen ist, aber nichts in seinem Gesicht, seinem Blick, seiner Stimme verrät, was er denkt; ihm ist keine Spur von Schuld oder Unschuld anzumerken.

Mir wird klar, daß ich hierhergekommen bin, ohne andere Möglichkeiten, andere Pläne in Betracht zu ziehen als diesen einen, den ich in verschwommenen, aufzuckenden, flackernden Bildern vor mir sah, als ich durch die Gegend fuhr; im Vergleich zu ihm bin ich ganz entschieden ein Amateur. Ich wollte irgendwie einbrechen, entweder ins Haus oder in die Garage, den Stoffetzen hinterlassen und wieder abhauen. Die Ausrüstung, die ich bei mir habe, ist nur Staffage, Requisite, sie sollte ein Gefühl von Sicherheit in mir erzeugen. Ich hätte niemals ein Fenster eingeschlagen oder eine Tür aufgebrochen. Wäre alles verriegelt und verrammelt gewesen, hätte ich das Stoffstück irgendwo draußen plaziert, wo ich hoffen konnte, daß es von Sturm und Regen verschont blieb, und mich wieder davongemacht. Ich hatte nicht vor, mich mit ihm zu unterhalten, weder um ihn auszufragen noch um ihm etwas zu erklären. Mir wird auch klar, daß ich sehr betrunken war und jetzt langsam wieder nüchtern werde. Das erschreckt mich – *ich* erschrecke mich. Und jetzt bin ich hier, es gibt kein Zurück.

»Lasset die Kindlein zu mir kommen«, sage ich.

Das ist ein guter Einfall. Der Gewehrlauf bewegt sich ein wenig. »Was?«

»Die lebenden wie die toten.«

»Sie sind wahnsinnig.«

»O ja. Ich sehe Gespenster, haben Sie davon gehört? Sie kommen im Schlaf zu mir und sprechen mit mir und erzählen mir, wo ich nach ihnen suchen soll. Davon müssen Sie doch gehört haben. Und das macht mich wahnsinnig.«

»Offensichtlich.«

»Sie lieben doch kleine Kinder, oder etwa nicht? Sie haben es gern, wenn sie zu Ihnen kommen.« Ich sitze ganz still auf dem Sofa, kerzengerade wie ein artiger Schuljunge im Büro des Rektors, zufällig und fälschlicherweise eines kleinen Streiches beschuldigt, die Hände ordentlich gefaltet im Schoß. Und auf einmal denke ich, daß es interessant ist, auf diese Art zu improvisieren, in einer solchen Situation, und ich fühle mich ziemlich ruhig, wie ich da so sitze – nicht gelassen, nicht sicher, was dabei herauskommen wird, aber ruhig und aufmerksam; doch, ich bin bestimmt wahnsinnig. Aber auf eine andere Art, als die Leute glauben.

Wieder bewegt sich der Gewehrlauf auf seinen Knien ein wenig. »Ich weiß so gut wie nichts über Sie«, sagt er langsam. »Und ich weiß nicht, was Sie gehört haben, und schon gar nicht, für wen oder was Sie sich halten. Aber ich weiß, daß es Zeit ist, die Polizei zu rufen.« Er umfaßt die Sessellehne mit der linken Hand und macht Anstalten, sich aus dem Sessel zu stemmen.

Ich bin mir nicht sicher, ob er blufft oder ob er es wirklich vorhat, aber die Zeit vergeht, wie ich zu meiner Zufriedenheit entdecke, sehr langsam, und meine Gedanken sind sehr schnell. Es ist verlockend, stillzuhalten und den Bluff zu enttarnen; zuzusehen, wie er es sich anders überlegt, sich wieder hinsetzt, sich irgendeine Entschuldigung ausdenkt, warum er die Polizei doch nicht anruft. Aber auf einmal habe ich Lust, ihn bestimmte Sachen sagen zu hören, ihn mit einigen Behauptungen zu konfrontieren und dabei sein Gesicht zu beobachten. Ich sage: »Die wissen das meiste sowieso schon.« Ein Bluff gegen einen Bluff. Ja, vielleicht bin ich ein Amateur, wenn es um große und bedeutungsvolle wirtschaftliche Entscheidungen geht. Aber ich verstehe immer noch eine Menge vom Pokern, das habe ich erst vor wenigen Tagen wieder gemerkt – Tage, so lange her wie Jahre, wie ein Leben zwar, aber das Wissen tut mir jetzt in dieser Situation gut. Es ist kein Zufall, daß ich beim Pokern nie Geld verloren habe.

Er sinkt zurück in den Sessel.

»Ich komme in einer Angelegenheit wie dieser nicht ganz unvorbereitet«, sage ich und versuche, überzeugend zu klingen; aber ich bereue meinen Übermut und meine Eile, bereue, daß ich Krogher nicht doch etwas mehr darüber erzählt habe, was ich inzwischen weiß. Ich lächle ihn an. »Ist Ihnen bekannt, daß Victoria Wechtel die Tochter von William Timerberg war?«

Er ist bewundernswert, wie er dasitzt; lediglich ein kleines Zucken um die Augen verrät, daß diese Information, die in seinen Ohren schrecklich klingen muß, neu für ihn ist; dann sagt er: »Victoria Wechtel?«

»Ja. Wir waren Mitte der achtziger Jahre zusammen, wußten Sie das? Ich habe sie nicht genug geliebt, aber geliebt habe ich sie. Es hat nichts genützt. Ich weiß nicht, wie groß die Liebe sein muß, damit man es schafft, einen Menschen vor sich selbst zu beschützen. Aber es gehört viel Liebe dazu, soviel ist sicher. Ich glaube, daß Liebe im Endeffekt darauf hinausläuft, den Menschen zu beschützen, den man liebt, und oft stellt sich heraus, daß er selbst sein schlimmster Feind ist. Wenn Victoria Sie verraten hätte, wenn sie ihrer Mutter gesagt hätte, daß sie von Ihnen schwanger war, wäre die Mutter geradewegs zu Timerberg gegangen, meinen Sie nicht auch? Und die Welt sähe heute ganz anders für Sie aus.«

Er schafft es nicht, völlig unberührt zu bleiben; seine Schultern zucken kurz, dann reißt er sich zusammen. Er öffnet den Mund, um zu antworten, aber ich komme ihm schnell zuvor: »Und seltsamerweise war ich einmal verliebt in Nina Lodz. Ich war noch ein Junge, vierzehn, fünfzehn Jahre alt, deshalb kann ich diese Verliebtheit nicht Liebe nennen, aber ich war bis über beide Ohren verliebt, wirklich. Ist es nicht merkwürdig, daß Sie zwei Frauen umgebracht haben, die ich begehrte?«

»Victoria Wechtel habe ich *nicht* getötet«, sagt er scharf; es folgt eine kleine Pause, dann wird ihm klar, was er da gerade gesagt hat, was er unterlassen hat zu sagen, und er lächelt. Es ist ein eigenartiges Lächeln in dieser Situation. Hätte er mich so über einen Restauranttisch hin angelächelt, während eines Geschäftsessens, hätte ich mich sicher gefühlt, beruhigt, vielleicht sogar geschmeichelt; nur jetzt, in dieser Situation kann ich sagen, daß es mir Angst macht und mich mit Abscheu erfüllt, weil ich weiß, was der Grund für dieses Lächeln ist. Es ist ein breites, ruhiges und beruhigendes Grinsen, das Falten in den Augenwinkeln hervorruft, und es reicht bis tief in die Augen hinein. Aber dort ändert es seinen Charakter und enthüllt das Kalkül, das durch seinen Kopf zuckt. Ja, er lächelt mit Mund und Augen, aber es ist nicht dasselbe Lächeln. »Na gut«, sagt er, noch genauso ruhig und entspannt. »Damit wäre die Katze aus dem Sack.«

»Stimmt«, nicke ich. »Sie haben Victoria nicht umgebracht. Nicht direkt jedenfalls. Nur sechs andere. Oder mehr, soweit ich weiß. Und Sie haben es irgendwie geschafft, Victoria in den Selbstmord zu treiben. Für mich ist das kein großer Unterschied.«

Er steht auf und geht zu einem Barschrank, öffnet ihn und schenkt sich einen Cognac ein. Es ist imponierend, wie er es schafft, das alles so leicht und elegant mit nur einer Hand zu machen, aber ich sehe, daß er das Gewehr in die linke Hand nehmen muß, um sich den Drink einzuschenken. Er bietet mir keinen Cognac an, aber das ist in Ordnung, obwohl es von einer Schwäche zeugt, einem Mangel an Haltung, einem Bruch in seinem elegant-lässigen Stil. Er bleibt am großen Natursteinkamin stehen, wo er in sicherem Abstand zu mir an dem Glas nippen kann. »Nicht gerade das Salz der Erde«, sagt er schließlich. »Familie Simer? Nina Lodz?« Er schnaubt verächtlich, den Mund zu einem höhnischen Grinsen verzogen. »Huren, Junkies, Alkoholiker, Drogendealer, Erpresser. Wir reden hier nicht gerade über das Salz der Erde.«

Ja, Wahnsinn bei Großen darf nicht ohne Wache gehen. »Möglich. Aber Elsa Marie Willumsen war nichts von alldem; was war sie anderes als das Salz der Erde?«

»Das war ein Unglück. Ein Unfall. Ich hatte nicht die Absicht, ihr etwas zu tun. Ich wollte mich nur mit ihr unterhalten, aber ich habe sie wohl erschreckt. Sie lief direkt ins Moor hinein. Ich hatte keine Möglichkeit, sie zu retten. Diese dumme Göre. Ich hatte keine Ahnung, wie jung sie wirklich war, niemand hätte das vermutet, so gut entwickelt, wie die war. Sah aus wie fünfzehn. Wie eine junge Frau…« Er trinkt und scheint komischerweise den Cognac zu kauen; er läßt ihn nicht im Mund kreisen, wie man es üblicherweise macht, nein, seine Kiefermuskeln bewegen sich, als kaute er ihn in sich hinein. »Aber ich habe sie nicht angerührt.«

Ich glaube ihm nicht. Aber jetzt im Moment ist das nicht so wichtig; ich will Antworten von ihm, keinen Streit über Details anzetteln, die ich nicht nachprüfen kann, die entweder unerheblich sind oder in der Zeit selbst verborgen liegen. »Wie ist das mit den Fünfzehnjährigen?« frage ich.

Er dreht sich zum Barschrank um und schenkt sich Cognac nach, läßt mich aber nicht aus den Augen. »Wieso bilden Sie sich ein, über *mich* Gericht halten zu können?« sagt er, nachdem er sich mit einem Doppelten versorgt hat, und ich höre, daß ich es geschafft habe, ihn zu provozieren; meine schlichte kleine Frage ist offenbar ein Dorn in seinem Fleisch. »Was ist mit den Dreizehnjährigen, oder den Achtzehnjährigen meinetwegen? Ich habe meine Veranlagung, Sie haben Ihre, so einfach ist das. Welches Alter bevorzugen Sie? Welches sind Ihre Vorlieben, Ihre Leidenschaften? Stellen Sie sich nicht dümmer, als Sie sind. Sie handeln mit Büchern, Sie sind ein belesener Mann.« Er breitet die Arme mit einer langsamen, wohlüberlegten Geste aus, weist auf die Bücherregale. »Das bin ich auch, wie Sie sehen. Und alles, was ich weiß, alles, was ich mir an Kenntnissen über mich selbst, über *uns* selbst angeeignet habe, sagt mir, daß alles, was wir Veranlagung oder Charakter oder Seele nennen, aus nichts anderem besteht als aus Genen und einem Gehirn, das voller kleiner Fehler und Zufälligkeiten ist. Eine Überproduktion von Dopaminen im

Gehirn, und du entwickelst den Drang, in der Öffentlichkeit Obszönitäten rauszuschreien. Ein Fehler an der Amygdala oder dem Scheitellappen, und du verfällst in Depressionen. Ein Schaden am Stirnlappen, und wir verwandeln uns von tüchtigen Familienvätern in rabiate Taugenichtse.«

»Phineas Gage«, sage ich und lächle und nicke, als wäre ich sein bester und verständnisvollster Freund. Aber er ist so glaubwürdig wie ein Pornofilmproduzent, der sich auf die Meinungsfreiheit oder eine ästhetische Überzeugungsarbeit beruft.

Er lächelt zurück, wie ich es erhofft habe. »Genau, genau. Gut. Dann wissen Sie ja, was das Gehirn ist. Was unsere sogenannte *Natur* ist. Sie wissen, daß man religiöse Gefühle in uns erzeugen kann, indem man einfach ein bestimmtes Hirnzentrum elektrisch stimuliert, daß dies alles ist, was unsere sogenannte Gottesfurcht und Moral ausmacht?«

Ich nicke, immer noch verständnisvoll, aber ich kann mir doch nicht verkneifen zu sagen: »Andererseits ist nicht ohne weiteres zu verstehen, warum wir überhaupt ein religiöses Zentrum im Gehirn haben, wenn es keinen Gott gibt.«

Er nimmt einen tiefen Schluck aus dem Glas, stellt es auf dem Kaminsims ab und breitet die Arme aus; generös, ausladend, allumfassend. »Aber da kommt die ganze Evolution ins Spiel. Die DNS. Irgendwann in der Vergangenheit brauchten wir religiöse Gefühle, damit die primitiven Gesellschaften funktionierten, und dementsprechend schuf die genetische Entwicklung die entsprechende Stelle im Gehirn. Dasselbe gilt für Depressionen. Heutzutage sind sie unnötig, aber irgendwann hatten sie eine Funktion, weil sie uns daran hinderten, den Kampf gegen eine Übermacht aufzunehmen, die uns nur ausgerottet hätte. Sie waren ein Verteidigungsmechanismus. Aber die Entwicklung des Gehirns hält mit der gesellschaftlichen Entwicklung nicht Schritt, leider. Und sie ist es, die uns ausmacht, sie und das Genmaterial. Wir können nichts dagegen tun.«

Vergib uns unsre Schuld, wie wir vergeben unsern Schuldigern ist das, was mir dabei durch den Kopf geht, und ich muß mich zusammenreißen, um nicht zu zeigen, wie es mir kalt über den Rücken läuft. Sein Lächeln hat nichts Charmantes oder Freundliches mehr, obwohl es sich nicht verändert hat; er lächelt und redet wie ein Schauspieler in einem Stück, das viele Vorstellungen erlebt hat und nun zum letztenmal aufgeführt wird; die Repliken sitzen gut, werden aber mit einer Routine vorgebracht, die erkennen läßt, daß er schon begonnen hat, sich auf die nächste Rolle zu konzentrieren.

Und auf einmal sehe ich ein, daß dies hier zu weit geht: Seine nächste Rolle ist die eines Mörders. Er hat zuviel geredet, zuviel gesagt. Er kann mich nicht gehen lassen und sich damit begnügen, alles abzustreiten. Was er getan hat, das hat er ebenso einfach, effektiv und brutal wie elegant getan, und er hat es so getan, daß er nicht verdächtigt wird. Und er wird auch keinen Verdacht aufkommen lassen. Zuviel brodelt in ihm, er muß wissen, daß er ständig kurz davor steht, sich zu verplappern, und sei es nur des Triumphes wegen. Nein, er kann mich nicht gehen lassen.

»Victoria ...«, sage ich.

»Daß sie so enden mußte, bedaure ich«, unterbricht er mich sofort, aber immer noch lächelnd. Erneut hebt er sein Glas, trinkt und kaut; ich kann seine Backenzähne direkt mahlen hören, wie bei einem Tier. »Es gibt Dinge, deren Ergebnis ich bedaure, wirklich. Ich bedaure nicht meine Neigung, die ist weder ungesund noch unnatürlich. Ich bin ein starker Mann mit einer starken Vitalität. In anderen Gesellschaften oder zu anderen Zeiten hätte man das hoch geschätzt, und Jugend und Schönheit bei einer Frau zu suchen ist für einen Mann wie mich nicht mehr und nicht weniger als im besten Sinne der Lauf der Natur. Leider haben wir eine Gesellschaftsordnung, die dies verleugnet, doch ich beklage mich nicht, daß ich so geschaffen bin. Aber ich bedaure einige der Konsequenzen, die daraus erwachsen sind, und einige der Fehler, die ich begangen habe, wie mit diesem Willumsen-Mädchen.« Er macht eine Pause, und auf einmal sehe ich Schweißperlen an seinen Schläfen; das Licht der Kerzen auf dem Kaminsims läßt sie glitzern. Heißt das, daß er glaubt, was er sagt, und mich zu überzeugen versucht? Oder bedeutet es, daß er lügt? Ich bin mir nicht ganz sicher und halte den Mund. »Victoria«, fährt er fort, nachdem er tief durchgeatmet hat, »war etwas anderes. Perfekt auf ihre Art, eine richtige Frau, schon als ich sie kennenlernte. Eine schöne Frau. Sie berufen sich auf Ihre Liebe zu ihr. Ich glaube nicht, daß meine geringer war. Und sie hätte fortdauern können, wenn nicht...« Er nimmt wieder einen Schluck. Das Lächeln verblaßt, einen Moment lang ist er in einer schwarzen Erinnerung versunken. Dann schüttelt er sie ab. »Ich war froh, als sie mit Ihnen Schluß gemacht hat. Aber da war es sowieso schon zu spät.«

Ich behalte mein Lächeln bei; ein ausgewogenes, gut überlegtes Lächeln, jeweils angepaßt an das, was er meiner Meinung nach von mir erwartet, angepaßt an das, was er sagt. Ich denke an Krogher: Er hatte so recht, und trotzdem irrte er sich bei etwas Wesentlichem, denn seine Beschreibung des Mörders entwarf das Bild eines zerbrochenen Bewußtseins, und Winterhofs Bewußtsein ist so heil und rein und klar wie feinstes Kristall. Es sind keine Risse oder Unregelmäßigkeiten darin, wie Krogher sie beschrieben hat; Winterhof ist nicht in Stücke zerbrochen und hat sich selbst wieder zusammengesetzt, er war schon immer so. Das ist das Ironische an seiner Apologie für sich selbst, daß er recht hat mit dem, was er sagt, bis auf den allerletzten kleinen Punkt, an dem die Logik in sich zusammenbricht, ohne zu Ende geführt zu werden. Er ist böse, wie ich sehe, und keineswegs ein verwirrter Narr: Torheit und Schwäche, Wut und Angst sind die Basis vieler böser Handlungen, aber wirkliche Bosheit setzt ein Bewußtsein des eigenen Wesens und eine Akzeptanz dieses Wesens voraus, und Winterhof ist sich seiner Lage bewußt und akzeptiert sie. Er ist nicht verrückt. Er folgt keinen Anweisungen von Gespenstern, gehorcht keinen anderen Stimmen als seiner eigenen. Ich bin der Verrückte in diesem Raum; er ist der Normale, und das macht mich traurig. Ich hätte ihn mir abgründiger gewünscht, mystischer, getrieben von etwas, was außerhalb seines Selbst liegt. Aber dafür, daß er ein Dämon war und ist, Victorias Dämon, ist er ein kümmerliches, jämmerliches Exemplar. Das macht mich noch trauriger; um ihretwillen und um unser aller willen.

»Ja«, sage ich. »Da war es wohl zu spät.«

Er sieht mich lange an, leert sein Glas, schenkt sich einen Schluck nach, nicht mehr ganz so viel diesmal. »Wir haben kein Recht, einander zu verurteilen«, sagt er und seine Stimme zittert ein bißchen, seine Aussprache ist undeutlich. »Ich meine nicht Sie und mich, ich meine die Menschen. Fehler werden immer gemacht, das steht fest. Aber wer kann schon sagen, welcher Fehler auf lange Sicht der schlimmste ist? Wer kann sagen, ob nichterprobtes Leben mehr wert ist als eines, das einen Test bestanden hat?« Er deutet mit dem Glas in der rechten Hand auf mich. »Ich bin nicht perfekt. Sie sind nicht perfekt. Was haben Sie für diese Welt getan, für diese Gesellschaft? Ich weiß, was ich getan habe, und ich weiß, daß vieles davon gut gewesen ist, viel mehr als das, was nicht so gut war. Ich habe Arbeitsplätze geschaffen, meinen Beitrag zu Forschung, Kultur und Wirtschaftsentwicklung geleistet. Was haben Sie getan?« Er hebt das Glas und trinkt erneut.

Ich schaffe es, mir ein Lachen zu verkneifen. Mir wird klar und deutlich bewußt: Er braucht einfach jemanden, dem er sich anvertrauen kann, der arme Kerl. All diese Jahre hindurch hat er sich selbst geprüft und die Welt um sich herum und alle Möglichkeiten, sich in der Welt, wie er sie sieht, einen Platz zu erkämpfen, und diese Welt ist bleich; schlimmer als die Welt, die Elsa Marie inzwischen hoffentlich verlassen hat, um Ruhe in einem unbekannten Licht zu finden; noch bleicher und finsterer, noch farbloser und trister. Und nun, da er schließlich seine Erklärungen gefunden hat und nur noch jemanden braucht, vor dem er sie enthüllen kann, jemanden, an dem er sie ausprobieren kann, jemanden, der sie seiner Meinung nach verstehen könnte, und da er vielleicht zum erstenmal die Dinge laut beim Namen nennt – da zittert seine Stimme aus Mangel an Überzeugung. Ich höre es ganz deutlich, in seiner Stimme ist ein konstantes kleines Zittern, so ungemein verräterisch: Er glaubt selbst nicht an das, was er sagt. Das einzige, was ich nicht mit Sicherheit weiß, ist, ob ihm das schon bewußt geworden ist oder ob er sich noch in diesem Grenzland zwischen Glauben und Unglauben bewegt, in dem es immer noch eine Möglichkeit gibt, seine Überzeugung wiederzufinden. Und mir wird klar, daß ich es bereue, hergekommen zu sein. Nur zu gern hätte ich es mir erspart, dem apologetischen Quasi-Existentialismus dieses blasierten Mörders zuzuhören. Aber ich verbiete mir zu lachen, verbiete mir zu weinen. Ich passe nur mein Lächeln an, senke für einen Moment den Blick und sage mit einer Stimme, die hoffentlich verständnisvoll klingt: »Ruhig und still gelebt, nehme ich an.«

»Eben«, sagt er, und in seiner Stimme liegt Triumph; ein Triumph, der mich zu der Einsicht bringt, daß ich der bessere Pokerspieler bin, und das macht mir Hoffnung. »Und trotzdem ist Ihr Leben wertvoll. Im Gegensatz zu dem vieler anderer. Mein Leben ist es auch.« Erneut trinkt er sein Glas aus und streckt die Hand mit dem Glas in den Barschrank, setzt das Glas ab und entkorkt die Cognacflasche.

»Ich hätte nichts gegen einen kleinen Cognac, bevor die Flasche leer ist«, sage ich und denke: Traumdieb. Er ist ein Traumdieb, mehr ist er nicht; das ist das wirklich Grausame an ihm; nicht daß er Leben raubt, sondern daß er Träume stiehlt.

Er dreht sich mit der Flasche in der Hand um. Er hat jetzt alles andere als ein Pokerface; das Mißtrauen überwiegt. Aber er nimmt ein frisches Glas, schenkt einen Schluck ein und kommt damit zum Tisch. Ich nehme das Glas entgegen, bedanke mich und nippe. Der Cognac ist alt und sehr gut. Ich deute mit dem Glas in der Hand auf die CD- und Plattensammlung und sage: »Opern? Fast alles?«

Sein Kopf macht eine kleine Bewegung; wieder habe ich ihn aus dem Gleichgewicht gebracht. Das ist alles, worum es jetzt geht; das Unerwartete und Verwirrende. Er nickt. »Ja, überwiegend.«

»Sehr schöne Sammlung.« Ich beuge mich über die Armlehne des Sofas und studiere die Rücken der Kassetten, dann erhebe ich mich in einer langsamen, gleichmäßigen Bewegung, während ich frage: »Kann ich sie mir ansehen?« Und ich bin auf den Beinen, bevor er antworten kann, drehe ihm den Rücken zu und höre, daß er ein paar Schritte zurückweicht. Ich hocke mich vor das breite, niedrige Regal und sehe mir die Platten an. Es ist eine imposante Sammlung; es fehlt keine einzige der Opern, die ich aufzählen könnte, und er besitzt weit mehr, als ich kenne. Soweit ich sehe, hat er die kompletten Werke der meisten Komponisten, die mir bekannt sind, dazu noch einige doppelt. Ich ziehe eine ältere Einspielung von Donizettis *Lucia di Lammermoor* hervor, halte sie hoch, ohne mich umzudrehen, und sage: »Sie hätten sich die Aufnahme kaufen sollen, die Sony vor ein paar Jahren herausgebracht hat, mit Andrea Rost als Lucia. Sir Charles Mackerras dirigiert. Werfen Sie diese weg.«

»Ach ja?« sagt er hinter mir, seine Stimme ist voller Zweifel und Verwunderung; da ist etwas, was er nicht versteht. Ich kann seine Gedanken beinahe hören: Ich habe ihm Verständnis entgegengebracht, ihm in gewissem Maße Bestätigung gegeben; vielleicht wird er auch Vergebung erhalten. Ich schaue ihn über die Schulter an und nicke nachdrücklich mit der Begeisterung des Opernliebhabers; sehe, daß er mit dem Gewehr in der linken Hand und dem Cognacglas an den Lippen dasteht.

Ich schiebe die Kassette wieder zurück und ziehe Mozart hervor, *Don Giovanni*, dieselbe Aufnahme, die ich auch habe,

1986 mit Karajan eingespielt; erhebe mich mit der CD in der rechten Hand und dem Cognacglas in der linken. »Mir gefällt der Kommentar in diesem Begleitheft. Was steht da noch am Schluß?« Ich sehe zur Decke hinauf und konzentriere mich, um das Zitat im Wortlaut zu nennen. »Ich hab's. *The* dissolute grande *is steadfast in his sin and Hell opens beneath his feet. The survivors learn of his fate without a shred of pity.*«

Er begreift es nicht, und auf einmal empfinde ich einen Hauch von Mitleid für ihn. Vielleicht schafft er es nicht, schnell genug zu übersetzen, vielleicht entgeht ihm der eigentliche Sinn, aber in der kurzen Zeit, die wir zusammen verbracht haben, ist dies der einzige Augenblick, in dem ich Mitleid empfinde, während ich ihm den Inhalt meines Cognacglases in die Augen schütte und er wütend und erschrocken aufschreit, rückwärts taumelt und sowohl Cognacglas als auch Gewehr fallen läßt. Ich hebe das Gewehr auf, richte es auf ihn und drücke ab; ich bin überhaupt nicht darauf vorbereitet, ich habe noch nie eine Waffe abgefeuert, deshalb schlägt der Rückstoß mir das Gewehr aus den Händen, aber der Schuß ist raus und reißt auf seinem Weg durch Gesicht und Hinterkopf sowohl Amygdala als auch Stirnhirn mit sich und verteilt alle Hirnfehler über den Seidenteppich.

18 Nüchtern und bei klarem Verstand

Damit bin ich fast am Ende meiner Geschichte. Ich sagte anfangs schon, daß sie unglaublich ist.

Denken Sie nicht, daß ich es nicht bereut hätte. Zu meiner Verteidigung kann ich nur anführen, daß ich überhaupt nicht vorhatte, ihm den Kopf fast komplett wegzuschießen; ich wollte eigentlich Bauch und Unterleib treffen; ehrlich gesagt hatte ich vor, ihm einfach die Eier abzuschießen, falls das irgendwas an der Sache besser macht. Aber Waffen sind nicht mein Gebiet, deshalb lief es nicht wie gedacht. Meine Reue erstreckt sich wohl vor allem darauf: Ich bereue, daß ich nicht gelernt habe, mit einem Schrotgewehr zu schießen. Mein Plan war, ihn am Leben zu lassen, ihn zu verwunden und handlungsunfähig zu machen, bis die Polizei eintraf; ich hätte zu gern gehört, welche Geschichte er *denen* aufgetischt hätte.

Was Winterhof selbst angeht, empfinde ich keine Reue. Für seine Seele und sein Schicksal habe ich nicht die Spur von Mitleid.

Was dann kam, ist ebenso langweilig und ermüdend wie schnell erzählt: Ich setzte mich in mein Auto und fuhr zur Polizei. Als sie sahen, womit ich besudelt war, bedurfte es nicht vieler Worte, um sie zu veranlassen, Berger zu wecken und ihn in den Orkan hinauszuschicken.

Ich erzählte ihm alles, was passiert war, absolut alles, ich verheimlichte nichts, einschließlich meiner kleinen Lügen. Ich wurde natürlich verhaftet, Untersuchungshaft mit Brief- und Besuchsverbot. Man hat mich nicht sehr hart angefaßt, das meiste ging ruhig und gelassen vor sich, obwohl mein Anwalt und sage und schreibe drei Psychologen und Psychiater kamen, sich mit mir unterhielten und mich zwischendurch testeten.

Sie halten mich natürlich für verrückt. Ich selbst habe da meine Zweifel. Ich rede mit Gespenstern und töte Menschen, das sind die objektiven Fakten, und es ist die Wahrheit, die ich ihnen erzählt habe, deshalb sind sie gezwungen zu glauben, ich wäre ebenso verrückt wie ein x-beliebiger irrer Hutmacher; ich dagegen fühle mich gesund wie ein Fisch im Wasser, aber wer könnte schon beschwören, ob er ein Fisch oder ein Hutmacher ist? Ich habe ihnen erzählt, daß ich an Gott glaube, und in dieser Welt ist der Glaube beinahe gleichzusetzen mit einer Art Verrücktheit; meine diesbezügliche Offenheit war sicher nicht vorteilhaft für mich.

Ach, was haben sie mich ausgefragt, lang und breit, die Seelenklempner genauso wie die Polizisten: Ob ich der Tatsache Gewicht beimesse, daß ich dem Tod so oft und so knapp entgangen bin? Halte ich mich für etwas Besonderes, weil mein Geburtstag der 29. Februar ist? Sehe ich in Gespenstern eigentlich Engel? Berger ging so weit, mich mit einer Hamlet-Paraphrase auszufragen: Hat der Himmel Winterhof durch mich strafen wollen, und ich war ein Instrument des Himmels, mehr nicht? Ich antwortete darauf mit gleicher Münze, einem direkten Zitat: »Nennt mich, was für ein Instrument Ihr wollt, Ihr könnt mich zwar verstimmen, aber nicht auf mir spielen.«

Er lachte, als ich das sagte. Ich glaube, daß er auch der Theorie zuneigt, ich müsse ein gesunder Fisch sein; aber als er mich nach diesem Gespräch verließ, fragte ich mich, ob ich nicht eher *sein* Instrument geworden war. Oder Kroghers. Doch diesen Gedanken habe ich vor ihnen nicht geäußert; irgendwann ist es genug mit den Verwicklungen. Sie können meine Vermutungen in dieser Geschichte nachlesen, wenn ich sie nach dem Prozeß veröffentliche.

Nein, im großen und ganzen kann ich ihnen nichts anderes sagen, als daß ich glaube, ein Mensch zu sein. Wahrheitsgetreu habe ich ihnen geantwortet, daß ich im Laufe dieser beiden Tage, in denen der Großteil der Ereignisse passierte, kein Sterbenswort von Gott oder dem Teufel empfangen habe, auch nicht von Jesus oder irgendwelchen Dämonen. Ich habe diesen freundlichen Seelenerforschern gegenüber eingeräumt, daß ich darum bat, als ich wie ein Blatt im Sturm durch die Stadt fegte; ich bat um ein Wort, ein Zeichen, ein Flüstern ins Ohr. Aber ich hörte nichts und sah nichts. Ich war nicht mal in der Nähe eines wunderbaren Eingreifens. Ich glaube zwar, daß Gott alle Gebete hört, aber das heißt noch nicht, daß er sie alle beantwortet; und wenn er es tut, kann die Antwort genausogut sein, daß man diese Dinge selbst in Ordnung bringen müsse. Warum sollte er uns sonst die Fähigkeit des Denkens gegeben haben? Nein, weder damals noch heute habe ich mich als ein besonderer Mensch gefühlt. Ich war nicht das Instrument irgendeines Gottes, war kein Techniker des Heiligen, nicht einmal ein strahlender Rächer zum Wohle der Gesellschaft, nur ein Mensch mit zu viel Kummer, um ihn in aller Stille zu ertragen. Gewissermaßen besessen, das war ich vielleicht, und das habe ich ihnen auch gesagt, aber mein Name war nicht Legion, meine Dämonen hatten so unspektakuläre Namen wie Kummer, Schmerz und Entbehrung. Ich habe eine strafwürdige Tat begangen; ich war nüchtern und bei klarem Verstand, damals wie heute. Mein einziges religiöses Gefühl in dieser Sache kann mit einem weiteren Shakespeare-Zitat ausgedrückt werden: »Wozu dient die Gnad', als vor der Sünde Stirn zu treten?« Aber ich glaube nicht, daß diese Gnade durch mich verkörpert wird.

Nein, es war eine rein menschliche Existenz, die ich zu einem Ende bringen wollte; ich würde es nicht einmal Rache nennen. Ich setze auf Notwehr, obwohl ich einsehe, daß die Begründung ziemlich dünn klingt: Ich wollte kein Opfer mehr sein, das ist alles, ganz banal und klein. Alles andere konnte ich ertragen, nur das nicht; sogar den Tod hätte ich annehmen können, eher noch, als so weiterzumachen wie bisher. Und falls ich mich rächte, dann war es eine bescheidene Rache. Winterhof hatte mir nicht nur zwei Frauen genommen, für die ich Liebe empfand, er nahm mir auch die Liebe selbst, meine eigene. Das war die eine Sache, die ich ihm nicht vergeben konnte. Die andere war, daß er mich mit Elsa Marie Willumsen in Kontakt brachte, die mich wiederum auf die Reise in ein Land mitnahm, das ich nie sehen wollte; in diesem Land sah ich eine Stadt ohne Kinder, und eine ähnlich herzzerreißende Leere gibt es hier im Land der Lebenden nicht. Dafür haßte ich ihn, rein und unverfälscht.

Ich hätte mich gerne damit geschmückt, ein Instrument höherer Mächte gewesen zu sein, das hätte mich getröstet. Denn obwohl ich nicht bereue – oder vielleicht, weil ich es nicht tue –, fürchte ich, wie in *Libera Me*, den Tag, an dem Himmel und Erde beben werden. Ich zittere und habe Angst, ich fürchte das Gericht und den Zorn, der kommen wird. Vergeben Sie mir meine holprigen Worte, aber ich zitiere aus dem Gedächtnis.

Ich zittere und habe Angst um meine Seele. Manchmal, wenn ich nachts wachliege, die Augen geschlossen, ist es, als flöge ein großer Vogel über den Horizont hinter meinen Augen, und ich zittere vor Entsetzen. Das ist, weil alles, was ich jemals getan habe, aus Hoffnung getan wurde, in Hoffnung, mit Hoffnung. Es ist die Hoffnung, die uns vorwärtstreibt, ohne sie würden wir einfach stillstehen wie leblose Maschinen. Aber dennoch handeln wir falsch, in Kummer und Zorn, wir fühlen die Hoffnung schwinden und zittern.

Glaube, Liebe, Hoffnung, darum dreht es sich. Der Glaube ist schwach, obwohl er da ist. Die Liebe habe ich verloren, vielleicht für immer. Aber die Hoffnung, die habe ich nicht aufgegeben, weder auf die eine noch auf die andere Art.

Es sind auch Dinge geschehen, natürlich, die mir Hoffnung gemacht haben. Davon hat mir mein Anwalt erzählt. Leute aus der Stadt – Leute, die ich kenne, und andere, die ich nicht kenne – sind zur Polizei gegangen und haben Sachen über Winterhof erzählt, und die Polizei hat ihren Job wirklich gut und ordentlich gemacht. Alte Geschichten sind ans Tageslicht gekommen, und ich bin längst reingewaschen von allen Verdachtsmomenten, außer dem Mord an Winterhof; und den habe ich, wie gesagt, vorbehaltlos zugegeben. Es ist gut möglich, daß nicht alle Mysterien der Stadt samt und sonders aufgeklärt und gelöst werden, aber es ist inzwischen genug aufgedeckt geworden, wie ich erfahren habe, damit Nina, Elsa Marie, Victoria und die Familie Simer ihre Ruhe finden, so wie Oscarshavns noch lebende Bürger die ihre bekommen.

Mein Anwalt, ein mäßig optimistischer Mann mit viel Humor, geht davon aus, daß ich nach der nächsten gerichtlichen Anhörung freigelassen werde, weil ich keinen Teil der Anklage bestreite und weil die Wiederholungsgefahr gering ist.

Er möchte natürlich mit einem einigermaßen entlastenden psychologischen Gutachten in das Verfahren gehen; dem habe ich mich widersetzt, und im Moment diskutieren wir darüber, obwohl ich weiß, daß ich in dem Punkt nicht nachgeben werde: Ich will die ganze Wahrheit und nichts als die Wahrheit in diesem Gerichtsverfahren aussagen und das Urteil so annehmen, wie es gesprochen wird. Sich jetzt auf gestörte Wahrnehmungsfähigkeit und irgendwelche Wunder herauszureden, das wäre einfach zu erbärmlich.

Aber wie ich schon eingangs sagte: Es gibt Wunder, und ich war, wie ich ebenfalls bereits erwähnte, vor einigen Tagen Zeuge eines solchen Wunders, als dieses Auto an der Bordsteinkante unter meinem Fenster hielt und eine Gestalt ausstieg, ein Mann.

Er blieb stehen und sah zu dem Fenster hinauf, an dem ich stand. Vielleicht sah er mich, vielleicht nicht. Aber als er das

Gesicht nach oben wandte, erkannte ich, daß es William Timerberg war, und die Geste, die er machte, war so merkwürdig, daß ich keinen anderen Ausdruck dafür weiß als: ein Mirakel. Er zog seinen Mantel und seine Jacke aus, dann knöpfte er das Hemd auf und entblößte seine magere Altmännerbrust. So stand er mehrere Sekunden lang, mit nackter Brust und gesenktem Kopf, den dürren, jämmerlichen Leib im feuchtkalten Nebel dargeboten, bevor er das Polizeirevier betrat. Und ich wunderte mich zutiefst.

Er erzählte viel, sagte mein Anwalt mir später, was im Prozeß für mich sprechen würde, und er hatte sich zu einer Genanalyse bereiterklärt, die bestätigen würde, daß er Victorias Vater war.

Solche Mirakel – ein kleines Licht im Wald an einem finsteren Tag, ein Mann, der sich entschließt, endlich die Wahrheit zu sagen – genügen mir für eine lange Zeit. Solche einfachen, kleinen Wunder machen mir Hoffnung.

Ja, wer Hoffnung sucht, wird Hoffnung finden. Man hat mir hier natürlich etwas zu lesen gegeben; ich wählte *Der Graf von Monte Christo*, das erschien mir passend als Gefängnislektüre. Am Anfang des Buches fand ich dies, was über Bonaparte gesagt wird:

»Sein Kopf wird schon schwach. Bald weint er heiße Tränen, bald lacht er aus voller Kehle; ein anderes Mal beschäftigt er sich stundenlang damit, vom Ufer aus Kieselsteine ins Wasser zu werfen, und wenn der Stein fünf- bis sechsmal aufgeprallt ist, scheint er so vergnügt, als hätte er ein zweites Marengo oder Austerlitz gewonnen. Sie werden zugeben, daß das Anzeichen von Narrheit sind.«

Vielleicht gibt es also auch für mich Hoffnung. Nachdem man das Brief- und Besuchsverbot vor ein paar Tagen aufgehoben hat, war Margareta hier. Sie sagte, Jesus habe sich einfach geweigert, etwas zu meinem Fall zu sagen, aber sie selbst habe mir längst vergeben. Wir sprachen über das Erblicken eines strahlenden Lichtes. Sie sagte, daß sie nichts dergleichen gesehen habe, als ihr Herz versagte, und ich erzählte ihr von dem Licht, das ich sah, als Elsa Marie mich in dieses Land zurückschickte. »Leg nicht so viel da hinein«, sagte sie. »Du hättest mir damals zuhören sollen, als ich dir sagte, daß du auf Wunder wartest. Es ist viel einfacher, als du denkst: Alles wird zu einem Wunder, wenn du nur die Menschen lieben kannst.«

Damit habe ich mich abgefunden, und mit der Situation auch. Mich erwarten zwei Urteilsverkündungen, eine weltliche und eine göttliche, und ich werde beide annehmen, wie sie kommen, als Kapitel im Buch meines Lebens. Aber dazwischen – ja, zwischen diesen Kapiteln werde ich wieder Steine auf der Wasseroberfläche hüpfen lassen.

Danksagung

Beim Schreiben dieses Romans haben mir viele geholfen, in vielfältiger Weise. Einige haben mir wertvolle Informationen gegeben, andere haben mich getröstet oder aufgemuntert, wenn ich es brauchte, wieder andere haben mir ein wenig von ihrem Charakter geliehen. Alle namentlich und im Detail aufzuführen wäre unmöglich und auch ungerecht. Diejenigen, die zum Gelingen beigetragen haben, wissen, daß sie gemeint sind. Herzlichen Dank Euch allen!

Morten H. Olsen
Oslo, 17. Juli 2000

Inhalt

06/1011/03/L

PIPER FANTASY

Ana María Matute

Das Erbe des Königs Gudú

Roman. Aus dem Spanischen von Willi Zurbrüggen.
447 Seiten. Gebunden

Mit klarer Stimme sprach das Kind: »Häßlicher alter Mann!« In Gudú brach etwas auseinander. Er betrachtete sich im Spiegel des Sees. Doch nicht der König von Olar schaute ihn an, sondern ein zerlumpter Greis. Ein heiserer Schrei stieg aus seiner Brust auf, und zum ersten Mal in seinem Leben vergoß er Tränen ... Die Tränen fielen in den See, der See schwoll an und überschwemmte das ganze Reich. Gudú verschwand im Abgrund des Vergessens.
So endet die Geschichte von König Gudú, der zum größten Herrscher aller Zeiten aufsteigen wollte und kläglich scheitert. Der sich die Steppenhorden unterwirft und die wilde Königin Urdska gewaltsam zur Frau nimmt. Seine Söhne zerfleischen sich in Machtkämpfen, bis der Traum vom mächtigen Königreich unter den Trümmern des Schwarzen Turms verschüttet liegt. Der schicksalhafte Drache der Furcht erscheint am Horizont und besiegt den scheinbar Unbesiegbaren ...

06/1013/01/R

19,90€